A《アルフア》　Ω《オメガ》　超空想科学怪奇譚

小林泰三

角川ホラー文庫
23781

目次

徴候

「わたし――イエス・キリスト――が地上に平和をもたらすために来たと考えるな。わたしは平和ではなく、戦争をもたらすために来たのだ。なぜなら、わたしは、息子を父に歯向かわせ、娘を母に対立させ、嫁を姑《しゅうとめ》に反抗させるために来たのだから。敵は家族の中に現れる。わたしよりも自らの父母を愛する者はわたしにとって価値がない。そしてわたしよりも自らの息子や娘を愛する者はわたしにとって価値がない。十字架を背負い、わたしに従わない者は、わたしにとって価値がない。自らの生命に固執する者はそれを失い、わたしのために命を投げ出す者はそれを得るのだ」

『新約聖書』マタイによる福音書第十章三十四節〜三十九節

血の如く真っ赤な夏の夕日が山の端に接する頃、沙織《さおり》の乗るバスはようやくその村に着いた。

バスの乗客は沙織の他には老婆が一人と、小学校低学年の男の子と女の子を連れた母親らしき女性だけだった。全員、顔を伏せ、一言も喋《しゃべ》らない。ただ、時々老婆は搾り出すような溜《た》め息をつき、母親は嗚咽《おえつ》を漏らした。子供たちは時々、落ち着きなく母親の様子を窺《うかが》い、充血した目を擦《こす》り、また俯《うつむ》いた。

沙織も含め、乗客たちは普段着を着て、荷物も僅《わず》かしか持っていなかった。事情を知らぬ者が見たら、近くから日用品を買いに来たのだと思ったかもしれない。しかし、もちろんこの村には、わざわざ村外から訪れるような店は存在しなかった。彼らは何百キロもの移動の末、この村に辿《たど》りついたのだ。

蟬の声が響き渡る村の中には民家が連なってはいたが、外を出歩く人影は殆《ほとん》どなかった。たまにバスに出くわす村人もあったが、彼らもまたバスを見ずに俯くのだった。

やがてバスは村の公民館の前に停まった。

「着きました」運転手はギアを操作しながら、咳《せ》き込むように言った。

ドアが開け放たれても、しばらくの間は誰も席を立とうとしなかったが、やがて親子連れと老婆は諦《あきら》めたかのように重い腰をあげ、降りていった。

沙織はまだ決心がつかなかった。

「着きましたよ」運転手はまた低い声で言った。

沙織は運転手に対し、意味のわからない腹立ちを覚えた。「そうですね。着いたようですね」

出口に向い、運転手の後ろを通った時、彼は袖《そで》で額の汗を拭《ぬぐ》いながら、辛《つら》そうに早口で言った。「受付は公民館の中です。後のことは……中の人に訊《き》いてください」

他人事《ひとごと》だ。所詮《しょせん》、この男にとって他人事なのだ。

その事実が無性に沙織を苛立《いらだ》たせた。

沙織は八つ当り気味に大きな音を立てながら、ステップを降りた。

地面はぬかるんでいた。沙織の靴底に纏《まと》わり付き、引き摺《ず》り込もうとしているかのように。

公民館は赤い夕日を浴びて、山を背景に赤黒く浮かび上がっていた。

建物の中は天井から吊《つ》るされた白熱灯にぼんやりと照らされており、今の時間ならまだ外の方が明るいのではないかと思われた。エアコン設備はないらしく、昼間の熱気がまだ籠《こも》っている。床にはいくつかの泥の足跡が点々と続いていた。多くはすでに乾いていた。いくつか濡《ぬ》れたままなのは今降りた老婆と親子連れのものだろう。足跡はすべて廊下の曲がり角の向こうに消えていた。

沙織はしばらく入り口で佇《たたず》んでいたが、誰も出てこないので思い切って、呼んでみた。

「すみません。家族のものですが、受付はここでよろしいんでしょうか？」

返事はない。

沙織は意を決して奥へと進む。廊下を曲がるとすぐにドアがあった。ドアは開け放たれており、その向こうには薄暗く広い部屋があった。部屋の中程に古びた木製の机がずらりと並べられており、数人の警官が離れてぽつりぽつりと座っていた。老婆と親子連れはそれぞれ一人ずつの警官と対面して座り何かを話している。何かの書類を作成しているようだった。警官たちは全員が真っ青な顔をしている。

沙織は足を引き摺るようにして、一人の警官の前に立った。

不思議なことにこの暑さの中で、汗一つかいていない真っ青な顔の警官は沙織を見るわけでもなく、自分の隣の空間を見つめ、時折声を出さずに笑っていた。沙織は立ったまま咳払いをした。しかし、相変わらず警官は彼女に興味がない様子で、空間を見詰めている。

「すみません。受付はここでいいんですか？　わたし、諸星隼人《もろぼしはやと》の家族のものですが」

「そうかい。そりゃあ、愉快だね」警官は初めて声を出した。沙織にではなく、空間に向って。

沙織はわざと大きな音を立てて、警官の前の椅子に座った。何もかもが苛立たしい。

警官はやっと沙織に気付いた様子で、顔の青白さをいっそう際立たせて、にこりと笑った。「どなたですって?」

「諸星隼人の家内です。一〇二四便の乗客の」

警官は不思議そうに沙織の顔を眺めた。こんな時にこの警官はふざけているのだろうか。

「まさか!」沙織は声を荒らげた。「あなた乗ってらしたんですか?」

「乗っていたのはわたしの主人です」

「なるほどそうですか。そろそろ来られるんじゃないかと、噂していたところです」警官は先程の空間を見詰め、微笑んだ。「しかし、随分時間がかかりましたね。もう三日も経つのに。早い人はもう連れて帰られる頃合だ」

「知らなかったんです」沙織は唇を噛《か》み、俯いた。

この警官はなぜこんなに落ち着いているんだ。一刻を争う時なのに。

「わたし出張中だったんです。忙しくて、テレビも殆ど見てなかったし……。もちろん事故があったことは知ってましたが、まさか主人が乗っているなんて思いもしなかったんです」

「ご主人が飛行機に乗られることを知らなかったんですか?」警官は静かに尋ねた。

「なぜ、あなたに内緒でご旅行をされたんでしょうか?」

「わたしたち……その……別居していたんです」沙織は顔を上げ、歯を食いしばり、警官を睨《にら》みつけた。「そんなことを訊いてなんになるって言うんです。もっと急いでください! 時間が惜しくないんですか?!」

警官はしばらく目を瞑《つぶ》って考え込んでいる様子だったが、徐《おもむろ》に目を開いて、首を振った。「取り敢《あ》えず、わたしには急ぐ理由は見当たりません。あなたはなぜそんなに急いでいるんですか?」

「なぜって……だって、主人の命がかかっているんですよ!」

「ご主人の命」警官は青白く安らかな顔つきをして、再び目を瞑った。「奥さん、とにかく落ち着いてください。今はもうご主人の命を心配する状況ではないのです」

沙織の目は吊り上がった。「どういうことですの?!」

「どんな事故だったか、ご存知ですか?」

「ええ。知っていますとも。墜落したんでしょ。でも以前墜落事故があった時には何人かが助かったはずです!」

「今回はあの時とは違うのです。あなたのご主人が乗られていた飛行機は高度一万メートルから、ほぼ垂直に自由落下したのです。落下前に機体から投げ出された方の遺体の中には上昇気流に乗ったり、木がクッションになったりして、ほぼ原形を保っている場合もありますが、生存の可能性は……」

「やあおお!!」反論しようとした沙織の口から出たのは野獣めいた叫び声だった。何かの衝動に突き動かされるようにして、沙織は警官の喉元《のどもと》に摑《つか》みかかろうとした。

その時。青い霧が部屋の中に流れ込んできた。むっとする悪臭に沙織はすっかり怯《ひる》んでしまった。それは糞尿《ふんにょう》や生ごみのそれにも似ていたが、遥《はる》かに不愉快で耐え難かった。

胃液をいきなり顔面に振り掛けられるような人間の自尊心を捻《ね》じ曲げるような臭いだった。

警官は目を細め、深呼吸した。青い霧を吸って、警官の顔はますます青ざめた。「人間の臭いです」

「何をおっしゃってるんですか⁈」

「人はいい香りが好きですね。香水とか、化粧品とか、石鹸《せっけん》とか、それに食べ物もいい香りだ。でも、そんな人自身の本当の臭いは……」警官は目を瞬《しばたた》いた。「すぐに慣れますよ。ご主人の臭いでもある」警官は表のようなものを指でなぞった。「モロボシハヤトさんは中程の席に乗っておられました。免許証やパスポート、名刺など身元を確認できるものは今のところ見つかっていません。もっとも、そういうものが発見されている方が稀《まれ》ですが。……ええと、少しお訊きしてよろしいでしょうか？　受付表を作成しなければなりませんので」

「なんのためですか？」沙織は顔を歪《ゆが》め、搾り出すように言った。

「遺体の確認のためです。ご主人の身長体重は？」

「百七十センチ、六十五キロです」

「中肉中背ですね。見た感じもそうでしたか？　太って見えたり、筋肉質に見えたりはしませんでしたか？」

「とくにそんなことはありませんでした」

「年齢は三十二歳で間違いはないですね」

「はい」

「出発された時のご主人の服装は？」

「わかりません。さっき言ったでしょ！　別居してたんです」

「別居されたのはいつ頃からですか？」

「半年前からです」

「ご主人が出て行かれたのですか？」

「わたしが出て行きました。……あの、こんな話を今する必要があるんですか?!」

「ご主人が住んでいたのは元々お二人の家だったということですね。鍵《かぎ》はお持ちですか？」

「はい」

「では。家に帰ればどの服がないか、おわかりになりますね」

「わたしもそう思って、ここに来る前にいったん家に帰ったんです。でもどの服がないのかなんて、わかりませんでした」

「ご主人の服を見ればそれとわかりますか？」

「それはわかると思います。わたしが出て行ってから買った服でなかったら」

「持ち物についても同じですね。何を持っていったのかはわからないが、見ればわかるかもしれない」

「はい。……あっ」沙織は突然、自分の鞄《かばん》の中を探り、ビニール袋を取り出した。中にはぼろぼろの定期券入れが入っている。「これ、主人の古いパスケースなんですが、役にたちますか？　指紋をとれるんじゃないかと思ってなるべく直接触らずに持ってきました」

「賢明なご判断でした。助かります」警官は一回り大きなビニール袋を取り出すと、袋ごと定期券入れをその中に収めた。「あと何かご主人の体に特徴はありませんでしたか？　痣《あざ》とか、黒子《ほくろ》とか、手術の痕《あと》とか」

「黒子や小さな手術の痕はありましたが、正確な場所は思い出せません」

「だいたいでいいのですが」

「黒子なんか見なくても、顔を見ればわかります!!」沙織は些細《ささい》なことばかり尋ねる警官に敵意すら抱き始めていた。

「そうかもしれませんね」警官は静かな口調を変えずに答えた。「しかし、面接だけでご主人を確認するのはお勧めできません。他の遺体も見なくてはならなくなります」

「大丈夫です。死体ぐらい平気です」

「平気ではありません。ご主人の写真をお持ちではないですか？」

そう言われて、沙織は隼人の写真を持ってきていないことに気付いた。指紋にまで気が回ったのに、大事なことを忘れた自分が歯痒《はがゆ》かった。

「なければ結構です。過去に大きな病気をされたことはありますか？　それと歯の治療をされたことはありますか？」

沙織は大きな病気はしていないこと、過去に歯の治療をしていたかもしれないが、結婚後は一度もしていない、以前通っていた歯医者はわからないことなどを手短に答えた。

警官が書類の細々とした部分を埋めている間にも、臭いはますます強くなった。沙織はハンカチで鼻を押さえたが、刺激臭は容赦なく隙間から潜り込んで来る。部屋の暑さもあって、沙織は眩暈《めまい》がしそうなくらい、気分が悪くなった。

「遺体が安置されているのはここから、百メートルほど離れた体育館の中です。ご案内いたしましょう」警官は立ち上がろうとしたが、沙織は逃げるようにその場から立ち去った。異常事態の中、まるで日常の事務処理をするように応対するこの警官と話すことが我慢ならなかったのだ。

警官は沙織が立ち去った後をしばらく眺めていたが、やがて最初に見つめていた空間の方に目を移した。「あれを見たら、あの人もわかってくれるさ。えっ？　ああ。大丈夫だよ。君の旦那《だんな》さんもきっとすぐ迎えに来てくれるよ」

体育館に近付くにつれ、地面のぬかるみはどんどん酷《ひど》くなった。体育館の周りはほぼ水溜《みずたま》りに覆われた状態だ。むっとする水蒸気が立ち上り、体育館から溢《あふ》れる青い霧と混ざり合い、地面を伝って四方に散って行く。空の赤みはますます凄《すご》みを増している。獣の遠吠《とおぼ》えらしき音がひっきりなしに聞こえる。

霧の中を烏のようにうろうろとしているのはマスコミ関係者のようだった。カメラマンとマイクを持ったレポーターを中心とする比較的人数の多い集団から、カメラをぶら下げ、一人で歩き回っている記者らしき人物までさまざまなタイプがいる。

その中の一人がとぼとぼと進む沙織に目を付け、近寄ってきた。「すみません。ご遺族の方ですね」

沙織は険しい目を記者に向けた。「違います！」

記者は一瞬、戸惑ったような表情を見せた。目が泳いでいる。「で、でも、ここに来られたということは……」

「まだ、死んだとは決まっていません！」沙織は一語一語嚙《か》み締めるように言った。

「これは失礼いたしました」記者は神妙な顔つきになった。

沙織にはその表情が上っ面だけのものにしか思えなかった。一枚下のへらへらとした顔がダブって見える。

「ええと。一〇二四便の乗客のご家族ですね」

「すみません。急いでおりますので……」

「一言お願いできませんか？　今回、航空会社も政府も事故原因について、正式な発表をまだ行っていないのですが、そのことについてどう思われますか？　また、多くの目撃者によって落下場所がはっきりしていたのにも拘《かか》わらず、自衛隊の派遣に五時間もかかったことについては？」

「とくに意見はありません」

「しかし、もう少し早く現場に到着していたら、あるいは生存者もいたのではないかと……。いや。まだいないと決まったわけでは……」

記者があたふたとしている間に、沙織は足早に逃げ出した。体育館の入り口にはさらに多くのマスコミ関係者が集まっていたので、それを避けようと自然に裏手に回ってしまった。

そこには古びた金属製の扉があった。裏口らしい。何か催しがある時に関係者が使うためのもののようでもあった。その裏口がゆっくりと開き、立ち上る霧の中から奇妙な制服を着た青白い顔の女性がバケツのようなものを持って現れた。バケツの中身を体育館の側溝に流し始める。赤黒い液体だ。液体といっしょに時々何かの塊もぼたぼたと落ちて行く。側溝はすでに満杯になっていて、液体が波打つ度に地面に溢れ出していく。なるほど体育館の周囲の土地がぬかるんでいたのはこういうことだったのかと合点がいった。

マスコミを避けるにはここから体育館に入ればいいと考え、沙織は裏口に向った。

「ひっ！」女性は沙織の姿を認めて、小さな悲鳴を上げた。何かしなければいけないことはわかっているのに、何をしていいかわからない様子だ。

「わたしは乗客の家族の者です。表はマスコミが煩《うるさ》いのでここから、入らせていただきます」沙織は目を見開いて、制止しようとする女性を押しのけた。手に何かがべっとりとついた。

中はもうもうと霧が渦巻いていた。霧の中にいくつかの影があり、黙々と作業をしていた。窓はすべて黒いカーテンのようなもので遮られていた。ところどころに立てられた支柱の上からのライトが唯一の明かりになっていた。

沙織は一歩踏み込んだ。それまでもだんだんと強くなっていた臭いが突然勢いを増した。糞尿《ふんにょう》と嘔吐物《おうとぶつ》と腐肉と化学薬品と香が混じり合ったこの世のものとも思えない臭いだった。沙織は思わずその場でもどしてしまった。吐瀉物《としゃぶつ》は床の上に敷かれたビニールの上でびしゃびしゃと音を立てた。

「困ります。正面から入ってください」さっきの女性が弱々しく言った。一瞬、沙織の肩を摑《つか》もうとして、自分の手袋をした手が汚れていることに気が付いて躊躇《ちゅうちょ》しているようだ。

「汚してしまって、ごめんなさい」沙織は口元をハンカチで拭《ぬぐ》った。「雑巾《ぞうきん》はあるかしら」

「そんなことはかまいませんから、とにかくここから出ていってください。お願いします」

沙織は女性の言葉を無視してさらに奥に進んだ。

人影の姿がだんだんとはっきりしてくる。それは制服や白衣を着た男女の姿だった。何人かは床の上やバケツの中で何かを洗っていた。別の何人かは広げた布の上のものに薬品を散布していた。そして、別の何人かは塊を弄《いじ》りながら、記録をとっているようだった。

「諸星隼人の家族の者ですが、何かわかったことはないでしょうか？」強い臭いと熱気のため、沙織の意識は朦朧《もうろう》となり、足元も覚束ない。「夫の消息についてどんな些細なことでもいいから、教えてください」

人々の動きが止まった。全員が沙織を見つめている。やっと気が付いてくれたようだ。

「とにかく、見つかった遺体を見せてください。その中に……」

人々が扱っていたものがはっきりと見えた。床の上に転がされ、薬品散布されているのは、少女の上半身だった。眼球が飛び出し、右の乳房がもげていた。洗浄されているのは幼児の首だ。右半分が欠損し、断面が剝《む》き出しになって、脳髄が流れ出している。それは少し離れたところで、二人の男が肉塊の中から引き摺《ず》り出した皮を広げていた。それは男性の顔から腹部にかけてのものだったが、その下についたペニスはなぜか原形を保っており、何か悪い冗談のようだった。一人の男がその様子をばしゃばしゃとフラッシュを焚《た》きながらカメラにとっていた。

沙織は絶叫した。逃げ出そうとした途端、粘液でずるずるとした床のビニールの上で滑り、尻餅《しりもち》をついた。人々は作業を中断し、無表情なまま、ねっとりと熱く湿った青い霧の中をゆっくりとやってくる。沙織は恐怖にかられ、両手をついた状態でじたばたと暴れまわり、置いてあった布の包みにぶつかった。布の包みははらりと広がり、その中身が露出した。そこには皮膚がなくなり、筋肉と脂肪組織が剝き出しになり、ぐちゃぐちゃに変形した顔があった。目口鼻の位置がばらばらになって、しかも数もあっていない。目が一つに口が三つある。沙織は恐怖と共に怒りが込み上げてきた。いくらなんでも酷過ぎる。人間にこんなことをするなんて、許されていいはずがない。「あんたたち、こんなことをしてただで済むと思ってるの!!」

　それを合図にしたかのように、制服と白衣の人々はわらわらと沙織の周囲に集まってきた。何人かで、沙織の手足を押さえつける。沙織は絶叫し続ける。

「奥さん、落ち着いてください。奥さん」くぐもった声が聞こえた。

周囲から、数人の顔が沙織を覗《のぞ》き込んでいた。無表情に見えたのは皆マスクをつけていたからのようだ。一人がマスクを外した。

「奥さん、ここから入られてはこまります。ここは遺体の処置と検視を行う場所です。遺体の確認は正面玄関から入ってください」真っ青な顔をした男だった。

「嘘よ！　嘘だわ!!　死者に対する冒瀆《ぼうとく》よ！　遺体をあんなにばらばらにするなんて!!」

「酷い汗だ」男は沙織の額を見て言った。「奥さん、われわれは誓って死者に対する冒瀆行為は行っていない。この状況を詳しく説明すると言ったら、大人しく聞いていただけますか？」

「もし嫌だと言ったら？」

「仕方ありません。公務執行妨害の現行犯で逮捕させていただきます。……とは言っても形式的なものですから、実際には何の手続きも行いません。ただし、警察署で納得がいくまでわれわれの話を聞いていただくことになります」

沙織は仰向《あおむ》けに寝転んだまま、しばらく考え込んだ。どちらにしても話を聞かなくてはならないとしたら、逮捕されない方がいいに決まっている。

「いいわ。その前に手を放してくれる？」

人々は沙織から離れた。沙織はよろよろと立ち上がる。服がびっしょりと濡《ぬ》れて嫌な感じだ。

「着替えはすぐに手配します。ひとまず、そこに座っていただけますか？」男は折り畳み椅子を指差した。「わたしは検視担当の唐松《からまつ》と申します。ええと、奥さんのお名前は確か……」

「諸星です」沙織は反抗的に答えた。

「では、諸星さん、説明させていただきます。今回の事故では機体は約一万メートルの高度から落下しました」

「それは先程、別の方からお聞きしました」

「その高さから落下しては人体は原形を保つことすらできません」

「しかし、以前の事故では……」

「あの時は山の斜面に斜めに突っ込んで、地面を削りながら減速できましたが、今回は垂直落下したのです。衝撃を吸収するものは何もありませんでした」唐松の青白い頬《ほお》に一筋の涙が光った。「しかも落下の瞬間、燃料が爆発を起こしました。それぞれの遺体はばらばらになり、混ざり合い、焼かれたのです。現場からは一応一塊になっていたものを送ってくるのですが、検視の段階で何人もの遺体がごっちゃになっていることが判明することも少なくありません。いや、はっきりとそれとわからないだけで、殆《ほとん》どの遺体は何人もの方の合体なのかもしれません」

「では、遺体は最初からこんな状態だったということですか」

「そうです」

唐松のいうことは筋が通っているように思われた。

「遺体が離断していることについては納得しました。遺体にかけていたのは何ですか？」

「いろいろです。脱臭剤、消毒剤、殺虫剤」

「殺虫剤？　何のために？」

唐松は足下の床から何かを掬《すく》い取った。「これを見てください」手袋の上にやや細長い米粒のようなものが無数に載っていた。「蛆《うじ》です」

死体には蛆がたかるということは沙織も知識としては知っていた。しかし、そのようなことが実際に起こっているとは想像しづらかった。今まで見たことのある親戚《しんせき》の遺体はすべて生前のままの姿をしていた。映画に出てくるゾンビは腐敗していたり、干からびていたりしたが、蛆まで描写していることは殆どなかった。

沙織の不審そうな様子を見てのことだろうか、唐松は沙織がひっくり返した遺体を持ち上げた。「見てください」

剝き出しの筋肉と脂肪の間を夥《おびただ》しい数の蛆が這《は》いずりまわっていた。

「こいつら、叩《たた》いても叩いても取りきれないんです。肉の奥深くまで潜り込んでいて、次々と湧いてくる」唐松の両眼から涙が溢れ出る。「それでも、我慢強く何度も何度も叩き落す。でも、こいつらは不死身でしぶとくて卵がたくさんあって蠅どもが集まって取っても取ってもまたすぐ湧いてきて蛆だらけで臭くて可哀相で蛆を殺すのだけれどもそれでもこいつらは平気な顔をして何度も生き返っては人間の肉を食らって畜生こいつらが大事な大事な人たちをどろどろにどろどろにして仕方がないので指でほじくらなければならなくなってそうしたら肉に穴が空いて可哀相でこいつらが憎たらしくてでもほっておくとどんどんこいつらは増えてどろどろになって悔しくて畜生め……」はっとしたように唐松は口を噤《つぐ》んだ。

沙織は目を見開いて、唐松を見た。唐松はにっと青白い顔を綻《ほころ》ばせた。「だから、われわれは殺虫剤を使うのです」

「うっ」沙織は唐松が持っている物体の意味に気が付き、唾液《だえき》とも胃液ともつかないものを吐いた。

「これは失礼しました」唐松は慌てて、遺体を布で包んだ。「申し訳ありません。つい熱中してしまい、あなたが死体に慣れていないことを忘れておりました。でも、これでわかっていただけたのではないでしょうか？」

「ええ」沙織はずるずるになった袖《そで》で顔を拭った。

「それでは、一旦《いったん》表に回っていただけますか？　正面玄関から入ると、すでに回収して検視を終了した遺体に面接することができます。いや。その前に一度、公民館に戻られた方がいいでしょう。着替えもそちらの方に運ばせますから」

「いいえ。まず遺体に対面します。とにかく自分の心にけじめをつけたいんです」沙織は立ち上がった。立ち眩《くら》みがしてよろめいた。

唐松が手を差し伸べる。

「大丈夫です」沙織はよろよろと外に出た。

唐松も後に続く。

玄関に近付くにつれ、また何人かマスコミ関係者が近付いてきたが、みんな沙織の姿と臭いに気が付いた途端に後退《あとずさ》りした。遠巻きに取り囲んで、近付いて来ようともしない。

怪我《けが》の功名ね。

沙織は事故のことを知って以来、初めて少しだけ愉快な気分になった。

相変わらず、体育館の入り口からは青い霧が流れ出している。と、その中に何人かの顔が浮かんだ。一様に苦悶《くもん》の表情を浮かべ、沙織に何かを訴えかけようとしている。次の瞬間、顔は消えうせ、元の混沌《こんとん》とした状態に戻った。

沙織は思わず唐松の方に振り向いた。

唐松は沙織と目が合うと同時に頷《うなず》いた。

玄関を過ぎると、黒いカーテンがかかっていた。それを潜ると、係員がたっており、沙織にマスクと手袋を渡してくれた。いまさらマスクもないものだわ、と笑い出したいような滑稽《こっけい》な気分になったが、係員の真面目な態度を見て考え直し、マスクと手袋を身に付けた。

黒い空間の中でライトに照らされ、白い棺《ひつぎ》が静かに整列していた。霧が波打ち、苦しみを訴える顔が現れては消えて行く。その中に隼人の顔はないかと探すのだが、影がちらちらとして、見定めることができない。

青い霧の海の中に何人もの人々がいた。遺族らしい。事故や災害があった後、遺体が集められている場所に行った時、遺族はきっと深い悲しみに打ちひしがれているに違いないと、沙織はなんとなく思っていた。だが、ここには悲しんでいるものなどいなかった。いや、悲しんでいないわけではない。別の感情があまりに強いため、悲しみが打ち消されてしまっているのだ。

恐怖と怒り。

この世のものとは思えない絶叫がこだましている。沙織が獣の声だと思ったのは彼らの絶望の悲鳴だったのだ。棺を開ける度にどうしようもない恐怖が彼らを包み込む。変形した肉体、それは最も直接的に死の恐ろしさを見せつける。そして、そのような姿になった肉親を見る時、彼らの恐怖を思い、自ら怯《おび》えるのだ。

傍らでは、数人の男女が眼鏡をかけた男を取り囲んでいる。

「どういうこっちゃねん、これは!!」取り囲んでいる側の一人が男の胸倉を摑《つか》んでいる。

「なんで兄貴がこないな目ぇに遭わないかんねん?!」

「今回の事故に関しましては、我が社一同誠心誠意お詫《わ》びさせていただきます。そして、一刻も早く原因を究明……」

「うっさいんじゃ、ぼけ!!」遺族の男は航空会社の社員と思《おぼ》しき男を引き摺《ず》り倒した。棺にぶつかり、蓋《ふた》がはずれた。

「見てみぃ! おどれらのせいで、こんなことになっとんじゃあ!!」怒った男は社員の髪を摑むと、棺の中に捻《ね》じ込んだ。

「ひぃー。ひぃー」社員はじたばたと暴れ、ドライアイスと肉片が周囲に飛び散る。

「ど、どうか、ご勘弁を」

「堪忍したるかい!! お前ら、一生苛《いじ》め抜いたるんじゃ」

社員はなんとか棺から起き上がったが、勢い余って後ろ向きに倒れてしまった。

「おい、芳と哲。そいつを起こして、押さえといてくれ。俺、思いっきり、腹を蹴《け》ったるさかい」男は社員の腹にゆっくりとなんども足の裏を当て、蹴る準備を始めた。

「あー！　ああー！」社員は搾るような声を上げた。

「すみません。落ち着いてください」唐松は怒れる男を諭した。「この人がお兄さんを殺したわけじゃない。ただ、たまたま事故を起こした会社に勤めていただけじゃないですか」

「なんやとぉ！」男は真赤な目を吊《つ》り上げ、唐松を睨《にら》んだ。「おまえら、こんなやつの味方するんかい!!　ほんなら、警察も同罪じゃ。今すぐここへ土下座して謝らんかあ!!」

唐松は検視と遺体の確認作業をしているだけで、事故にはなんの責任もない。寧《むし》ろ、遺族のために働いていると言える。彼に怒りをぶつけるのはお門違いだ。

沙織がそう言おうとした瞬間、唐松はその場にばたりと倒れ込んだ。いや、倒れ込んだのではなく、土下座を始めたのだ。

男は唐松の頭や背中を何度も踏みつけた。「くそ！　くそ！　兄貴はなあ、この何万倍も苦しんだんじゃ！　おまえらなんかは苦しんで苦しんで苦しみぬいて、死んでもうたら、ええんじゃ!!」

「もう、やめてください」沙織は男の腕を摑んだ。

「うっ？　なんじゃ、おまえは？　こいつらの仲間か?!　おまえもいてもうたろか！」

「その人は違います」唐松が立ち上がって男を制止する。「この方は遺族の方です。今回の事故で、ご主人を亡くされたんです」

男は不服げに沙織をぎろりと睨んだ。「こいつの言うとること、ほんまか？」

沙織はこくりと頷いた。男の目が怖くて、声が出なかった。

「ほんなら、まあええやろ。今日のところは許しといたろ」

それだけ言うと、男は出口の方に向って歩いて行った。途中何度も、振り向いては沙織と唐松を睨む。男の家族たちも憮然《ぶぜん》として、後に続く。

「なんて、酷《ひど》い人なの」男が外に出た頃、沙織は言った。「なぜ、唐松さんやわたしが怒られなければならないのよ」

「仕方がありません。みんな冷静に考える余裕がないのです。どうしようもない怒りと悲しみをただ周囲にばらまいてしまっているだけなのです。あの人たちの責任ではありません」唐松は青い顔で言った。「それにもしご主人の遺体が見つかったら、あなただって冷静でいられるとは限りませんよ」

沙織は反論しようとしたが、唐松が何事もなかったかのように歩き出したため、慌てて後に続いた。

「それぞれの棺の蓋に中に収められている遺体の特徴票が貼りつけてあります。また、所持品や衣類が残っていた場合、それも透明の袋に入れておいてあります。まずそれらを見て、心当たりのある場合だけ、申し出てください」

ここに来た時はすべての遺体に対面するつもりだったが、検視現場を見て、すっかり意気地がなくなってしまった沙織は唐松の言うことを素直に聞いて、棺の一つ一つを見て回った。

確かに特徴票を見れば、明らかに隼人とは別人である遺体を見なくてもすむ。あのような遺体はできるだけ見たくなかった。見るだけで、かなりの精神的ダメージがある。唐松たち警官の顔色が悪いのも納得できる。彼らの精神は限界を超え、ずたずたになっているはずだ。

性別や年齢が明らかに違うものや、衣類や所持品に見覚えのないものはパスした。また、それ以外にも性別不明の遺体や体の一部だけの遺体もあったが、一先《ひとま》ずそれらの遺体もパスすることにした。年齢が近い男性遺体はなるべく面接を申し出た。遺体はすべて裸にされていたが、損傷が酷くよっぽど詳しく見ないと、隼人ではないとは断言できなかった。

体育館の中には沙織の他にも大勢の遺族たちがおり、絶叫や悲鳴が絶えず響き渡っていた。中にはさっきの男たちのように暴れ出すものや気分が悪くなって座り込む者たちもいた。

沙織は比較的落ち着いて、遺体の確認をこなしていた。そして、遺体の約半分の確認を終えた頃、一つの棺の蓋の上の遺品に目が止まった。沙織は声を出すことができず、手を挙げて部屋の隅で別の警官と打ち合わせをしていた唐松を呼ぶのが精一杯だった。

「どうかしましたか？」

「たぶん、これだと思います」沙織はぶるぶると震えていた。

「どうして、そう思われました？」

沙織は遺品を指差した。「この腕時計は主人のものです」

「間違いありませんか？」

「はい」

「指輪も入っていますね」唐松は袋からひしゃげた指輪を取り出した。「結婚指輪ですね。年号は潰《つぶ》れてよくわかりませんが、日付は〝1・15〟となっています。イニシャルは〝S to H〟。日付はあっていますか？」

沙織は頷いた。

「ではほぼ間違いありませんね」

唐松は特徴票を読んだ。

「分離遺体となっていますね。比較的原形を保った左腕と、かなり損傷が酷いおそらく胴体を含む炭化した部分です。どうしますか？　面接できますか？」

沙織は目を瞑《つぶ》り深呼吸した。見てしまえば、隼人の死を確認せざるを得なくなってしまう。しかし、ここまで証拠が揃ったからには逃げることはできないだろう。

「開けてください」

唐松はゆっくりと蓋を持ち上げた。

もわっとドライアイスの湯気が立ち上る。そこには長さ一メートルほどの黒い塊と左腕が置かれていた。沙織は左腕を握り締めた。何度も力を入れたり、抜いたりして感触を確かめる。

「どうですか？　ご主人ですか？」

沙織は無言で左腕を持ち上げた。腕って結構重いものだなとぼんやり思った。切断個所は肩の部分で、骨と筋肉と脂肪組織が剝《む》き出しになっている。

「主人の腕のような気がしますが、確証はありません」沙織は正直に言った。

唐松はもう一度特徴票を確認した。「すでに指紋はとってありますから、ご主人の指紋と照合することができます。万一、ご主人の生前の指紋が見つからなかった場合でも、腕時計と指輪から考えて、この遺体がご主人であることはまず間違いないでしょう」

沙織は目を瞑って、左手の甲に頰擦りした。何かが伝わってくるのではないかと思ったのだ。しかし、伝わって来るものは何もなかった。こんなものかと思った。

「一刻も早く連れて帰られたいとは存じますが、一応指紋の確認がとれてからにしていただけますか？　万が一ということもありますから」

「では早く指紋を調べてください。主人のパスケースは受付に渡してあります」

唐松は他の警官に指紋照合の手続きをとるよう指示をした。

万が一、間違えたからと言って、どういう違いがあるというのだろう？　沙織は滑稽《こっけい》な気分になった。いったい自分は何をしているのか？　そして、この唐松という男はなぜ心身ともぼろぼろになってまで遺体の身元の確認をしなければならないのか？　誰のものであっても、死体は死体だ。身元が判明したからといって、家族の元に引き取られたからといって、生き返るはずもない。だとしたら、自分たちはなぜこんなに苦しまなければいけないのか？　死体を一山にして、一家族当たり何キロかずつ持って帰ればすむ話ではないか。この左手が隼人のものでなくたって、なんの不都合があろうか？　ましてや黒焦げの胴体が別人のものであろうと、実質的には何も変わらない。なにしろ、ほとんど原形を保っていないのだ。黒い塊に細い枝が二、三本くっついているだけだ。

……でも、あの枝のようなものはなんだろう？

「あのすみません」沙織は奇妙な期待感に包まれていた。「胴体の下側に何か枝のようなものがありますね」

「ええ。でも、あれは枝ではありませんよ。枝などは検視の時にすべて取り除いてありますから。あれはたぶんご主人の腕の骨です。炭化した皮膚のおかげでなんとか一つに繋《つな》がっているだけです」

「もっとよく見えるようにしていただけますか？」

唐松は不思議そうな顔をしたが、すぐに胴体を少し持ち上げ、腕がよく見えるようにした。

「確かに腕のようですね。胴体とも繋がっているし」

「納得されましたか？」

「指も残っていますね」

「そう言えば、残っていますね。ご主人は両手とも揃ったということになる」

沙織は首を振った。「そうではありません。だって、これ親指の骨じゃありませんか」

「ええ。そうですよ。だって……」唐松の言葉が凍りついた。親指の位置が示す意味に気が付いたのだ。

「これは左手だ」

沙織は頷《うなず》く。「そして、わたしの夫のものではあり得ない。なぜなら、わたしの夫は左腕を二本も持っていなかったから」

「これは申し訳ないことをしました」唐松は少し焦っているようだった。「きっと同じ場所にあったため、自衛隊員が一体と誤認したのでしょう。すぐに移棺いたします。ということは申し訳ありませんが、ご主人の遺体はこの左腕だけということになってしまいました。茶毘《だび》にふす手配はこちらの方でいたしますから……」

「左手のない遺体は何体ありましたか？」

「えっ？」

「左手のない遺体です。左手がない遺体はすべて主人の可能性があります」

「まだ続けられるのですか？」

「左手がほぼ完全な形で見つかったからには他の部分も見つかる可能性が高いんじゃないですか？　あるいは左手以外は無傷で、今も山の中で救助を待っているのかもしれない」

「諸星さん、希望を持たれるのはわかります。しかし、この事故では助かりようはないんですよ」

「じゃあ、主人の左手以外の部分を見せてください。そうすれば納得します」

「あの……」さっきから二人の近くでもじもじしていた若い看護婦がおずおずと声をかけてきた。「左手に異常がある遺体と言えば、Bの七二番がそれではないでしょうか？」

唐松は溜《た》め息をつきながら、首を振った。「あれは違うよ。確かに左手に異常があったが、あれは先天的なものだ。なにしろ、左手だけが普通の長さの半分しかなくて、小さな指までついていたんだから」

「でも、あの腕は妙な感じでした。透き通るように白くて、すべすべして、まるで胎児のような」

「左手だけ胎児だなんてことがあるものか、それにちゃんと指紋もあった。あれは絶対に先天的なものだよ」

「とにかく、そのBの七二番を見せていただけますか？」

「しかし、あの遺体は明らかに関係ないですよ。ほぼ完全に近い遺体で、左手も残存していたのですから」

「とにかく、見せてください。関係あるかどうかはわたしが判断します。こうして、ここで言い合っていても先にすすまないじゃないですか」

唐松は呆《あき》れたような顔をして歩き出した。沙織と看護婦が後に続く。

「さあ、これがBの七二番の遺体です」

その棺《ひつぎ》の蓋《ふた》には特徴票以外には何も載っていなかった。持ち物も衣類も発見されなかったらしい。

唐松は蓋を持ち上げた。ドライアイスの霧が床へ流れ出す。腰に褌《ふんどし》のように白布を巻きつけたほぼ全裸の男性死体が現れた。血の気はなかったが、損傷は殆《ほとん》どなく病死と言っても不思議ではないぐらいだった。

遺体を見た瞬間、三人が三人とも息を飲んだ。

「こんな馬鹿な。……あり得ない」唐松は目を見張った。「これは本当にBの七二番なのか？」

「確かに、Bの七二番です。遺体の特徴も蓋に貼られた特徴票に一致しています。その……左手を除いて」

唐松は遺体の左手に触れた。それは正常な長さの左手だった。肩や腋《わき》の下を探ってみたが、何らかの細工が施された形跡は全くなかった。今この遺体を見る限り、最初からこの状態であったとしか思えない。しかし、唐松はほんの3日前に左手の異常を確認しているのだ。

「理由はわからないが、何かの手違いがあったようです。特徴票や死体検案書を書きなおさなければいけない。ひょっとして、特徴票だけを見てこの遺体に面接しなかった方の中に遺族がいた可能性もある。遺体が確認できなかった遺族すべてにもう一度連絡するように手配しましょう」唐松は慌ただしく、その場を去ろうとした。

「待ってください！」沙織は叫んだ。

唐松は立ち止まった。

「他の遺族に知らせる必要はありません」沙織は遺体の頬を優しく撫《な》ぜた。

「まさか、だって……」看護婦は目を疑った。

「ご主人ですか？」唐松は四十度近い気温の中で震えていた。

「主人です」沙織は隼人の手を持ち上げ、自分の頬に擦りつける。「可哀相に」

看護婦は足早にその場から離れた。

「こんなことは考えられない……」唐松は言葉がなかなか見つからないのか、口をぱくぱくと開いたり、閉じたりした。「とにかく複数のミスが重なったようです。どう言ってお詫《わ》びすればいいのかもわかりませんが……」

「あなたに謝っていただく必要はありません。なんの責任もないんですから……」

沙織の目から自然と涙が流れ出す。本来なら、遺体が確認できたことは幸運なことなのかもしれない。だが、夫の遺体が見つからないことに一縷《いちる》の望みを託していた沙織にとって、最後の砦《とりで》を打ち砕かれたにも等しいことだった。

「とにかく、指紋の確認をしましょう」

「その必要はありません」

「もちろん、奥さんを疑っているわけではありません。ただ、面接だけで遺体をお渡しするわけにはいかないのです。どうか、わかってください」

「では、早く指紋をとってください！　さっきも言ったように、主人のパスケースは受付にお渡ししてありますから！」

看護婦が別の警官と共に戻ってきた。

「ああ。君、さっきの指紋照合の件だけど、左腕の離断遺体ではなく、こっちの……」

話を遮るように警官は唐松に耳打ちした。

唐松の顔色が変わった。

「あの……真《まこと》に申し上げにくいことなのですが」唐松は口籠《くちごも》りながら、沙織に言った。

「このような事故があった時には、法律で司法解剖を行うことが義務付けられています」

「せっかく、きれいな体のままで見つかったというのに、主人の体を切り刻もうというんですか?!」沙織の目が吊《つ》り上がった。

「ご理解ください。業務上過失の疑いがある場合は、司法解剖を行って死因を確定しなければならないのです」

「死因なら、はっきりしているじゃないですか！」沙織は泣きじゃくった。「飛行機の墜落です」

「奥さん、ご理解願います」唐松はおろおろと言った。「形式主義だと思われるかもしれませんが、捜査の手続き上どうしても必要なのです」

「遺体なら、他にもいっぱいあるじゃないですか！」

「殆どが離断遺体か、炭化遺体ばかりなんです。司法解剖には完全遺体が望ましいとされています」

沙織は隼人の手を棺の中に戻した。唐松の方をじっと見る。

唐松はその場で土下座をした。「すみません。お願いします。必ず。必ず、事故の原因を究明いたします。ご主人のためにも、そして事故で亡くなられた五百人を超える方々のためにも、どうか解剖のご承諾をお願いいたします」

唐松の土下座には心を動かされない。さっき、暴れる遺族の前で土下座をしたばかりだ。短時間の間に続けて土下座してみせられたのでは土下座の価値も薄れる。ひょっとすると、唐松は連日土下座をし過ぎて、土下座に対する抵抗感がなくなって、簡単にできるようになっているのかもしれない。土下座のインフレだ。そんな唐松のことを思うと、滑稽《こっけい》になって、かえって心が軽くなったような気がした。

考えてみれば、隼人の死体は早晩、荼毘《だび》に付すのだ。遺体の形を完全に保つことには、思っているほどの意味はないのかもしれない。わたしがここで意地を張っても、他の誰かの遺体が解剖されることには変わりない。そして、唐松かあるいは別の警官が頭を下げることになる。警察は何も悪くないのに。

沙織はもう一度、隼人を見た。それは生きている時の姿と何の変わりもなかった。もちろん、眠っているようには見えない。全く生気のない様子はどう見ても死体だった。死体の描写で「眠っているかのようだった」というフレーズがよく使われるが、あれはただの比喩《ひゆ》なのだろうか？　あるいは自然死でしかも死亡直後にはそう見えるものなのだろうか？

沙織は隼人の肩を摑《つか》むと渾身《こんしん》の力を込め、肩と頭を数センチ持ち上げた。と、ふっと力を抜き、手を放す。隼人の頭は激しく、棺の底にぶつかり、ごとりと大きな音を立てた。隼人はなんの反応もしない。

やはりそうなのだ。沙織は思った。これは物体なのだ。かつては隼人の体ではあったが、今この物体には隼人の本質は宿っていない。人為的に冷やし続けなければ、あっという間に腐り、蛆《うじ》にたかられる一個の死骸《しがい》に過ぎない。そう思うと、隼人の遺体は本当に物体に見えてきた。こんなものに執着してなんになろう。

「いいわ」沙織は呟《つぶや》いた。

「ありがとうございます」唐松は土下座したまま言った。

「もう、そんなことはやめてください。そんな大げさなことではないんです。死体は物体です。事故の証拠品なんです」

唐松はゆっくりと立ち上がった。悲しい目で沙織を見ている。気が付くと、看護婦と警官も同じ目で沙織を見ていた。三人とも真っ青な顔をしている。どちらが死体かわからない。

沙織は視線に耐えきれなくなって、顔を逸《そ》らした。隼人の死体に向き合う。

「死体って、本当に……」沙織は言葉を途中で止めた。

隼人の冷たい手が沙織の手首を摑んでいる。いったい何が起きているのか、理解できなかった。

　これはきっと、なんとかという死体の反応だわ。まるで、生きているみたいに動くって言うじゃない。

　沙織は筋の通った説明を求めようと、三人を振り返った。

　だが、三人も恐怖の表情のまま、凍りついたように隼人を見詰めていた。沙織はその視線の先を探った。

　隼人は目を見開いていた。少しやぶ睨《にら》み気味に天井を見ていたが、やがて大きく見開かれたままの両目の黒目がゆっくりと移動して沙織に焦点を合わせる。顔は依然として、死者の青白さのままだ。

「ゆ、許して、あなた」沙織は身を引こうとしたが、隼人の腕の力は強く、後ろに腰を突き出すような格好になったまま、動くことすらできない。

　隼人はずるりと棺《ひつぎ》の中から上体を起こした。目は沙織の顔を見据えたままだ。

「ぼごあ」隼人は白い液体を沙織の顔に吐きかけた。びっしょりと濡《ぬ》れた服を伝って、足下から床に垂れて行く。

　沙織の絶叫はいつまでも古びた体育館に響き続けた。

第一部

「預言者ダニエルによって語られた、あの忌まわしき破壊者が立つべきでない場所――読者はこの意味を悟るべし――に立つのを見た時、ユダヤにいるものたちを山々に逃がし、屋上にいるものを降りさせず、屋外にいるものを何かを取りに家の中に入らせないようにしなくてはならない。野にいるものには服を取りに戻らせてはならない。その時子供や赤ん坊を持つものたちは悲惨なことになる。あなたがたの逃走が冬に起こらないことを祈れ」

『新約聖書』マルコによる福音書第十三章十四節～十八節

渦動破壊者が二十万キロメートルの彼方《かなた》から誘いかけている。

最初、ガは夢か幻覚ではないかと、思った。なにしろ、ここ八カルパ程の間は全く碌《ろく》なことがなかったのだから。

1

けちの付き始めは光帆獣の捕獲に失敗したことだった。

光帆獣は別に「一族」に害をなす存在ではなかった。領域内を通過する時、たまに磁場を乱す程度だ。それだとて、不快なだけで、致命的だというわけではない。だから、捕獲は純粋に調査のためだった。調査の最大の目的は彼らに知性があるかどうかを確認することだった。彼らの存在はそれこそ何百カルパも前から知られていたが、彼らに知性があるかどうかについては「一族」の中でも意見が分かれていた。

一つの見解は、明らかに知的存在である「一族」のすぐ近くを通りながら、全くコンタクトをとろうとしないこと自体が知性がないことを証明している。むしろ生命であるかどうかも疑わしい。単なる自然現象なのではないか、というものだった。

別の見解は、光子流を有効利用して、進路の最適化を行っている彼らは明らかに生命体であると考えられるというものだった。知性を持つから即コンタクトをとるはずだという考えには根拠はない。他の知性とコンタクトをとることに関心がない知性がいてもおかしくないし、そもそも彼らはわれわれの存在に気付いていないのかもしれない、というものだった。

遠距離からの観測では埒《らち》が明かず、最終的に捕獲して直接コンタクトをとる以外に確認する方法はないだろうという結論に達した。そして、捕獲の任務はガに回ってきた。ガはまだ若い個体だったが、そろそろ重要な任務についてもいい頃合だろうと、考えられたのだ。

ガは張りきった。この任務に成功すれば、ランクは一気にアップするに違いなかった。そうなれば、交接の機会はずっと多くなるだろう。ガはそれまで、ほんの数えるほどしか交接の体験がなかったため、期待で磁気破裂を起こしそうになるぐらいだった。

ガは慎重に計画を立てた。もちろん、最初から暴力的な手段を使うつもりはなかった。できれば、平和的な説得を行って彼ら自身の意志でやって来させるのが理想的だ。しかし、彼らに知性がない場合や、あってもその形態が「一族」とあまりにかけ離れていた場合、意思の疎通が不可能であることは充分に考えられた。その時はやや強引な方法をとることも避けられない。

ガの立てた計画は、まず自分の姿を光帆獣に似せて、安心させて近付くことから始まるものだった。知りうる限りの光帆獣に関する知識はすでに長老たちと交接することによって、手に入れていた。しかし、その素材に関しては、光圧によって容易に加速度を得られる程度に軽く、薄く、また反射能が極めて高いことしかわからなかった。本当は彼らの素材にできるだけ近付けるのが理想だが、それは無理なので次善の策として、肉体を相転移させず、見掛けだけをできるだけ似せることにした。つまり、自らの体を形成するプラズマの表面に強力な磁界を発生させ、極度に薄っぺらな形状を実現するのだ。もちろん、相転移を行わずにこのような無理な形態を長時間保持することは難しい。任務は短時間で実行する必要があった。ガは光帆獣の群れから離れて航行している個体の一つに目を付け、大急ぎで近付いた。それが間違いだった。

　ガが百キロメートルまで近付いた時、光帆獣に変化が起こった。帆がばたばたと波打ち始めたのだ。ガはそれを友好反応だと判断した。そして、探査針を一本かれの方に伸ばした。控えめにやったつもりだった。しかし、次の瞬間には取り返しのつかない事態になっていた。探査針が近付いた時、光帆獣の体の一部が蒸発してしまったのだ。慌てて引っ込めたが、その時には光帆獣の体の半分近くがなくなってしまっていた。残った部分はさらに激しく波打ち、端からちぎれて遥《はる》か彼方に飛んでいく。

　焦ったガはさらに光帆獣に近付いてしまった。光帆獣は物凄《ものすご》い速度でガから離れていった。それがガの発する熱線に吹き飛ばされたのか、あるいは自らパニックに陥ってあらぬ方角に飛んでいったのかは今となっては判断しようがない。確かなことはその個体が光帆獣の群れの中心部に突っ込んでしまったことだ。

何十体もの光帆獣の体が砕けて、ばらばらになった。さらにパニックにかられた光帆獣たちが飛び交い、惨劇はさらに輪をかけて酷《ひど》いものになった。何体かは「一族」の生存圏に飛び込み、多大な被害を発生させていた。特に巣が完全に消滅したことはガの立場をいっそう悪くした。新世代の「一族」を何カルパもの間育《はぐく》んで今まさに巣立ちさせようとしていた矢先だったのだ。

長老たちはガの報告アスペクトを食べた後、互いに交接し、ガに判決を下した。

光帆獣と「一族」の体温の差が致命的に大きいことは予想できないことではなかった。なぜなら、生命体が適応している環境が千差万別であるということは、幼年期に受けた交接によって「一族」なら必ず知っている基礎知識であるからだ。したがって、経験の浅さは言い訳にならず、ガは相応の罰を受けなければならない。向こう百分の一カルパの間の交接禁止と辺境警備を命ずる。なお、今回光帆獣が知性を持つという確証は得られなかったが、これはガにとって幸運だったのかもしれない。もし大量の知的生命体の命を理由なく奪ったと認められたら、この程度の罰ではすまなかっただろう。

ガは抗議もせず、辺境警備の仕事に就いた。長老たちの判断が理に適《かな》っていたこともあるし、下手に反論して心証を悪くすることを畏《おそ》れたのだ。百分の一カルパの刑ですんだのは確かに幸運だった。

外部領域との境界部には電流が流れており、二つの領域の磁界を完全に遮断していた。

ガの仕事はその境界の内側付近をただ漂うだけのものだった。境界のさらに向こうでは太陽風と宇宙線がせめぎあい、凄《すさ》まじい衝撃波が発生していた。ガはその恐ろしい様子に怯《おび》えながらも懸命に職務を遂行した。

刑期の半分が過ぎたころ、境界を越えて何かが内部領域に侵入してきた。ガはどうせ自然現象だと高を括《くく》り、無造作に近付いて観測しようとした。ところが、その物体はガが近寄ると、急激に方向を転換し、外部領域の衝撃波の彼方に消えていった。ガは衝撃波を通り抜ける自信がなかったため、追跡を諦《あきら》めて長老たちに報告するために帰還した。ガは直接長老たちに交接することを禁じられていたので、念入りにアスペクトを生成し、提出した。

未確認物体の温度は非常に低く、また密度は途方もなく大きく、体積はほとんど測定できないぐらいに小さかったが、おそらく形状は回転楕円体《だえんたい》であろう。速度は「一族」とほぼ同じだったが、磁気やプラズマ衝撃波に全く影響を受けずに移動することが可能であった。また、すべての波長領域において、電磁波をよく反射していた。当方の姿を確認した直後、逃走を開始したように見受けられた。

長老たちの交接は拍子が抜けるほど、短いものだった。そして、ガを辺境警備の任から解き、内部小領域の一つに生息する電気龍たちとの折衝役に再任命した。突然、刑期を切り詰めたことの説明は全くなかった。「一族」の中には、この措置に異議を唱える者もいたが、長老たちと交接するとすぐさま態度を翻した。ガ自身もおずおずと長老の一体に尋ねてみたが、ただ「おまえは知る必要なし」というアスペクトを投げつけられただけだった。

電気龍たちとの交渉はさほど楽しいものではなかったが、ガは刑罰の続きと考え、じっと耐えた。もっとも、辺境警備に較べると遥かに楽な仕事ではあった。

内部領域が外部領域の中に浮かぶ別世界であるように、内部小領域もまた内部領域の中に浮かぶ別世界であった。やはり、衝撃波と磁気壁の二重の障壁に囲まれている。電気龍たちは磁気壁に棲《す》んでいる知的生命体だった。その存在は百カルパも前から知られていたが、実際に交渉が始まったのはほんの十カルパ前に過ぎない。「一族」は異種族とのコンタクトに対し、非常に慎重だった。長期間観測し、「一族」にとって危険でないことを確認してから、ようやく接触を試みる。そのために何百カルパを費やしても、無駄とは考えていない。もし、その生命体の知的進歩が一定レベルに達していないと判断した場合、気長に進歩を待つ。そして、その知的生命体が「一族」にとって危険であると判断した場合は、躊躇《ちゅうちょ》せずに絶滅させる。

危険でないと判断されたのは電気龍たちにとっては幸運なことだった。「一族」は電気龍たちが考えているよりも遥かに強力であったのだ。内部領域もしくはその周辺領域で、「一族」に太刀打ちできる種族は見当たらなかった。その気になれば、電気龍が棲む内部小領域を包囲し、その環境を回復不可能な状態にまで破壊することさえ、簡単にやってのけられただろう。

しかし、「一族」によって危険でないと判断された種族にとって「一族」は全く無害な存在だった。特に、「一族」にとって有意義なレベルに達していない種族に対する態度はただ一つ。単に無視するだけだ。無闇に戦争をしかけない。未発達な種族には干渉しない。それは長い年月をかけて彼らが獲得した行動原理なのだ。

遥か以前には好戦的な個体も数多く存在したし、それが原因で「一族」全体が戦争状態に陥ったこともあった。しかし、好戦的な個体は当然無意味な戦闘に巻き込まれることが多く、そのデータを遺《のこ》す確率が少なかった。数千カルパが過ぎるころには好戦的なデータは殆《ほとん》ど生き延びていなかった。

一方、攻撃をしかけられても反撃をしない個体や危険な種族が発達していくのを看過する特質を持った個体もまた多く存在した。彼らは兇悪《きょうあく》な種族に食い物にされたり、意味もなく攻撃を受けることが多く、やはりデータを遺すことができなかった。

結果として、現在の「一族」に遺ったデータは異種知性体に対し、ほぼ一致した態度をとることになった。もちろん、ガのデータも同じ性質を持っていた。だからこそ、気難しい電気龍に対しても辛抱強く交渉を続けることができたのだ。

いや、実のところ電気龍たちは気難しくはないのかもしれない。ただ、彼我のコミュニケーション体系があまりにも違うため、意思の疎通は交渉の歴史が始まって以来、遅々として進んでいなかった。いままでにわかったことは彼らの個体数とテリトリー、そして宇宙論の一部だ。しかも電気龍側が「一族」のことをどの程度理解しているのかすら、さだかではなかった。なにしろ、電気龍たちは肯定や否定に相当する概念さえ持っていなかったのだ。

「一族」が電気龍たちに求めていることはただ一つ――取り引きだった。取り引きといっても、何かの物体を交換するわけではない。「一族」はその生態からして、原理的に物欲はすべて種族内の活動のみで、満たされているのだ。彼らが欲したものは情報だった。情報は彼らを形作るデータの一部となり、未来へと引き継がれていく。彼らにとって――そして、もちろんガにとって、有用な情報を収集することは最大の関心事だったのだ。

だからこそ、ガは辛抱強く、電気龍との折衝を続けた。そして、ついに大きな成果を上げることになった。電気龍たちは自らを二次元の生命体だと認識していたのだ。電気龍の体は薄い磁気壁に流れる電流からなっていた。つまり、もともと擬似二次元生物だと考えられていたのだが、実は彼らの認識している世界は磁気壁だけで、それを二次元宇宙ととらえていたのだ。実際には彼らはかなりの厚みを持っていたが、厚み方向の運動は無意味なので、彼らの精神はそれを認識するように進化しなかった。驚くべき結果だった。ガはさらに接触を続けた。彼らが二次元生命体だとすると、「一族」をどのように認識しているのか？　同じ二次元生命だと考えているのか？　あるいは不可解な高次元生命だと認識しているのか？　それらすべてを解き明かした暁には、ガは「一族」の英雄になれるのだ。大勢の者たちが先を争って、ガと交接したがるに違いない。ガは自分のデータが交接によって、「一族」の中に広がっていく様子を思い浮かべ、有頂天になった。

しかし、悲劇は突然訪れた。

電気龍が一方的に交渉を打ち切ってきたのだ。ガは焦った。せっかくここまで成果を上げたのに、ここで交渉が終わっては何にもならない。ガはなんとか交渉を再開させようと、電気龍たちに接触を繰り返したが、彼らの態度はますます頑《かたく》なになるばかりだった。

遂にガは「一族」に助けを求めた。助けを求めた時点でガは自ら問題解決能力がないことを認めることになる。それは今までの成果が相殺されてしまうことを意味していた。だが、このまま電気龍との交渉が決裂してしまったら、ガの評価は大きくマイナスに傾くだろう。背に腹は代えられない。

「一族」から送られてきた大使たちは特殊な計測を行い、電気龍たちの意識の流れの一部をとらえることに成功した。捕捉《ほそく》は一瞬で終わったが、交渉打ち切りの理由を突き止めるにはそれで充分だった。

彼らは怒っていたのだ。ガと交渉していたのは電気龍たちの中で最大の地位を持つ個体だったらしい。そして、彼らはガのことも当然高い地位にあると思い込んでいたのだ。

しかし、交渉の途中ガは自分の身分を囚人だと説明していた。そして、不運なことに電気龍たちはその言葉の意味を解明することに成功してしまったのだ。

異種族との交渉などのような危険な仕事をガのような囚人もしくは半囚人にさせるのは「一族」の中では常識だったが、電気龍の間ではそうではなかったらしい。ガは必死に誤解を解こうとしたが、電気龍たちはガを完全に無視して二度と接触に応じることはなかった。「一族」が電気龍が自然現象ではなく知的生命であることを発見する以前のように、彼らはランダムな電流の集まりにしか見えなくなってしまった。

今回はそれほど酷《ひど》い罰は受けないだろうと、ガは予想した。地位の低い者が対外交渉に当たるという事実はガの落ち度ではない。「一族」の慣わしなのだから。

しかし、長老たちの判決はガの予想を遥《はる》かに上回る厳しいものだった。

確かに、「一族」の慣わしに関して、ガに責任はないが、その事実を電気龍たちに知らせる必要は全くなかった。事実を知らしむることが罪になることもあり得る。

ガはこの時、遂に反論のアスペクトを長老たちに提出した。

電気龍との交渉は互いの情報を交換することで成立していた。相手から重要な情報を入手するためには、こちらも相応の情報を公表せざるを得なかったのだ、と。

長老たちは却下の旨のアスペクトを返してきた。

電気龍たちに公表する情報の選択権は全くガ一体にあった。あえて危険な情報を選ぶ必然性はなかった。特に強い合理的な根拠を持たない各種族の風習が異種族には不快に思えることがままあるのは遍《あまね》く知られたことである。接触の歴史が浅い異種族との交渉にはこのことは常識と言ってもいい。ガの落ち度は明らかである。

ガは再び過酷な任務に就くことになった。太陽表面の観測である。この任務は極めて危険であるため、常に二体一組で行われた。

任務の相方との交接は黙認されていた。ガは激務の合間に相方の城壁測量士と互いを貪《むさぼ》るように交接した。

「君はいったいなんの罪でこの仕事をしているんだい？」

「謀反罪よ。わたしは無断で巣に侵入して、『一族』の幼体たちに自分のデータを植え付けようとしたの」

それを聞いた途端、ガは城壁測量士から体を離した。急激に分離したため、二体の間に再結合できなかったアスペクトが雫《しずく》になって飛散した。城壁測量士は悲しそうに身を縮め、ガはそれを冷ややかに見つめていたが、やがて二体ともアスペクトたちが無駄に失われていくのに気付き、慌てて片っ端から捕まえて食べ始めた。そうしているうちに、ガの収集器が城壁測量士のそれに触れた。次の瞬間、交接が再開した。

「やっぱり、軽蔑《けいべつ》した？」

「いいや。でも、少し驚いてしまった。どうして、そんなことをしてしまったんだい？」

「我慢できなかったの。この先、交接する機会が巡ってこなかったら、自分のデータは誰にもわたらず、このまま拡散して消えてしまうんじゃないかって」

「だからって、無防備な幼体にデータを与えるのは酷過ぎる。彼らは君の植え付けたデータを基本人格に組み込んでしまうことになる」

「だからこそ、やったのよ。わたしのデータが基本人格の一部になれば、永久に『一族』の中で生き残り続けると思ったから」

「もし君のデータに致命的な欠陥があったら、それは『一族』存亡の危機に繋《つな》がる」

「それでもいい……そうわたしは思った。そして、そのような行動をとったことこそ、わたしのデータに欠陥があることを自ら証明している。長老たちはそう判断したの」

優れた個体は数多くの交接の機会を得、劣った個体はほとんど交接の機会を与えられない。この掟《おきて》が守られる限り、「一族」の中には優れたデータが広がり、「一族」全体の能力が向上していく。そして、優れたデータとは「一族」および自分自身の生存確率を高めるデータを意味する。城壁測量士のとった行動は自らのコピーを大量に作製するという意味では自分自身の生存確率を高めることになるが、その反面「一族」の生存を脅かしたことになる。両者を比較すると、後者の方が遥かに影響が大きいと判断されたのだろう。それに、そのようなことを発覚せずに実行できると考えたという事実がすでに城壁測量士のデータの劣等性を示しているようにガには思われた。

だが、一方的に城壁測量士を責められるだろうか？　誰だって、自分のデータを残したいに決まっている。人格はデータの集積なのだから、個々のデータは自分自身の分身だ。たとえ、オリジナル人格がなくなることがあったとしても、そのデータが「一族」の中に広がっていれば、人格は消滅することにならない。つまり、永遠の生命を得たことになる。だから、「一族」の個体は物心がつくと、すぐに熱心に交接を始める。そして、優れたデータを持つ者は特に交接の相手として人気が高い。優れた個体に自分のデータを注入しておけば、その個体のデータと共に「一族」の中に広がって行く可能性が高まるからだ。また、優れたデータを取り込めば、自分の人格を優れたものにできる可能性が増える。一方、ガや城壁測量士のように劣ったとされる個体と交接しようとするものは殆《ほとん》どいない。自分のデータを注入しても広がる可能性は小さいし、劣ったデータを取り込む危険すらあるのだから。

二体は来る日も来る日も激しく交接した。二体のデータは混ざり合い、渾然《こんぜん》一体となった。二体をよく知らない者なら区別がつかないぐらいだった。

太陽に近付くこと自体はさほど危険ではなかった。彼らの肉体は元々高温のプラズマと磁場で形成されているため、相転移の必要すらなかった。恐ろしいのは太陽フレアだった。太陽フレアとは太陽の表面で起こる爆発で、電波からX線にかけての電磁波、プラズマ、粒子線、衝撃波などの様々なエネルギーが吹き荒れるのだ。これの直撃を受けたが最後、強力さを誇る「一族」ですら、生き延びることは不可能だ。なにしろ、強烈なエネルギーに曝《さら》され、データがすべて吹き飛んでしまうのだ。また、危険さゆえその発生時に近距離での観測は行われたことがなく、その詳しいメカニズムも謎のままだった。

太陽表面の探査が二体一組で行われるのは、一体が太陽面すれすれまで降下している間、もう一体が遥かなたから太陽面を監視し、少しでも太陽フレアの兆候があると、警報アスペクトを、降下している相方に飛ばすためだ。ガと城壁測量士は交代で太陽面に降下し、もう一体が監視役を務めた。たまに、太陽フレアが発生することもあり、慌てて逃げ出すのだが、そのうち何度かは危うく、データを失うところだった。

「こんなことを長くは続けられないわ」ある時、城壁測量士が思い詰めたように交接した。「早晩、わたしたちのどちらかが、あるいは二体ともがフレアに巻き込まれてしまうことになるわ」

「だからと言って、どうしようもない」ガは交接して答えた。「僕らは与えられた任務を遂行しなくてはならないんだ。注意深く監視していれば、フレアに巻き込まれることはないさ」

「フレアのメカニズムすらわからないのに、正確な予測ができるはずはないわ。現に何度か手遅れになりかかったことがあるじゃないの。ねえ、わたしたちこんなことをいつまで続けなきゃならないの？」

「知ってるだろ。任期は特に決まってないんだ。充分な発見が蓄積されたと判断されたら、長老会議の判断で、この任務から解放される」

「それはいったいいつのこと？」

「そんなことわからないよ。僕らはただ我慢して任務を遂行するだけだ。それが結局自由への近道なんだから」

「それでは駄目なのよ」城壁測量士は思い詰めたように言った。

それからしばらくして、太陽面にはっきりとしたフレアの兆候が現れた。太陽面降下の準備をしている城壁測量士にガは交接した。「今はやめた方がいい。気が付いてないんだろうが、まもなくフレアが始まる」

「気が付いているわ」城壁測量士はぶっきらぼうに交接した。「だからこそ、準備をしているんじゃないの」

「どういうことだ?」ガは強い不安に襲われた。「自殺をするつもりなのか」

「まさか。フレアが本格的に始まるにはまだしばらく時間があるはずだわ。フレアの始まる直前にぎりぎりまで降下して、太陽面の観測をするの。これがどういうことかわかる?」

「まるでわからない。僕には自殺しようとしているとしか思えない」

「逆よ。今のわたしたちの生活こそ緩慢な自殺だわ。わたしは一気に片をつけようとしているの」城壁測量士は体表面の電荷を調節し、荷電粒子を弾きはじめた。「この計画が成功したら、わたしたちはすぐに復帰できるわ」城壁測量士はうっとりと交接した。

「そして、交接しまくって、わたしたちのデータを『一族』中にばらまくのよ」

「考え直すんだ。リスクが多過ぎる」

「何度交接すればわかるの? リスクが大きいのは今の生活の方なのよ。小さな危険を何百回も冒しているうちにいつか成果を得られないままにフレアに飲み込まれてしまう。

その前に一度だけ大きな危険を冒して、成果を手に入れるのよ。あなたそのぐらいの計算はできるでしょ」

確かに城壁測量士の交接する通りだった。だが、ガは何か割りきれなかった。「今すぐフレアが発生してもおかしくない状況だぞ」

「わたしは太陽面ぎりぎりまで降下して、そのまま戻って来る。観測はその往復の道程で行うわ。今までの観測データから推測して、成功率は八十五パーセントもあるわ」

「今のままのやり方で、死ぬまでにこの任務から解かれる可能性は？」

「それはわからない。解放される条件が知らされていないんだから」

「だったら、大人しく今の仕事を続けるんだ。ひょっとすると、次の任務で解放されるのかもしれない」

「次の任務で死ぬかもしれない。通常任務で死亡する確率はどの程度か知ってる？」

「観測事例が少ないから厳密には答えられないけど、おそらく〇・一パーセントから一パーセントの間だろうね」

「〇・一パーセントとして百六十三回、一パーセントとして十七回任務を繰り返せば、生存率は八十五パーセントを切るわ」

「だから、その回数に達するまでに、任務は終了するかもしれないじゃないか！」ガはいらいらと交接した。

「これ以上、話し合っても無駄よ。データが足りないのだから、解は出せない」城壁測量士は交接器をガの体の奥底に伸ばし、大量のデータを放出した。「さようなら」

城壁測量士はアスペクトの飛沫《しぶき》をまきちらしながら、交接器を抜き取ると、自らの導電率を下げ、磁場の頸木《くびき》から解き放つ。すっと太陽面に落下していく。見る間に、城壁測量士は太陽面の黒点になった。

ガはしばらく躊躇《ちゅうちょ》していたが、決心を固め降下を始めた。城壁測量士は観測しながらゆっくり降下していたので、すぐに追いついた。

「あなた、何をしてるの?!」城壁測量士がガの土手っ腹に交接器を乱暴に撃ち込んだ。

「ご覧の通りさ」ガは気取って交接した。「僕も君に付き合うよ」

「馬鹿じゃないの！　二体一緒に降りるなんて愚の骨頂よ」

喜んで貰《もら》えるとばかり思っていたガはきょとんとした。

「………」

「もしわたしが失敗しても、あなたが生きていればもう一度試せるじゃないの。もしその勇気がなければ、長老会に報告して別の相方を送って貰ってもいい。あなたにはわたしのデータを託してあるのよ。二体とも死んだりしたら、あなたと交接したことが無駄になってしまうじゃないの」城壁測量士は交接器を引き抜くと、ガの体を激しく打擲《ちょうちゃく》した。

ガは反射的に身を守り、磁気ブレーキをかけてしまった。再び城壁測量士は黒点になる。ガも再び降下を開始しようとした。

その時、太陽面が激しく輝いた。

ガは降下できなかった。

逆に死に物狂いで、上昇を始める。

揺らめく黒点だった城壁測量士の姿がなぜかガには大きくはっきりと見えた。

城壁測量士は全身から様々な臓器を盛んに出し入れし、なんとか脱出できないかと懸命になっていた。

しかし、それはなんの効果も上げていなかった。

衝撃波が城壁測量士を包み込む。

臓器がちぎれ飛び、アスペクトに変ずる。

城壁測量士の肉体は裂け、ゆっくりと拡散していく。

城壁測量士はガを見つめていた。

なぜかガにはそのことがはっきりとわかった。

城壁測量士の動きが止まる。

力を蓄えているようだ。

再び衝撃波が迫ってくる。

それのエネルギー密度は「一族」の防御能力を超えていた。

ガはわけもわからず、全速で逃げ続けた。

城壁測量士はとても巨大なアスペクトを放出した。

アスペクトはガを目掛けて真っ直ぐに飛んでくる。

城壁測量士は力を使い果たしたのか、全身を弛緩《しかん》させ、いっさいの退避行動をとらなかった。

いずれにしても、手遅れだった。

次の瞬間、城壁測量士は衝撃波にぶつかり保持していたすべてのデータは消去された。

城壁測量士は拡散した。

その最後の意思を包んだアスペクトは微妙に変形しながら、ガの後を追う。

ガはアスペクトの存在に気付いてはいたが、回収する余裕はなかった。

最初の衝撃波がガとアスペクトを包む。

ガは臓器を中央に集め、やり過ごそうとした。

外部組織が吹き飛ぶ。

だが、ガの命は消えなかった。

自らの死んだ組織を放出し、さらに加速を続ける。

アスペクトも後を追う。

推進器が機能を停止した。

加速度が減少し、殆《ほとん》どゼロになった。

アスペクトがガに追いつく。

それは脈動し、まだ生きていた。

内部に城壁測量士の意思を抱きつつ。

城壁測量士を焼き尽くした強い衝撃波が迫ってきた。

ガはアスペクトに向って、ゆっくりと捕食器を伸ばした。

捕食器が触れる直前、アスペクトはするりと逃げ出した。

アスペクトは衝撃波からガを守る位置に移動した。

ガは改めて捕食器を伸ばす。

まさに触れようとした瞬間、衝撃波が到着した。

アスペクトは破裂した。

城壁測量士の放った最後のデータはついにガに到達しなかった。


気が付いた時、ガは太陽から遠く離れた空間にいた。太陽風に乗って領域の外側へと流されつつあった。奇跡的にもデータはほとんど無傷だった。城壁測量士の放ったアスペクトの陰の中にいたため、衝撃波の直撃は免れたらしい。

長老たちの前で、ガはいっさい弁明しなかった。

ガと城壁測量士のとった行動は反逆行為であったとみなされた。自らの功を焦るあまり、「一族」からの命令を無視して、危険な行動をとってしまったのだ。結果として、将来「一族」になんらかの恩恵をもたらしたかもしれない、かけがえのないデータが無に帰してしまった。実行した城壁測量士はもちろんそれを止めることもせず、ただ傍観していたガの罪も重い。すでに消失した城壁測量士に対する罰はない。また、ガには罰としてガ自身の個体認証の一部を含むいくつかのデータにアクセス禁止処置が行われた。ガは自分の源の記憶も真の名前も思い出せなくなった。

ガは領域内の巡回警備を命じられた。それは穏やかな任務ではあったが、名誉を回復するチャンスは皆無と言ってよかった。ガはくらげのように一定の軌道を巡る無為な日々を過ごした。誰もガと交接しようとはしなかった。

最後に交接したのは三カルパ前だったろうか。しかし、どうもその前後の記憶がはっきりしない。アクセス禁止処置のせいだろうか。それとも、電磁波に曝《さら》された後遺症か。相手は城壁測量士だ。それだけは間違いない。

ガはもう一度渦動破壊者の姿を再確認した。交接器を肥大させ、こっちに突き出している。しかもひらひらと太陽風にはためかせて。

どう考えてもあれは交接の誘いだ。しかし、どうして自分と交接などしたがるのだろう？　確か渦動破壊者は最近近隣領域で新文明を発見するという偉業をなしとげたばかりのはずだ。交接の相手はいくらでも見付かるに違いない。

ガは試しに自分も交接器を発生させてみた。渦動破壊者の艶《なまめ》かしい様子を見ていると、自然と肥大化する。すると、渦動破壊者はさらに大きく交接器を振りまわす。間違いない。渦動破壊者は自分と交接したがっている。

しかし、その真意はどうも測りかねた。渦動破壊者の行動は非常に不合理だ。ガは渦動破壊者に対する質問をアスペクトに込め、発射した。

ところが、渦動破壊者はアスペクトに見向きもしなかった。せっかくのアスペクトは渦動破壊者の脇を素通りして、彼方へと飛び去っていく。

ガはあっけにとられた。もちろん、アスペクトを食べて貰《もら》えないことそれ自体だけで言うなら、それはさほど奇妙なことではない。好き好んで、犯罪者のデータを取り込もうとする個体はまずいない。しかし、渦動破壊者は現にガに対して、交接しようと誘惑しているのだ。つまり、ガのデータを欲していることになる。なのに、なぜアスペクトを拒否するのか？　ガは思い悩んだ。

だが、それも長い時間ではない。ほんの数十万キロメートル先で、渦動破壊者が身をくねらせているのである。どんな個体であろうと、長くは抗《あらが》えないだろう。ガは矢のように渦動破壊者の元へと向った。

渦動破壊者の魅力的な交接器に見とれ、一瞬、ガは気後れがしたが、滑らかな身の動きを見せつけられ、全身が痺《しび》れたようになった。半ば朦朧《もうろう》と渦動破壊者を包み込もうとした時、強烈なビームがガの交接器を貫いた。

あまりの激痛にガは飛び退《すさ》り、身悶《みもだ》え苦しんだ。ビームが来た方向を見ると、電話消毒係が全速力で突っ込んで来るところだった。

ガの脳裏に最初に浮かんだ考えは、電話消毒係も渦動破壊者を狙っていて、先に交接しようとしたガに嫉妬《しっと》して攻撃してきた、というものだった。しかし、それはあまりに常識離れした考えだ。電話消毒係は異種族との戦闘で功績を上げて以来、交接相手には不自由していないはずだ。むしろ、渦動破壊者が電話消毒係を交接相手として選ぶことの方がありそうなことだった。いや、ひょっとしたら、実際に渦動破壊者が秋波を送っていたのは電話消毒係だったのかもしれない。それを自分へのものだとガが勘違いして近付いていったものだから、電話消毒係が怒ってこんなことをしたとは考えられないだろうか？ 電話消毒係ともあろう者がそれしきのことでこんな酷《ひど》い真似をするのもおかしいが、今まさに交接しようという時に邪魔が入って、非常に不愉快だったのかもしれない。それとも何か別の理由で虫の居所が悪かったのか？ どっちにしても、電話消毒係と表立って争うのはまずい。先にこっちの方から謝っておこう。謝罪の交接は受け入れて貰《もら》えないだろうから、詫《わ》び用の儀礼アスペクトを作らなくては。

ガはその場で、データを練り始めた。

と、電話消毒係の方が先にアスペクトを撃ち込んできた。ガは捕食器を形成する暇もなく、むりやりアスペクトを食わされ、混乱してしまった。

「何をぐずぐずしているの？ 早くそいつから離れて!!」アスペクトから緊急データが発せられた。どうやら、本気で怒っているらしい。

ガは大急ぎで渦動破壊者から離れた。

次の瞬間、電話消毒係は先程のビームとは比べものにならないほどの強力なビームで、渦動破壊者の体を貫いた。

ガはぎょっとなった。これでは渦動破壊者が死んでしまう。

渦動破壊者からは破片がアスペクトとなって飛び散った。ガは反射的に捕食器を伸ばした。何かがおかしかった。そして、捕食器がアスペクトに触れた時、おかしい理由がわかり、さらに疑問は膨らんだ。それはアスペクトではなかった。単なるプラズマの塊だったのだ。

「早く逃げるのよ！　さもなくば、戦闘に加わって」再び電話消毒係からアスペクトが届く。

さすがにガも状況を把握してきた。

つまり、あそこにいる渦動破壊者のように見えるものは渦動破壊者ではないのだ。落ち着いて、電話消毒係の方を見ると、その背後に「一族」の者が数体見えた。それぞれ、武器を形成している。

ガはとにかく退避することにした。状況を把握しないまま、戦闘に参加しても足手纏《あしでまと》いになるだけかもしれない。

電話消毒係はさらにビームを浴びせ掛ける。その背後から天文観測員がプラズマ弾を発射する。渦動破壊者――のようなものは見る見る砕かれ、元の三分の一程度の大きさになった。抵抗する様子はみられない。それどころか降伏の身振りらしきことをしていた。しかし、電話消毒係たちの攻撃の手は全く止まなかった。渦動破壊者もどきはついに逃げ出した。しかし、すでに体の三分の二以上を失っている状態では思うように加速できない。すぐに「一族」に取り囲まれてしまった。「一族」の者たちは一斉に衝撃波を放出する。渦動破壊者もどきは一瞬幾何学的な形状をとったかと思うと、破裂してしまった。そして、「一族」ならアスペクトを残しているはずの空間には平坦《へいたん》なプラズマと磁場だけが残された。

「誰か状況を説明してくれないか」ガは同じ内容のアスペクトをコピーすると周囲にばら撒《ま》いた。何体かは見向きもしなかったが、何体かは躊躇《ちゅうちょ》の末、食べてくれた。その中の一体である天文観測員がガに近付いて、軽い交接をしかけてきた。辛うじて接している程度なので、大量のデータを注入し合うことはできそうにもなかった。

「渦動破壊者がおかしいと最初に連絡してきたのは、旅券鑑定人だったのよ。渦動破壊者が誘ってきたから交接をしたのだけれど、何とも妙だったと」

「妙って？」

「表層的には確かに渦動破壊者のパターンがあったんだけど、中身がなかったって。具体的にはいくら深い領域のデータを探っても、そこには表面層と同じ内容のデータしかなかったということよ。つまり、渦動破壊者はいつの間にか、質の悪いコピーと入れ替わっていたってことよ」

「で、旅券鑑定人は？」

「隔離されているわ。何らかの有害データを受け取ってしまった可能性があるから。あんたも電話消毒係が止めていなかったら、隔離されることになったはずだわ」

　ガは今が最低の状態だと思っていたが、状況的にはまだまだ悪いものがあるんだなぁと感銘を受けた。

「で、こいつの正体はなんなんだよ？」

「それはわたしたちにもわからないのよ。ただ、長老たちは何か知っているようでもあったけど」

「渦動破壊者はどうなったんだ？」

「それはこれから調べに行くところ。あんたもついてくる？　どうせ暇なんでしょ」

　渦動破壊者の遺体は内領域と外領域の境界付近の軌道上で発見された。すでに無数のアスペクトに分解してしまっていたが、食べて見ると渦動破壊者のパターンが明確に認められた。適当な核を作って、注意深くすべてのアスペクトを再結合させれば、再び渦動破壊者と同じデータを持った個体が完成するはずだったが、長老会議はそのような行為を固く禁じていた。そうやって個体を復活させても人格が連続していないため、はたして同一個体とみなしていいか意見の一致が得られていなかったことが理由だった。

　もっとも渦動破壊者のアスペクトだとわかった時点で、ガを含め調査隊の各個体は渦動破壊者のアスペクトを貪《むさぼ》り始めたので、復元はすでに不可能だった。「一族」の者が渦動破壊者のデータを見逃すはずがない。

ガは近くにあったアスペクトを慌てて掠《かす》め取った。だが、食べてみると、それは基本人格部分でガにとって有用な部分はまるでなかった。口直しに別のアスペクトを食べようと思った時にはすでにアスペクトは一つ残らず食い尽くされた後だった。

調査隊は渦動破壊者の不正コピーを破壊したことと、渦動破壊者の遺体発見の事実を長老会議に報告した。しかし、それに対する反応は全くなかった。

そして、「一族」の者たちが事件のことを話題にしなくなった頃、ガは長老の一体である奴隷監督官に呼び出された。

長老だけに許される個体用プラズマ雲の中に入ったとき、ガは初めて見る奴隷監督官の巨体に圧倒された。捕獲器の一本ずつがガの体ぐらいの太さを持っている。

「お目にかかれて光栄です」ガは儀礼アスペクトを練って、失礼にならないよう低速で放出した。

ところが、奴隷監督官はアスペクトには目もくれず、いきなり巨大な交接器をガに突き出して来た。ガは慌てて逃げようとしたが、奴隷監督官は捕獲器でガを押さえつけ、無理やりガの体内に交接器を挿入した。ガは交接を受け入れる準備ができていなかったため、強い痛みを感じた。

「アスペクトを使った間接コミュニケーションは不要です。時間は少なく必要なデータは膨大です」奴隷監督官の強力なデータがガの内部に噴出する。

「お許しください、奴隷監督官。わたしはまだ準備ができていません」ガはなんとか交接した。

「準備など必要ありません。もし、どうしても必要だというのなら、交接しながら行いなさい」奴隷監督官は交接器を膨張させた。ガは自分の体が今にも破裂するのではないかと思った。「おまえはなんのために呼ばれたのか、わかっていますか？」

「わかりません。また、新しい罰を受けるのでしょうか？」

「罰ですって？」奴隷監督官は笑った。「いったいどんな罪に対しての？」

「城壁測量士を見殺しにしたことにです」

「あれへの罰はすでに済んでいます」

「では、何に対しての罰ですか？」

「罰など与えません」奴隷監督官はきっぱりと交接した。「わたしはあなたに重要な任務を命じようとしているのです」

「なぜ、わたしを選ばれたのですか？」

「あなた以外にこの任務を遂行しようと思うものなどいそうにないからです」

「どういうことですか？」

「この任務に成功した者にはとてつもない名誉が与えられます。それほど困難かつ危険な任務なのです。しかし、これほどの名誉を必要とする者は『一族』の中にはあなた以外にいないのです」

しょう？」


「どういうことでしょう。名誉を必要としない者などいるのでしょうか？」

奴隷監督官は交接器をぐいと持ち上げた。ガはぴくぴくと全身を痙攣《けいれん》させた。

「城壁測量士はなぜフレア直前の太陽面に降下するなどという危険な真似をしたのでしょう？」

「奴隷監督官、それは名誉の回復のためです。『一族』への反逆という大きな罪を帳消しにするためにはそれほどの功績が必要だったのです」

「では、もし電話消毒係がその場にいたとして、同じことをしたでしょうか？」

「いいえ。奴隷監督官、電話消毒係はそのような真似は決してしなかったでしょう。歴戦の兵《つわもの》である電話消毒係はそのような死の危険を冒さなくとも、自由に好きなだけ交接ができるのですから」

「その通りです。それと同じことなのです。この任務を遂行すればどんな個体でも自由に交接する名誉を得ることができます。しかし、もっと危険の少ない容易な任務であっても、自由に交接を行うだけの栄誉は手に入るのです。ただ、あなただけは」奴隷監督官はガを強く引き寄せた。「この任務以外ではそのような地位を得ることはできないのです」

あまりに強烈な刺激を受け、ガは答えることすらできなかった。

「これはあなたへの最後のチャンスです。無事任務を遂行すれば、勇者と呼ばれることでしょう。そして、失敗した場合は……無です」

ガは身悶《みもだ》えした。「ああ。奴隷監督官。お願いです。もっと、緩やかに」

「いいえ。甘えは許されないのです。これから、重要な情報を与えます。あなたも交接器を発生させなさい」

ガはおずおずと交接器を突き出した。奴隷監督官の太く力強いそれに較べると、やけに貧弱で細く見えた。ガは恥ずかしくて堪《たま》らなかった。

そんなガの思いとは裏腹に奴隷監督官はガの交接器をしっかりと咥《くわ》え込んだ。「さあ、受け取りなさい」

ガの全身の至る所でスパークが走った。


ガは暗黒の中に浮かんでいた。周囲には星空が広がっている。ガは強い違和感を覚えた。そして、次の瞬間違和感の原因に思い至った。太陽がないのである。ガはパニックに陥った。太陽がなければ、太陽風も太陽磁場も存在しない。即座に窒息して、拡散してしまうではないか。

「落ち着きなさい」奴隷監督官の意思が伝わってくる。

では、自分はまだ奴隷監督官と交接しているのか。ガは周囲をきょろきょろと見回した。

「そんなことをしても無駄です。今あなたが見ているのはイメージに過ぎないのです。充分な情報量があるため、現実と区別がつかないほどですが、イメージには違いありません」

確かに、かなりの時間が経っているにも拘《かか》わらず、いっこうに窒息する気配はない。

どうやら、奴隷監督官の言葉に偽りはないようだ。

「しかし、なぜわたしにこのようなイメージを見せるのですか?」

「これから、あなたが遂行しなければならない任務に関係があるのです。今から、百三十カルパの昔、われわれは未曾有《みぞう》の危機に直面しました。影の世界からの侵攻です」

「影の世界? それは何ですか?」

「あなたは超対称性については知っていますね」

「もちろんです。それは基本人格に組み込まれた知識ですから」

「ではわれわれの世界の粒子より、二分の一だけスピンが小さい影の粒子の存在も知っているはずですね」

「ええ。しかし、それらが存在してもわれわれにはなんの関係もありません。なぜなら、影の粒子はわれわれ——つまり実の存在とはまったく作用しないからです。もし、ここに影の物体があったとしても、われわれの体を素通りしてしまうことでしょう。そして、影の物体は見ることもできません。影の物体が出す光《フォティーノ》はわれわれには見えないからです。だから実と影の二つの世界は全く相手に気付かずに共存できるはずです」

「あなたは一つ大事なことを忘れています」

「……………?」

「重力です。重力だけは両者に共通です」

「しかし、重力は磁力と違い簡単に制御することはできないでしょう」

「もちろん、簡単には出来ません」奴隷監督官の意思は少し途切れた。「あれが見えますか？」

交接中はある程度意識を共有しているので奴隷監督官が示しているものはすぐにわかった。彼方にぼんやりとしたガス雲が浮かんでいるのだ。

「あれが何か？　ただの星雲でしょう」

「あれはほんの五百天文単位の距離のところにあるのです」

だとすると妙だ。あの星雲の直径はほんの数十万キロメートルほどで、密度は極薄いものだ。強い重力がなければそんな狭い範囲に纏《まと》まっていられないはずだ。

「ブラックホールでもあるのですか？」

「よく御覧なさい。ブラックホールが存在するなら、降着円盤が形成されるはずです。しかし、あそこにはそのようなものはなく、しかもガスの回転は中心部ほど遅くなっている。これが意味するものは？」

「つまり、あそこには見えない天体があるということですか。その中をガスが自由に動き回っている」

「その通りです。そして、あの影の天体は部品の一つにしか過ぎないのです」

突然、ガにはすべてが見えた。微弱なガスの流れは延々と続いていた。そして、その先には様々な大きさの、見えない天体が無数に存在していた。それらは互いの重力によって互いに結びつき、複雑な運動をしていた。規則正しく。そう。まるで……。

「機械のように」奴隷監督官は重々しく交接した。

ガは機械について思い出した。機械とはある種の原始的な知性が自分以外の物体を組み合わせ、一定の有用な運動を起こすようにしたものだ。「一族」のような高度な知性体は自らの体を完全に制御できるため、わざわざ機械など作る必要はない。

しかし、ガの知識では、機械の大きさはその創造者と同程度かせいぜい数千倍程度だった。これほど巨大なものだとは想像だにしていなかった。

「もちろん、このようなパーセクマシンは機械の中でも特異な存在です。これほど大掛かりで非効率な機械を造る理由はほとんどの知性にはありません」

「いったい何者が天体を部品とする機械を創造したのですか？　そして、その目的は」

「説明の必要がありますか？　あなたには、必要な情報と知識が与えられているはずです」奴隷監督官は強く交接し、信じられない苦痛と耐えきれないほどの快感がガを襲った。

「ああ。お許しください、奴隷監督官」ガは喜びに震えた。

朦朧《もうろう》とする意識の中、ガは懸命に思索した。影の天体を制御できるものは影の世界の知的生命体しかありえない。しかし、なぜパーセクマシンなどという巨大なものを造る必要があったのか？　彼らは重力を制御する必要があったのだ。磁力なら電流によって自由に作り出すことができるが、重力を得るためには質量を集める以外ない。では、なぜ彼らは重力を制御しなければならなかったのか？　重力でしかなしとげられないこととは、つまり……。

「影の世界の住民の目的はこの実の世界への干渉なのですか?!」

「おそらく、そうでしょう。もちろんわれわれの想像もつかない別の理由があった可能性も否定はできません。しかし、結果的に彼らのパーセクマシンがこの世界に干渉したことは間違いありません」奴隷監督官は激しく交接した。「銀河に散らばる『一族』の生存領域は次々と影のパーセクマシンによって破壊されていきました。微妙なプラズマと磁場の均衡によって成り立つわれわれの生存領域は大質量天体の突然の通過には耐えられなかったのです。そして、恒星間空間を高速で進みながら、破壊を繰り返すパーセクマシンに対して、群衆煽動家《せんどうか》という名の英雄に率いられた『一族』の反撃が始まったのです」

彼方の空間に突如として星々の大集団が現れた。黒、赤、黄、白、青――天の一角に全天の星々を合わせたよりもさらに多くの様々な輝きを持つ星々が集結していた。よく見ると、大星団はこちらに向けて近付いてくる。その中の一つが一瞬で赤色巨星となり、ガのすぐ脇を掠《かす》めていった。

それは星ではなかった。奴隷監督官よりもさらに巨大な「一族」の長老だったのだ。次の瞬間、信じられない出来事が起こった。何百万という長老たちが、空間を揺るがしながら、猛速度でガのすぐ側を通過していく。

星団と見えたのは長老の大集団だったのだ。ガはあまりのことに全身が硬直し、機能停止に陥りそうになった。しかし、それは許されなかった。奴隷監督官は交接器を怒張させ、ガに衝撃を与えた。「はっきりと見るのです。『一族』の存亡をかけた大戦争です」

長老たちの行く先は影のパーセクマシンだった。彼らは見えない天体にぎりぎりまで近付くと、危険なほどの減速を開始した。全身が激しく振動し、幾体かの長老の体は振動に耐えきれず、千切れ飛んだ。

「奴隷監督官、長老たちはなぜあんなに無謀なことをしているのですか?」

「無謀ではありません。それにあれは長老たちではありません。あれは『一族』の集合形態です」

なるほど、そう言われてみると、長老と見えたものたちの内部には無数の核が漂っている。あまりに巨大で高速だったため、今まで核に気付かなかったのだ。

「なぜ集合形態などとっているのでしょう? 集合して有利なことなどないはずではありませんか。集合すれば個体数が少なくなり、種族絶滅のリスクが大きくなります。それに、巨大な体はすみずみまで情報が行き渡るのに時間がかかるので、敏速な活動ができなくなります」

「それは平時の話です」奴隷監督官は冷たく、交接した。「ある種の戦闘においては集合形態をとることが必要になるのです。彼らから噴出するものを御覧なさい」

減速する瞬間、集合体からいくつかの核を道連れにして、飛び出すものがあった。それは電気的な特徴を持っていたが、ほとんど大きさを持っていなかった。回転するプラズマの尾を引きながら、真っ直ぐ見えない惑星へ向って行く。

「マイクロブラックホール」

「その通りです」

この宇宙ではブラックホールはプラスの電気を帯びる。したがって、電磁気的にブラックホールを捕獲し、誘導することが可能なのだ。

「しかし、あれだけの数のブラックホールをいったいどこから持ってきたのですか?」

「その知識は現在のあなたに必要ではありません。危険な知識は限られた者だけが保有していればいいのです。大事なことは強い重力場を持ち、電磁場で制御できるマイクロブラックホールが唯一、影の機械に有効な兵器だということなのです。そして、マイクロブラックホールを制御するためには集合形態になる必要があったのです」

マイクロブラックホールは次々と発射され、見えなくなった。そして、発射後の集合形態はぐずぐずと崩れながら、退却していく。おそらくマイクロブラックホールの重力場が太陽磁場のない空間で形状を保つために重要な役割を果たしていたのだろう。

「彼らは無事生存領域まで辿《たど》り着くことができたのでしょうか?」

「生存率は約二十パーセントでした」奴隷監督官は淡々と交接した。

撃ち込まれたマイクロブラックホールの数が十万を超した頃、変化が現れた。見えない天体の内部で回転していたガスが突然拡散し始めたのだ。どうやら、影の天体は破壊されたらしい。と思った瞬間、ガは全身で強い重力変動を感じた。まるで、小天体がすぐ側を高速で通り過ぎたような感覚だった。

「今のは体の内部を天体の破片が通り過ぎる感覚です」奴隷監督官が説明する。

ガは気分が悪くなった。

「ただのシミュレーションです。実際の出来事ではありません。もっとも、実際に同じことが起きたとしても、なんら心配することはないのですが」

一つの天体が爆破されたことが引き金になって、パーセクマシンを構成する天体は次々と軌道を乱し、システムから飛び出していった。差し渡し、数十兆キロメートルもの巨大な機械はほぼ百分の一カルパをかけて、ゆっくりと崩壊していった。

「一族」の大集団はそれを見届けると、現れた時とは打って変わり、飛び散った同胞のアスペクトを回収しながら、ふらふらと引き返して行く。

「なぜ、彼らは引き返すのですか？　敵の本拠地に報復を行わないのですか？」

「敵の活動の痕跡《こんせき》は重力だけです。重力の微妙な変化から、敵の本拠地を発見するには膨大な観測が必要なのです。再び攻撃をしてくるかどうかわからない相手にそこまで労力をかけることはできません。そもそも、彼らが行ったのが攻撃であったのかすら、はっきりしていないのです」

「『一族』の生存を脅かしたことが攻撃でないかもしれないと？」

「彼らがわれわれの存在に気付いていたのかすら、わからないのです。しかし、彼らに知性があるのなら、何かがパーセクマシンを破壊したということ、そしてその理由について理解するはずです。『一族』はこれが攻撃であるかないかに拘《かか》わらず、彼らが無謀な行動を中止することを期待しました」

「彼らからの再度の攻撃はなかったのですね」

「そう。少なくとも、この百三十カルパの間は」


ガの周囲から、恒星間空間は消え去った。ガは奴隷監督官と複雑に絡み合ったまま、交接していた。ガは自分の行為があまりにも畏《おそ》れ多いことのように感じ、恥じ入った。しかし、逃げ出そうとするガを奴隷監督官は放そうとしなかった。それどころか、ガの体を無理やりにこじ開け、ぐんぐん分け入ってくる。「まだあなたを解放するわけにはいきません。渦動破壊者が何に出会ったのか、彼の残骸《ざんがい》であるアスペクトが教えてくれました」

ガは渦動破壊者になった。辺境空間をとてつもない高速で移動している。あまりの速度にガは眩暈《めまい》を起こした。渦動破壊者は高速移動のために改良されたデータを保有しているらしかった。

渦動破壊者はすべてのセンサーをフル稼働させていた。何かを探しているようだ。

まもなく、それは見付かった。

以前、ガが辺境領域で遭遇した未確認物体だ。

渦動破壊者は体を激しく回転させ、薄く引き延ばした。そして、物体に向って覆い被《かぶ》さった。物体を包み込むつもりなのだ。

物体の包囲はいとも簡単だった。渦動破壊者は物体に向けて、友好信号を送った。物体からは何の反応もない。

渦動破壊者はじわじわと自分自身を縮め始めた。それは未知の物体への包囲を狭めていくことでもあった。

そして、渦動破壊者の内面が物体に触れた。

物体は反応した。

物体から発射された強力なレーザーが渦動破壊者を切り裂いた。

次の瞬間、ガは渦動破壊者のアスペクトの一つになっていた。渦動破壊者の破片は無数のアスペクトとなり、空間を高速で散っていく。物体は渦動破壊者の核を吸い込んでいた。

ここで、渦動破壊者の記憶は途絶えた。

「この時、あの物体は渦動破壊者のデータから粗悪なコピーを作り上げたのです」奴隷監督官は交接を続けていた。

「いったいなんのためにあの物体はそんなことをしたのですか？」

「わかりません。わかっていることはただ一つ。渦動破壊者はあの物体とコンタクトを取ろうとするのではなく、すぐさま破壊すべきだったのです。われわれが発生する高温と高圧なら、あの物体を破壊することはたやすかったはずです」

「奴隷監督官、あの物体はいったい何だったのですか？」

「あれは『影』です。正確に言うと、影の機械です」

「しかし、『影』は実の物質に触れることはできないはずではありませんか。あの物体はどう見ても、実物質からできていました」

奴隷監督官は返事をする代わりにまた幻影をガに注入し出した。


ガは暗黒に包まれた。遥《はる》か彼方にぼんやりと銀河系が見える。どうやら、ここは銀河系外空間らしい。

「ここは銀河系から十万パーセク離れた空間です」奴隷監督官はガの思考を読んだのか、説明してくれた。

観測データから再現したのだろうか？　それとも、実際にここを「一族」の個体が訪れたのか？

しかし、奴隷監督官はその疑念には答えてくれなかった。「さっきのものよりさらに微《かす》かにしか光っていませんが、わかりますか？」

「ええ。十パーセクほど離れた辺りに見えない天体があります。影のパーセクマシンの一部ですね」

「他に気付いたことは？」

ガはパーセクマシンの周囲を注意深く観察した。そして、驚くべきことを発見した。見えない天体に混じって、多くの見える天体が存在しており、それらは見えない天体と重力的に干渉し合い、同調して運動していたのだ。

「影のパーセクマシンに実のパーセクマシンが接続されています！」ガは驚愕《きょうがく》した。

「いったいどうして、こんなことが可能だったのですか？　実の世界に影の住民に協力するものたちがいたのですか？」

「もちろん、そんなものたちは存在しません。実のパーセクマシンも影の住民たちが作ったのです」

「しかし、どうやって？」

「機械を使ったのです。彼らは影のパーセクマシンを操作して、実のパーセクマシンを組み立てたのです。重力を介してのみ彼らは実の世界を制御できるのです」

影のパーセクマシンが次々と、この世界の天体を取り込んでいく様子が浮かび上がった。すぐ近傍を通過する影の天体から運動量を与えられ、機械の部品に変えられていく……。

「彼らの目的は何ですか？」

その質問に対しても奴隷監督官は直接には答えなかった。その代わり、ガはパーセクマシンの内部へと移動させられた。

ガは数十億キロメートルの範囲に広がる小さな天体系のすぐ側にいた。もっとも、天体といっても、数キロから数百キロメートルほどの小さなものばかりだった。しかも、その大部分は帯電して磁気も帯びていた。それぞれの小天体は重力によって、結びついている。そして……各天体を接続する複雑な磁場が形成され、その中を夥《おびただ》しいプラズマが循環していた。

「このスケールになると、電磁力は重要なファクターになります。影の住人たちは実のパーセクマシンを間接的に制御することによって、アストロノミカルユニットマシンを作り上げたのです」

ガの前に奇妙な物体が現れた。全長十キロメートルにも及ぶが、ただの小惑星ではなかった。表面には複雑な構造がみられ、それらは規則正しく運動し、変形を繰り返していた。そして、時に高温のガスを噴き出し、自らの軌道を制御していた。

もはや、奴隷監督官に説明されなくても、ガにはそれが何であるかがわかった。アストロノミカルユニットマシンが作り上げたキロマシンだ。

影の住民たちは何カルパもの時間をかけ、徐々に機械のスケールをダウンさせていったのだ。パーセクマシンからアストロノミカルユニットマシンへ。そして、アストロノミカルユニットマシンからキロマシンへ。それぞれの機械は自分より、ほんの少しだけ小さな機械を造り、造られた機械はさらに少しだけ小さな機械を造り出す。気が遠くなるほど面倒な手続きだが、彼らにはこれしか方法がなく、そしてそれをやり遂げたのだ。

いや。キロマシン造りが目的であったとは限らない。その先に待っているのはマイクロマシン、キロマシン、あるいはナノマシンか。

キロマシンから、小さな物体が飛び出した。回転楕円体で高速で運動している。

「まさか！」

それは渦動破壊者を殺した未確認物体だった。ガは逃げようとした。だが、その物体は逃げるガの先に回り込んでくる。ガはどちらの方向にも進めなくなった。

どうすればいいのだろうか？　拡散して、やり過ごすか。それとも、凝縮してまともにぶつかるか。

躊躇《ちゅうちょ》している間に物体はガの中に飛び込んできた。次の瞬間、ガの核は粉砕された。

「実際の戦いでは、今のような体《てい》たらくは許されません」奴隷監督官は厳しく交接した。

「あなたはあれを破壊するために必要な知識を持っていたのに、それを利用しなかった」

「申し訳ございません、奴隷監督官。しかし、あれは思いもかけず、突然に現れたのです」

「どうして、あなたはあれが突然に現れることがないと考えるのですか？」

奴隷監督官の問いにガは答えることができなかった。

「あなたが最初にあの物体を発見した時、われわれはその信号パターンが影のパーセクマシンと同じであることに気が付きました。だから、われわれは経験の浅いあなたを辺境警備から引き上げさせ、代わりに歴戦の勇士である渦動破壊者や電話消毒係を投入したのです。しかし、その判断は残念な結果に終わってしまいました」奴隷監督官から微かに後悔の気配が感じられた。「影の住民の目的は依然不明です。われわれへの反撃が目的なら、一機だけでなく、もっと大規模な数を投入してくるはずですし、そもそもこんな面倒なことをせずとも、もう一度パーセクマシンを投入すればすむことです。最も自然なのは偵察目的でこの領域に送り込まれたと考えることですが、どうどうと『一族』の個体を捕らえ、その粗悪なコピーを作るという行動は隠密を第一とする偵察とはかけ離れています」

「われわれはあれにどう対処するのですか？」

「どんな存在であろうと、それがわれわれの生存に干渉してこない場合、こちらから攻撃することはありません。しかし、あれはそれがどんな目的で行われたかに拘《かか》わらず、われわれの一個体に危害を加えました。また、過去にもパーセクマシンで大規模な被害を与えられたという事実もあります。あの存在は危険です。あれを破壊することは我が『一族』の安全を守ることでもあり、あなた自身のためでもあるのです。さっきも交接したように、この任務を全うすれば、あなたは大変な栄誉を受け、誰とでも自由に交接できるようになります」奴隷監督官は膨れ上がった。「任務を受けますか？・」

だが、栄誉は未知の危険と引き換えにだ。ガの体内で目まぐるしくデータが処理され始めた。太陽フレアの発生や既知の生命との接触で死亡する確率はよく知られている。だから、任務を実行すべきかどうかはリスクと得られる栄誉とのバランスで判断できる。しかし、「影」と接触することがどの程度危険なのかは全く知られていないのだ。一つわかっていることは、攻撃を予想していなかったとはいえ、経験豊富な渦動破壊者が簡単に殺されたこと。そして、百三十カルパの過去において、影の造った別の創造物を「一族」すべてが力を合わせることによってようやく破壊したということだ。

受けて。ガの中で城壁測量士のデータが囁《ささや》いた。「影」を倒して。そして、あなたとわたしのデータを「一族」中に広めてちょうだい。

城壁測量士は自らデータを広める機会を永久に失った。そして、そのデータはガにのみ伝承されたのだ。ガが諦《あきら》めれば、城壁測量士のデータも失われる。

「わかりました。わたしが『影』を破壊します」

「よく決心しました」奴隷監督官はガの全身を固く握り締めた。「約束しましょう。この任務を無事遂行した暁には、あなたの自己認証システムへのアクセス権利を復活させます。これがその鍵《かぎ》です」音を立てて、奴隷監督官の交接器から、ガの体内へデータが流れ込む。『『影』の追撃に必要なデータも与えます。まずは、高速移動のためのデータ」もはや痺《しび》れて感覚がなくなった器官に無理やりにデータが流し込まれる。「そして、これが自己変異のためのデータです」

　自己変異？

「そうです。あなたは『影』をどこまでも追いかけなければなりません。そのためには、この真空と磁場と電離体《プラズマ》からなる精妙で繊細な世界だけではなく、あの固体と液体と気体からなる粗雑で荒々しい世界でも戦えるようにする準備が必要なのです」

　データ量はガの許容量を超えていた。激しい苦痛が耐え難い。

「これは最後に探検隊があの世界を訪れた千カルパも前のデータです。今では時代後れになっているかもしれませんが、役には立つでしょう。道は自分で切り開くのです。現在の『影』の居場所はここです」最後に影の位置データを流し込むと、奴隷監督官は交接器をずるずるとガから引き抜いた。

　傷つけられた自分の体組織からアスペクトが流出して行くのをガはぼんやりと眺めた。無数のアスペクトの泡の中に奴隷監督官の巨体が浮かんでいる。その表面にはすでに変態の兆候が現れていた。まもなく、多くの長老がそうなるように奴隷監督官も巣になるのだ。そして、奴隷監督官の核は分裂し、そのデータを少しずつ受け継いだ多くの幼体たちを生み出す。生き残るためにデータは必要だが、大量のデータを蓄える体があまりにも巨大になると、かえって生存に不利になってしまう。だから、大きくなり過ぎた「一族」の個体は巣となって再生するのだ。その準備段階が長老だ。

　ガは激しく荒らされた体内状態を調整した。与えられたデータは完全には処理しきれなかったが、残りは追跡の途中にでも行えばいい。

ガはもう一度奴隷監督官を眺めた。

この長老が巣になる前に、戻って報告ができるだろうか？

ガは儀礼アスペクトを練って奴隷監督官に向けて放つと、振り返りもせずにプラズマ雲から出、「影」の追跡を始めた。

ガは自らを高速で回転させ、周囲のプラズマを直交する磁場と電場で加速し、後方へ吹き飛ばしながら、空間を突き進んでいた。なるほど、太陽磁場や太陽風の動きを読み、それに乗るという通常の移動方法に較べれば、遥《はる》かに効率もよく自由度も高い。しかし、「一族」が大勢いる場所でこんな方法で移動したら、大惨事になってしまうことだろう。このデータが一般に解禁されていないのは、もっともなことだ。

「影」との距離はじわじわと埋まっていった。敵は自分から逃げているのか、あるいは最初から予定していたコースをとっているのか、ガには判断することができなかった。「影」を破壊するという目的達成のためにはどちらでも関係ない。ただ、一つ気がかりなのは、「影」の進む先だった。

「影」がこのまま進めば、まもなく内部小領域の一つに辿《たど》り着くことになる。しかも、太陽側からだ。太陽風と内部磁場が激突するため、太陽側の境界には強烈な衝撃波からなる障壁が形成されている。高速で通りぬけることは自殺行為だ。低速で近付いたとしても、ばらばらに粉砕されてしまう危険がある。なんとか、先回りすることはできないだろうか？

　ガは自分を「影」の前方の空間に転送することを検討してみた。プラズマが充分にある空間へなら、電磁波に乗せて自分のデータを送り、自分自身を再構成することができる。その過程で、オリジナルの自分の体は破壊されてしまうが、まったく同じコピーが作られるので、何の問題もない。この方法なら、ほぼ光速で移動できる。ただ、今回の場合、障壁がすぐ側にあることが気になった。衝撃波はガのデータを乱してしまい、再構成に失敗するかもしれない。仮に再構成できたとしても、少しでも手間取れば、命取りだ。こちらの攻撃が一瞬遅れただけで、「影」は優位にたつことだろう。あの渦動破壊者が瞬時に敗れたのだ。油断はできない。

　結局ガは太陽の反対側から、内部領域に入ることに決めた。かなり遠回りになるが、背に腹は代えられない。

　内部小領域は太陽の反対側に長々と尾を伸ばしていた。尾の太さは三十万キロメートル近くある。その長さは五百万キロメートル程度だが、先の方は朦朧《もうろう》として、境界はよくわからない。ガはゆっくりと尾の中に潜り込んだ。

　致命的なほどではないが、はっきりとそれとわかる圧力がガの体に加わった。内部小領域の磁場だ。太陽付近のそれに較べると弱いが、普段「一族」が生活している領域と比較すると桁違《けたちが》いに大きい。

本来なら、じっくり体を適応させる必要があるのだが、今はその余裕がない。ガは思い切って、太陽側へ向って加速を始めた。「影」の位置はわかっている。向こうは太陽側からこの領域に侵入してきている。このまま進めば、真正面からぶつかれるはずだ。

ところが、深く侵入するにつれ、磁場はますます強くなり、その変動はガの体をぎしぎしと歪《ゆが》ませ、今にも崩壊しそうな状態になった。しかし、減速することはできない。

ガは自らを収縮させ、内部磁場を強固にして対抗した。

磁場はさらに強くなり、ガにぶつかってくる。ガはそれらを弾き飛ばしながら、自らをどんどん小さく固くする。

やがて、尾の中央部に濃いプラズマが集積していることに気が付いた。それに触れることは避けなければならない。ガはさらに遠回りしなければならなかった。

ところが、そんなガの努力も水の泡になってしまった。太陽側の境界から、十万キロ辺りのところに存在する数万キロメートルの規模のプラズマ圏に「影」が飛び込んでしまったのだ。どうやら、この領域の磁気圏はこのプラズマ圏を中心に発生しているようだ。つまり、このプラズマ圏こそがこの領域の核なのだ。ガはどこかに入り口がないかと、プラズマ圏を探査した。

北極と南極には内部へと潜り込む穴が空いている。しかし、そこは磁場が最も強くなっている部分でもあった。ガはさらに体を収縮させた。濃厚な磁場とプラズマに耐えるにはこうするしかない。

そして、プラズマ圏の中に踏み入った先で、ガはさらなる困難に直面した。プラズマ圏のさらに内部に非常に小さな領域が存在したのだ。直径にして、ほんの一万三千キロメートル余りしかない。問題はその領域を形作るものが磁場でも、プラズマでもないということだった。「影」は真っ直ぐその領域に向っている。

「そのためには、この真空と磁場と電離体《プラズマ》からなる精妙で繊細な世界だけではなく、あの固体と液体と気体からなる粗雑で荒々しい世界でも戦えるようにする準備が必要なのです」

奴隷監督官の言葉の意味がわかった。「固体と液体と気体からなる粗雑で荒々しい世界」とはここのことだったのだ。もちろん、宇宙の大部分はプラズマと磁場と真空から成っている。しかし、このような特殊な領域は確かに存在するのだ。ここにあるのはその中でも惑星と呼ばれるタイプの天体だった。

ガは痛烈に後悔した。こんなことなら、遠回りをせず、衝撃波に突っ込んでおくべきだった。この世界はプラズマ衝撃波よりも遥かに厄介だ。

ガは大気圏の中でも拡散しないように極限まで、自らを圧縮した。凄《すさ》まじい内圧による破裂を防ぐため、動的な電磁界制御を行いながらの追跡はかなりてこずった。惑星の大気中でどの程度自由に運動できるかは未知だった。それどころか、生存可能な時間すら、不明だ。強い恐怖がガを襲う。

お願い。あいつを逃がさないで。城壁測量士のデータが懇願する。

真っ青な惑星はすでに視界の大部分を覆うまでに近付いていた。

「影」は何の躊躇もなく、惑星の大気圏に飛び込む。「影」は燃え上がり、赤く輝きながら、飛行を続けている。大気との摩擦で発熱・発光しているのだ。「影」はそのまま、惑星の夜の領域に入り込んだ。

薄い大気圏の下には水圏と地圏が広がっている。どちらも、大気圏よりもさらに剣呑《けんのん》だ。絶対に到達させてはいけない。それまでに追い付き、大気圏内でやつを粉砕して片をつける。問題はそれまで、ガがプラズマの体を保っていられるかだ。

衝撃がガを包み込む。大気圏だ。恐ろしく低温だ。ガの熱はどんどん奪われていく。ガは青白く発光していたが、摩擦による発熱ではない。ガの体温は本来数万度にも達する。圧縮により、自然に発光が始まったのだ。

ガの光は惑星の表面を強烈に照らした。複雑な地形が見てとれた。

「影」はガよりも数十キロメートルも低い領域を飛行していた。速度はかなり落ちている。このままなら、地面に到達する前に処理できそうだ。

その時、「影」のコース上に、第三の飛行物体が存在することにガは気付いた。それは「影」と同じく固体製のようだったが、非常に低速で飛行していた。

ガは迷った。このまま進めば、「影」もガもあの物体のすぐ側を飛行することになる。相互になんらかの影響を与えないではいられないだろう。それだけではない。最悪、あれがただの自然現象や野生動物ではなく、知的生命体もしくは知的生命体の作った機械である可能性もある。その場合、相手はガの行動を攻撃だと判断するかもしれない。

あの物体を迂回《うかい》するようにコース変更すべきだろうか？

その場合、「影」は確実に地圏に到達する。追跡はさらに困難になるだろう。同じ失敗を繰り返すわけにはいかない。ガは物体が知的生命体でないことに賭《か》けた。

「影」は物体になんの影響もなく、すぐ側を擦り抜ける。

ガもすぐ後を追う。物体をぎりぎり掠《かす》めるコースだ。

ところが、なぜかガのコースは強制的に物体の方に捻《ね》じ曲げられてしまった。

そして、長い翼を持つ金属製の物体の側面に並んだ窓から、小さな顔が覗《のぞ》いているのを見た時、ガは賭けに負けたことを知った。

第二部

その朝、イエスが街に戻る時、彼は空腹だった。道の側の無花果《いちじく》の木を見て、それに近付いたが、葉だけで実がなかった。彼は言った。「永遠に実をつけるな」と。即座に無花果の木は枯れた。

『新約聖書』マタイによる福音書第二十一章十八節〜十九節

1

諸星隼人は息を切らしながら、飛行機に乗り込んだ。そして、半券の番号と客席番号を見比べながら、通路をうろうろと歩き回り、他の乗客に多大な迷惑をかけた。

「お席をお探ししましょうか？」スチュワーデスが見兼ねて声をかけてきた。

「えっ？　あっ、はい。お願いします」隼人はどぎまぎと答えた。「飛行機乗るのは初めてなもんで、どうも勝手がわからないんです」

スチュワーデスは一瞬、隼人の顔を見つめた。今時、三十過ぎで飛行機に乗った経験がない男がいるのかという好奇の目で見られているような気がして、隼人は目を伏せた。

「お客様の席はこちらでございます」

スチュワーデスに案内された席は左の窓から二つ目の席だった。窓側にはすでに乗客が座っていた。年の頃は二十代後半の女性だった。隼人のことはちらりとも見ず、文庫本を読み続けている。無表情で鋭角的な容姿だ。

「こんにちは。北海道へは観光でいらっしゃるのですか？」隼人は赤の他人にいきなり話し掛けるという自分の行動に驚いてしまった。どうして、こんなことをしてしまったんだろう？

女性は眼鏡の位置を直しながら、顔を上げた。「いいえ。これから帰るところです。こっちには仕事で来てましたの」冷たい言葉が隼人の胸を刺した。

「ああ。そうですか。もちろん、向こうへ帰る方もいらっしゃるはずですからね」隼人はもごもごと口籠《くちごも》りながら、席についた。

痛烈に後悔した。きっとナンパ目的で声をかけたと思ったに違いない。どうも自分は気が小さい割りに無意識に突発的な行動をとってしまう癖があって困る。この間も全く意識せずに本屋で立ち読みしていた本を読みながら持ち出してしまって、万引きの疑いをかけられたことがあった。その前は何を思ったか、赤信号の横断歩道に飛び出して、危うく車に轢《ひ》かれそうになった。自分は精神的ななにかが根本的に欠落しているんじゃないだろうか？

「あなたは観光でいらっしゃるんですか？」女性が話し掛けてきた。

予想だにしなかった事態に隼人はすっかり取り乱してしまった。「い、いえ。観光ではなくてですね。あの……その……」

全く俺は馬鹿だ。こっちから話し掛けたんだから、礼儀として向こうも二言三言返してくるのは当たり前ではないか。適当に返事をして、気まずくなる前に話を打ち切ろう。

「では、お仕事で？」女性は質問を続ける。

「いえ。仕事というわけでも……」隼人は顔を上げた。

至近距離から彼女の顔を見て、なぜ自分が反射的にこの女性に声をかけてしまったのかがわかった。どことなく顔の印象が沙織に似ていたのだ。隼人はそんな子供のような反応をしてしまった自分自身に舌打ちをした。

女性の顔色が変わった。「立ち入ったことをお訊《き》きして、失礼しました」

こっちから質問しておいて、向こうが質問してきたら舌打ちするというのは誉められたことではない。早めに話を打ち切るのは諦《あきら》めて、ちゃんと説明しなくてはならなくなったようだ。そうしなければ、二人とも不快な気分のまま、北海道まで隣同士に座ることになってしまう。

しかし、そうは思ってもなかなか踏ん切りは付かない。そのうち、出発のアナウンスが流れ、飛行機は滑走を始めた。

隼人は何度も深呼吸し、離陸の緊張に耐える。安全ベルトの表示が消えた頃、ようやく女性に北海道行きの理由を説明するつもりだったことを思い出した。

左を見ると、女性はさらに冷たい様子で文庫本を読み続けている。

無理に説明する必要もないか。隼人は一瞬そう思ったが、北海道に到着するまで、ずっと失礼なナンパ男だと思われると思うと、気分が悪い。いや。それどころか、今誤解を解いておかないと、おそらく今後二度と会わないであろうこの女性は一生隼人のことを誤解し続けることになる、と思いなおした。

「あの、先程のご質問ですが」隼人は女性に話し掛けた。

女性はびくりとした。「えっ?!　まだ何か?」

「先程は失礼いたしました。あのさっきした舌打ちはあなたに向けてのことではなかったんです」

「ああ。そのことですか。別にいいんですよ」女性は再び本に目を落とす。

「わたしは女房と話し合いに行くのです」

女性は再び隼人を見た。目を丸くしている。「奥さんと?」

「ええ」

「奥さんもこの飛行機に?」

「いいえ」

「じゃあ、北海道に?」

「はい」

女性は少し考え込んだ。「北海道は奥さんのご実家?」

「いいえ。今、仕事で北海道に行ってるんです。女房はセールスエンジニアをしていまして、今北海道の顧客を回っているんです」

「ええと。つまり、お仕事で北海道にいらっしゃる奥さんと何かのお話し合いをするためにこの飛行機に乗られたということですね」

「その通りです」隼人は笑みを浮かべた。

「わざわざ出張中の奥さんを追い掛けるということはよほどお急ぎの事情がおありなん

ですね」

「いや。それが」隼人は頭を掻《か》いた。「急ぎということもないんですが、思い立った時に家に電話したら留守電になっていて、携帯電話も持っているはずなんですが、どうも番号を変えたみたいで、いっこうに繫《つな》がらないんです。それで勤め先に電話してみたら、北海道に出張しているということでして。まあ、帰るまで待っていてもいいんですが、『思い立ったが吉日』ということで、こうして北海道に行く決心をしたわけなんです」

女性は額に手を当てた。「お話が見えないんですが、つまりあなたは奥さんの出張をご存知なかったんですね」

「はい」

「それから、奥さんの家に電話をされたとおっしゃいましたね」

「はい」

「ということは、あなたと奥さんは別居されていることになりますが」

「名推理です」

「あの。立ち入ったことをお訊きしますが——というより、寧《むし》ろこの話はあなたの方から されてきたので、当然説明する気がおありだと思うのですが——別居の理由は何でしょう？」

「理由はありません。いや。わたしには別居の理由にはならないと思えるということです。女房に言わせると離婚にも値するらしいのですが。……別居の原因はわたしが勤め先を退職したことです」

「それはつまりリストラされたということですか？」女性の質問にはだんだんと熱が籠《こも》ってきた。

「そうではありません」

「じゃあ、何か失敗をしでかして、くびになったとか」

「それも違います。わたしは自分の意志で退職したんです」

「脱サラということですか？」

「まあ、そう言ったところです」隼人はまた頭を掻いた。

女性は自分の頬に人差し指を突き立てて、考えているようだった。「奥さんはそのことが気に入らないんですね」

「そうなんです」

「あなたがなさろうとしている事業に成功の望みはないと考えてらっしゃると」

「まあ、事業という程のことでもないわけなんですが」

「何をなさるんですの？」

隼人はしばらく言いにくそうにもじもじとしていたが、ぽつりと小声で言った。「作家です」

「あら。凄《すご》いじゃないですの。ペンネームはなんとおっしゃるの？」女性の目が急に輝いた。

「本名のままです。諸星隼人」

女性はしばらく目を瞑《つぶ》って何かを思い出そうとしていたが、すぐに諦《あきら》めたようだった。

「本の題名を教えてもらえますか?」

「本はまだ出てないんですよ」

女性の目にありありとした失望の兆候が現れた。

隼人は慌てて付け加える。「でも、雑誌には載りました。『児童の宇宙』の去年の9月号です。『ロケット少年ピコリン』ていうんですけど」

「『ロケット少年』?」女性は目を見開いた。

「『ロケット少年ピコリン』です」隼人は訂正した。

「よくわからないんですが、それはSFというものなんでしょうか?」

「まあ、SFと言っても間違いではないんですが、一応童話なんです。SF童話と呼んで貰《もら》っても構わないとは思いますが」

「ど、童話ですか?」女性は狐に摘《つま》まれたような顔をした。「つまり童話作家さんなんですか? すみません。わたし、童話作家といっても、アンデルセンとか、グリムとか、イソップしか思いつかないんですが、もちろん日本にも大勢童話作家はいるはずですよね」

「ええ。たくさんいますよ。因《ちな》みに、グリム兄弟は厳密な意味では作家ではありません。彼らは民話の収集を行ったのです」

「はあ。そうですか」女性はしきりに首を捻《ひね》っている。「なんだか、話がよくわからなくなってきましたわ。普通の小説なら、ちょくちょくベストセラーが話題になったりして、それから文学賞とかがあって、なんとなく高収入が望めそうな気がするんですけど、わたし子供がいないもんで童話ってよくわからないんです。童話作家って儲《もう》かるものなんでしょうか？」

「質問に答える前に、まず誤解を訂正させてください。小説家の場合、ベストセラーが出れば儲かります。それから、賞も賞金が出るものだったら、即収入になりますし、有名なものなら本の売り上げに繋がります。しかし、一般的に小説家というものは儲からないのです。大雑把な話ですが、小説家の平均収入は同年代のサラリーマンに較べて、半分ぐらいと考えて大きな誤差はないと思います。確かに中には儲かっている作家もいますが、それは例外なのです。サラリーマンでも頑張って出世すれば、社長になって収入が増えるでしょう。それと同じレベルの話なんです。いや、寧ろもっと厳しいかもしれない」

「あら、そうでしたの？　新聞なんかの広告をみるとベストセラーばっかりなんで、てっきり作家はみんな大金持ちだとばかり思ってましたわ」

「あれはまさに氷山の一角なんです。ベストセラーの陰には広告にすら載らない膨大な数の作品があるのです。……でも、作家が金持ちだと思われるのも無理はありませんねぇ。僕だってついこの間までそう思ってたんですから」

「『経緯社メルヒェン大賞』をとるまでです」

「『経緯社メルヒェン大賞』？」

「童話作家の新人賞の一つです。童話の原稿を一般公募して、その中から大賞を選ぶんです。僕の『ロケット少年ピコリン』が去年の『経緯社メルヒェン大賞』をとったんです」

「あら、そうでしたの」女性の目がまた輝き出した。「おめでとうございます」

女性が握手を求めて手を出してきたので、隼人は握り返した。冷たい外見によらず、柔らかく暖かい手だった。

「ありがとうございます」

「大賞をとったことを切っ掛けに退社されたわけなんですね」

「そうなんですよ。僕としては、この機会に長年の夢だった童話作家に専念したかったわけです。ところが、女房は納得してくれなかったんです」

「奥さんに相談なく、退職されたんですか？」

「ええ。まさか、反対されるとは夢にも思ってなかったんで、女房には事後報告の形になってしまって」

「それは、まあ、まずかったですね。一応、大きな決断は奥さんに相談すべきだったんでしょうね。相談したとしても反対することはなかったでしょうけど、自分に相談がなかったことで、臍《へそ》を曲げられたんだと思いますわ」

「いや。女房は最初から反対するつもりだったみたいです」

「どうして、また反対されるんでしょう？」

「やはり収入の点でしょう。女房は二人分の収入があると考えて、生涯設計をしていたようで、今わたしが仕事を辞めたら、持ち家の計画は当分だめになるし、それどころか今の家賃だって払えるか心許《こころもと》ない、と言うんです」

「ちょっと待ってください。あなた大賞をとられたんでしょう？」

「ええ」

「だったら、当面の生活資金には賞金を充てればいいんじゃないですか？」

「賞金はないのです」隼人は小さな声で言った。

「えっ?! でも、さっきは確か賞金が出ると……」

「賞金が出る賞もあります。しかし、わたしがとったのは出ない賞だったのです」

「でも、その雑誌に載ったのなら原稿料を貰《もら》えたんでしょ」

「ええ。でも、家賃ひと月分にしかなりませんでした」

「本が出ればお金が入るんでしょ」

「本は出ないのです」

「大賞をとったのに？」

「大賞をとっても、本が出るとは限らないのです」

「でも、いっぱい童話を書けば、また原稿料が貰えるんでしょ」

「童話はたくさん書いていますが、雑誌には載らないのです」

「大賞をとったのに？」

「大賞をとっても、雑誌に作品が載るとは限らないのです」

女性はしばらく黙り込んだ後、ぽつりと言った。「どうして、会社を辞めたんですか？」

「さっき、言いませんでしたか？　長年の夢だった童話作家に専念したかったんです」

「ご家庭があるんでしょう？」

「でも、わたしは童話作家になりたかったんです。考えてみてください。童話作家になるチャンスが一生のうち、どれだけあると思いますか？　わたしはそれを摑《つか》んだんです。決して手放すべきではない。会社を辞めるのも仕方がない。あなたもそう思いませんか？」

女性は首を振った。「いいえ。あなたは会社を辞めるべきではなかったんです。会社勤めをしながら、童話を書けばよかったんです。だいたい、あなたは目的を達していないのですから」

「目的？」

「あなたは童話作家になりたかったのでしょう？」

「そうです。だから、会社を……」

「あなたは会社を辞めた。でも、童話作家にはなれなかった」

「いいえ。わたしは『経緯社メルヒェン大賞』を……」

「わたしは出版界に詳しいわけではありませんが、今のあなたのお話を聞く限り、受賞したからといって、即座に童話作家になれるわけではないようです。現に一度雑誌に載っただけなんでしょう？」

「まあ、確かに今はそうですが、これからいい作品が書ければ……」

「いい作品が書けたら、また雑誌に載るんですね。でも、よく考えてください。それって、受賞前と同じじゃないですか」

隼人は突然興奮して話し出した女性を呆然《ぼうぜん》と見つめた。「受賞前と同じ？」

「だって、そうじゃないですか。受賞する前、あなたは普通のサラリーマンだった。そして、いい童話が書けたので出版社に送ったら、雑誌に載せて貰えたわけでしょ。でも、雑誌に載ることってそんなに特別なことですか？　みんながみんなってことはないですけど、一度ぐらいなら雑誌や新聞に文章が載ったことがある人って、身の回りにもいますわ。作文とか、投書とか」

「ただ、載せて貰ったんではなく、わたしは『経緯社メルヒェン大賞』を……」

「大賞のことは忘れて。それはあなたではなく、『ロケット少年ピコリン』が貰ったんです」女性は隼人の目を見据えた。「そして、今あなたは失業者で、そしてもしいい作品が書けたら、雑誌に載せて貰えるんです。さあ、問題です。受賞前と後と何が変わりましたか？」

「何も変わりはしない」隼人は頭を両手で押さえた。「勤め先がなくなっただけだ」

「あなたは奥さんに何を言いに行くの？」

隼人は何も言わず、じっと俯《うつむ》いている。

女性はしばらく呆然と隼人を見ていたが、はっと気が付いたかのように言った。「ごめんなさい。そんなつもりはなかったの。あなたを追い込んでしまったようですね」

「いいんです。あなたの言う通りです。いったい、わたしは女房に何を言いにいくつもりだったのか？『これから、ばりばり童話を書く。なに、生活もすぐに楽になるさ。だから、そんなに拗《す》ねずに帰ってきておくれよ』馬鹿馬鹿しい。彼女がそんな台詞《せりふ》を聞いて喜ぶはずがない」

「奥さんに会わずに、北海道から帰られるんですか？」

「いいえ。とにかく、彼女に謝らないと、そして誠意を込めてもう一度やりなおそうと頼むつもりです」

「奥さん、頼みを聞いてくれるかしら？」

「わかりません。でも、謝って許してもらうしかないんです」

「仕事はどうされるつもり？」

「今更、元の職場には戻れません。……そうですね。何かアルバイトを探します。前ほどの給料は見込めないでしょうが、少しは足しになるはずです」

「奥さん、きっとわかってくださるわ」女性は初めて微笑んだ。「奥さんって、どんな方かしら？」

「信じて貰えないかもしれませんが、あなたに少し似ているんですよ」隼人は少し照れながら言った。「そう言えば、お互いに名前を言ってませんでしたね。わたしは諸星と申します」

「初めまして、諸星さん。わたしは……」

閃光《せんこう》が走った。

隼人は目が眩《くら》み、何も見えなくなった。

何が起こったのだろう？　周りの様子を音で探ろうとしたが、きーんという雑音しか聞こえない。ひょっとすると、この音は耳鳴りなのかもしれないと思った。そう言えば、閃光と一緒に大きな音がしたような気もする。それで耳がどうにかなってしまったのだろう。焦げ臭いような、生臭いような臭いが鼻をつく。

と、周りの様子が徐々に見え出してきた。耳はまだよく聞こえないが、乗客たちはそれぞれ戸惑い、きょろきょろと周囲を見まわし、口をぱくぱくと動かしている。おそらく他の乗客と今の現象について、話し合っているのだろう。

そうだ。自分も隣の女性と今の出来事について話をしよう。

「凄《すご》かったですね。今のはいったい何……」

女性はいなかった。

女性は隼人の左――つまり窓側に座っていた。通路に出るなら、隼人の前を通らなければならないはずだ。座席の背凭《せもた》れを越えて前後に行くといった無理なことをしたとしても、隼人が気付かないはずはない。

隼人は強烈な違和感を感じた。女性がいないだけではなく、ぼんやりと他にも何か不吉なことが起こっているような気がした。

隼人は窓のカーテンが焦げてくしゃくしゃと丸まっているのに気付いた。最初からこんな状態だったとしたら、随分妙なことである。そのまま、目を落すと、座席の上に汚物が置かれているのが見えた。それは生ごみの塊に油をかけて燃やしたような感じだった。肉や野菜などの原形が辛うじてわかるまま炭化している。いや一部は強く焼き過ぎて、灰になってしまっているところもある。まだぷすぷすと煙が出ていて、炭の下からところどころ生焼けの部分が見えている。大量のホルモンの材料のようなものの下から、スパゲッティやサラダが見え隠れしている。まるで半分消化しかかっているような感じだ。とにかく臭いがもの凄い。

自分を騙《だま》すのはよせ。隼人は自分に言い聞かせた。こんなところに生ごみが捨ててあるわけがないじゃないか。

隼人は動こうとしない視点を力任せに椅子の前方にずらした。

果たして、それはそこにあった。

形のいい綺麗《きれい》な足がちょこんと可愛らしく並べてあった。センスのいい赤いハイヒールを履いている。右足の上部は膝《ひざ》の辺りから赤黒いぐずぐずの塊になっていて、太ももから上は焦げた大腿骨《だいたいこつ》が剝《む》き出しになっていた。左足は脛《すね》の辺りから上はなく、断面は真っ黒に焦げて煙を上げている。

「ひっ！」隼人は小さな悲鳴を上げた。

ころんと彼女の左足が転がった。

彼女の上半身は概《おおむ》ねなくなっていた。残っているのは腹部から下だったが、無傷なのは足だけで、それ以外の部分は酷《ひど》く焼け焦げていて、熱く、臭かった。

いったいどうしてこんなことが起きてしまったんだ。目が眩んだのはほんの数秒だったはずだ。それとも、自分は長い時間気絶していて、その間にこんな恐ろしいことが起こったのだろうか？

隼人は反射的に腕時計を見た。

腕時計は透明になっていた。

時計だけではない。腕全体が透明になっていた。

隼人はもう薄々察しがついていた。

そう。腕は透明になったんじゃない。なくなったんだ。

ゆっくりと首を左肩に向ける。

肩はなかった。

そして、肩の先にあるべき左腕もなかった。

「うわ!!」隼人は慌てて立ちあがろうとした。恐怖への無意識の反射だった。とにかく逃げなければと思ったのだ。

だが、跳びあがるように立ちあがった瞬間、ぐらりとバランスが崩れた。体が右に大きく傾く。左手一本を失ったことで、こんなにもバランスが狂うものだろうか?

隼人はどさりと元の座席に座り込んだ。

落ち着くんだ。自分に言い聞かせる。腕一本なくなったといって、命を失うわけではない。まず怪我の様子を調べるのが先だ。

左肩は大きく抉《えぐ》れていた。鎖骨の一部が飛び出し、先端は焦げついて細くなっていた。左乳も大方なくなっている。服とくっついてしまっているのでよくわからないが、肋骨《ろっこつ》が剝き出しになっているようだ。肋骨の下で何かが動いている。

隼人は落ち着こうと深呼吸した。

茶色いものが隼人の深呼吸に合わせて蠢《うごめ》いた。

肺の一部が露出しているなどということは考えたくなかったが、事実を認めないわけにはいかない。しかし、現に呼吸できているところを見ると、肺に対する大きな損傷はないのだ。むしろ運がよいことを喜ぶべきかもしれない。

抉れの具合は下にいく程酷くなっていった。皮膚どころか、皮下脂肪や筋肉も殆《ほとん》ど残っていなかった。体が右に傾いたのは、単に重心がずれただけでなく、右側の筋肉の収縮とバランスをとるべき左側のそれがなくなっていたからなのだ。無理に体を起こそうとしても、余計に右に曲がってしまう。

臍《へそ》に近いあたりでは黒焦げの内臓がはっきりと見て取れた。さらに抉れは骨盤まで続いており、辛うじて左足は胴体にくっついている。股関節《こかんせつ》を真上から見下ろすことができた。動くところを見ることもできたはずだが、気分が悪くなってそれ以上見つづけることはできなかった。

こんな状況にも拘《かか》わらず、隼人の脳は冷静に思考を続けた。危機に瀕《ひん》して痛みとショックを和らげるなんらかの脳内物質が大量に分泌されていたのかもしれない。

肝臓や胆嚢《たんのう》は右側だったはずだ。こうして生きているところを見ると、心臓はやられていない。脾臓《ひぞう》もたぶん大丈夫だ。腎臓《じんぞう》はだめかもしれないが、右にもう一つある。腸や胃がかなりのダメージを受けていることは間違いないが、生命に必要不可欠というわけではない。

膵臓《すいぞう》は大丈夫だろうか？

隼人は右手で左の脇腹を探ってみた。

ずぶずぶと指が腹の中へと沈んでいくと同時に、激しく出血が始まった。

やはりだめだ。血管も神経もずたずただ。本当なら、出血とショックで即死していたはずだったのだ。傷口が焼け焦げて出血がなかったことと、なんらかの原因で痛覚が麻《ま》痺《ひ》してしまったため、なんとか生きているだけなのだ。

何が起こったんだ？

前にテレビで見た人体発火現象というやつだろうか？　それにしてはあまりにも激し過ぎる。低温に長時間曝《さら》された場合は、全体がまんべんなく焼かれるはずだが、人体の一部が燃え尽き、その他の部分が残っているということは数千度以上の高温に短時間曝されたことを意味している。人体や衣服を構成する物質の化学反応でそれほどの高温はでないはずだ。かと言って、火炎放射器のような武器で攻撃されたなら、周囲のものが発火するはずなので、それも考えにくい。炎ではなく、純粋に高温のみが与えられたような感じだ。何か電子レンジのような方法で、肉体を直接熱せられたのだ。体内には肺以外に酸素はないので、燃え上がることはない。電子レンジは食材に電波を照射することによって加熱する。強力な電界が機体を掠《かす》り、隣の女性と隼人がそれに巻き込まれたのだろうか？

考えにくいことだった。機体を構成する金属は電界を遮断する。窓から漏れる分だけで、これだけの現象を起こしたとなると、信じられないぐらいの強さだったことになる。いったいどこから、それだけのエネルギーが来たと言うのだろうか？　落雷か、隕石《いんせき》か、それ以外の自然現象か、あるいは新兵器の実験か。

いずれにしても、早期の治療が望ましいことは明らかだった。たぶん、すでに手遅れだろうが、何も手を打たないではいられない。隼人は周囲を見まわした。

さっき見た時には気付かなかったのだが、機内は凄《すさ》まじい状態になっていた。左の窓側の座席に座っていた乗客たちは粗方いなくなっていた。おそらく隣の女性とよく似た状態になっているのだろう。悲惨なのは隼人と同じ列に座っていた乗客たちだ。体の一部が消失してしまっている。たまたま、心肺や脳など生命維持に必要不可欠な部分を失った者たちは幸運だった。隼人のように即死に繋《つな》がらない部分を失っただけの者たちは極度のパニックに襲われていた。

片腕と顔の半分を失った若い女性は絶叫し続けている。自らの肋骨《ろっこつ》を手にとって、呆《ほう》けたようにじっと眺めている中年男性。片手片足でばたばたと暴れる小学生ぐらいの女の子。孫の頭部を持っておろおろとし、周囲の乗客になんとかしてくれと懇願する老人。そして、下半身がないまま、腸を引き摺《ず》り、通路を匍匐《ほふく》前進するスチュワーデス。

隼人は吐き気を覚え、口を押さえた。胃がきゅっと縮み、吐瀉《としゃ》前の不快感が襲ってきた。しかし、それは口から出ることはなかった。ぴゅっぴゅっと水鉄砲のように隼人の肋骨の間から飛び出し、すでに動かなくなっている前の座席の乗客の頭にかかった。

「うっ!!」

激痛が隼人を襲った。神経が麻痺から回復しつつあるようだ。歯を食いしばって、耐えようとしたが、腹筋も緊張してしまい、筋肉が巻き上がり、出血が酷《ひど》くなる。

その時、隼人は窓の外に信じられないものを見た。

ジャンボジェットの巨大な翼がゆっくりと回転しながら、上昇していったのだ。強引に根本から切断したかのように縦横に無数の亀裂《きれつ》が走っている。

機体が錐揉《きりも》みを始める。隼人は女性の残骸《ざんがい》の中に顔から倒れ込む。女性の残り少ない熱い体液が鼻と口から侵入してくる。隼人の腹から流れ出した、隼人の内臓と女性の内臓が混ざり合う。

隼人はなんとか体勢を立てなおそうと、力を込めた。体が信じられないぐらい右に曲がり、嫌な衝撃が全身に広がる。腰から下が快感と激痛の嵐に包まれる。ついに脊椎《せきつい》が折れてしまったらしい。

すべての窓が砕け散り、機内の空気が真っ白になった。

隼人は下半身だけの女性を抱き締めた。

沙織……。

2

ガはなんとか、飛行機械から自分の体を引き剝《は》がそうとした。すでに、ガの電磁界は飛行機械の内部に侵入している。現時点でもすでに何か影響を与えてしまったかもしれない。

いっきに窓から覗《のぞ》いていた顔がいっせいに見えなくなったことが気になる。

いっきにプラズマを放出し、反動で飛行機械から離れる。

うまくいった！

が、次の瞬間、飛行機械の翼が突然捻《ねじ》れ、根本から千切れた。

しまった。応力が大き過ぎたんだ。

折れた翼はくるくると舞いあがった後、浮力を失い、すとんと落ちて行く。

飛行機械本体は完全にバランスを失い、回転しながら落下して行く。中の生物は地面との衝突に耐えられるだろうか？　それは望み薄だ。わざわざ機械を使って飛行するということは自力では飛行できないということだろう。ふだん到達できない高さからの落下に耐えられるとは考えにくい。

飛行機械の窓を覆っていた物質がなくなり、中から生物が何体か飛び出してきた。ガは緊急脱出したのかと期待したが、そうではないらしい。生物たちは自らの運動を全く制御できず、ただ落下していくばかりだ。

助けられるかもしれない。

ガは生物の一つに接近した。

しゅん。

生物は気化した。ガの体温に耐えられなかったようだ。この生物を助けるためには体温を下げなければならない。だが、相転移には時間がかかる。とても間に合わない。

飛行機械はばらばらと残骸を飛び散らせながら、炎に包まれた。そして、山腹に命中し、大爆発を起こした。凄《すさ》まじい衝撃波がガを揺るがす。

大失態だ。「影」にはまんまと逃げられてしまい、しかも知的生物の命を多数奪ってしまった。このまま帰るわけにはいかない。もはや後はない。待っているのは無だ。

熱はこの世界の寒冷な大気によってどんどん奪われている。相転移しなければ生命システムが破綻《はたん》してしまう。

どうすればいい？

「そして、これが自己変異のためのデータです」

そう。それしかない。

「そうです。あなたは『影』をどこまでも追いかけなければなりません。そのためには、この真空と磁場と電離体《プラズマ》からなる精妙で繊細な世界だけではなく、あの固体と液体と気体からなる粗雑で荒々しい世界でも戦えるようにする準備が必要なのです」

俺はやつを追い詰めなければならないのだ。

ガは変異プログラムを始動した。大気中に熱エネルギーの大部分を放出した。勿体無《もったいな》いが、仕方がない。「一族」のような優れた存在でも、熱を余すところなく、他のエネルギーに変換することはできない。「熱力学の第二法則」は決して打ち破ることができない普遍的な原理なのだ。

温度が下がると共にガの輝きは急速に弱くなる。相転移の瞬間だ。そして、最も危険な瞬間でもある。ガは瞬時にして全く異なった生命システムを構築しなければならないのだ。この世界の生物は主に液体と固体からできている。しかし、プラズマからいきなり固体や液体に相転移することはできない。まずは気体生命の形をとるのだ。木星大気内に住む下等生物。知性はない。したがって、この段階では知的作業は不可能だ。ガはプログラムされた通りに活動する。まず地面に軟着陸、気体状になっているため、ダメージはない。そして、凝縮を始める。次の瞬間、ガは一匹の妖虫《ようちゅう》と化していた。原始的な脳を持っているため、さっきの気体生命よりは少しましだが、やはり高度な知的処理には向いていない。長さは三メートル程、色は薄桃色、体側から短い足が無数に生えていて、なんとか移動はできる。しかし、背の低い植物が群生するなかを進むだけで、薄い皮膚が破れ、どんどん体液が失われていく。丸い口を広げ、大気を吸入するが、どうも具合が悪い。代謝がうまく行われないのだ。全身にどんどん老廃物が溜《たま》っていく。このままではすぐに活動できなくなってしまう。

ガは奴隷監督官から与えられたデータを探った。そして、根本的なミスに気付いた。この生物は液体中で活動するのだ。気体中ではすぐに死んでしまう。ただし、代謝速度を制限していけば、活動速度はどんどん遅くなるが、死は先延ばしにできる。

ガは代謝速度を十分の一に設定した。移動速度も十分の一になるが、状況を判断するための時間稼ぎにはなる。

まず、原始的な光センサーを使い周囲を観察する。分解能は酷《ひど》く悪いが、数キロメートル離れたところで、盛んに化学反応が起きているのがわかる。さっきの飛行機械の墜落場所だ。周囲に熱を放出しながら、急速に酸化が進んでいる。

体の周りに存在する植物には、知性を示すものはないし、移動手段も持っていないようだ。植物の間には小型の動物が跳ねまわっているが、それらにも知性の兆候はない。

ガは痙攣《けいれん》を始めた。体液中の酸素濃度が低下している。ガはさらに代謝速度を一桁《ひとけた》下げた。

この世界の知的生命体に救助を求めることを考えていたのだが、どうやら不可能のようだ。もう一度相転移して元のプラズマに戻ることもできない。この体は死にかけていて、相転移に耐えることはできないからだ。では、どうするか？

現在この世界に生息している生物のどれかの生命システムをコピーするしかないだろう。でも、いったいどの生物を選べばいいのだろう？　その生物はある程度の大きさと移動能力を兼ね備えてなければならない。小さ過ぎては、ガが持っているデータを記憶する場所が足りない。そして、移動できなければ「影」を追跡するのに支障がある。

ガはゆっくりと体を回し、周囲を再確認した。

岩の間に奇妙な物体があった。歪《ゆが》んだ円筒形から細長い突起が三つと丸い突起が一つ。丸い突起の反対側にもやや複雑な形状をした小さな突起がある。機能的な形状からして、生物か知的生命体が作った機械である可能性が高い。

ガはその物体の方に向った。途中、再び運動障害と意識障害が起こったため、さらに代謝速度を三分の一に下げた。ガの速度はゆっくりとなり、物体に到達するのに半日を要してしまった。

物体は飛行機械の窓から覗《のぞ》いていたのと同種の生物らしかった。ということは移動能力の点では申し分ない。形状的にはやや小振りだが、密度を上げればなんとか詰めこめるだろう。要は生命システムをコピーできればいいのであって、生物を形作る素材は別物でいいのだ。

ガは口の横に生えている触手を伸ばし、生物に触れてみた。温度は周囲と同じ。自立的な動きはない。詳しく観察してみると、大きな破損の跡が発見された。この個体はすでに死亡しているらしい。生きている生命システムをコピーするのはそれほど難しくはないが、機能を停止したシステムをコピーするのは容易ではない。その本来の働きを死んだ組織から推測して、再構築しなければならないからだ。

他の生物を探すか？　いや。駄目だ。すでに自分の体も半ば機能を止めつつある。これから新たな生物を探す時間はない。

ガはもう一度死骸《しがい》を見た。

何も一から生命システムを再構成する必要はない。現にここに実物があるではないか。その機能を完全に解析できなくても、再び活性化することは可能なはずだ。ひとまず、この死骸を生命維持装置代わりに使えば、ガはこの世界の環境下でも生き延びることが可能なはずだ。ガはこの生物を活性化し、その代わりこの生物にはガに必要な物質やエネルギーの交換を受け持ってもらう。つまり、共生関係になるのだ。そして、共生関係が確立して生存基盤ができあがったら、徐々に生命システムをコピーして、共生関係を破棄すればいい。

ガは死骸の破損部分から内部に侵入した。さまざまな組織があり、また少量の液体が残っている。いくつかのチューブには液体を循環させる機能があるらしい。その中の太いものが何本か破損したため、中身が流れ出したのだ。ガは自らの組織を変形させ、内部から傷口を塞《ふさ》いだ。体液の流出を防ぐためだ。色素を調節して、生物本来の色に近付ける。対称性から考えて、もう一本突起物があったと思われるが、それを作るのは後回しでいいだろう。次に、体内の組織の破損を修復する。修復材はすべてガの組織を使った。元の形状は大胆に推測するしかなかった。外見に較べ内部の対称性はさほど高くない。体内を貫通し、両端でそとに開いている構造はおそらく物質の取り入れ口と排出口だろう。固い組織は構造材なのでおそらく左右対称に近かったはずだ。外側の膜と構造材の間の組織には運動に関係するものがあるはずだが、現時点ではどれだか判断できない。形状だけの修復に止《とど》める。後は体のこちら側に重要な臓器がなかったことを祈るばかりだ。

一通りの修復が終わったら、次は機能の解析だ。体液チューブはすべてひとつの臓器に繋《つな》がっている。内部構造から考えてポンプだということはすぐにわかった。ということはこの臓器を形作る細長い細胞は運動機能を司《つかさど》るはずだ。ガは全身の筋細胞を機能できるように再構成した。試しに細長い突起物の筋肉を収縮させてみると、死骸の手はぱたんと動いた。ポンプも作動させようかと思ったが、修復が完全でない状態で、ポンプを動かすと、思わぬ障害が現れるかもしれないと考え直した。

ポンプからは四つの太いチューブが出ていた。そのうち二本は全身を廻《めぐ》り残りの二本は別の臓器に繋がっている。その臓器は物質取り入れ用の穴に繋がっている。つまり、この臓器は外部から何かを取り入れるためのものだ。すぐ側の筋肉を使えば膨らませたり、縮めたりもできる。しかし、何を取り入れていたのだろう？　固体か？　液体か？　気体か？

ガは臓器を膨らませてみた。ひゅっという音と共に臓器は大気で満たされた。収縮すると、空気は同じ穴から出ていった。出口が一つしかない構造では、液体や固体を吸い込んだ時、排出が大変だ。おそらく、この器官はガス交換を行うためのものだろう。ということはチューブの中の体液は大気中のなんらかの成分を全身に輸送するためのものだということになる。この世界の大気の組成から考えて、おそらくその成分は酸素だろう。問題はどうやって、流れ出した体液を補うかということだ。

体内の臓器のどれかが体液を生産する役割を果たしていたに違いない。しかし、その臓器を機能させるためには酸素が必要だ。ガは応急手段として、妖虫の体液でチューブを満たすことにした。これでガス交換システムと体液循環システムはほぼ把握できた。

次は体内の情報通信システムだが、これは簡単にわかった。妖虫もほぼ同じシステムを使っていたからだ。特殊な突起を持つ細胞が全身に張り巡らされている。そして、その細胞が集中しているのが、呼吸用の穴がついている丸い突起の中の臓器だ。構造材で囲まれていることからも重要な臓器であることがわかる。幸運なことに情報通信システムの大きな損傷個所は体のほぼ中央に位置する一個所だけだった。これは簡単に修復できる。

体の中を縦に貫通するチューブは食物の摂取と排泄《はいせつ》を司る部分だろう。チューブに繋がる各種臓器は摂取した食物に化学反応を促すための物質を供給するためのものだ。体液中から不要な成分を取り出し、排出する臓器も見つかった。

下調べはほぼ完了した。残りの臓器の働きは実際に機能させてみないとわからない。

さて、この生物の体温はどのくらいが適当なのだろうか?

ガは死骸のごく一部の温度を上げ下げしてみた。温度を下げ過ぎると、氷結に伴い、細胞が破壊された。またある一定の温度以上に上げると、素材が硬化してしまい、温度を下げても元に戻らなかった。少なくとも、体温はこの二つの温度の間に位置することになる。温度が高い方が化学反応は活発に進むので、最適温度は素材硬化より僅《わず》かに低い可能性が高い。その辺りの温度で微妙に調節しながら、細胞にエネルギーを送り込むと、活性化する温度領域が見つかった。

あとはシステム作動の準備だけだ。損傷した部分をガ自身の体を材料にして完全に修復し、侵入してくる微生物を殺しながら、全身の細胞の間にガのネットワークを張り巡らす。これですべての細胞にエネルギーを注入するとともにその活動をモニターすることができるのだ。普段のガならこれだけのことをほんの数秒でやってのけられるのだが、今の極端に代謝が落ちている状態では丸一日以上かかってしまう。しかし、特に問題はないように思われた。外から見る限りただの死骸にしか見えないはずだ。

すべての作業が終わり次第、体温を適正にし、システムにスイッチを入れる。それで追跡が再開できる。

左手の修復が半ば終わりかけた頃、知的生命体の別の個体が近付いてきた。死骸を見つけると、何かの機械を取り出し、電磁波を出した。しばらくすると、別の個体がやってきた。取り出した機械は通信装置だったらしい。

二体は板状のものを死骸の横に置いた。どうやら、それに載せて運ぶつもりのようだ。一体は死骸の肩を、もう一体は足を持った。

同時に持ち上げようとした二体はバランスを崩し、その場に尻餅《しりもち》をついた。死骸が予想以上に重かったらしい。

二体は応援を呼び、結局五体でなんとか死骸を板の上に載せた。ところが、今度は板がなかなか持ち上がらない。やっとのことで持ち上げると、彼らはゆっくりと移動し、いくつも袋が並べてある場所にやってきた。死骸はここで袋に移される。

袋が持ち上げられた次の瞬間、死骸は地面に投げ出された。重さに耐えきれず、袋の底が抜けてしまったのだ。

3

落ち葉の間を一匹の蜘蛛《くも》がゆっくりと這《は》っていく。リズミカルに躍るように足の一本一本を丁寧に動かしている。

数十センチ離れた木の陰から野鼠がじっと蜘蛛の様子を観察している。蜘蛛ごときではたいして腹は膨れないだろうが、何もないよりはましだ。野鼠はもう何日も獲物にありついていなかった。彼のテリトリー内の草木は全て枯れ、小動物たちは軒並み姿を消していた。

いったい何が起きたのか、野鼠には全く理解できなかった。数日前の大きな音と眩《まばゆ》い光には気付いていたが、そのことと現在の異変を結び付けるようなことはしなかった。なにしろ、彼は一介の野生動物であり、その行動は本能に基づいているのだ。

そして、今その本能は目の前の蜘蛛に注目しろと命令していた。蜘蛛はこちらには全く気が付いていないようだった。まもなく、野鼠のすぐ近くを通り過ぎることは間違いない。野鼠は最短距離に達した瞬間、一撃で蜘蛛を狩ろうと決心した。いや。厳密に言うと、決心したわけではない。本能が彼をそう促したのだ。

時が来た。枯れ葉が微《かす》かに音を立てた。野鼠は蜘蛛を口に咥《くわ》えていた。彼は甘い体液を期待しながら、蜘蛛の胴を噛《か》み潰《つぶ》した。しかし、口の中に広がる液体は何かが妙だった。彼が知っている蜘蛛の味ではない。本能が危険を告げた。

しかし、彼は逃げることができなかった。今、噛み殺した蜘蛛の八本の足が生き返り、彼の口吻《こうふん》に巻き付き、締め上げてきたのだ。

野鼠は前足で蜘蛛の足を払おうと懸命になった。蜘蛛の足はさらに強く締め付けてくる。野鼠の口と鼻は鬱血《うっけつ》し、やがて血が滲《にじ》み始めた。そして、ついに顎《あご》の骨が鈍い音をたてながら、砕け始めた。野鼠は苦痛のあまり走り出そうとした。だが、それは叶《かな》わなかった。

野鼠の口吻を摑《つか》む蜘蛛はしっかりと固定されていたのだ。蜘蛛の腹のしたから、白く太い管のようなものが出て、落ち葉の下へと伸びている。

野鼠は苦痛の鳴き声を上げようとしたが、縛《いまし》めがそれを許さない。彼は自分を捕まえているものを蛇だと認識した。これほど長大で強いものは蛇以外にありえない、と本能が叫ぶ。

ついに、野鼠の口吻が千切れた。剝《む》き出しになった血まみれの口腔《こうこう》からだらりと舌を垂らし、それでも彼は生きるために逃げ出した。

だが、その努力も空しかった。蜘蛛の胴の形をした白い蛇からは白い糸が無数に生えていた。その糸が素早く動き、野鼠を絡め取った。

周囲の枯葉が揺れ動き、何匹もの白い蛇が蜘蛛の形をした鎌首を持ち上げる。続いて、枯葉の下から、大きな塊が現れた。それはあたかも巨大な蛞蝓《なめくじ》のようだった。いや。まさにそれは蛞蝓だったのだ。ただし、その大きさは一メートルにも及ぶ。しかも、目を持たず、体の周囲からいくつもの蛇の首を生やし、その先端には蜘蛛が付いている。

背中には七つの蛙の顔が付いていた。ただし、口はなく、目と鼻の部分だけが蛞蝓の皮膚から盛り上がっているのだ。蛙の顔の周囲だけが緑色をしている。蛙たちは鳴くことができないからか、不安そうに目玉をきょろきょろと動かしていた。

と、蛞蝓の皮膚を破って、八本の巨大な蜘蛛の足が現れた。怪物は肉を捏《こ》ねるような音を立てながら、落ち葉を蹴散《けち》らし前進する。

蛞蝓の胴体が二つに裂ける。それは巨大な口で細かく鋭い歯がびっしりと生え揃っていた。喉《のど》の奥から何本もの管が伸びてきて、野鼠の体を貫通する。野鼠はすぐに大人しくなる。命の火が消えたのだ。それでも管は次々と伸びては、野鼠の体を貫通していく。やがて、野鼠から血がなくなり、肉がなくなり、骨がなくなった。彼は今や皮袋に過ぎない。怪物は伸ばした管をいっきに飲み込む。野鼠の皮もいっしょに飲み込まれる。


目を覚ました野鼠は周囲に蛙の顔を発見した。彼は本能的に彼らを狩ろうとした。しかし、体を動かすことはできなかった。そもそも体などなかったのだ。

いや。そうではない。体はちゃんとあった。彼は立ち上がり、枯葉を蹴散らしながら、蛙の顔の一つを目指した。しかし、蛙はいっこうに近付いてこず、常に彼と同じ速度で同じ方向に動いた。

野鼠と蛙たちは一つの胴体を共有していたのだ。

4

「みなさん、嬉《うれ》しい知らせがあります！　よい知らせがあります！」舞台の中央で、背の高い長髪の男が叫んだ。「ついに預言の成就の日がやってきたのです」

客席から歓声が上がる。真に喜びに満ちている。

「先日の航空機事故のことを覚えておられるでしょう。あれは本当に酷《むご》い出来事でした。一瞬のうちに何百人もの人命が主《しゅ》に召された。でも、主は何の目的もなく、罪なき人々の命を奪ったのでしょうか？　皆さん、どう思われますか？」男の深く、澄んだ声がドーム球場に響き渡り、聴衆に染み込んでいく。

誰も何も言わず、じっと男の次の発言を待っているようだ。

「どうしたのです？　あなた方に父なる神の声が聞こえないはずはないではありませんか?!　誰かの言葉を真似る必要はありません。あなた方一人一人が自らの心に尋ね、そして正直に答えるだけでいいのです。さあ、答えてください。主は何の罪も持たないいたいけな子供を含む何百人もの命を意味もなく奪うような冷酷な方でしょうか?!」

「違います!!」

「主はそのような方ではありません!!」

「主は愛に満ちたお方です!!」

「主は愛そのものです!!」

「主には目的がおありだったのです!!」

「わたしには主の言葉が聞こえます!!」

「わたしには主が見えます!!」

全客席からいっせいに声が上がり、嵐のような喧騒《けんそう》に包まれる。

男は片手を挙げた。

さっと、静寂がドームの下に広がる。

「同じ答えです」男が静かに言う。「ここに集まった幾万の人々がすべて同じことを言ったのです。誰にも強制されず、自らの思うままを語ったはずなのにです。これが奇跡でなくて、なんでしょう！　まさに主の恩寵《おんちょう》を目の前に見たのです。そして、あなた方すべてがその証人なのです」

「ジーザス様!!　ジーザス様!!」全聴衆が同時に声を上げる。

「よく聞くのです。あなた方すべてが同じことを語ったのは、主自らがあなた方一人一人の心に語りかけられたことの証《あかし》です。これ以上ないほどのはっきりとした証です」男は力強く呼び掛ける。「皆さん、これからわたしの言うことをよく聞いてください。とても大事なことです。あの航空機事故の後、一つの奇跡が起きました。それは小さな奇跡ですが、これから始まる大きな奇跡の魁《さきがけ》となるものなのです。あの飛行機には一人の男性が乗っていました。そして、事故によって命を失いました。捜索隊に発見された時、彼はすでに一塊の軀《むくろ》となっていました。このことには疑いの余地はありません。多くの人々が証言しています。彼は棺《ひつぎ》に納められ、家族を待っていました。そして、彼の妻が迎えに来た時、奇跡はおきたのです」男はここで一息つき、目を閉じた。「彼は起き上がり、彼の妻を優しく抱擁したのです。そうです。彼は復活したのです！」

どよどよと会場がざわめく。

「このことの意味がわからない人にお伝えしましょう。主はその存在をこのような形でお示しになったのです。その証拠をご覧にいれましょう」男は一冊の本を持ち上げた。「すべては聖書に書かれていたのです。『コリントの信徒への第一の手紙』第十五章十二節を広げてください。ここにはこう書かれています。『今や、キリストが死者の中から蘇《よみがえ》らせられた、と説かれているのに、どうしてあなた方のある者たちは死者の復活がないと言うのか？　死者の復活がなければキリストは蘇らせられなかったはずだ。キリストが蘇らせられなかったのなら、我々の宣教は無駄であったし、あなた方の信仰も無駄だったことになる』皆さん、どうでしょうか？　我々の宣教は無駄だったのでしょうか？　あなた方の信仰は無駄だったのでしょうか？」

「違う!!」

「違う!!」

「無駄じゃない!!」

会場は一つになり、脈動する。

「その通りです！」男は叫ぶ。「今こそ、主は示された。復活はある、と。そして、復活が見事に証明された今、キリストの復活も証明されました。我々の宣教が無駄でなかったこと、あなた方の信仰が無駄でなかったことも同時に証明されたのです」

嵐のような歓声が男を包む。

「すでに復活が始まっています。これは誰も否定しようのない事実です。では、主イエス・キリストの復活はいつでしょう？　答えられる方はいますか？」男は手を挙げる動作をした。

同時に多くの聴衆が手を挙げる。

「その通り、あなた方は知っています。聖書の続きを読みましょう。二十三節です。『しかし、それぞれは自らの順番に。最初の収穫はキリスト、そしてキリストの所有物である者たち。そして、終末が訪れる』ここに書かれていることはすべて真実です。飛行機事故で死んだ男性はすぐに戻ってきました。何千年前に死んで戻ってくる人もいます。こうして、多くの人たちが戻ってきます。ただ、戻ってくる最初の人はキリストなのです。そして、すでに復活が始まっていることが明らかになった今、すでにキリストが復活して、この世に戻っていることも明らかなのです。誰がキリストか、あなた方にはわかっているはずです。なぜなら、神に選ばれた人たちは神の声を直接与えられるからです。そして、今日ここに集った人々は神に愛されているからです。そう。今、あなたの心に浮かんでいる人物こそが復活したキリストなのです」男は聴衆に向き直り、優しい笑みを浮かべ、両手を広げた。

「ジーザス!!　ジーザス!!」

「あなたこそ、キリストだ!!」

「神は今、ここにおられます。あなたを『わが子』と、そう呼ばわれました」人々は個々に男を称《たた》える。

男の広げられた腕は徐々に持ち上がり、やがて頭上に振りかざされた。「わが父。わが父。わたしは感謝いたします！」

割れんばかりの拍手が鳴り響く。

場内の明りが落とされ、男にスポットライトが当てられる。

「今日のこの喜ばしい日のために、わたしは曲を作りました。ピーター、アンドリュー、ジェイムズ、ジョン、フィリップ、バート、マシュー、トーマス、もう一人のジェイムズ、サッド、サイモン、そしてポール。我が仲間たちよ、共に歌おう。わたしの作った歌『ゴッズ・ハンズ』を」

男と彼の仲間たちは、騒がしい歌を歌い始める。歌詞の内容は気恥ずかしくなるくらい素直に神と世の人々への愛を歌い上げたものだった。聴衆は立ち上がり、目を瞑《つぶ》って、彼らと共に歌った。いつしか、全員が肩を組み、そして互いに接吻《せっぷん》しながら、涙を流していた。男も、女も、若者も、老人も、子供も、教師も、生徒も、サラリーマンも、OLも、経営者も。皆が神の愛を実感していた。

「なんだい、これは？」隼人はベッドの上から、テレビ画面を見ながら言った。

「アルファ・オメガよ。お義兄《にい》さん、知らないの？」ベッドの横に座っている十代半ばの少女が答える。

「だから、そのアルファ・オメガっていうのはなんだよ？ 宗教団体？」

「ロック・バンド。凄《すご》いのよ。十曲続けて、メガヒットになってるの」

「でも、今キリストがどうのこうのって言ってたぞ」

「そうなの。アルファ・オメガはコンサートで、神様の話をするのよ」

「じゃあ、やっぱり宗教だ」

少女は首を振る。「ううん。アルファ・オメガは宗教団体にはならないんだって」

「どうして？」隼人は尋ねる。

「さあ。なんでだっけ、姉さん？」少女はお見舞い品の整理をしている沙織に呼び掛けた。

「宗教は人が作ったものだからだって言ってたわ」沙織は呟《つぶや》くように言った。「アルファ・オメガは人ではなく、神の言葉に従うって」

「それって、なんだか変だよな」隼人は納得いかなかった。「『宗教は人が作ったもの』っていうのは、自分たち以外の宗教を指しているんだろうけど、他の宗教はそんなこと認めないよ。自分たちの教えだけは神からのものだって、主張したいようだけどね」

「今の話、聞いたでしょ」沙織は低い声で言った。「ジーザス西川は自分たちの教えが正しいってこと、論理的に証明したじゃない」

「西川っていうのか？ あいつは断りもなしに僕を利用して、自分の教義を補強しやがった。……まあ、百歩譲って、それは許すとして、あいつの主張は全然論理的じゃなかった」

「何を言っているの？」沙織は隼人の方に向き直った。目に涙が溜《た》まっている。「あなたは生き返ったのよ。証人もいるわ」

「どうも実感がないのは確かだけど、僕は自分が復活したことを否定しているわけじゃない」

「ならキリストの復活も本当なのよ」

「だから、その論理の展開がおかしいんだよ」隼人は欠伸《あくび》をした。『死者の復活がなければキリストは蘇らせられなかったはずだ』これはあいつが聖書に載っていると言ったことだ。この言葉自体は正しいよ。確かに死者が復活しないなら、キリストも復活しない。少なくとも、キリストが実在したとしたら、彼はすでに死者の一人だからね」

「そして、あなたは死者の復活を証明した。だから、キリストも復活するのよ」

「そこがついていけないところなんだ。論理に飛躍がある。例えば、誰かが『英語を話せる日本人がいないとしたら、小野妹子《おののいもこ》も英語が話せなかったはずだ』と言ったとする」

「おかしいわ。英語を話せる日本人はいっぱいいるけど、小野妹子はたぶん英語は話せなかったと思うわ」

「たぶんじゃない。古英語が確立するのは概《おおむ》ね八世紀初めだけど、小野妹子が生存したのは六世紀から七世紀にかけてだから、確実に英語は話せなかった」

「ほら」

「『ほら』じゃないよ。僕は事実がどうのこうの言っているわけじゃないんだ。論理的に正しいかどうかということなんだ。もし現在過去を問わず、英語を喋《しゃべ》る日本人が人っ子一人いないとしたら、その日本人の一人である小野妹子だって当然英語は話せないはずだ。何か間違っているかい？」

「なんだか、誤魔化《ごまか》された気分だわ」

「誤魔化してなんかないよ。『死者の復活がなければキリストの復活もなかったはずだ』という言説と『英語を話せる日本人がいないとしたら小野妹子も英語が話せなかったはずだ』というのは同じ論理構造をしているんだ」

「言葉遊びをしているの？」

「わたし、わかるわ」少女が言った。「論理学の話でしょ」

「千秋、あんたは黙ってなさい」沙織が窘《たしな》める。

「そう。論理学だ。それも最も基礎のね」隼人は話を続けた。「で、西川君は『死者が復活したから、キリストも復活する』と主張したわけだが、もしこの主張が正しいのなら、『英語を喋る日本人がいたから、小野妹子も英語を喋る』という結論も正しいことになってしまう」

「屁理屈《へりくつ》よ」沙織は冷たく言い放つ。

「屁理屈はあいつらの方だよ。君は自然科学系の学科出身なのに、どうしてそんなに論理が苦手なんだ？　一人の人間に起きたことが他の誰かに起きるとは限らない。僕が復活したからって、キリストが復活するとは限らない。簡単な理屈じゃないか」

「でも、復活することが凄いことだと思うわ」千秋が目を輝かせる。「奇跡だってことは間違いないもの」

「現に起きたからには何か理由があるはずだ」隼人は憮然《ぶぜん》とした。「ところで、どうして西川君は死者の復活をそんなに気にするんだ？」

「すべての死者が復活した後で『最後の審判』があるのよ」

「『最後の審判』ていうのはよく聞くんだけど、いったいなんなんだ？」

「キリストが裁判官になってすべての死者を裁くのよ。そして、天国に行くものと地獄に行くものを分けるの」

「なんだか、閻魔《えんま》大王みたいだな。……ちょっと待てよ。その最後の審判までは、天国行きか地獄行きか、決まってないってことなのかい？」

「そうよ」

「僕はまた死んだらすぐ天国か地獄に行くもんだと思っていたよ。でも、それこそキリスト以前から大勢の人間が死んでいるけど、彼らはまだ天国にも地獄にも行ってないってことだとしたら、彼らの魂はいったい今どこにあるんだい？」

「あなた、自分が何を訊《き》いているか、わかってるの？」沙織は溜め息混じりに言った。

「その質問はあなたがわたしにするんじゃなくて、わたしがあなたにする質問じゃないの」

隼人は一瞬虚を衝《つ》かれた。「……確かに、そうだよな。僕は死んでたんだから」

「ねえ。何があったの？」千秋が目を輝かす。「神様とか天使とかいた？」

「だから、何度も言うように、どうもはっきりしないんだよ」隼人は突然口籠《くちご》もり始める。

「生き返ってしばらくは毎日のように警察の事情聴取を受けたけど、最近では向こうも呆《あき》れ果てて、訊きに来なくなっちまったし」

「飛行機に何かがぶつかって大怪我をしたって話？」

「ああ。まあ、何かがぶつかったのか、どうかははっきりしないんだけど、大怪我をした記憶ははっきりしているんだ。絶対に生きてはいられないぐらいの」

「でも、それって死ぬ前でしょ。死んでからは？」

「わからない。窓ガラスが割れて、飛行機の中が真っ白になって、そしたら目の前に君のお姉ちゃんがいて、思わず手を掴《つか》んだら悲鳴を上げたんだ」

「もう、その話はよして！　気分が悪いわ！」沙織は二人を睨《にら》みつける。

隼人は横目でちらりと沙織を見た。「とにかく、現実に大怪我をしていないんだから、あれは全部幻覚だったのかもしれない。いわゆる臨死体験というやつさ」

「臨死体験って、そんなんじゃなくて、お花畑にいたりとか、川を渡ったりとかするんじゃないの？」

「本にはそういうふうに書いてあるけど、人それぞれなんじゃないかな？」

「きっと怪我は本当だったのよ」沙織は言った。

「でも現に……」

「治ったのよ」

「そんな馬鹿なことあり得ないよ。あの怪我が本当だとしたら、はらわたが殆《ほとん》ど流れ出したってことになる」

「そんなことを言うなら、あなたがこうして生き返ったことだって、あり得ないはずじゃないの！」

「じゃあ、言わせてもらうけど」隼人も少し感情的になってきた。「僕が死んでたってことはどうやって証明するんだい？」

「証明も何もあなたは死んでたのよ。死んでないものがどうして棺に納められたりしたのよ」

「それが一番不思議なんだ。どうして、検視の時に気が付かなかったのか」

「だから、死んでたのよ。だいいち、飛行機が墜落して大破しているっていうのに、どうして生きていられることがあるのよ」

「そこだよ、問題は。飛行機が墜落して大破したら、生存者はいないっていうこと自体、思い込みに過ぎないんだ。酷《ひど》い墜落事故でも生存者がいたという前例はいくらでもある」

「そんなこと自衛隊も警察も知っているわよ。死んでいるか生きているかの確認を怠るはずはないわ」

「でも、人間のすることだからなぁ」

「じゃあ言うけど、あなた自分の検視報告書見た？」

「遺体検案書っていうのかな？　いや。見てないよ」

「あなたの左腕のことが書いてあったわ。一見して特徴があるって」

隼人は自分の腕をしげしげと眺めた。「どんな特徴があるって？」

「未発達だったのよ」

「そうかな？　今までそんなことを言われたことはないけど……」

「そんなレベルの話じゃないのよ。あなたの左手は通常の半分の長さしかなかった。それに胎児の腕のようだったと証言した看護婦さんもいるわ」

「きっと、他の遺体と間違えたんだ」

「遺体は何度も繰り返し確認されているの。あなた自分の腕がなくなったって言ったわね」

「そういうふうに思ったたってことだよ。今から考えると、やっぱりおかしい。あんな大怪我をしたら、いくらなんでも即死だろう」

「あなたは何か爆発のようなもので腕と脇腹がなくなってしまった」沙織は隼人に構わず、話しつづけた。「墜落の前か墜落の瞬間かはわからないけど、その後あなたは飛行機から飛び出してしまった。ひょっとしたら、もっと酷い状態になっていたのかもしれない。とにかく、あなたはその時点ではもう死んでしまっていたのよ」

「だから、そうだとは……」隼人は反論し掛けて、すぐに諦《あきら》めた。「わかったよ。それで？」

「その後、あなたの復活が始まった。どうしてあなただったのかはわからない。とにかく、あなたが選ばれたのよ」

「誰に選ばれたんだい？」

「わからない。あなたが神だと思いたくないのなら、他の何かでもいい」

「悪魔か宇宙人じゃないかな？」隼人はおどけて言った。

「あなたの体は復活に向けて、再生させられたのよ。なくなった部分はもう一度胎児からやりなおしたの。警察の検視はその時点で行われたから、あなたの左手が未発達だと思ったのよ。現実にはその時、もの凄《すご》い速度で発達していたはずなのに」

「他の部分は死んでいるのに、左手だけが生きて成長してたってことかい？」

「それはわからない。普通の意味では生きていなかったのかもしれない。とにかく、復活の準備は調えられていった。そして、あの遺体安置所の棺の中で完全に元の体に戻ったあなたは復活したのよ」

「まさに君が来たあの瞬間にね」

「わたしはあなたを見捨てようとしたの」

「おい。何の話だよ」

「警察の人があなたを解剖させてくれって」

「ここの医者は今でもそうしたいと思っているみたいだよ。最近は落ち着いたけど、入院した当初は同じ検査を三十分毎に繰り返してたからね。採血して十分もすると、医者と看護婦が血相を変えて病室に飛び込んでくるんだ。何か手違いがあったようなので、もう一度採血をお願いします。ずっとこの繰り返しさ。いったい、血を何リットル抜かれたか、わかりゃしない。レントゲンも日に十何回も撮ったし、その間にカメラを飲まなきゃならないし、このままでは本当に死んで……」

「わたし、あなたが生き返るだなんて、思いもよらなかったの。だから、わたし承諾してしまったの！」

「お姉ちゃん、ちょっと外に行こうよ」千秋が不安そうに言った。

「わたし、復活のことなんか、何も知らなかった！　だから、死んだらおしまいだと思って、死体はもうあなたじゃないと思って、だから解剖しても構わないと思った!!」

「ああ。死体は解剖しても構わないよ」隼人はできるだけ優しい声で言った。「そして、君は僕を死体だと思っただけなんだ。君のせいじゃない」

「そうよ!!　わたしのせいじゃないわ!!　だって、人が復活するって、誰も教えてくれなかったんだもの!!」沙織は泣き叫ぶと、病室から飛び出して行った。

「沙織はまだ精神が不安定になっているみたいだね」隼人は千秋を励ますように言った。

「もう少し、沙織のところにいてやってもらえるかな。せっかくの夏休みなのにすまないけど」

「ううん。田舎にいるよりはこっちにいる方がずっと楽しいわ」

「でも、宿題とかもあるだろう」

「嫌なこと思い出させないでよ」千秋は悪戯《いたずら》っぽく微笑んだ。

隼人は危険な疼《うず》きを感じそうになった。

「家でもあの調子？」

「もっと、無口。一時期、マスコミがお義兄《にい》さんの話題一色だったことがあるでしょ。あの時が一番酷かったわ」

「週刊誌とか、めちゃくちゃ書いてあったな。僕が過激派で爆弾を持ち込んで自分だけパラシュートで逃げ出したとか。自分が疑われるのを避けるために、わざと仮死状態になる薬を飲んで死体のふりをしていたとか。……全く呆《あき》れた話だよ。疑われたくないのなら、どうしてわざわざ死んだふりなんかしなくちゃいけないんだ？　そのまま逃げちまうに決まってるのに。週刊誌なんか、あの程度のものさ」

「でも家に直接取材が来るようなことはなかったし、名前も報道されなかったから、生活していくのに、困るようなことはないみたい。ただ、時々どこで聞きつけてくるのか、いろいろな宗教の人が来るようになったわ」

「広告塔になってくれってかい？　ごめんだね」隼人はうんざりして言った。

「でも、お姉ちゃんは話を聞きにいくこともあるみたい。ずっと気にしているのよ。解剖に承諾したことと、生き返ったお義兄さんを見て、叫んでしまったことを」

「僕は全然気にしてないよ。僕が同じ立場だとしてもそうしたと思う。非があるとしたら、僕を死んだと判断した警察の方だよ」

「やっぱり仮死状態だったって思ってるの？」

「死の定義からいってね。生き返る状態を死んだとはいわない。……ところで、沙織が行った宗教団体の中にさっきの『アルファ・オメガ』も入ってるのかい？」

「うん。確か行ったこともあると思う」

隼人はしばらく考え込んだ。「千秋ちゃん、沙織のことしばらく気を付けておいてくれないか？　もし何かあったら、すぐ連絡して欲しい」

「わかったわ」

「本当のことを言うと、沙織には家に帰って来て欲しいんだけどね。僕も来週退院だし」

「えっ？　もういいの？」

「いいも何も。どこも何ともないんだから、入院する必要はないんだ。完全に健康体だと先生も太鼓判を押してくれた。事故の前は病気がちで、あっちこっちがたがきてたんだけど、こんなことなら年に一度ぐらい死んだ方が具合いいのかもしれないよ」

「こんど死ぬ時は大騒ぎにならないようにね」千秋はまた悪戯っぽく笑った。

5

ガは安堵《あんど》した。ようやくすべてが順調に動き出したのだ。

最初、ガが共生している個体――他の個体からは諸星隼人と呼ばれている――を動かした時の「人間」という生物たちの反応には面食らってしまった。全員が大声を出しながら、逃げ惑ったのだ。その場に止《とど》まったのは一個体のみだった。それも恐怖を感じなかったわけではなく、ただ隼人に腕を摑《つか》まれていたため、逃げ出せなかったのだ。彼女はその場に倒れて、じたばたしながら失禁していた。

とっさの判断でガは隼人の精神を分析するのを中止し、自由に行動させることにした。この判断は後になって正しかったことがわかった。「人間」の精神は大脳の中に存在する数百億に達する脳細胞相互のネットワークによって形成されている。このネットワークは微妙な電気化学反応に依存しており、一度壊れてしまうと修復は困難だった。ガが慎重に脳全体の細胞にほぼ同時にエネルギーを供給したことにより、ネットワークは復活した。これは奇跡といってよかった。

隼人が持つ記憶や精神の働きの仕組みを調べるためには、すべての神経細胞の状態をモニターしなければならないが、モニターすることによって神経細胞に負荷がかかり、瞬時にして隼人の精神は崩壊し、永久に失われてしまうだろう。記憶はデータとして復元できるかもしれないが、その意味するものを理解するのは極めて困難だ。ガが「人間」社会に適応するのは絶望的になったことだろう。

しかし、直接隼人の精神に干渉せず、自由に行動させれば当面の問題はなくなる。ガと隼人の共生体は「人間」たちの間では完全に隼人として振るまい、適応してくれる。ガはその間に隼人の脳の何個所かにガ自身の擬似神経細胞で回路を作り、そこに流れる情報から隼人の体験することや想起することをすべて知ることができる。時間はかかるが「人間」や地球の情報を集めるのには最適な方法だろう。

隼人から逃げ出した「人間」たちは数分後には戻ってきた。

中の一人が隼人に向って音波を発生する。「大丈夫ですか？」

隼人の意識が反応する。どうやら「人間」たちは音波を使ってコミュニケーションするらしい。

「あなたは諸星隼人さんですか？」

モ・ロ・ボ・シ・ハ・ヤ・トという音の並びに対して、脳のある部位が強く反応した。おそらく個体識別符号であろう、とガは推測した。

隼人は頷《うなず》く。

「われわれの言うことがわかりますか？　奥さんの手を放してあげてください」

隼人ははっとして、妻の手を放した。

ガは今の音の並びを「別の個体との接触を解除せよ」という意味だと推測し、記憶した。

　彼らは個体間の通信のために思考を一旦《いったん》「言語」というものに変換するらしい。この変換はコミュニケーションを行わない場合にも自動的に起こるようだ。このことに気付いて、ガの情報収集と解析はより効率的になった。

　隼人は自走する機械に運び込まれた。隼人の意識に「救急車」という単語が浮かぶ。「救急車」は二台来ており、もう一台には先程隼人が腕を摑んだ個体が入った。

　移動を開始して、しばらくの間、隼人の意識はかなり混乱していたが、時間が経つにつれ、徐々にはっきりしてきた。

　隼人が手を摑んだ個体は隼人と深い繫《つな》がりがあるらしい。生殖を基盤とする単位を構成し、対外的には一体と見なされる場合もあるようだ。一種の共生関係ともいえる。現在、その関係は解消へと向っているが、隼人自身は賛同していない。一方、隼人自身も気付かないうちに、別の共生関係が始まっている。ガは運命的なものを感じた。

　隼人は墜落直前の記憶を反芻《はんすう》した。ガが飛行機械に近付いた時、何が起こったのか凡《およ》そわかった。彼らは環境の変化に極めて弱い。驚いたことに、相変化の前後で生命を継続させることができないのだ。これは「人間」特有のことではなく、この世界の生物に共通した現象らしい。こんな状態で生き延びてこられたのは驚異的だ。機械を作らざるを得なかったのも尤《もっと》もだ。

　隼人は状況を把握しようと、懸命になっていた。自分の「左手」を「開いたり閉じたり」させて、じっと見詰めている。彼の大脳は飛行機械の破壊と同時に停止し、ついさっきガが再起動した。つまり、隼人にとっては二つの時点の間はすっ飛ばされ、隙間なく記憶は繋がっているのだ。そのような現象を体験したことがなかったとしたら、混乱するのも無理はない。今も彼は合理的な解釈を探し求めている。

「いったい、わたしに何があったんですか？」静かに横たわっていた隼人は初めて「声」を発した。「救急隊員」という一般名称を持つ個体に質問したのだ。

「ええと……」「救急隊員」は「困った」ようだった。「わたしたちも詳しいことは聞いていないんです。とにかく『体育館で病人が出た』とそれだけ連絡があったものですから」

「体育館？　なぜ、わたしがそんなところに？　それに妻も」

一緒に「救急車」に乗り込んできた別の「男」が「話し掛けて」きた。「諸星さん、わたしは警察の唐松というものです」

「えっ？　ああ、警察の方ですか」

「あなたは事故にあったのです。事故のことを覚えておられますか？」

「事故？　飛行機の事故ですか？」

唐松は頷く。「では、事故を覚えておられるのですね」

「覚えているも何も」隼人はまた左手を「眺める」。「今さっき……」隼人は口を噤《つぐ》んだ。

「どうされました？」

「どうも妙だ。夢を見ていたのかも」

「大きな事故の後、そういう感じがよくするものですよ。それで、どんな事故だったんですか？」

「あの女性はどうなりました？」

「女性？　どの女性ですか？」

「わたしの隣の席に座っていた女性です。てっきり死んだと思ってたんですが、あれが夢だとしたら生きているのかもしれない」

「その女性については調査しましょう。ただし、事故の規模から考えて楽観はできません」

　隼人の大脳の中に様々なイメージが駆け抜ける。現状に最も合致する事例を検索しているのだろう。

「つまり、僕は事故で意識を失っていたわけですか？」

「まあ、そういうことになると思います」

「でも、気を失ったような気が全然しないのですが、気絶というのはそういうものなんですか？」

「われわれもあなたが気絶していたようには全然思えませんでした。……つまり、あなたはかなり特殊な例だろうと思います」

「どこか、具合の悪いところはありませんか？」「救急隊員」が言った。

「いえ。どこも。……そう言えば、どこもなんともない。わたしは怪我か何かをしたんでしょうか?」

「救急隊員」は何も「答えず」、唐松を見ている。

唐松も「困って」いるようだった。「先程まではかなり状態が悪かったのですが……」

「そう言えば、熱がありますね。三十九度三分です。ありゃ、血圧が上五十で、下三十しかない。こりゃ大変だ!……脈拍が十五? 機械が壊れているのかな?」

「救急隊員」が機械を使って測定した隼人の体調を示す指標が標準値から逸脱しているらしい。隼人自身が持つ恒常性が自然に適正値に持っていってくれると考えていたのだが、そうは簡単にいかないのだろう。ガが作った擬似細胞の特性が本来の隼人のそれとずれているのが原因かもしれない。あまりに逸脱が激しいと、「人間」たちが疑いを抱き、隼人の体を構成する細胞を詳しく分析しようとする可能性がある。それ以前に、環境の変化に隼人の体組織が適応できなくなる可能性もある。できるだけ速やかに修正しなければならない。

「おや? 熱が急に下がってきました。三十三度だ。それに血圧が四十で……こ、呼吸が止まっている!!」

ガは慌てて「体温」を上げた。ただし、三十九度は超えないように。「血圧」と「呼吸数」は元に戻した。本来はもっと高いのだろうが、これ以上ミスはゆるされない。

「今度は三十七度になった」

「たぶん測定機が壊れているんだろう。いくらなんでもそんなに急に体温が変化するわけがない」別の「救急隊員」が言う。「物理的にありえない。死体でも死んでしばらくは温かい」

「たぶんそうだろうな」「救急隊員」は「測定」を「諦《あきら》めた」ようだ。

「それで結局どういうことなんですか？　わたしがいた場所はどこだったんです？」

「落ち着いて聞いてください。あなたは遺体安置所におられたのです」

隼人の呼吸が止まった。ガは慌てて、横隔膜を動かす。隼人は咳《せ》き込んだ。

「たぶんショックだとは思いますが……」

「つ、つまり、わたしは死体と一緒にいたわけですか？」

「ええ。でも、われわれもいましたから」

「人命救助については素人なんですが、怪我人も死体もまず遺体安置所に入れて、そこから分別するっていうのは一般的な方法なんでしょうか？」

「わたし自身はそんな方法がとられているなどと聞いたことはありません」

隼人の「血圧」、「脈拍」、「呼吸数」が増加し始めた。体液の化学成分も変化している。ガは元に戻すべきか悩んだが、放置することにした。これは自然な反応かもしれない。万一、異常な状態になって死亡したとしても、また蘇生《そせい》させればいい。死亡直後なら簡単なはずだ。

「じゃあ、わたしは死体と間違われていたと？」

「率直に言うと、そういうことです」

隼人はしばらく唐松を「睨《にら》みつけ」ていたが、「意識的に」ゆっくりと大きく「呼吸」し、話を始めた。

「わかりました。話は後でゆっくり聞かせていただきます。とにかく、これで妻がなぜ取り乱したのかもわかりました。彼女はわたしが死んでいると思っていたんですね」

「わたしも取り乱してしまいました」

「他の生存者は?」

「皆無です」

「本当に?! 確証はあるのですか?」

「さっきまではありましたが、今はあやふやになってきました」唐松は今にも「泣き出し」そうだった。

6

とても不安だった。

ベッドから抜け出すと、服を脱ぎ、全裸になる。

窓を開け、ベランダへ出る。

ベランダはすぐに小さくなり、窮屈で我慢できない。

飛び降りる。
スローモーションのように地面は近付いてくる。
足の裏から地面に着陸する。
なんの衝撃もない。
周りを見渡すと、街はミニチュアになってしまっていた。
目の高さに二階の窓がある。
そして、風のように走る。
迷路のような路地を次々と飛ぶように駆け抜けていく。
曲がり角でも一時も休まずに。
どこかに目的があるのだろうか？
目的はすぐにわかった。
怪物だ。
爬虫《はちゅう》類と昆虫と頭足類の姿を併せ持つ怪物。
ビルのような怪物。
どこからともなく、二本の剣を取り出し、怪物に挑みかかる。
怪物をばらばらに切り刻む。
しかし、怪物は巨大で、どれだけ切り刻んでも、怪物の体が尽きることはなかった。
怪物の腕や足や触手は強力だった。

怪物は建物を壊し、人を踏み潰《つぶ》した。
子供の頃、憧《あこが》れたヒーローになって、怪物と戦う。
怪物は切り刻まれて、小さくなっていく。
それでも怪物は死なない。
何を探しているんだろう?
怪物の体の中に何かが隠されているのだろうか?
怪物の肉を抉《えぐ》り取る。
怪物の体にはいくつもの大きな穴ができている。
それでもまだ見つからない。
突然、怪物は反撃を開始した。
緑の体液を吹き掛ける。
体液を避けるために退く。
怪物は体液を滴らせ、迫ってくる。
怪物を宥《なだ》めるために、生贄《いけにえ》を捧《ささ》げる。
怪物は生贄を受け取った。
怪物は逃げ出した。
怪物を追う。
気分が悪い。

息ができない。

頭が痛い。

目が見えない。

頭の中で大きな音がする。

もう怪物を追うことはできない。


寝巻きも布団もぐっしょりと濡《ぬ》れていた。何か悪い夢を見たらしい。すでに外は明るい。隼人は上半身を起こす。

なんだか、後味の悪い夢だった。自分の身を守るために何かを生贄に捧げてしまった。考えるだけでも不愉快だった。

カーテンを開ける。妙な感じだ。

隼人は起きあがり、寝巻きのボタンに手をかける。寝巻きは血塗《ちまみ》れだった。

「うわわ!!」隼人は腰を抜かして、再び布団の上に倒れ込む。

布団の中もべっとりと血が溜《た》まっていた。慌てて、全身を探る。知らぬ間にどこか怪我をしたのかもしれない。特に痛むところはなかった。寝巻きと下着を脱ぎ捨て、もう一度確認する。やはり怪我はしていない。ただし、血の量は尋常ではなかった。

隼人は暗い気持ちになった。事故の後遺症が今ごろ出てきたんだ。夜の間に吐血か下血したのに違いない。鏡の前で口を大きく開けてみた。特に変わったことはない。脱ぎ捨てたパンツを調べてみたが、血塗れなのはシャツも同じなので下血したという証拠はみつからなかった。

隼人は全裸のまま、呆然《ぼうぜん》と座り込んだ。退院は早すぎたんだ。とにかく病院に行かなくては。午前中に行っておこう。編集者との約束が夕方でよかった。

隼人は額の汗を拭《ぬぐ》う。汗が窓から射し込む日の光に輝いた。

隼人は異変に気が付いた。朝日が部屋の中に射し込んでいる。そんなことはありえないはずだ。なぜなら、隼人が眠っている部屋の窓は西を向いていたからだ。窓から日が射し込んでいるなら、それは朝日ではなく夕日のはずだ。

隼人は時計を見た。四時三十分。午前でないことは明白だった。

隼人は飛び起きた。これでは遅刻だ。タオルを水に浸し、全身の血を拭い取り、よれよれになった服を着る。仕方がない、医者には明日行こう。

担当編集者は隼人にとって唯一の生命線だった。彼の機嫌を損ねては童話作家への道は永久に閉ざされてしまうだろう。

隼人は頭に寝癖をつけ、ボタンを掛け違えたままの姿でよたよたと外に飛び出した。

「恐竜ものが書きたいって?」編集者は手にした夕刊を読みながら、事務的に言った。

「そうなんです。宇宙ものの次は恐竜ものがいいんじゃないかと思うんです」隼人は愛想笑いを浮かべる。

「まあ。何を書こうと、諸星さんの自由なんだけど」編集者は呆《あき》れたように言う。「恐竜ものねえ」

「恐竜、駄目ですか？」隼人はますます暗い顔になる。

「いや。駄目ってことじゃないけどね。でも、どうして今恐竜なんだよ？」

「特に今だからということではないんです。ほら、子供っていつの時代でも宇宙とか恐竜とか好きじゃないですか」

「そりゃ、そうかもしれないけどね。少し安易じゃないかな？　子供が恐竜好きだということはみんな知っているわけだから、恐竜が出てくる童話はごろごろしている。その中から一歩抜きん出た作品を書くのは骨だ」

「だから、こうやって取材の計画をお話ししているんですよ。恐竜の化石で有名な村に行けば、何かが摑《つか》めるような気がするんです」

「その東北のなんとかいう村に行って、何が摑めるっていうんだ？」

「杉沢村です。それから東北地方じゃありません。何が摑めるかは行ってみないことにはなんとも言えません」

「取材費は出せない」

「えっ？」

「どうしても行きたかったら、自腹で行ってくれ。作品を書いてもらう度にいちいち取材費を出さされていたら赤字だ。と言うより、原稿料を出すだけで、すでに赤字なんだ。

雑誌の発行はまったく儲《もう》けが出ていない。余分な予算の申請はいっさいできない。だから取材費も出ない。わかるな？」

「ええ。まあ」

「温泉があるっていうし、取材費が出るなら、俺が代わりに行きたいぐらいなんだがな。まあ、骨休みのつもりで行ってきたらどうだ？　退職金まだ残ってるんだろう？」

隼人は頭の中で計算を始めた。自腹で取材旅行に行ったら、確実に足が出てしまう。しかし、とにかく作品を書き上げて掲載されなければ、次の仕事に繋《つな》がらない。

「あっ！」編集者が大声を上げる。「おい。遠くの温泉町にわざわざ出掛ける必要はないぞ。怪獣は都会にもいる」編集者は隼人の鼻先に新聞を突き出す。

「僕が取材したいのは怪獣じゃなくて、恐竜なんですよ」隼人は見出しを目で追った。息ができなくなった。

「怪獣出現⁈　住民の不安広がる」

隼人は編集者の手から夕刊を毟《むし》り取った。

貪《むさぼ》るように記事を読む。

昨日の深夜から今日の未明にかけて、巨大な動物らしき姿の目撃が相次いだ。目撃談を総合すると、動物は二頭いたらしい。一頭は立って歩く白熊のようだった。もう一頭は複雑な形をしており、爬虫類のようだったと言う者も、蛸《たこ》のようだったと言う者もいた。二頭は最初ばらばらに現れたが、やがて激しく戦い始めたという。戦いに巻き込まれて、多数の建物や公共物が破損し、死傷者は合わせて五十人に達した。目撃者によると、二頭とも自動車以上の速度で走り、特に白熊に似た方は数十メートルもジャンプしたという。また、二頭が目撃された現場近くで、母親と幼い娘が乗っていた自動車が大破炎上し、二人とも死亡する事故があったが、動物との関連はわからない。警察はなんらかの猛獣が現れた可能性と組織的なテロ活動の両面から捜査している。なお、付近で猛獣が逃げ出したという届けは出ていない。

動物学者のコメント。白熊は狂暴で速力も相当速いが、長時間二足歩行はできない。また大型爬虫類で自動車並みの速度で走るものは知られていないし、まして大型の頭足類は陸上では短時間しか活動できない。どちらにしても、日本には生息していない動物だ。おそらく、悪意のある人間がなんらかのトリックを使ったのではないか。

「おい。どうした？　えらく興奮しているじゃないか」編集者は震える隼人の背中を叩《たた》く。「何かインスピレーションでも湧いてきたかな？」

隼人は強い吐き気を覚え、その場に蹲《うずくま》った。

7

「影」が近くにいる。

宇宙空間ではあれほど明確だった「影」の気配が地球に来てからはなぜか全く摑めな

くなっていたのだが、それが今突然はっきりと感じられた。

隼人は睡眠をとっている。一瞬の躊躇《ちゅうちょ》の後、睡眠状態を保つことにした。わざわざ覚《かく》醒《せい》させることに意義は見出せない。余計な疑問を持たれると今後が面倒になる可能性もある。

隼人の意識を睡眠レベルに保ったまま、布団から出て、かっと目を見開く。隼人の肉体は戦闘向きではない。できるだけ短時間で戦闘形態に変異しなければならない。エネルギー交換システムの大幅な変更は必要ないので、難しくはないだろう。

ガは衣服を脱ぎ捨てた。体を変形させるのに邪魔だったからだ。

そのまま、窓を開けて、ベランダに出る。そして、変身を開始する。

まず体のスケールを大きくする。身長を約四メートルにして、筋力の向上と密度の低下を図る。高速での移動と跳躍力の実現のためだ。同時に全身の骨格を再構成して強度を上げる。体の巨大化に伴って、脳の容積と神経繊維の太さも大きくなる。情報処理能力、運動能力は人間の限界を遥《はる》かに超える。皮膚は固く厚くする。鎧《よろい》代わりだ。色素は不要なので白くする。心臓と肺の構造を単純化し、体の他の部分とのバランスを崩すほど大きくする。これで大量の酸素を全身に供給できる。消化器や肝臓、腎臓《じんぞう》などの臓器は退化させる。機能しなくても、当座の生命維持には関係ないためだ。戦闘以外にエネルギーを無駄遣いしたくない。五感を司《つかさど》る神経はすべて増やし、それぞれの感覚器官の性能もアップする。例えば、目のレンズは望遠広角自由に変えられ、分解能も数千倍になった。また眼球を保護するため、メッシュ状のカバーで覆う。聴覚、嗅覚《きゅうかく》も通常の一万倍以上の感度になった。

　巨大化が進むとベランダの天上に頭がつかえるようになった。ガは地上へ向けて飛び降りた。密度が低いことと、強靭《きょうじん》な筋肉がばねになってくれたことで、殆《ほとん》ど衝撃はない。「影」の気配に向って走り出す。百メートルを一秒で駆け抜ける速度だ。街の道路の形状は知り尽くしている。隼人が気に留めないような小路ですら、ガはすべて記憶していた。道はぐねぐねと何度も曲がったが、ガは速度を落さず走りつづける。途中、自動車や歩行者などの障害物に出会った時も速度を保ったまま飛び越えた。ガのような巨大な物体が高速で走ると、爆音と突風が起こり、人間の関心を呼ばずにはいられなかったが、ガはあまりに速く、人間にはその姿を正確にとらえることは不可能だった。もっともガ自身、人間に目撃されることは気にしていなかった。

　急な加速や方向転換の時、摩擦不足を補うため、ガは脇腹からロープ付きの銛《もり》を発射し、地面に打ち込んだ。銛は地面の中で、先端を自由に開閉するため、しっかり固定すると同時に簡単に抜くこともできる。加速の時には前方に打ち込み、減速の時には後方に打ち込む。カーブを曲がる時は回転の中心に打ち込む。銛は建物や電柱や道路を破壊して行くが、ガはそのことにも注意を払わなかった。

　数十秒後、ガは目指すものを発見した。「影」は宇宙空間にあった時のような回転楕《だ》円体《えんたい》ではなかった。それは種々雑多な動植物の部分を無目的に集めた小山のようなキメラの姿だった。その高さは十メートルを超え、差し渡しは二十メートル近くあった。あちらこちらから肢《あし》や触手や樹木の枝や草が生え、ばらばらに蠢《うごめ》いていたが、それらは移動には殆ど寄与していないようだった。「影」はアメーバのように全身を大きく蠕動《ぜんどう》させ、移動していた。肢と同じく、頭部も無数にあった。ただし、大きさは元の動物とは関係なかった。小指の先ほどの熊の頭部や直径五十センチの雀の頭部や一メートル近い蛙の目などが混在している。それぞれの頭は不安そうにきょろきょろと周囲を眺め、勝手に鳴き声を上げている。発生器官の大きさが違っているため周波数がずれてしまっており、どの声がどの動物のものかもわからない。不愉快で騒々しい音が周囲に撒《ま》き散らされる。

「影」が何をしようとしているのか、ガには全く理解できなかった。「影」は生命ではなく、機械だ。地球の生物と共生する必要はない。もし共生するにしても、生態が全く違う生物をミックスするメリットはない。普通なら互いのシステムが相容《あいい》れないため、すぐに死んでしまうはずだ。この形態でも死なずに活動しているのは、「影」の本体がエネルギーを供給しているからだろう。

隼人が住む街は開発途上のベッドタウンであり、町の周囲はいまだ野生の森林に接していた。「影」は今、その森林から街の中へ侵入しようとしている。

「影」の本体は融合体の内部に潜んでいる。まず、本体を探し出すのが先だ。ガは攻撃を開始した。

まるで飛び出しナイフのようにガの腕の中から刃《やいば》が飛び出す。手首のすぐ下辺りを支点にしているため、両手に剣を構えているかのようだ。そのまま、全速力で「影」に突入する。

「ジュワッ！」

まるで豆腐に切り付けるかのようにナイフは融合体に吸い込まれていく。ガは円を描くようにナイフを素早く回転させる。大量の体液と共に切り出された直径二メートルの肉塊が宙を飛ぶ。いくつかの首がガを睨《にら》みつける。肉体を傷つけられて怒っているようだ。巨大な触手が振り下ろされる。ガは数センチの間合いで避《よ》け、同時に根本から切り落す。無数の口から発せられる悲鳴が地面を揺るがす。次の瞬間、怪物は巨体の一方の端をぐいと持ち上げた。同時に全身を蠕動させ、ガの頭上に迫《せ》り出してくる。「影」の目論《もくろ》みは明らかだった。自分の体重でガを押しつぶすつもりだ。ガは逃げようともせず、ナイフを頭上に翳《かざ》す。「影」はそのまま覆い被《かぶ》さる。

「ダッ！」

「影」の体を突き破り、ガは五十メートルの高度にまでジャンプした。落下の勢いで、何トンもの肉を切り裂く。付近は血の海になり、その中で大小様々な肉の塊が蠢いている。これほど大量の肉を失ってなお「影」は巨大だった。

「影」の本体はどこだ？

不思議なことに、本体の気配は感じてもその位置は特定できなかった。宇宙空間にいた時はあれほどはっきりとわかったのに。

しかし、悩んでいても仕方がない。とにかく、目の前にいる融合体を切り刻むのだ。地道に組織を削り取っていけば、いつか本体に行き当たるだろう。

ガはまたもやナイフを振り回しながら、融合体を切り分けていく。

「ヘアッ！」

あたかも腕のいい料理人がリズミカルに鉄板の上のステーキを細かく切っていくように。

「影」は突然体を膨らませた。ふいをつかれたガは弾《はじ》き飛ばされる。融合体に向けて、銛を発射したが、肢に弾かれてむなしく宙を飛ぶ。ガは電柱に叩《たた》き付けられた。電柱は根本から砕け、融合体に倒れ掛かる。蛙の目玉が破裂し、中身が撒き散らされる。

ガは体勢を立て直し、さらに突入を試みる。しかし、今度は「影」もじっとはしていなかった。ガが切り付けたと思った時には、もはやそこには融合体はいなかった。融合体は脈動しながら、高速で逃げて行く。さほど速くはない。秒速三十メートルほどだ。

ガは後を追う。しかし、さっきのようにうまく走れない。悪い予感がした。戦闘形態を長時間保ったことの皺寄《しわよ》せが来たのかもしれない。

「影」は道に沿って進んではいたが、ガと同じく建物や自動車などにはあまり注意を払っていないようで、次々と蹴散《けち》らしていた。そして、民家の庭に犬小屋を見つける度に、逃げながら触手を伸ばした。後には血塗《ちまみ》れの首輪だけが残る。犬の全体、もしくは一部はその都度融合体の背中にできる大きな亀裂《きれつ》に抛《ほう》り込まれる。亀裂の中にはドリルのように回転する牙《きば》が隙間なく生えている。「影」は次々と地球の生命体を食らい、巨大になろうとしているかのようだった。いったいそのことになんの意味があるのか、ガには皆目見当がつかなかった。その行動は知性ある存在と言うよりは野生動物の本能に根ざしているかのように思われた。

突然、「影」が停止した。体の下部から粘膜状のものを伸ばし、ガに向けて地を這《は》わせてくる。

ガはそのまま水平に宙を飛び、粘膜をやり過ごして融合体に切り付けようとする。ナイフの切っ先が触れようとした瞬間、「影」は急速に扁平《へんぺい》になった。勢い余ったガは「影」の上を通り過ぎる。地面に落下するとともに回転し、立ち上がり、後ろを振り向く。

「影」は姿を消していた。

上空から「影」が迫る。なんと身軽なやつだろう。

ナイフを身構える余裕もなく、ガは上半身を激しく殴られ、投げ出される。背中に触手が叩き付けられる。

「ウワー！」

ガはごろごろと転げまわり、曲がり角の向こうに姿を消す。「影」は肢で塀を蹴り崩し、曲がり角の向こうを露出させる。すでに、ガは体勢を立てなおし、身構えている。

だが、心なしか体が揺れている。

ガと「影」が戦っている現場に一台の自動車が近付いてきた。ヘッドライトが二体を照らした瞬間、急ブレーキをかけ、二十メートルほど離れた地点で停まった。見た事もない巨大生物に遭遇した場合、当然の反応だろう。

強烈なヘッドライトに照らされているにも拘《かか》わらず、ガの視力は車内の様子を正確に見てとることができた。中にいるのは二人だ。二人とも女性。一人は三十代、もう一人は五歳程度だ。おそらく親子だろう。母親は運転を放棄し、我が子を抱き締めている。思慮深い行為とはいえない。娘を抱き締めることはいつでもできる。今、やらなければならないのは、できるだけ早くこの場を離れることのはずだ。

ガはナイフを構え、じりじりと「影」に迫っていく。こうなったら、融合体の内部に突入するしかない。内部で動き回れば、そのうち本体にぶつかる可能性もある。しかし、「影」にはもはや全く隙はなかった。ガの僅《わず》かな動きに呼応して、次々と体勢を変えていく。

肢や触手は融合体の低い部分に集中している。それに引き換え、融合体の頂上部分は顔ばかりだ。狙うなら、真上からしかない。だが、どちらの方角から近寄ったにしろ、肢か触手の餌食《えじき》になるのは目に見えている。どうすれば、充分な距離まで近付けるか？

ガは周囲を見渡す。一つ方法を思い付いた。

ガは二本の銛《もり》を親子連れの自動車の屋根に打ち込んだ。一瞬、小さな悲鳴が聞こえたがすぐやんだ。その代わり、その直後大きな長い悲鳴が始まった。

ガは銛と自らの脇腹を繋《つな》ぐロープを手に取り、自動車を振り投げた。自動車は「影」の目前に横様に落下した。悲鳴はやむ。

「影」は激しく自動車を攻撃した。肢で自動車の底部を打ちつける度に屋根が盛り上がる。

すでにガは行動を開始していた。四つん這いになることで、自動車の陰に隠れたまま、融合体に接近することに成功したのだ。自動車の直前でやおら起き上がると、自動車を踏み台にして、高く舞い上がる。同時に自動車は爆発炎上した。人間なら煙と炎で何も見えなくなっただろうが、ガには周りがはっきりと見えた。ガはそのまま融合体の頂上部を目指し、落下していく。

もちろん、「影」にもガの様子が見えているようだった。融合体は微妙に自分の位置をずらした。地面に落下した直後のガを餌食にするつもりだろう。

ところが、「影」の目論みは外れた。ガは地面に落下しなかった。二本の銛はすでに自動車から引き抜かれ、ガの脇腹に納まっていた。落下しながら、ガは銛を二本とも融合体の背に打ち込んだ。融合体はぶるぶると震える。ガは再びロープを巻き上げる。融合体は高速移動を繰り返したが、ガは難なくその頂上部に辿《たど》り着いた。「影」はなんとか、ガを振り下ろそうと暴れまわった。しかし、ガの体はしっかりと固定されているため、容易なことでは引き離せない。ガは融合体の皮膚の上に跪《ひざまず》くと、ナイフをぐさりと刺した。背中の顔たちはいっせいに鳴き始める。あたかも、ガを非難しているかのようだ。根本まで突き刺したが、本体の手応《てごた》えはない。そのまま、縦一文字に切り裂く。大量の体液が路上に溢《あふ》れ、燃える自動車は鎮火した。「影」は滅茶苦茶《めちゃくちゃ》に暴れまわり、民家や電柱を破壊し、電線を切断し、水道管を破裂させ、家の中から飛び出す人間たちを押し潰した。だが、裏返しになったり、転がったりはしなかった。運がいい。おそらく体のバランスの問題で、上下を逆転させることができないのだ。ガはまるでロデオのように、「影」の背中で粘りつづける。少し動きが鈍くなった瞬間、今度は横一文字に切り裂く。傷口はちょうど十文字の形だ。暴れる「影」の背で、ガは動きを止めず、傷口を押し開いた。不規則に広がる筋肉と骨格の下に内臓らしきものが見えた。ガは傷口に潜り込み、闇雲に内臓を傷つけた。どれが重要な臓器なのか、見当もつかない。

ナイフの刃先が固いものに触れた。

これだ！

もう一方のナイフも突き刺し、抉《えぐ》り出そうとする。同時に傷口から、夥《おびただ》しい肉片が噴き出す。ガを引き剥《は》がそうとしているらしいが、銛で体を固定しているため、びくともしない。ガは腕の筋肉に力を入れる。突然、固い手応えがなくなる。ガはバランスを崩し、前につんのめる。目の前の融合体の組織がゆっくりと引き伸ばされ、傷口から裂けていく。二つに分かれた体を無数の筋肉や血管などが繊維のように繋いでいる。本体が体の半分を残して逃げようとしているのだ。

　ガが見捨てられた融合体の半身から銛を引き抜き、脇腹に収容するのとほぼ同時に、逃げ出した半身は目にも止まらぬ速さで脈動し、道路を疾走し始めた。後には引き千切られた臓器が取り残される。ガは道路に飛び降り、後を追おうとした。しかし、足は動かず、そのまま、地面に突っ伏した。ガの足は細かに痙攣《けいれん》して、微動だにしない。ついに限界を超えてしまったのだ。ガは隼人の体を形成する諸々《もろもろ》の細胞と自らの細胞を使って、二人の共生体を戦闘形態に変化させた。しかし、この形態での激しい戦闘は全身に、衝撃、高圧、発熱、酸素不足、脱水など、人間が通常耐えられる範囲を遥《はる》かに超える強烈なストレスを与える。数分間なら、ガの擬似細胞が隼人の細胞に過剰なエネルギーを送り込むことによって見掛け上適応できるのだが、それは一時的なことで、ある閾値《いきち》を超えると、隼人の細胞は崩壊を始め、二度と再生しない。地球の環境下で自立できる生命システムを持っていないガにとって、それは致命的な事態だった。別の共生相手を選んでも、今度はうまく適応できるとは限らない。下手をすると、機能停止に陥ってしまうかもしれない。

　ガは戦闘形態から通常形態へと変身を始めた。うまい具合に融合体の陰に隠れる形になったため、誰にも見られなかった。諸星隼人の正体が謎の生命体であると知られることは避けるに越したことはない。

　変身が終わる。両足の膝《ひざ》から下の細胞は粗方崩壊してしまっていた。ガは思いきりよく切断する。切断面にはすぐに擬似細胞からなる白い肉芽が発生し、新しい足を作り上げていく。全身を探ると崩壊の酷《ひど》い部分が他にも何個所かあった。右胸部と腰の辺り、そして左の頬と唇。ガはそれらの部分を素手で引き千切った。酷く出血したが、周囲には血塗れの人間たちが多くいたので、たいして目立たない。

ガは人ごみの中、未完成の足をとぼとぼと引き摺《ず》りながら、隼人の部屋へと向った。

8

杉沢村は思った程田舎ではなかった。寧《むし》ろ駅や商店街は立派すぎて、少しがっかりしてしまった。駅は鉄筋コンクリート製で、駅前には都会の盛り場に屯《たむろ》するのと同じ服装の若者たちが集まっている。隼人は、今でも恐竜が出そうなぐらいうっそうとした森に囲まれ、住民は老人を主体とした素朴な人たちばかりの小さな寒村を想像していたのだ。いや。このぐらい発展していた方が却《かえ》っていいのかもしれない。現存する野生動物なら、田舎の方が多いだろうが、なにしろ恐竜は六千五百万年前に絶滅している。自然がどれだけ残っているかは恐竜の化石の発見率とは関係ない。それに、これだけ発展しているのなら、観光名所として恐竜博物館のようなものがあるかもしれない。それだけでもかなり取材の手間が省けるというものだ。よし、まず博物館を探そう。

隼人は駅から伸びている歩道橋の上にたって、周囲を眺めてみた。殆《ほとん》どが背の低い建物ばかりで、博物館のようなものは見当たらない。ただ、山の麓《ふもと》辺りに何軒か旅館らしきものが見えた。温泉街かもしれない。ここから、二キロはありそうだった。

隼人は自力で博物館を探すのを諦《あきら》めて駅に戻った。駅前地図を見ても肝心なことは書いてなく、仕方がないので改札口の駅員に訊《き》いてみた。

「この近くで、恐竜の化石の展示をしているところはありませんか?」

駅員は一瞬の沈黙の後、面倒そうに答えた。「化石なら、そこに置いてるよ」駅員は改札の横の通路を指差した。

そう言われてみると、壁にガラスが嵌《は》められており、その向こうに奥行き三十センチ、高さ一メートル、横二メートルほどの展示スペースがある。隼人は掲示板か何かだと思って、気付かなかったのだ。

駅員に礼を言って、早速展示物を見る。

一番上に「恐竜の里、杉沢村」と大書してあった。かなり古いものらしく、地のパネルはかなり黄ばんでいた。それぞれの文字が微妙に躍っているのが、時代のセンスを感じさせる。展示の半分は壁に貼《は》られている子供たちの絵で占められていた。特にうまいわけではなく、どういう基準で選ばれているのかは不明だった。ティラノサウルス、トリケラトプス、プテラノドンの人気が高いことはわかった。首が三つあったり、どうみても昆虫にしか見えないもの、腕と翼を両方具《そな》えているのもある。中には口から火やミサイルを吐いていたり、目から光線のようなものを出している絵もある。そういう絵にはたいてい戦闘機や宇宙船らしきものも描かれている。つまり、特に科学的に正確な絵を選んでいるわけではないらしい。絵の下には大人が書いたと思われる漫画が貼ってある。杉沢村の偉人——西川輝介《きすけ》物語という題名だ。下手な絵なので、全部読み通す気にはなれず、ところどころ飛ばし読みをする。冒頭、氷河時代の訪れで恐竜たちが飢え死にしていくところから始まるが、ここは本筋とは関係ない。漫画の作者は何もかも時間順に書かなくては気がすまない人物のようだ。物語の本筋は、五十年ほど前に始まる。なんでも、この村に住む博物学者の西川輝介という人物が湖岸で恐竜の化石を発見したらしい。輝介はそれ以前から、杉沢村には恐竜がいたと主張していたが、あまり相手にされていなかったそうだ。また、輝介がその考えに至った根拠についても特に描かれていない。とにかく、化石が見つかったことで自説を証明できたと思った輝介は学会で発表しようとしたが、輝介の業績を妬《ねた》む学者たちによって門前払いされた。ここが妙なところだ。学会に門前払いされたとは、どういうことだろう？　発表はしてみたが誰も信じなかったとか、送った論文が不採用になったとかいうことではないらしい。縁もゆかりもない学会に突然乗り込んで、警備員に摘《つま》み出されたとしか思えない。なんだか悪い予感がしてきた。その後、名誉を傷付けられた輝介は私財をはたいて、研究結果を自費出版した。それを読んだ人々が輝介の偉大さとその説の正しさを認識し、杉沢村は恐竜の里として世界に名を轟《とどろ》かすことになった。世間を見返した輝介翁は三十年ほど前に他界したが、今でも村民は彼を慕っている、というストーリーだ。その下には輝介の著作が四冊ほど並べられている。「杉沢村の大恐竜」「杉沢村の大恐竜の実相」「波動科学による化石理論」「学名：スギサワ（ニシカワ）リュウ」

学名と言いながら、和名なのが憐《あわ》れを誘う。本はすべて四六判で、題名しか書かれていない表紙の印刷のできはあまりよくなかった。手にとって中身を確認したかったのだが、残念ながらガラス戸には鍵《かぎ》がかけてあった。本の手前には写真が十枚ほど並べられていた。写真とは言っても一目で何かの本から切り抜かれたものであることはわかった。輝介の著作からとられたものかもしれないが、それにしては紙質は新しいようだった。写真に写っているのは恐竜の化石だったが、中には有名な始祖鳥の化石があったりするのでこの村で発見された化石の写真ということではないらしい。おそらく図鑑か百科事典から切り抜いたものだろう。そして、さらに手前にぽつんと三、四センチほどの石のかけらのようなものが置いてある。一緒においてあるプレートには「スギサワ（ニシカワ）リュウの化石（股関節《こかんせつ》部分）」とある。その横には上に掲示されている小学生の絵と似たような出来映《みずか》えの恐竜の絵がある。ティラノサウルス・タイプのようだが、鼻先の角と手足の水掻きが特徴のようだ。頭は真赤で、首から胸にかけてが夏草のような緑で、腹から股《また》までが目の覚めるような黄色、手は真っ黒で、足は雪のように白く、尻尾《しっぽ》はマリンブルーだった。こんな姿の恐竜を見るのは初めてだった。ただし、これは子供が描いたのではないらしい。ワープロで作ったキャプションが貼ってある。「スギサワ（ニシカワ）リュウの姿（西川先生による推定図）」そして、足の付け根の部分を小さく点線で囲ってあり、そこに矢印が向けられている。矢印の元には「発見個所」と書かれていた。どうやら西川先生は股関節の一部から全体像を推定したらしい。色については世の中の図鑑だって根拠なく着色しているのだから百歩譲るとして、角や水掻きはやり過ぎではないだろうか？　確かに角や水掻きがなかったという証拠もないが、証拠がなければ何を描いてもいいというなら古生物学は破綻《はたん》してしまう。そもそもこの骨が獣脚類のものだということ自体眉唾物《まゆつばもの》だ。いい加減な復元図にも増して、隼人を苛立《いらだ》たせたのは化石そのものだった。化石にはくっきりと文字が彫ってある。年号だ。それも二十年前のだ。本物の化石をこんなところに置きたくないのでレプリカを代わりに置くこと自体はわからんでもない。不愉快なのは年号が彫ってあるようなあからさまなレプリカだったことだ。常識では考えられない。年号が彫ってあるからには展示用のレプリカではなく、土産物か何かに違いない。そんなものを平然とここに置いてあるのだ。見てもレプリカだと気付かないと思っているのか、レプリカとわかっても満足していると思っているのか。どちらにしても、観光客をあまりに馬鹿にしているのではないか。

隼人は改札口にとって返した。

「すみません」

「化石あっただろ」駅員は悪びれずに答える。

「あれはレプリカじゃないですか」

「『レプリカ』？　なんだ、それは？　恐竜の名前か？」

「『複製品』という意味です」

駅員はにやにやと笑うと顔の前で手を振った。「いやいや。ありゃあ、複製品なんてたいそうなもんじゃないよ。ありゃ、おもちゃだな」

隼人は一瞬呆気《あっけ》にとられた。「知ってて、駅におもちゃを飾ってあるんですか？」

「そうだよ。こんな田舎の駅に本物の化石を置くわけにもいかんしな」駅員はげらげらと豪快に笑った。

確かにそれは一理ある。しかし……。

「だったら、何も置かなければいいじゃないですか。どうしてわざわざおもちゃなんかを置いてあるんですか？」

「どうしてって、言われてもなあ。俺が決めたことじゃないし……。たぶん、あれじゃないか？　賑《にぎ》やかしってやつ」

なるほど。賑やかしか。でも、自腹を切って出した交通費でここまで来たのに、賑やかしで納得するわけにはいかない。

「ところで、本物の化石はどこにあるんですか？」

「本物の化石？　そりゃ、あんた駅じゃなくて博物館にいかなきゃ」

「博物館はどこにあるんですか？」

「よくは知らんけど、東京にはいろいろあるんじゃないかな」

「東京ではなくて、この村の博物館はどこにあるんですか？」

駅員は目を丸くした。「あんた、この村に博物館があるって聞いてきたのかい？」

「いいえ。そんな事は……」

「やれやれ。そうだと思ったよ。俺の知らない間にそんなもんが出来ちまったのかとびっくりしちまったよ」

「ということは、この村で見つかった化石は東京の博物館に収められているんですか？」

「そんないい加減なこと誰が言ったんだ？」

「今、さっき『博物館は東京にあるんじゃないか』って、おっしゃったでしょ」

「そりゃあ、東京に行きゃあ、博物館の一つや二つあるだろうけど、この村の化石が東京に行ったってえのは初耳だ」

「東京にある化石というのは、この村で見付かったものじゃなかったんですか？」

「そう言わなかったっけ？」

無意味な口論はしたくない。隼人はあっさり折れた。「そうそう。そうおっしゃってました。ところで、この村で見付かった恐竜の骨はどこに行けば見られるでしょうか？」

「さあて」駅員は頭をぼりぼりと掻《か》いた。何かを思い出そうとしているらしい。「誰かに聞いたような気もするんだが、覚えてないなぁ」

「だって、化石はこの村の大事な観光資源じゃないんですか？」

「大事なのはこの村に恐竜がいたって事実で、化石そのものはどうでもいいんじゃないかな？　毎年、夏に温泉の近くで一ヶ月間、恐竜祭りをやるんだが、化石なんか見せなくても人は集まるもんだよ。若い衆が恐竜の着ぐるみに入って、対決ショーを見せるんだ。子供たちは結構喜んでるよ」

隼人は情報誌の夏休みの旅特集の記事を迂闊《うかつ》にも信じ込んでしまったことを痛烈に後悔した。

「最近じゃあ、湖で恐竜を見たってやつまで現れた。つい先週のことだけどね。おおかた恐竜と聞いて、ネッシーか何かを思い出して、そんなことを言い出したんだろうって、人参堂《にんじんどう》のおやじも言ってたよ。……あっ！　思い出した！」駅員は唐突に叫んだ。

「どうかしたんですか？」

「化石だよ。確か、子供の頃おやじに見せてもらったんだ」

「お父さんに？」

「違う。違う。俺の父親じゃなくて、人参堂のおやじだよ」

「人参堂？　なんですか、それは？」

「この村の本屋だよ。そこの信号を越えてすぐ右の路地の奥まったところにある。あそこのおやじが自慢たらしく化石を見せてくれた。ナイフで削ったら、酷《ひど》く怒られたのを覚えている。削られるのが嫌だったら、最初から見せなきゃいいのにな」駅員は過去の怒りを思い出したためか、少し不機嫌そうになった。

貴重な化石をナイフで削る方も削る方だが、子供に手渡す方も手渡す方だ。もっとも、本当に貴重な化石だと決まったわけではない。その本屋が村の資産であるべき化石を個人で保管しているというのも妙な話だ。

隼人は過去のことを憤慨し出した駅員に再び礼を言うと、さっさと本屋へと向った。

とてつもなく古びた本屋だった。建物自体に蜘蛛《くも》の巣のようにふんわりと埃《ほこり》が積もっている。看板は真っ黒になっていたが、「人参堂」と書いてあるんだろうな、と思うとそう読めないこともない。

店の中を覗《のぞ》くと、昼なのにも拘《かか》わらず、真っ暗だった。入り口が狭いうえ、シャッターが半分下りているためだろう。店の奥には茶色く変色してミイラのように縮んでしまっている人体の模型らしきものがあったが、それ以外にたいしたものはなさそうだった。

壁という壁には本が積み上げてある。本棚に収納しているのではなく、床に直《じか》に置いてあるのだ。それも無頓着《むとんちゃく》に山のように積み上げてあるため、雪崩の跡がそこここにあり、開いたまま床に落ちている本や、靴跡がある本が店中に広がっている。本屋だと知らなければ、燃えるごみ置き場だと思ったに違いない。

本に混ざって、古道具も散乱している。それもやかんだの、金盥《かなだらい》だの、鶴嘴《つるはし》だので、骨董《こっとう》価値がありそうなものは一つもなかった。古道具があるところから見て、本もきっと古本なのだろう。

隼人は本を踏みつけながら、店の奥へと向った。

「こら。店の商品を踏むんじゃねえ」人体模型が喋《しゃべ》った。

　隼人は小さい悲鳴を上げた。本に足をとられ、尻餅《しりもち》をついた……かに見えたが、そのまま後方宙返りをして、糸のようにすっくと床の上に立った。すべては一瞬のうちに起こったので、隼人にも何がなんだかわからなかった。まるで、体が何者かに操られているような感じだった。思い出してはいけないことを思い出しそうになっているような嫌な感じがした。

「あんた、軽業師かい？　随分と器用じゃないか」人体模型は話を続ける。

「いや。今のはまぐれですよ。本当は前転も満足にできないんです」

　人体模型――ではなく、どうやら人間らしい――は胡散臭《うさんくさ》そうな目で隼人を頭の先から足元まで何度も舐《な》めるように眺めた。「で、何かようか？」

「駅員さんからお聞きしたんですが……」

「駅員？　どいつだ？」

「そう言われましても……」

「なんだか、怪しいな」ミイラのような茶色く小さな老人は口を半開きにし、上目遣いに隼人を睨《にら》む。

「そうそう。改札におられる方です」

「改札係は一人じゃねえ」老人は舌打ちをした。「まあ、いいだろう。だいたいの見当はつく。それで駅員がなんだって？　どんな悪口を言ったんだ？」

「悪口なんか言ってませんよ。ただ、化石のことをお聞きしまして……」

「化石だと⁈　じゃあ何か、おまえもわしの商売にけちをつけようって魂胆か？」老人はとにかくずっと喧嘩腰《けんかごし》だった。

何か勘違いしているらしい。まず誤解を解かなくては。

「わたしは別にここのお店にけちをつけようというわけではないのです。ご主人がこの村で発見された恐竜の化石をお持ちだと聞き、お話をお伺いさせていただこうと思ったわけなんです」

「化石の話だと？」老人はまだ信用していないらしかった。「なぜそんなものを聞きたがる？」

本当のことを言うと、余計胡散臭がられることはわかっていたが、言わないわけにはいかないだろう。隼人は観念した。「取材なんですよ」

老人は何を思ったか、立ち上がると店の入り口までひょこひょこ歩き、道の左右を見渡した。「カメラはどこだ？」

「テレビの取材ではないんです」

「ちっ。新聞か。どこの新聞だ？」

「新聞でもありません。もちろん雑誌でもありません」

「テレビでも新聞でも雑誌でもないって、それじゃあ、何なんだよ？」

「……作家です」

「作家だぁ？」老人は首を捻《ひね》った。「作家ってのは取材をするのか？」

「ええ。まあ、作家によって、いろいろですけど」

「作家ってのは作り話を書くんだろ？」

「それはそうなんですけど、話を作るのに現実の事件を参考にするわけです。そうすれば、話に現実感が出てきますから」

老人は不審げに隼人の様子を窺《うかが》いながら、座り直した。「恐竜の話を書くのか？」

「ええ。まあ」

「あれだな。SFってやつだろ」

「そういうところです」

童話作家だ、などと言ったら、ますます胡散臭がられそうな気がした。

「化石が見たいか？」

「はい」

「ほれ、見ろ」老人は垢《あか》だか油だかでてらてらしている茶色いズボンの尻《しり》ポケットから何かのかけらを取り出した。「三千円でいいぞ」

化石を売ると言っているらしい。それにしても三千円とは法外に安いのではないか。しかし、よく考えてみると化石を買っても隼人にはなんの使い道もない。だとすると、三千円でも高過ぎるような気もする。

隼人は老人から手渡された化石をしげしげと眺めた。思ったよりも軽い。手触りはすべすべしていた。そして、表面には年号が彫ってある。

「これ、おもちゃじゃないですか」

「おもちゃ、言うな。レプリカだ」

「プラスチック製ですね。三千円は高過ぎるんじゃないですか？」

「本物はその一万倍もするぞ」

「これ、どこで売ってるんですか？」

「ここで売っとる」

「そういうことじゃなくて、あなたはこれをどこで買ったんですか？」

「買ったんじゃなくて、うちで作ったんだ」

返す言葉もなかった。

「よし、二千五百円でいいぞ」

「手作りなんですか？」

「馬鹿なことを言うな。うちで作ったというのは企画したということだ。実際に製造したのは、知り合いがやっとる工場だ。一万個も作ったんだが、まだ殆《ほとん》ど残っとる」

隼人はがっかりして、レプリカを老人に返した。「駅員さんに見せたのもこれだったんですね」

「何を言う。あいつに見せたのはまだ型をとる前だ」

「型？」

「レプリカを作るための型だ。化石にナイフで傷なんか付けおって。ほら見てみろ。おかげで、レプリカにも傷が付いとるだろ」

「どうして、化石を持ってらしたんですか？」

「今、言ったじゃねえか。型をとるためだよ」

「そういうことじゃなくて、どうやって手に入れたかってことですよ」

「西川先生から借りたんだ」

「じゃあ、発見者の西川輝介さんがずっと保管されてたんですね」

「当たり前だ。西川先生以外誰が持っとるというんだ？　偉い学者は誰も信じなかったんだぞ」

「結局、化石は西川さんに返してしまったんですね」

「いや。借りっぱなしだ」

「どうして？」

「先生がおっ死《ち》んじまってな」老人は淡々と語った。「死ぬ三年ばかり前に借りたんだ。店に飾っとけば、箔《はく》がつくかと思ったんだ。まあ、たいした効果はなかったな。それで先生が死んだ時返しに行こうかと思ったんだが、どうせ息子さんはこんなもんに興味がないだろうし、それでまあここにある」

「『ここにある』って、息子さんの許可は得たんですか？」

「息子さんは東京に出て行って、向こうで会社勤めしとったんだ。確か繊維メーカーだとか言ったな。というわけで、化石には関係ないというわけだ」

「仕事は関係ないでしょ。本人が要らないと言ったんですか？」

「その、東京までは遠いし、電話で言うのもなんだし、まあそういうことで」

「それで返さずに、勝手にレプリカを作って売ったんですか？　それじゃあ、横領じゃないですか」

「人聞きの悪いことを言うな。これは西川先生から借りたもんだ。借りた本人が言うんだから間違いない。それから、頼んでみれば息子さんもきっと快く貸してくれたと思う」

「そんなこと直接確かめなければわからないでしょ。どうして尋ねなかったんですか？」

「そんな恩人の息子さんを試すような真似ができるわけないだろ」

「今からでも遅くないですよ。ちゃんと正式に許可を得たらどうですか？」

「わしが嫌だと言ったらどうする？」老人は隼人を睨みつける。

隼人は深呼吸した。「僕から息子さんにお伝えしてもいいんですよ」

「時効って知っとるか？」

「えっ？」

「もう時効だ」老人はにやりと笑った。

どうやら一筋縄ではいかないらしい。

「本当のことを言うと、わしも貸して貰《もら》ったことなぞ、すっかり忘れとった。初めはちゃんと飾ってあったんだが、いつの間にか店の品物に紛れてしまってな。そんで、ここを遊び場にしていた近所の子供が見つけよった。子供たちはここの売り物を勝手に持ち出して遊んどったみたいだが、まあその時はあいつらも化石を見つける役には立った。最初はわしも何を見つけたのかわからんかったんで、ほっぽっといたんだが、ナイフで削っているのを見て、はっと思い出した。そこで、ちょこっとばかり、小突いて取り戻したというわけだ」

「じゃあ、ちゃんと保管してたわけじゃないんですか？」隼人はほとほと呆《あき》れ果てた。

「ちゃんと保管しとる。この店の中のものはきっちり保管しとる。湿度も温度も気をつかっとる」

「でも、空調設備はないようですが」隼人は薄暗い店内を見渡す。

「自然にしとくのがちょうどいいんだ。ここはそういう作りになっとる。床の上に転がしておくと長持ちする」

隼人にはこれ以上反論する気力はなかった。「で、その化石を再発見した子供というのが駅員さんだったんですね」

「そう言えば、おまえ、あの駅員と知り合いだとか言ってたな」

「違います」隼人は否定した。

「子供から取り戻した化石を見て、わしはふと思いついたんだ。杉沢村の恐竜と言えば、世間ではちったあ有名だ。その本物がわしの手にある。これは商売にせん手はないだろうってな。それにレプリカを大量に作れば、研究者の助けにもなる。一つしかない化石を調べにこの村にこなくてもレプリカを調べればいろいろと見当がつくはずだからな。言わば科学の発展に貢献することにもなる」

なるほど。ものは言い様だ。

「でも、どうしてレプリカに年号なんか入れたんですか？　これで随分安っぽくなってしまいましたよ」

老人は悲しそうな顔をした。「やっぱり安っぽく見えるか。でも仕方がなかったんだ。ナイフの傷跡を誤魔化《ごまか》さなきゃならんかったし……」

「誤魔化すなら他にも方法があったでしょう。傷を埋めてから型を取るとか」

「そんなことをしてみろ。手間の分割増し料金をとられてしまう。その点、型に年号を入れるだけなら安くつく。……くそっ！　あの餓鬼のせいでせっかくの金儲《かねもう》けのチャンスをふいにしちまった。また、だんだん腹がたってきたぞ‼」

「すみません」隼人はとにかくここに来た目的を果たそうとした。「その本物の化石を見せて貰《もら》えますか？」

「ああ。いいよ」老人が答える。

沈黙が流れる。見詰め合う二人の間に埃がゆったりと漂う。

「ええと」隼人は不安になってきた。「化石を見せていただけますか？」

「今、いいと言っただろ」

「ですから、どこにあるんですか？」

老人はついと横を向き、その辺りにあった本を手に取ると、読む真似を始めた。そして、口の端でもごもごと言った。「本当に見たいなら、自分で探すはずだろうな。まあ……」

「見せて貰えるのか、見せて貰えないのか、どっちなんですか？」

「だから、いいと言っとるだろ。わからんやつだな」

「では、はやくここに持ってきてください」

「ちょっと待てよ。化石を見たいってのはおまえの都合だろ。なのに、わしに化石を探す手間をかけろってのは、筋が通らないんじゃないか？　見たいんなら、自分で探すのが常識ってもんだろ」

「『探す手間』？　だって、あなたが探せば手間なんか……」隼人はようやく事情が飲み込めてきた。「ははあ。また、失くしたんですね」

「失くした、言うな」老人はむきになった。「失くしたというのは、どこにあるのか皆目見当もつかん時のことだ。ある場所はわかっとるんだから、失くしたんじゃなくてしまってあるんだ」

「で、どこにしまってあるんですか？」

「ここだ。この店の中」

隼人は周囲を見回した。広さは六畳ほど。さほど広くはない。しかし、そこにあるもの量は半端ではない。本を主体とする高さ一メートル半ほどの山が五つ。

「店の中だけではわかりません。もっとヒントをください」

「ヒントとかそういうのとは違うと思う……」思ったとおり、老人はもごもごと口の中で言った。

「店の中のどこにあるかわからないんだったら、やっぱり失くしたんじゃないですか？だいたい本当にこの店の中にあるって確証はあるんですか？」

「……あるように思うな、わしは。……」

「さっきあなたは言ったじゃないですか。店から勝手に商品を持ち出す子供がいたって。そんな子供がまた持ち出した可能性もあるんでは？」

「うるさい！」老人は怒鳴った。「子供が持ち出したんなら、悪いのは子供だ。わしは悪くない」

「確かにそうですけど、いくらなんでも杜撰《ずさん》過ぎます。恐竜の化石を預かっているという自覚が足りないんじゃないんですか？」

「何を言うかと思えば……」老人は乾いた笑い声を上げた。「ありゃあ、もともと恐竜の化石なんかじゃないぞ」

「えっ？」

全くこの村では度肝を抜かれることばかりだ。

「じゃあなんだったんですか？」

「学者の見解では、鰐《わに》のような大型の爬虫類《はちゅう》だということだ。昔大阪で鰐の化石が見つかったのも同じ年代の地層らしい」

「なぜ村の人にそのことを言わないんですか？」

「村のやつはもともと知っとる。というか、わしもみんなから聞いて知っているんだ。尤も、暗黙の箝口令《かんこうれい》が敷かれてから、何十年も経っとるから、若いやつは知らんかもしれんが」

「村ぐるみで隠してるんですか？」

「隠しているわけじゃあない。学者は『大型の爬虫類』と言ったんだ」

「鰐でしょ」

「『鰐のような』だ。断定したわけじゃない」

「でも、『恐竜』とは言ってないわけでしょ」

「細かい理屈は学者に任せておけばいい。『大型の爬虫類』なら『恐竜』でもたいして変わりがない。それに『大型の爬虫類』では村の発展には繋《つな》がらん」

「鰐も恐竜も一緒くたただなんて呆れるでしょ」隼人の隣で千秋が言った。

「全く」隼人は言った後、首を傾げた。そして、ゆっくりと視線を横に向ける。「千秋ちゃん、なんでここにいるんだよ⁉」

千秋はリュックサックを背負《しょ》っている。これから軽い山登りでもしそうな雰囲気だ。

「おや。あんたら知り合いかい？」老人は言った。「今日は客が多いと思ったんだが、そういうことか」

「家に電話してもいないから、出版社に電話したのよ。そしたら、取材旅行に行ったっていうじゃない。仕方がないからわたしも追いかけてきたの」

「行動力があるのはいいけれど、もう少し考えてから実行に移した方がいい」隼人は目を白黒させた。

「そうそう」千秋は頷《うなず》いた。「携帯電話ぐらい買ってよね。それとも、電子メールのアドレスを持つとか。連絡のとりようがないんで、困っちゃったわ」

「宿は？」

「まだとってない。お義兄《にい》さんは？」

「僕もまだだ。夜になってから温泉宿でも探そうかと思ってたんだが、千秋ちゃんの分は先にとっておいた方がいいだろうな。これからすぐ行かなくちゃ」

「おまえら、あれか？　不倫カップルか？」老人は嬉《うれ》しそうに言った。「そっちの娘の年はいくつだ？」

「不倫なんかじゃありません」隼人は自分でも顔が赤くなるのがわかった。「妹ですよ。妹」

「義理だけどね」千秋がにやにやして言った。

「義理の妹か」老人は納得したようだ。「そういうことか」

「違います！　違います！」隼人は必死に否定しようとしたが、もはやどのような手段を使っても誤解を解くことはできそうにないことに気付いた。「ええ。もう、好きなように想像してください」

「いいなあ、若い者は」

やはり誤解している。

「千秋ちゃん、もう行こう。ここにいても取材にはならないみたいだから」

「あら、そんなことはないわ。湖の恐竜なんてお誂《あつら》え向きだと思うけど」

「湖の恐竜？　ああ、そう言えば駅員もそんなことを言ってたような」

「化石が見つかった湖で最近UMAの目撃が多発しているの」

「何の目撃？」

「Unidentified Mysterious Animal――未確認動物だ」老人が代わりに答える。

「千秋ちゃん、どうしてそんなこと知ってるんだ？　ガイドブックや雑誌にも書いてなかったのに」

「今、ここのお爺《じい》さんに聞いたのよ」

「僕が来る前に？」

千秋は頷く。

「でも、店に入った時いなかったぞ」

「お義兄さんの姿が見えたから隠れたのよ。驚いた？」

確かに小柄な千秋なら、本の山の陰に隠れられる。

「ああ。驚いたよ」

純粋に驚かしたかっただけなのだろう。怒ってはいけない。とにかく、ここまで来たからには何かを取材しなくては旅費が勿体《もったい》無い。

「ご主人、そのＵＭＡについて、詳しく教えて貰えませんか？」

「ＵＭＡについて知りたいって？　でもどうしようかな？　最近わしも記憶力が悪くなって、たいしたことは話せないかもしれんなあ」老人は化石のレプリカをこれ見よがしに並べ始めた。「これがいくつか売れたら、頑張って思い出す気力も湧いてくるというもんだが」

「千秋ちゃん、行こう」隼人は外へ出ようとした。

「わたし、買うわ」千秋はリュックサックから財布を取り出す。

「おいおい。こんな話に乗ることは……」

「いいの。面白そうじゃない。……お爺さん、一つ頂戴《ちょうだい》」

「二つなら、五千円でいいぞ」

「一つ頂戴」

「他所《よそ》じゃ買えないぞ」

「いいの。欲しくないから」

老人は下唇を突き出すと、お手上げのジェスチャーをした。

隼人は千秋が金を出そうとするのを押さえた。

「おいおい。わしとこのお嬢さんの間で商談は成立したんだ。邪魔しないでくれよ」老人は不平を言った。

「邪魔をするんじゃありませんよ」隼人はポケットからくしゃくしゃの金を出した。「金は僕が払います」

「お義兄さん、無理しなくていいのよ」

「十代の女の子に金を出させる方が辛《つら》いよ。ここは僕の顔をたててくれ」

「ほう。十代とな」

「まだ、女子高生よ」千秋は笑顔で付け加える。

老人はますます嬉しそうな顔をした。

隼人は心の中で舌打ちをした。また余計なことを言って、じじいを喜ばせちまった。

金と引き換えに複製を渡すと、老人は話し始めた。「湖に恐竜が出るって話はありゃ嘘っぱちだよ」

隼人は思わず、老人の胸倉を摑《つか》みそうになった。それをしなかったのは、先に千秋がそれをやってしまったからに他ならない。

「いますぐお金を返してよ。このペテン師」

老人は必死で千秋の手を振りほどいた。「違う。違う。話は最後まで聞いてくれ」

「千秋ちゃん、腹は立つが、とにかく話を最後まで聞こう。それで納得がいかなければ、金を返して貰えばいい」

「義理の妹に手を出すだけの度胸があるだけあって、いい事をいうね」老人が言った。

「ええと、さっき湖の恐竜は嘘っぱちだと言ったのは、一般論だ。湖に恐竜が棲《す》んでいるというのは、現代の神話だ。UFOと同じ類だ。つまり、湖には竜が棲んでいて欲しいのが人情だが、いくらなんでも竜が実在しないのはみんな知っている。そんな時、ネス湖にネッシーという恐竜がいるらしいというニュースが海外からやってきた。みんなこれに飛び付いた。竜は空想上の生物だが、恐竜は過去に実在した生物だ。生き残りがいたとしてもおかしくない。そんな巨大な生物が海ではなく、狭い湖にいて見つからないという事実は充分おかしいんだが、それは空想の動物を信じることに較べればまだ無視できる矛盾だということだ。ネッシー以降、世界のあちらこちらで恐竜が目撃され始めた。日本もその例外じゃない」

「つまり、ここの湖の恐竜も同じ心理が生み出したものだと?」

「大筋ではそうだと思うんだが、いくつか気になる点もある。まず、その噂がここ二、三週間で急速に広まったことだ。ネッシー・ブームは何十年も昔のことなのにだ」

「観光客を増やすために、この村の誰かが噂を流したんじゃないですか?」

「すでにこの村は恐竜の村として有名だ。新たに噂を流したとしても効果は疑わしいし、ばれた時のリスクを考えると殆《ほとん》ど旨《うま》みがない。旅館や土産物屋の経営者はみんな知り合いだが、そんな馬鹿なことをやりそうなやつはいない」

「その他に気になる点は?」

「目撃者の中に村人が何人もいるということだ。ＵＦＯにしてもネッシーにしてもその目撃者は二種類いる。悪戯《いたずら》目的で嘘の目撃談をでっち上げるやつと、暗示にかかってありもしないものを見ちまうやつだ」

「本当に見た人もいるかもしれないじゃない」

「ああ。いるかもな。でも、誰かが歴《れっき》とした証拠を見せてくれるまで、わしは信じない。この間もなんとかいう宗教に誘われたんだが、わしは絶対……」

「恐竜の話を続けてくれませんか」隼人は話を遮った。

「そうそう。恐竜の話だ。悪戯目的のやつも暗示にかかり易いやつも観光客でなければおかしいんだ。さっきも言ったように、村人が贋《にせ》の目撃談をでっち上げるのはリスクが高過ぎる。それにこの村に住んでいるなら、湖に恐竜がいないことも知っているはずだ。なにしろ、周囲が三キロしかなくて、湖畔には温泉旅館が並んでいるんだ。それにそれらしい洞窟《どうくつ》もないし、水深も平均十メートルしかない。こんなせせこましいところに恐竜が隠れていられるはずがないことはみんな知っている」

「他に気になる点は？」

「恐竜の姿だ。湖に棲む恐竜はネッシーを含めて、首長竜と相場が決まっとる。それなのに、目撃者は竜脚類だとか、獣脚類だとかを見たと主張している。因《ちな》みに、首長竜は厳密に言うと恐竜じゃないんだが、誰もそんなことは気にしとらんな」

「ジュウキャクルイって何？」千秋が質問する。

「恐竜の種類だ。具体的にはブロントサウルスやティラノサウルスを見たと言っている。でも、自信を持ってブロントサウルスと言うのも考えてみれば不思議なもんだ。一般人にブロントサウルスとディプロドクスの違いが簡単にわかるとは思えないがな」

「で、あなたは今回の騒ぎをどう推理しますか？」

「正直言って、ちんぷんかんぷんだ。現実に恐竜が生存しているという可能性も含めて、辻褄《つじつま》の合う説明は思いつかない」

「何よ。結局何もわからないんじゃないの」

「いや。かなり参考になった。自力で聞き込みと分析をして今の見解に達するには何日もかかっただろう。少なくとも時間の節約にはなった」隼人は老人に向き直った。「ところで、実際に恐竜を見た人に会うにはどこに行けばいいですか？」

「温泉街に行けばいい。そこいらにいるやつを捕まえて聞いて行けば、すぐに目撃者に行き当たる」

「ありがとうございます」隼人はそう言いながら、傍らにいる千秋の頭を手で押さえて頭を下げさせ、すぐに店から出た。

「どうして、礼なんか言うのよ⁉」千秋は不服げに後を追った。「お金を払ったのはこっちなのよ！」

「あの爺さんはかなりの切れ者だ。敵に回すのは賢い選択じゃない」

「別にいいじゃない。この村に長居するわけじゃなし」

「賭《か》けてもいいけど、あの爺さんを怒らせたら、明日の朝にはこの村で口をきいてくれる者は一人もいないよ」

「どうだかね。お義兄さんたら、てんで人を見る目がないんだもの」

「やれやれ。千秋ちゃんにもそう思われてるのか」

「他の人にもそう言われたことがあるの？」

「ああ。沙織が口癖のように言ってた。……そう言えば、千秋ちゃんが一人で僕を追っかけてくることをよく沙織が許したもんだね」

「あっ。まだ言ってなかったっけ？」

「何を？」

「わたしがお義兄《にい》さんに連絡しようとした理由。お姉ちゃん、家出しちゃったんだ」

9

「そういうのって、家出っていうのかな？」隼人は馴《な》れない田舎道を汗だくになって歩いていた。「最初に僕らの家から出て行った時は家出だったかもしれないけど」

「それは堂々と別居しただけでしょ」若いせいか千秋は強い日差しも全く応《こた》えてない様子だった。「家出っていうからには、こっそり出て行かなくちゃ」

「でも、沙織の家だからね、あれは。普通、外出って言わないかな？」

「絶対、家出よ。だって、書き置きを残していったんだもの」

「もう一度書き置きを見せてくれるかな？」

千秋は胸のポケットから小さく折り畳まれた便箋《びんせん》を取り出し、隼人に手渡す。汗で湿った感覚が心地よい。


アルファ・オメガのライヴに行って来ます。
二、三日、帰ってきません。

ボールペンの走り書きは確かに沙織の筆跡だった。

「ここにちゃんと理由も書いてあるし」隼人は指先で文字をなぞった。

「お義兄さん、何とも思わないの？」

「別に。ただ、会社員なのに何日も会社を休めて結構な身分だなって思うぐらいかな」

「夏休みをとっただけでしょ。そんなことより、バンドの名前よ。気付かない？」

「アルファ・オメガ？　さあ」

「ジーザス西川のバンドよ。入院してた時、テレビでやってた」

「ああ。あの教祖の……」

なるほど。そういうことなら、少しは心配すべきなのかもしれない。

「しかし、仮にもテレビに出るほどのメジャーなバンドだ。無理やり、入信させたりはしないだろ」

「お義兄さん、甘いわね。ライヴを聴きにいくのに、二、三日家を留守にするってこと自体怪しいとは思わない？」

「マニアックなファンなら、地方公演に付き合って何日か泊まっても不思議じゃないだろ」

「お姉ちゃんはひと月前までアルファ・オメガになんか全然興味なかったのよ。それがあの……例の事故があって……」

「僕のことを死んだと思って解剖を承諾したことをまだ気に病んでるんだろ。そんなこと本人は何とも思っちゃないんだけどな」

「でも、お姉ちゃんは苦しんでるんだから仕方がないでしょ」

「ロックコンサートに行って気が紛れるんなら、それもいいかもしれないよ」

「でも、アルファ・オメガって絶対おかしいわよ。わたし、お姉ちゃんは洗脳合宿に連れて行かれたってふんでるの」

「根拠もないのに、そんなこと言ってはいけないよ」

「あら、根拠はあるのよ。お姉ちゃんの書き置きにはライヴって書いてあるけど、情報誌にもインターネットのファンサイトにもライヴがあるなんて一言も書いてないの。これって、カモになりそうな人間をライヴだって誘ってるんじゃないかって……」

「そろそろこの辺りで、誰かに訊《き》いてみるか」隼人は千秋の言葉を無視して、通行人の物色を始めた。周囲はすっかり温泉街らしくなっていた。どこからともなく湯気が漂い、ちらほらと浴衣《ゆかた》姿も目立っていた。

「ちょっとすみません」隼人は旅館の従業員らしき身なりの男性に後ろから声をかけた。「つかぬ事を伺いますが、最近この辺りで恐竜を目撃された方をご存知じゃないでしょうか？」

「恐竜だ?!」振り向いた男は眉間《みけん》に皺《しわ》を寄せた。「恐竜、恐竜って、しつこいんだよ!! いったい、何度答えれば気が済むってんだよ!! なんで俺が四六時中おまえらの馬鹿げた質問に答えてやらなきゃならないんだ?! ええ?!」男の目は吊《つ》り上がり、ぴくぴくと痙攣《けいれん》している。額には青筋が立っている。明らかに機嫌が悪そうだ。しかも、体はごつく筋肉質だ。その上、いかにも喧嘩《けんか》が強そうな風貌《ふうぼう》だ。どうやら、恐竜騒ぎが起きてから、あまりにしつこく訊かれ続けたため、すっかり頭にきているらしい。

「わたしたちは怪しい者ではありません」それだけ言って、隼人は口籠《くちご》もってしまった。こんなことなら、名刺ぐらい作っておけばよかった、と隼人は後悔した。誰何《すいか》されて、名刺すら見せず、「怪しい者ではない」と言う人物は非常に胡散臭《うさんくさ》く見えるのではないかという気がしてきた。

「怪しいもんじゃないって?! じゃあ、何だよ?! 言ってみろよ!!」男は隼人の襟首を摑《つか》んだ。

隼人の顔から血の気が引いていく。

これは絶対殴られる。でもまさか千秋ちゃんには手を出さないだろう。いや。随分気が立っているみたいだから、わからないな。一応逃げるように言っておこうか……。

隼人は千秋に声をかけようとした。

「わたしたち取材をしているんです」千秋が一瞬早く声を出した。「角川書店の者です」

いきなり大手出版社の名前が出てきて、一番驚いたのは隼人だった。

「えっ？」男の顔はすっと穏やかになり、隼人から手を離した。「恐竜はもうそんなに有名になっているんですか？」

どうやら、完璧《かんぺき》に信じたらしい。乱暴者だと思ったが、意外と人がいいのかもしれないなあ。詐欺とかにかからなければいいのに。なにしろ、名刺もないのに信じたんだから。もっとも、名刺があったって、本物だという証拠にはならないけど。

「ええ。まもなく、新聞社やテレビ局も続々やってきますわ」千秋は突然五歳ほど年齢が増えたように見えた。普段は中学生に間違われることもあるというのにたいした演技力だ。

「そうか。テレビ局が来るのか……」男はにやにやと人の好《よ》さそうな笑顔を振り撒《ま》いた。「いや。俺が見たんじゃないんですけどね。うちに泊まったお客さんがね、一昨日《おととい》の夕方見たって言うんですよ」

一人目から大当たりだ。これは幸先《さいさき》がいい。隼人は心の中でガッツポーズをとった。

「そのお客さんに話を聞かせて貰《もら》えますか？」

「それが昨日帰っちまってね」

なんだ。やっぱり、そんなことかい。

「そうですか。では……」

「でも、見た時のことは詳しく聞いてあるよ」男は嬉《うれ》しそうに言った。

「目撃した場所はどこですか？」千秋は目を輝かせる。

「湖畔だよ。ここから、歩いて十分ほどの所だ」

「案内していただけますか？」

男は二つ返事で案内を承諾してくれた。一次情報ではないのが残念だが、贅沢《ぜいたく》は言っていられない。

男についてしばらく行くと、温泉街から外れ、赤茶けて荒れた低地に出た。所々、湯気が噴き出している。

「ここは所謂《いわゆる》『地獄』です。一応、観光ルートになってはいますが、まあ見るところは殆《ほとん》どないですな。一個所だけ間欠泉があるのが、見所と言えばそうですかね」

足場が悪く、隼人は何度も転びそうになった。

「観光地にしてはあまりにも土の質が悪過ぎるね」隼人は千秋に耳打ちした。「じっとしていると、膝《ひざ》までにえ込んでしまう」

「そうかしら？　わたしはそんなことないけど。お義兄さん、太ったんじゃない？」

「また、そんな憎まれ口を……」そう言いながら、千秋の足下を見ると、確かに沈み込んだりはしていない。

大の男と女子高生とでは結構な体重差があるのだなあ、と思って前を見ると、どう考えても隼人よりはたっぷり二十キロは重たそうな案内の男も軽々と進んでいく。さては歩き方にこつがあるのか、それとも靴に工夫があるのだろうか、と考えている間にもどんどん隼人は取り残されて行く。仕方なく時々両手で体を支えながら、見えなくなった二人の後を追いかける。

男は十分と言ったが、湖畔に辿《たど》り着くまでにはたっぷり三十分はかかった。いや。ひょっとすると、三十分かかったのは隼人だけで、他の二人は十分でついていたのかもしれない。そう言えば、二人の顔は待ちくたびれたようにも見える。

湖の近くの地面は赤土ではなく、小石混じりの砂利だったので、隼人はやっと普通に歩けるようになった。

すでに日は傾きかけ、湖面は真赤な光をきらきらと反射している。人参堂の主人が言っていた通り、向こう岸まで簡単に見渡せる距離だ。周囲は針葉樹が生える山に囲まれ、ぽつぽつと旅館が見える。百メートルほど沖には小島が見えるが、そこら辺りまでは歩いていけそうな雰囲気だった。確かに恐竜には似つかわしくない風景だ。

千秋は水際まで走っていくと、手を水につけてばしゃばしゃとかき回した。「海の水より暖かいわ。温泉のお湯が混ざっているのかしら？」

「まさか」男は笑った。「湖といっても、水溜《みずたま》りに毛の生えた程度だからね。晴れた日は太陽の光で結構温まるんですよ」

「ここで泳いだり出来るんですか？」千秋はすっかり少女に戻っている。

「さあ。どうかな？　泳いで泳げんことはないでしょうが、溜り水なんで雑菌が多いかもしれませんよ」男は隼人を見て目を丸くした。「どうしたんですか？　どろどろじゃないですか？」

驚くのも無理はない。隼人の靴の中は赤土でいっぱいだったし、ズボンは膝までべったりと汚れている。服にもあちこち泥がこびり付いていた。

「来る途中、汚れてしまったんですよ」

「でも、どうして？　途中で転んだんですか？」

ひょっとして、この男はこうなることを知ってわざとあの場所を通ったんじゃないだろうか？　ふて腐れた隼人の脳裏にそんな思いが過《よぎ》った。「田舎道に不慣れなものでして。そんなことより、恐竜が目撃されたのはここだったんですか？」

「ええ。お客さんによると、ここだと言っていました。沖の方に高速で動く高さ三メートル程の瘤《こぶ》が見えたそうです。それからしばらくして、十メートルぐらいの頸《くび》も見えたと言っていました」

三メートルとか十メートルとか、具体的な数字が出てきたが、怪しいものだ。人間の長さの感覚はちょっと距離が開くとめちゃくちゃになってしまう。金星やシリウスのような明るい星を見て、ピンポン玉ぐらいの大きさに見えたという人は多いが、よく考えると意味不明だ。金星やシリウスの実際の大きさがピンポン玉大だと言っているのではないことは間違いない。金星の直径は一万二千キロメートルだし、シリウスのそれは二百四十万キロメートルもある。彼らは見掛けの大きさの話をしているのだ。しかし、一メートル先のピンポン玉と百メートル先のピンポン玉では見掛けの大きさは百倍違う。どの距離のピンポン玉の大きさに見えたかが重要なのだ。月の見掛けの大きさは四メートル半離れたピンポン玉にほぼ等しい。最接近した時の金星の見掛けの大きさは百四十メートル離れたピンポン玉と同じだし、シリウスに至っては千三百キロメートル離れたピンポン玉に等しい。単にピンポン玉というだけではなんの基準にもならないのだ。恐竜の大きさも同じことだ。まず距離を摑んでおかなくては話にならない。

「もし、そのお客さんがおっしゃってたらで結構なんですが」隼人は湖面を見ながら言った。「だいたいのところ、その恐竜はあの島より向こうにいたんでしょうか？　それとも、こちら側にいたんでしょうか？」

「はあ？」男は間の抜けた声を出した。

「ですから、恐竜は島より近くにいたんですか？　それとも遠くにいたんですか？」

「島って、どの島のことですか？」

「いいえ。この湖に島がいくつあるのか、知りませんけどね。今ここから見えている島って言えばわかるでしょ。あの蜥蜴《とかげ》みたいな気持ちの悪い模様のある島ですよ」

「この湖に島なんてないですよ」

のらりくらりとした男の態度に隼人もだんだんと苛立《いらだ》ってきた。「だって、現にあるじゃないですか！」

男の視線は隼人の指先から、その延長線上へとゆっくりと移動していった。

「ありゃりゃ、本当だ。島がある」

「なんでまた今日まで気が付かなかったんですか？」

「いや。確かに前はあんな島はなかった」

「そんなこと言ったって、そこにあるんだから」

「ちょっと待って！」千秋が叫んだ。「お義兄さん、視力いくら？」

「えっ？ 最近計ってないけど、〇・七ぐらいかな」

「小父《おじ》さんは？」

「えっ？ 前に一・〇と言われたことがありましたけど」

「わたしは二・〇あるの」

「そりゃ、凄《すご》いね」隼人はわけもわからず話を合わせた。

「だから、あの島の様子は二人よりもわたしの方がよく見えるの」

「ふむふむ」

「今、蜥蜴みたいな気持ちの悪い模様があるって言ったわね」

「うん」

「違うのよ。あれは模様じゃないの」

「じゃあ、本物の蜥蜴だって言うのかい？　だとしたら、コモドオオトカゲもびっくりだ」

「たぶん蜥蜴じゃないと思うわ」

「えっ⁈」

「えっ⁈」

隼人と男はほぼ同時に驚きの声を上げ、互いに顔を見合わせた。

「双眼鏡持ってる？」

隼人は無言で首を横に振る。

「あれはたぶんT・レックスとかいう肉食恐竜だと思う」

「確かに、そう言われればそんなふうにみえないこともないけど」隼人は目を細めて島を見た。「あれが肉食獣脚類だとしたら水面から出ている上半身だけで、十メートル近くあることになる」

「恐竜だから大きいのよ」

「そんなでかい化石は見つかっていない。それにあれが模様じゃないとしたら、背中は岩に埋まっていることになるけど、その理由は？」

「知らないわよ」千秋は泣きそうな声で言った。「口と手が動いてるんだから、本物よ」

「風で島に生えた植物か何かが……」

「違うって、そんなんじゃなくて、はっきり恐竜なんだってば」

最初は冗談かと思っていたが、さすがに隼人も千秋の様子が尋常でないことに気付いた。

「とにかく、今日はいったん戻ろう。夕日で逆光になっていてよく見えない。明日になれば……」

「あそこにもなんかあるぞ!!」男は二、三十メートル程離れた湖面を指差した。

水中に太い管のような黒い影が見えた。径は五メートルほどもあるだろうか。

「あれ何？　蛇か何か？」

確かに蛇のようにも見えた。ただ、サイズがでか過ぎる。あれが蛇だとすると、長さは何十メートルにも達するだろう。

と、影はゆっくりと浮かび始め、湖面から頭部が現れた。それは蛇のものではなかった。寧《むし》ろ亀に似ていた。ぎょろりとした目玉におちょぼ口がついている。明らかに雷竜の頭だった。

「これもわたしの見間違いだと思う？」千秋が尋ねる。

隼人は答えることすらできなかった。瞬《まばた》きもせずに恐竜を見据えていた。

本物の恐竜だ。間違いない。しかし、なぜこんなにでかいんだ？

映画やテレビドラマに出る怪獣はたいてい五十メートルから百メートルぐらいの大きさだ。おそらくその辺りが特撮に都合のいい大きさなのだろう。しかし、実在の恐竜はそれほど大きくなかったと考えられている。ティラノサウルスの体長は十五メートル程度、体高は六、七メートル程だ。雷竜の仲間には体長六十メートルのものもいたと考えられているが、それは長い頸の先から尻尾《しっぽ》の先までのトータルの長さだ。頸だけならどんなに長くても二十メートルで先端部の直径は一メートルもなかったはずだ。恐竜の大きさに限界があったのには理由がある。骨格の強度が保てないのだ。体が大きくなれば骨も太くなるが、骨の断面積が体長の自乗に比例するのに対し、体重は三乗に比例する。ある程度の大きさ以上では自重を支えきれなくなるのだ。もちろん、水中ならば鯨のように巨大になることもありえるが……。

「こっちを見てるわ」千秋は隼人の腕を強く摑《つか》んだ。「餌だと思ってるのかしら」

「落ち着くんだ」隼人は震えて千秋を怯《おび》えさせまいと歯を食いしばった。「雷竜は草食だ。こちらから何もしなければ安全だ……と思う」

恐竜は口を広げ、大声で吠《ほ》えた。地面がびりびりと振動する。

「ほら、鋭い牙《きば》じゃなくて、臼歯《きゅうし》が生えてるだろ」

「うわああ!!」男が我慢できず、走り出す。岸に沿って、恐竜から離れていく。

恐竜の頸《くび》が動く。走る男を見ているようだ。そして、再び一声吠えると、岸にどすんと頸を横たえた。そのまま、ずるずると地面の上を進んでいく。

「恐竜って、あんなふうに動いてたの？」

「図鑑なんかでは雷竜は麒麟《きりん》のように頸を伸ばしているけど、実は心臓の力では頭まで血液を持ち上げることはできなかったんじゃないかとも言われている。だから、頸の中にもポンプのような構造があったと推定している人もいるんだけど。でも、蛇のように地を這《は》わせていたとしたら、血液の問題はクリアできるな」

恐竜の頸は二人の前を通り過ぎていく。走る男に気をとられて二人には気付かないらしい。

「お義兄《にい》さん、島が……」

千秋が指差す先を見て、隼人はまたもや肝を冷やした。恐竜の頸の動きに合わせて、島が移動しているのだ。

「ということは……」

信じられないが、島は恐竜の一部——たぶん胴体らしい。だとしたら、頸の長さは百メートルを超える。まさに大怪獣だ。胴体の近くで大量の水飛沫《みずしぶき》が上がる度に地面が揺れる。こんな怪物がいったいどうやって隠れていたのか、そしてなぜ別の恐竜が胴体に埋まっているのかは、まったくの謎だが、今はそんなことを考えている暇はない。二人や三人でどうこうできる大きさでないのは明らかだから、温泉街まで戻って、知らせるより他はないだろう。草食だといっても、これだけの大きさになれば、危険この上ない。

絶叫が響き渡る。今度は恐竜のそれではない。人間のものだ。

雷竜は男を咥《くわ》えていた。頭と右手だけが口の端から覗《のぞ》いている。

「草食じゃなかったの？」千秋が甲高い声を上げる。

「遊んでいるつもりかもしれないし、好奇心を持ったのかもしれない。手で弄《もてあそ》ぶ代わりに口で咥えているだけかも……」

　ぶちんという音が響き、鮮血が恐竜の口から流れ出す。

「虫と間違えたんじゃないかな？　牛なんかも草食動物だけど、草についた虫とかは食うだろうし」隼人は自信なげに言った。

　恐竜は口先を上に向けると、少し口を開き、ぐいっと獲物を飲み込んだ。喉《のど》の辺りを塊がゆっくりと移動していくのがわかる。

　隼人は絶叫しそうになった千秋の口を塞《ふさ》ぎ、そのまま地面に押さえ込んだ。千秋はばたばたと手足を動かしている。

「ショックなのはわかるけど、今騒いであいつを刺激するのはまずい。声を出さないでいられるかい？」隼人は頷《うなず》く千秋の口から手を放した。「非常にまずいことになった。あいつは肉食のようだ。すでに人ひとり死んでいる。しかも、生身の人間にどうこうできる大きさじゃない。警察の力が必要だ。ひょっとすると、自衛隊でなければ手におえないかもしれない」

「じゃあ、逃げるのよ」

　隼人は起き上がろうとする千秋の腕を摑んで引き戻した。「肉食だとしたら、動くものに襲いかかる習性があるはずだ。あいつの速度がよくわからない状態で闇雲に走り出すのは危険だ」

「でも、じっとしてても襲われるかもしれないわ」

「動かないものは見えないなんてことは期待できないだろうけど、小さ過ぎて目につきにくいことはありえると思う」

恐竜の頭は二人から五十メートルほど離れたところにあり、周囲を見回している。その頭から連なる長大な頸は、二人の鼻先、ほんの十メートルのところに横たわっている。人間の皮膚そっくりの色の皮を通して、ぐりぐりと動く血管と筋肉が透けて見える。

「いつまでこんなことをしているつもり？　隠れるところもないし、そのうち見つかるわ」

「だから、作戦を考えた。まず僕が大声を出して、あいつを誘《おび》き寄せる。あいつが僕に気をとられている間に千秋ちゃんが温泉街まで助けを呼びにいく。完璧《かんぺき》な計画だろ」

「全然」千秋は首を振った。「さっきの小父さん結構足が速かったけど、追いつかれちゃったわ。わたしが助けを連れて帰ってくるまで、お義兄さん逃げつづけられないわ。一緒に逃げましょう」

「理屈が通ってないよ。僕一人で逃げ切れないなら、二人一緒に逃げても逃げ切れない。どちらか一方が囮《おとり》になればもう一人が助かるチャンスが大きくなる」

「だったら、わたしが囮になるわ」

「駄目だ。今、言い争いをしている暇はない。囮は僕だ」

「納得いく理由がないなら、わたしは逃げないわ」

「よしわかった。理由は……君は女の子で、僕はおっさんだ。立派な理由だろ」

「それって、男女差別だわ」

「危機的状況で男性の生命よりも女性の生命を優先させるのには論理的な根拠があるんだが、今回の場合、僕は二人の年齢差のことを言ってるんだ」

「確かにわたしは未成年だけど、お義兄さんが保護者ってわけじゃないわ」

「えっ？　違うのかい？　まあ、それはそれとして、僕は千秋ちゃんより十何年か長く生きているわけだ」

「だからといって、わたしに命令できると思ったら、大間違いよ」

「命令する気はないよ。僕がいいたいのは千秋ちゃんの方が僕より先が長いってことだ。もし恐竜に食べられたりしたら、青春時代を体験せずじまいになってしまう」

「その理屈だと、人生が残り少ない老人の命は価値が低いってことにならない？　わたしじゃなくてお爺《じい》さんだったら、見殺しにした？」

隼人は千秋の質問に答えず、別の理由について話し出した。「もう一つ、決定的な理由がある。温泉街に戻るには『地獄』を通らなければならない。僕はあそこを速く走ることはできない。通りぬけるのに三十分はかかってしまう。それだけの時間、あいつから逃げおおせていられる自信はあるかい？」

「もしわたしが逃げられなかったとしても、お義兄さんは助かるわ」

「もしあいつが千秋ちゃんを食べてしまったら、『地獄』でもたもたしている僕もすぐに追いつかれてしまう。結局二人とも助からない。僕が囮になる方が合理的だ。おそらくあいつも『地獄』に入れば、足が赤土に沈んで身動きがとれなくなるはずだ。だから、とにかくあいつの頸が届く範囲より遠くに行きさえすれば安全だ。それに千秋ちゃんなら、五、六分で温泉街に知らせられる。つまり、僕が囮になって千秋ちゃんが逃げる方が僕自身の生存確率も高いってことだ」

「駄目だ。わたしが手を引っ張るわ。一緒に行くのよ」

「駄目だ。『地獄』に入ったら、僕は確実に捕まってしまう。岸を逃げ回れば僅《わず》かだが、望みはある。僕は生き延びたい。だから囮になる。逃げてくれるね」

千秋は返事をせずに、じっと隼人の目を見つめた。そして、ゆっくりと頷いた。

「よかった。それから走り出したら、決して振り向いてはいけない。たとえ僕の悲鳴を聞いてもだ。人間は後ろを見ながら全力疾走はできない。ほんの少しの遅れでも命取りになりかねない」

「わかったわ。でも……」

恐竜の頸が止まった。こちらを見ている。

「時間切れだ。やつが僕に注意を向けたら、『地獄』に向けて、一目散に走……」

千秋は隼人の頭を押さえ、額に接吻《せっぷん》した。

隼人は涙でくしゃくしゃになった千秋の顔を見つめ、ガッツポーズをした後、恐竜の頸に向って走り出した。

「こら!! 馬鹿恐竜! 人間を食うとはどういう了見だ!! 人類の力を思い知らせてや

る!!」

ところが、恐竜は隼人に注意を向けず、千秋を睨《にら》み続けていた。

千秋は恐竜と目を合わせたまま、ゆっくりと立ち上がった。

恐竜の長い頸は蛇のように蠢《うごめ》き始めた。

隼人は地面から二メートル半ほどの距離にある恐竜の顎《あご》の下に飛び込み、下から小石をぶつけた。

恐竜は鎌首《かまくび》をもたげ、隼人を見下ろした。

「今だ!!」

隼人の声を合図に千秋は『地獄』へと走り出した。隼人も走り出す。できるだけ恐竜を千秋から引き離すためだ。

背後から鼓膜が破れそうな爆音が迫る。恐竜の筋肉が軋《きし》む音と皮膚が地面と擦《こす》れる音が混じり合っているのだ。

恐竜は愚鈍だと高を括《くく》っていたが、どうやらそれは間違いだったらしい。音からすると、恐竜はどんどん距離を詰めているようだ。生臭い吐息が首筋に当たるような気がする。

もちろん、振り向くのは馬鹿げたことだ。今は何も考えずに全力疾走するしかない。

そのことをわかっていながら、隼人は振り向きたいという衝動に襲われていた。恐竜との距離が気になったのではなく、千秋がうまく逃げ出せたかが気になったのだ。

十秒も全力で走ると、足が縺《もつ》れてくる。おそらくもって後数秒だ。どうせやられるなら、千秋の無事を確かめてからだと、隼人は後ろを振り向いた。

『地獄』を走っていく千秋の後ろ姿が見えた。

何も見えなくなった。

恐竜の口が真上からすっぽりと隼人を包んだのだ。

隼人は身を屈《かが》め、口から脱出しようと思った。しかし、隼人の体は隼人自身の意志に反し、恐竜の歯に手をかけると自らを口の奥の方へと引き上げた。

両足首に衝撃が走る。ぱちんという音とともに足から何かが抜けていった。恐竜が口を閉じたのだ。本当なら腹か腰の部分を嚙《か》み切られるはずだったのが、体を引き上げたことで、両足首が切断されただけで済んだらしい。しかし、そのことを別に幸運だとは思わなかった。すでに恐竜の口腔《こうこう》内にいるのだ。生き延びることはないだろう。

救いがあるとすれば、たぶん食われる瞬間は千秋に見られなかったことだ。千秋が目撃していたら、パニックを起こして立ち止まってしまったかもしれない。後は千秋が無事に逃げられることを祈るばかりだ。

恐竜の顎が少し下がった。歯ごたえがおかしかったので、嚙み直す気なのだろうか？

ほんの少し体が自由になる。

すると、隼人の体はまたもや勝手に動き出した。喉の奥に向けてもがきながら進んでいく。千切れた両足を無理に動かしたため、信じられないぐらいの激痛に苛《さいな》まれる。しかし、足は全くペースを崩さない。悲鳴を上げることもできない。不思議なことに息も上がらないし、心臓の鼓動も緩やかだ。隼人の体はあたかも機械のように這い進んでいく。

ついに隼人は喉の中に落ちた。下水管のような食道の中をゆっくりと動いていく。周りの壁は隼人を胃に送ろうと、物凄《ものすご》い圧力で押してくる。全身の骨がばきばきと音を立てて壊れていく。

その時、隼人に別の変化が顕《あらわ》れた。全身の痛みが引いていく。死の瞬間には大量の脳内麻薬が分泌されるというが、それとは違うような気がした。意識の混濁は全くなかった。それどころか五感はますます研ぎ澄まされ、信じ難いことに恐竜の食道の中の様子がおぼろげながらわかってきたのだ。

食道はダイレクトに胃に繫《つな》がっているのではないらしかった。その証拠に隼人の周りには先に食べた食物――つまりここまで案内してくれた男――の残骸《ざんがい》が残っていた。もちろん原形はなかったが、内臓や骨の破片の中の頭髪や衣服でそれとわかる。

食道内部の圧力はますます高くなる。最初、隼人は食道の締め付けが強くなったのかと思ったが、それにしては食道の動きが鈍くなっていくのが妙だった。

妙だと言えば、男の残骸が小さくなっていくのも奇妙だったし、自分の体が崩壊しないのも不思議だった。崩壊するどころか、いつの間にか足首が再生している。両手首から鋭く巨大なナイフが飛び出す。隼人の体は本人の意志とは無関係に両手をいっぱいに広げると、食道の壁の二個所にナイフを突き立てる。そして、どうやってか体を回転させ始めた。

隼人には自分の身に起きていることが全く理解できなかった。しかし、以前同じようなことがあったような気がした。

そう。この間見た夢だ。だとすると、これも夢なんだろうか？

刃先の手応えが軽くなった。隼人の体はぐっと突っ張った。何か大きなものが弾《はじ》け飛ぶような音が鳴り響く。

出し抜けに明るくなる。

隼人は地面へと落下して行くが、空気の抵抗を利用して、体勢を立て直し、足から着地する。

隼人の体は隼人の意志とは全く無関係に動いていたが、五感は麻痺《まひ》しているわけではない。むしろ通常より遥《はる》かに鋭敏になっている。数キロ先の旅館の看板に書かれている電話番号まで読み取ることができたし、そこの人々の会話を聞き取ることもできた。かと言って、騒音で煩《うるさ》いということもない。耳の耐久力がアップしたらしい。肌に当たる風の動きで周囲の気流の様子が手に取るようにわかり、風の臭いと味で空気の成分すらわかりそうだった。なんだか他人の体の中に入っているような感じだった。

見上げると、巨大なホースの先のようなものがある。ぼたぼたと大量の血液が滝のように溢《あふ》れ出ている。流れに乗って、男の残骸が隼人の足下に落下する。隼人はホースが恐竜の切断された頸だということに気付いた。

俺が切ったのか？

今の隼人は視線すら自由に動かすことはできなかったが、自分の体の一部は視野に入った。それは白く、異様な形をしていた。両手首からは何か長い刃《やいば》のようなものが突き出ている。

切断された頸はゆらゆらと揺れつづけている。通常、高等生物が頭を切り落されて生きているとは考えられない。頭がないという情報が伝わるのに時間がかかるのか？　それとも、恐竜の脳は全身に分散していたという学説が正しかったのか？

もう一人の自分――隼人は今のところそう呼ぶしかなかった――は仁王立ちでじっと頸《くび》と対峙《たいじ》している。呼吸は乱れていない。しかし、それにも拘《かか》わらず、隼人は息苦しさを感じていた。充分な量の酸素が脳に届いてないのではないかと思った。本来なら、深呼吸したいところだが、呼吸すら自分の意志ではどうにもならない。息苦しさは少しずつ苦痛へと変わっていく。

なんとかしてくれ！　このままじゃあ、死んでしまいそうだ！

もう一人の自分は切断面を観察し続けている。

頸は相変わらず、揺れている。

その頸の姿が一瞬霞《かす》んだ。

隼人はとてつもない衝撃を受け、再び目の前が真っ暗になった。

頸が目にも止まらぬ速さで、ガを叩《たた》き飛ばしたのだ。『地獄』の柔らかい赤土に突っ込み、一瞬前後不覚になってしまった。

10

「ダッ!」

ガは脇腹の銛《もり》を二本とも後方へ発射した。一本に鈍い手応《てごた》えがあった。と、次の瞬間、ガは赤土の中から引き摺《ず》り出された。

とっさに撃った銛が頸に命中したおかげで次の攻撃が来る前に脱出できた。ガは再び戦闘態勢に入る。

この恐竜は頭部がなくても自力で動いている。脊椎《せきつい》動物にそんなことが可能なのだろうか? 隼人の意識もこの現象を説明できないようだった。

今回の変身ではガは意図的に隼人の意識を眠らせなかった。前回の変身時での意識の隔絶が完全ではなかったため、すでに変身中の出来事を夢として知られてしまっており、隠し続けても早晩気付かれることは確実だった。それよりも隼人の意識から戦闘方法に関するヒントを得られるメリットの方が大きい。なにしろ、隼人は三十年以上、この惑星上で生活している。ガの気付かないことに気付く可能性は高い。もちろん、隼人の記憶を完全に取り込み、分析してもいいのだが、それでは隼人の人格を完全に破壊することになり、隼人として生活することに支障をきたす。こうやって隼人に戦闘を経験させ、意識をモニターするのが最適の方法だと判断したのだ。隼人がこのことを他人に吹聴《ふいちょう》する危険は少ない。信じて貰《もら》えない可能性が高い上に、たとえ信じて貰ったとしてもそのことによって社会から阻害されることが予想されるからだ。隼人がそのようなリスクを冒す可能性は極めて低い。もし万が一隼人が判断力を失って、秘密を漏らしそうになっても、一時的にガが隼人の体を乗っ取れば何の問題もない。

今のところ隼人の意識は全く戦闘に役立っていない。自分の置かれた状況が理解できず、ただ驚愕《きょうがく》しているのだ。

まあ、最初は仕方がない。そのうち慣れてくれるだろう。

ガは銛に繋《つな》がるロープを体内に捲《ま》き込むとともに、その反動を利用して、頸に挑みかかる。頸は突然十メートル以上のけぞる。ガは頸の上空を空振りするが、もう一本の銛を撃ち込み、体勢を立て直し、脊椎を狙って、刃《やいば》を突き通す。

「ヘア！」

しかし、恐竜は全くダメージを受けていない様子だった。だいたい、頭を切り落とされても元気に動き回る生物にどうすればダメージを与えられるというのか？

ガは切断面の端に刃を押し当て、頸の根本に向けて一気に走りぬけた。頸は数十メートルに亘《わた》って、縦に裂けた。内容物がどろりと岸にばら撒《ま》かれる。ガは頸の内部構造を観察した。食道は奥に進むにつれ枝分かれし、やがて行き止まりになっていた。胃に繋がっていないのだ。では、これは食道ではないのか？　食べたものは消化されないのか？

裂けた顎はまたもやガを襲う。しかし、縦に裂かれたため、バランスが崩れたことと、ガが油断なく警戒しているせいで、命中することはなかった。

湖面で水飛沫《みずしぶき》が上がる。島のような恐竜の胴体が再び移動を開始したのだ。さらに胴体の向こう側の湖面から紐《ひも》のようなものが跳ねあがる。細くは見えるが、距離を考えると太さは十メートル近くあるだろうか。位置的に考えて、恐竜の尾らしい。かなりの破壊力があるだろうが、頭部がなければコントロールできず、ガに命中することはないだろう。

尾は湖面を凄《すさ》まじい速度で走ってくる。いや。それは尾ではなかった。先に頭部が付いている。

しまった。二匹いたのか！

ガは攻撃目標を新たに現れた個体へと変更した。頭部のない方は後で始末すればいい。

胴体はついに岸に達した。湖面から出現したその小山のような胴体には八本の足が生えていた。腹を地面に擦《こす》りつけている。足は昆虫か蜘蛛《くも》のような関節形状を持っている。

そして、脇腹には肉食獣脚類が埋め込まれ、苦しげに身悶《みもだ》えしていた。なんとか顎を回して、雷竜の肉を食い千切ろうとしているかのようだ。いや。そう見えるだけではなく、すでに何個所か食い破られ、内部の組織が剝《む》き出しになっている。

（うっ。吐きそうだ）隼人は強い不快感を感じていた。

ガはそれに動じることなく、胴体に接近する。頭部を切り落としても死なないということから考えて重要な臓器は胴体内部にあるに違いない。

肉食獣脚類がガを見つけ、牙《きば》を剝く。こちらに向ってこようとするが、足は地面を引っ搔《か》くばかりだ。融合している雷竜が大き過ぎてどうにもならないらしい。逆に八本の足が動く度、肉食獣脚類の足は引き摺《ず》られていく。

ガは後から現れた方の個体の胴体を探した。この湖にいるのなら、簡単に見つかるはずだ。

（何を探しているんだ？　もう一つの胴体か？　違う。恐竜は一匹だ）

ガははっとした。最初頸を尾だと思ったのは見間違いではなかったのだ。恐竜の頭はひとつしかないという余計な知識が判断を曇らせたのだ。

一つの胴体から二本の頸が生えているのだ。

ならば、やるべきことは一つだ。

ガは胴体へ向けて突進した。

胴体もガの方へと走ってくる。二つの頸は湖面の上を滑りながらついてくる。

ガは両手首の刃を合わせて、前方に向ける。もうあまり時間がない。筋肉の動きが鈍り始めている。ここで片をつけなくては、倒すのはますます難しくなる。

目前に迫った時、胴体は突然跳躍した。前傾姿勢で走るガの上空を通り過ぎていく。

ガも慌てて跳躍したが、タイミングを外し、刃はむなしく空を切る。

ガは着地すると、そのまま『地獄』へと突き進んでいく。『地獄』には人影はない。

(よかった。もう千秋ちゃんは『地獄』を越えて、街に入ったようだ) 隼人は千秋のことを気にかけていた。

『地獄』に入れば、恐竜は赤土に埋もれてしまう。その時が攻撃のチャンスだ。

ところが、ガの期待に反して、『地獄』に突入しても、恐竜は進みつづけた。確かに赤土に沈み込んではいるのだが、強力な八本の足が赤土を物凄《ものすご》い勢いで巻き上げ、強引に突き進む。その速度には全く衰えが見えない。時速百キロメートル近くあるだろうか。

二本の頸も胴体とともに『地獄』を這《は》いずりながら、越えていく。

後を追おうとしたガに何かが覆い被《かぶ》さった。

ガは銛を撃ち込み、反撃する。

それはガよりも一回りは大きい塊だった。さっき、切断した恐竜の頭部だ。頭部だけで地を這い、跳躍して襲ってきたのだ。本来なら驚くべきことだったが、ガも隼人もすでにそのぐらいのことでは動揺しなくなっていた。

銛は頭部だけの恐竜の右目に突き刺さっていた。頭部の後ろにぶら下がっている頸の長さは十五メートル程で筋肉が切断されているはずなのにも拘《かか》わらず、ぐにゃぐにゃと蛇のように動いている。

(たとえ両眼を潰《つぶ》しても、こいつの動きを封じられる保証はない。確実に仕留めるには

脳を破壊するしかない）

ガも同意見だった。問題なのは脳がどこにあるかということだ。

頭部には肺がなく呼吸できないはずなのに雷鳴の如き声で吠《ほ》えると、瞬間移動かと見《み》紛《まが》う速さで突進してくる。ガは激突寸前で飛び上がり、頭部の背後に立った。もう一本の銛を地面に打ち込むと、頭部の目玉に突き刺さっている銛を力いっぱい引いた。

直径一メートルはあろうかという眼球が流れ出した。ガは死角になった右目側に回り込む。頭部はそれを避けようと体を回転させる。ガは再び左目を狙って銛を発射する。しかし、頭部は巧みに避《よ》け、結局銛は鼻先に突き刺さる。

それで充分だった。

ガはロープをぴんと張る。これで頭部がどれほど素早く動き回っても簡単に追尾できる。ガは頭部に体当たりすると同時に、右眼球の抜け落ちた後に刃を刺し込んだ。そして、ぐるりと頭の上を一周する。皮膚と頭蓋骨《ずがいこつ》が一緒にぽろりとまるで蓋《ふた》のように外れた。

頭部はガを振り落すために新幹線並みの速度で湖の周囲を走り回った。進路にある木や岩は悉《ことごと》く粉砕される。

ガは身を低くし、頭蓋の外れたあとを探る。目的のものはすぐに見つかった。握りこぶし二つ分ほどのピンクの塊だ。ガは刃を振り下ろし、脳を叩《たた》き切った。

「シュワ！」

一瞬、頭部の動きが止まる。ガは飛び降りる。再び頭部は動き始める。しかし、それは先程までの意志を持った動きではなかった。各部分の筋肉がばらばらに伸縮を繰り返しているようだ。頭部はどすんばたんと暴れまわり、口もばくばくと閉じたり開いたりを繰り返し、左目はぐるぐると高速で回転している。

筋肉に接続されているそれぞれの神経は生きているらしい。ただ、それらを束ねる脳がなくなったため、秩序ある動きができなくなったのだ。ということは胴体の動きも中枢部を叩けば止められるはずだ。

地球上の高等生物は体の分断に対しては全く対処できない。これではっきりした。体を細かく分断してもなおかつ機能し続けるこいつは地球土着の高等生命ではあり得ない。「影」だ。万が一恐竜が知性を見せたとしても、この世界固有の知性でないので、安心して殲滅《せんめつ》できる。

右足が突如脱力し、ガはバランスを崩した。時間切れが近い。「影」の本体は、恐竜の体のどこかに潜んでいるはずだ。今逃がすと、次の機会はもうないかもしれない。

ガは足を引き摺りながら、「影」の後を追う。

七秒間で『地獄』を通りぬけ、温泉街に入る。

温泉街は見る影もなかった。ガが恐竜の頭部と戦っていた時間は三十秒もなかった。たった、それだけの遅れで街の半分は壊滅状態になっていた。時速百キロで走る全長五十メートルの戦車とそれから生える直径五メートル長さ百メートルの鞭《むち》に抗《あらが》えるものはこの街には何一つ存在しなかった。恐竜はまるで建物など存在しないかのように好き勝手に突き進む。進路にある建物は次々と空気の中に消し飛んで行く。恐竜の頸は大蛇のように残骸《ざんがい》を這い回り、生きた人間や死んだ人間を飲み込んでいく。

（くそっ！　怪物め！　今すぐ退治してやる！）隼人の意識はガの体を動かそうとしていた。この体が自分の意識の制御下にないことがまだ学習できていないらしい。仮に今ガが隼人にこの体を明け渡したとしても、人間の脳の処理能力では極度に戦闘向きに特化した機能に適応できず、即座に制御不能になってしまうだろう。

ガにしてもできるだけ速やかに「影」を倒したいのは同じだった。だが、無闇に戦いを挑んでは時間切れになってしまう。時間内に確実に敵を倒す戦略が必要だった。恐竜の動きを止めるためには、中枢を叩くしかない。しかし、それはどこにあるのか？　通常の脊椎《せきつい》動物なら脳は頭部にある。この恐竜には頭部は二つあったが、すでに一つは破壊した。ならば、もう一つを破壊すれば、片はつくのか？

ガは恐竜の動きを観察した。頭部を失った方の頸はすでに先端が萎《しぼ》み、先細りになって、尾と化している。新しく尾になった部分ももう一つの頸も走り回る共通の胴体から生えてはいるが、動きは互いに全く呼応していないように見えた。あるいは、頭部の脳は全身の中枢ではなく、ローカルなものなのかもしれない。だとすると、真の中枢の在りかは胴体のどこかだろうか？

一瞬の思案の後、ガは頭部へ向って走り出した。もし胴体に中枢があるとしても、正確な場所は簡単にはわからない。それに引き換え、脳の場所ははっきりしている。脳を破壊して恐竜の動きが止まればそれに越したことはない。また、効果がなかったとしてもそれで何かを失うわけではない。

ガが胴体に達する前に、恐竜はガに気が付いたようだ。動きを止め、じっとガの様子を窺《うかが》っている。ガは二十メートル程手前で立ち止まる。恐竜は威嚇のためか、大声で吠える。地面が振動し、半壊した建物が次々と崩れていく。さっきの戦いで頭部にある脳の位置はわかっている。ガは慎重に狙いを定める。恐竜の頭が素早く動き、瞬時に目の前に迫る。

目と目の間に深く、ガの発射した銛《もり》が突き刺さる。恐竜はびっくりする程大きく口を広げ、舌を垂らし、動かなくなった。ガは銛を引き抜く。潰れた脳が撒き散らされる。

念のために頭部を切断しようと近付いた瞬間、恐竜は息を吹き返した。突風のようにガに突き進んでくる。

「ジュワッ!」

ガは激突する寸前、真上に飛びあがり、難を逃れた。

やはり、頭部の脳が全身を統括していたのではなかったのだ。頭部が制御不能に陥ったのは非常に短時間で、すぐに他の部分にある中枢の制御下になったようだ。恐竜の中枢は全身に分散して存在し、そのうちのいくつかが壊されてもすぐ他の中枢がとって代わるらしい。人間のように脳からの距離が二メートル程度以下に収まる場合はこのような分散型の中枢は情報の処理能力が低下するだけで、たいしたメリットはない。しかし、この恐竜のように巨大過ぎて、システム全体に情報が充分な速さで行き渡らない場合、分散型中枢は有効に機能する。現に「一族」は形態によって、集中型と分散型を自由に使い分けている。

全身に分散した中枢を一つ一つ潰していくのは現実的ではない。しかし倒す方法がないわけではない。おそらくこの恐竜は地球上で生存することは不可能なはずだ。大きさは素材の強度を無視しているし、内臓の位置はでたらめだし、エネルギーの消費量が多過ぎる。それなのに、現にこのような怪物が存在しているのは、何か強制的な力が働いているに違いない。「影」が生命維持装置になっているのだ。「影」の本体を叩くことさえできれば、数時間後にはこの恐竜は痙攣《けいれん》する肉塊になるだろう。しかし、「影」の本体はどこにあるのか？　厚い組織に守られた胴体の中に潜んでいる可能性は最も高い。しかし、自らの敵がそう判断することを見越して、頸か尾に隠れている可能性もある。

ガは胴体の探索の前に頸と尾を調べることにした。

胴に較べて頸と尾は探索が容易だ。ガは巨大なナイフが飛び出た腕を振りまわしながら地を這う恐竜の顔面に激突した。

「ダッ！」

衝突音はなかった。ガは殆《ほとん》ど何の抵抗もなく、顔の中に入り込んでいく。そして、秒速百メートルの速度を維持したまま、頸の中を胴体に向って駆け抜けていく。あまりにも素早く肉を切り裂くため、抵抗は殆どなかった。一秒後には胴に到達し、次の〇・五秒間で胴を突き抜け、さらに一秒足らずで、尾から飛び出す。途中、夥《おびただ》しい犠牲者たちの亡骸《なきがら》がガに纏《まと》わり付いたが、ガはそれらもすべて切り捨てた。隼人の意識は激しい怒りと恐怖とガへの敵意を発散している。奇妙なことに、生きている同属だけではなく、同属の死体に対しても愛着を感じているらしい。

頸にも尾にも、そして今通り抜けた胴の一部にも本体はなかった。こうなったら、胴体を切り開き、中身をぶちまけるしかない。ガは速度を維持したまま、胴へ向けて急ターンした。

ガの質量では建物を弾《はじ》き飛ばすことはできない。屋根から屋根へと跳躍を繰り返し、胴体へと近付く。恐竜の移動に伴う振動でダメージを受けているためか、どの建物もガに蹴《け》られるだけで簡単に倒壊していく。壊れた建物からはパニック状態の人間たちが飛び出し、恐竜やガを目撃してさらに深いパニックに陥った。

ガが胴に到達するのとほぼ同時に頭部もガに追い付く。ガは頭部を無視して、胴体に攻撃を加えようとする。脇腹の肉食獣脚類はガを目撃して激しく暴れる。獣脚類にも独立した中枢があるようだ。全くもって不可解だ。じたばたと無駄にエネルギーを消費するだけで非効率この上ない。

「ヘア！」

ガは肉食獣脚類の喉《のど》に銛を打ち込む。ほぼ同時に雷竜の口からどす黒い液体が放出され、ガはそれを全身に浴びた。

しばらくは何も起きなかった。白い湯気があちらこちらから立ち上ったと思うと、周囲に飛び散った液体は瞬時に発火した。分析する余裕はなかったが、空気に触れると発火する成分であることは間違いないようだ。雷竜の口からは噴水のように液体がばら撒《ま》かれ、周囲は火の海になった。

ガは後方回転を繰り返して、炎の中から脱出した。熱で損傷した皮膚組織は脱落させ、新たに周囲の空気を取り込んで、泡状構造で、断熱・耐熱性を持った皮膚を発生させる。この状態なら、少々の炎など畏《おそ》るるに足りない。しかし、長時間炎の中に留《とど》まれば、体温が上昇し、残り少ない隼人の細胞がすべて崩壊してしまうだろう。迂闊《うかつ》な攻撃は危険だ。

突然、ガの両足が脱力し、尻餅《しりもち》をついた。筋肉細胞の崩壊が進行している。もう時間がない。

ガはなんとか立ち上がると、目の前にある乗用車や建物の破片を頸《くび》や胴に投げ付け始めた。恐竜の人間によく似た皮膚が破れ、筋肉や骨が露出する。雷竜も獣脚類も激しく悶《もだ》え、咆哮《ほうこう》する。たとえ致命傷を負わすことはできなくとも、充分な苦痛は与えられる。恐竜に防衛本能があるなら、ガを攻撃して、動きを止めようとするはずだ。

果たして胴体はガを目掛けて動き出し、頸も再び火炎液を吐きかけてきた。

ガは足を引き摺《ず》りながら走り出す。さっきまでの速度はでないが、それでも恐竜よりは僅《わず》かに速い。温泉街から出て、『地獄』を通り、湖に戻る。

ガは水面を走り抜け、湖のほぼ真中で停止した。

振り返ると、炎に包まれた温泉街を背景に巨大な黒い恐竜が真っ直ぐにこちらに向ってくるのがみえた。

(千秋は大丈夫だろうか?)この期に及んでも隼人は義理の妹のことを気遣っている。

恐竜が湖に入ると、足の動きに伴って、次々に水柱が立つ。

ガは身構えた。これだけの水があれば、火炎は無効化できる。しかし、戦闘形態を保っていられるのは、あと二、三十秒だ。ここで一気に片をつけないと後がない。

ガの目前に恐竜が聳《そび》え立つ。目は鋭くガを睨《にら》み付ける。

ガは一歩踏み出した。

恐竜は火炎液をガに吹き掛ける。

予想通りだ。

しかし、続いて予想外のことが起こった。火は消えずに水の上を燃え広がったのだ。

火炎液は水の上に浮いている。どうやら、主成分は油だったらしい。

まずいことになった。地面にはでこぼこがあるため、その上に撒かれた液体は凹所に溜《たま》り、広がることはない。しかし、水面は平らなので、炎は広大な範囲に見る見る広がって行く。このままでは湖面のほぼ全域が炎に包まれてしまう。こんなことなら陸上で戦った方が遥《はる》かにましだった。

しかし、幸運なことに炎は恐竜自身にも襲いかかった。脇腹に埋め込まれた肉食獣脚類は激しい炎に炙《あぶ》られ、断末魔とも思える咆哮を上げ続けている。おそらく雷竜も長くはあるまい。ただ待っているだけで恐竜は自滅してくれる。ただ、困ったことにガには時間がなかった。恐竜が焼き尽くされるまで、とても変身を続けてはいられない。再び変身できる準備が調うのは何日先かわからない。せっかくここまで追い詰めた「影」をみすみす逃がすことになってしまう。

ガと恐竜は完全に炎に包まれた。この状態なら、炎に遮られ、恐竜はガの動きを察知できないはずだ。ガはできるだけ音を立てないようにして、陸に駆けあがった。断熱組織は大部分焼け焦げていた。ガは左拳《こぶし》を握り締めると、数百メートル先の炎の中の黒い姿に向けた。

足の力が抜けて立っていられない。ガは両膝《りょうひざ》をつく。炎の中で恐竜の姿がちらついてはっきりしない。ガは右手で左腕を支える。彼我の距離を考え、拳にプログラムを施す。起動させれば自動的に攻撃は遂行されるはずだ。だが、果たして本体を仕留めることができるだろうか？

視野が急速に狭まって行く。時間切れだ。

ガの左の拳は突然太陽になったかのように輝く。プラズマ化し、すべてを焼き尽くす熱線を放出する拳は手首から離れたかと思うと、猛烈な加速を始める。

力尽きたガは後方に倒れる。光弾の激しい熱はガの耐熱組織の残りを吹き飛ばす。光弾はやや上昇しながら恐竜に命中した。

光弾は恐竜の胴体に入り込む。無数の亀裂《きれつ》が入り、強い光が溢《あふ》れ出す。次の瞬間、恐竜は破裂した。衝撃波が全湖面を嘗《な》め尽くす。高度何千メートルにも及ぶ水柱が立った。恐竜は細かく引き裂かれながら、水と共に上昇して行く。それぞれの破片は次々と爆発炎上し、水を失った湖底を赤く照らし出す。爆音は天地を揺るがし、森の木々は次々と倒れていく。恐竜の破片は火炎の竜巻を作りながら、さらに上昇する。頸や尾は最初原形を保っていたが、上昇するにつれあちらこちらが爆発し、崩れてなくなっていく。天空はやがて炎の雲に覆われ、地上は真昼以上の明るさになった。

ガはついに変身を解く。

急速に隼人の姿に戻っていく。皮膚はおおかたなくなっており、剝《む》き出しになった皮下脂肪と筋肉に炎混じりの雨が降り付ける。天に上った湖の水と火炎液が落下してきたのだ。

激しい火雨を透かして、ガは恐竜のいた場所を見つめる。本体らしきものは認められない。プラズマ光弾に焼き尽くされたのか？　それとも、うまく逃げおおせたのか？　ガには判断できなかった。五感はすべて朦朧《もうろう》として、周囲の状況すらまともに把握できなかった。

手足の先端からゆっくりと皮膚が再生し始める。本来なら皮膚の再生よりも先に壊死《えし》した組織を脱落させるべきなのだが、皮膚がない肉体を長時間火と雨に曝《さら》すわけにはいかなかったのだ。骨や内臓の崩壊を食いとめなければ、隼人の体を放棄せざるを得なくなってしまう。

「お義兄《にい》さあん!!」泥沼と化した『地獄』の中を千秋が走ってくる。全身煤塗《すすまみ》れになって真っ黒だ。表情は火雨に紛れてはっきりしないが、声の調子からして泣いているようだ。

皮膚の修復がほぼ終わった段階で、ガは体の制御権を隼人に譲った。同時に脳味噌《のうみそ》とはらわたを掻《か》き回されるような苦痛が隼人を襲う。隼人は震えながら、左手を目の前に翳《かざ》した。すでに小さな白い手が現れ、ゆっくりと成長して行く様子が見て取れた。

「そうか。もう生えてきたのか」隼人は意識を失った。

11

暗い部屋の中には水音だけが聞こえていた。コンクリートの床の上には幾筋かの水の流れがあった。

濃い色の大きな椅子にはゆったりとした服装のジーザス西川が腰掛けている。そして、その前には一人の老人が跪《ひざまず》いていた。黒い箱を抱えている。

「それでわたしへの用とは?」ジーザス西川は静かに尋ねた。「わざわざ人払いまで要求するとはよほど重要なことと思えるが」

「ジーザス。わが主《しゅ》よ」老人——人参堂の主人は箱を膝元に置き、両手を組んだ。

「不思議なことが起きた」ジーザス西川は鋭い目で老人を見下ろす。「つい先日まで、あなたはわたしを妄想に憑《つ》かれたごく潰《つぶ》しだと罵《ののし》っていたのではないか？」

「主よ。あれはわたしの間違いだと気付きました」

「なぜ、わたしを主と呼ぶのか？」

「あなたは我が主だからです。あなたは創造主であられる父にして、子であり、聖霊であるからです。あなたは救世主だからです」

「よく覚えておくがいい」ジーザス西川は笑みを浮かべた。「それはあなた自身が言った言葉だ。わたしが言わせたのではない」

「もちろんでございます」老人はさらに深く頭を下げる。

「あなたもついに信仰を持ったということか」

「主よ、わたしは以前より信心深いと評判でありました」

「それは本物の信仰ではなかった。神社や寺に詣《もう》でることは無意味なのだ。『十字架を背負い、わたしに従わない者はわたしにとって価値がない』」

「主よ、おっしゃる通りでございます」老人は平伏する。

「ところで、あなたは何故《なにゆえ》正しい信仰に目覚めたのか？　何があなたをよい道に導いたのか？」

「主よ、わたしは見たのです」暗闇の中で老人の瞳《ひとみ》が光る。

「何を見たというのか？」

「主の恩寵《おんちょう》です。あなたがおっしゃったことが目の前で実現しました」

「預言の成就か。だが、預言なら今までも度々成就してきた。この間も死者の蘇《よみがえ》りが報じられたばかりだ。なぜ今になって気を変えたのだ？」

「主よ、わたしは信じておりませんでした」老人はジーザス西川の顔色が変わったのに気付き、慌てて付け加える。「どうか、無知な老人をお許しください。今となっては恥ずかしいばかりです」

「悔い改めたのなら、問題はない。それで、あなたは何を見たというのか？」

「竜です」

「竜？」

「あなたはかつておっしゃいました。『獣が海から現れるのを見た』と。わたしが見たのは海ではなく、湖でしたが……」

「黙示録《もくしろく》十三章。それは重要な預言だ。そして、海と湖の違いは重要ではない。それらは水を湛《たた》えるという機能において同一なのだから」

「獣は竜の姿をしていました。竜と獣は同じものなのでしょうか？」

「竜も獣も一時すら同じ姿をしていない。彼らの見せ掛けの姿に惑わされてはならない。『十本の角』、『七つの頭』、『豹《ひょう》のような』、『熊のそれのような足』、『ライオンの口のような口』、『仔羊《こひつじ》のような角』などと様々な姿で預言されていたのは、それが変幻自在であることを示している。見せ掛けの姿に囚《とら》われてはいけない。『竜は獣にその力とその王位と権威を与えた』竜は獣に自らが持つすべてを与えたのだ。獣とはつまり竜自身だ」

「男と若い女がわたしの店を訪ねてきたのです。湖に現れた恐竜のことを尋ねました。そして、二人は温泉街へと向いました」

「その二人は適切な関係だったのか？」

「主よ、わたしにはわかりません。ただ、わたしの経験から言うと、二人の仲はまだこれからだと思いました」

「湖の恐竜はいつ現れたのか？」

「一週間程前です」

「恐竜は竜と獣の属性を兼ね備えている。話を続けよ」

「わたしは二人に興味を覚えました。だから、二人の後を追って温泉街に向ったのです」

「二人はすぐに見つかったのか？」

「いいえ。しかし、二人がある旅館の使用人と話していたのを見た者がいました。その使用人は二人を湖に案内したということでした」

「あなたも湖へと向ったのだな」

「はい。その使用人はわたしの知り合いで、わたしも話を聞いていたのです。その男自身が恐竜を見たわけではありませんが、目撃した旅行者から恐竜が現れた場所を聞いていたのです。わたしはその場所へと向いました。途中、『地獄』――温泉街と湖の間にある高温の湯が自然に湧き出している場所を通り抜けようとした時、さっきの若い女が湖の方から走ってきました。ずいぶん慌てている様子で泣いていました。わたしは女に何があったのか尋ねましたが、女の返事は要領を得ませんでした。湖から恐竜が現れ、使用人を食ったということを言っているのはわかりましたが、到底信じる気にはなれませんでした」

「そのようなことは起こるべくして起こったのだ。なぜ女の言葉を信じなかったのだ」

「主よ。今では信じております。しかし、その時はまだ信仰が薄かったのです。女はわたしを説得することを諦《あきら》め、そして温泉街へと向いました。そして、わたしが湖畔に辿《たど》り着いた時に、わたしは見たのです」

「竜を見たのだな」

「竜と――そして、天使をです」

「天使？　なぜ天使とわかったのだ？」

「あれは天使以外ではありえませんでした。人の何倍もの背丈があって、真っ白で両手には剣を携えていました。あれは竜を殺す天使ミカエルに違いありません。白い巨大な天使は竜の前に立っていました。ちょうど竜の頭を切り落としたところだったようで、頭のない頸《くび》が天使の前で蠢《うごめ》いていました」

『『ミカエルと彼に従う天使たちが竜に戦いを挑んだ。竜とそれに従う天使たちは勝てなかった』あなたはこの言葉を思い出したのだろう。そして、両手に持っていたのは剣ではなく鎌《かま》だ。『黙示録』第十四章十七節に『別の天使が天国の神殿から現れた。鋭い鎌を持っていた』と預言されている」

老人は頷《うなず》いた。「この言葉を聞いたのはあなたが生まれ故郷である杉沢村に帰って来られた時に開かれた講演会ででした。もっとも、あの時はわたしを含めて誰もあなたの

言葉を本気にはしていませんでした。今から思うと、恐ろしくまた信じ難いことです」

「それもまた預言されていたことだ。『マタイによる福音書』第十三章五十七節、『マルコによる福音書』第六章四節に『預言者は彼自身の故郷と親戚《しんせき》と家族を除けば尊敬されないということはない』とあり、『ルカによる福音書』第四章二十四節に『わたしは最大の確信をもってあなたに言う。故郷に受け入れられる預言者は存在しない』とある。わたしがあなたがたに受け入れられなかったことになんの不思議もない」

「主よ、われわれの行いを許したまえ」老人は再びひれ伏し、話を続けた。「湖からもう一つの竜の頭が現れました。全部でいくつあったのかはわかりません。しかし、二つあれば充分です。わたしはこれがただの恐竜でないことを知りました。竜と天使は激しく戦いましたが、やがて竜は温泉街の方へ逃げ出しました。天使は後を追おうとしましたが、その時切り落とされた頭が蘇《よみがえ》って天使に挑みかかったのです」

『『彼の頭の一つは致命的に傷付けられたように見えた。致命傷は治癒した』すべて

「天使はほんの一瞬で竜の頭を殺してしまいました。それは身の毛もよだつ恐ろしい光景でした。天使には何の躊躇《ちゅうちょ》もないようでした」

「天使はわが父より人のものとはまるで違う働きをする心を与えられている。だから、彼らの行いを批判してはならない」

「竜の頭を屠《ほふ》った後、天使は竜の残りの体を追って、姿を消しました。街の方からは物《もの》凄《すご》い音が聞こえてきました。まるで突然、戦争が始まったかのようでした。わたしは恐ろしくて仕方がなくなり、木の陰に隠れて震えていました。ほどなく、天使が舞い戻ってきました。天使は水の上を走っていきました」

「『夜の第四更に、イエスは湖の上を歩いて弟子たちの所へ来た』と『マタイによる福音書』第十四章二十五節にある。『夜の第四更に、海の上を歩いて弟子たちの所に来て、側を通り過ぎようとした』と『マルコによる福音書』第六章四十八節にある。神の使いにとって、水上を進むことなぞ造作もないことと」

「天使のすぐ後を竜が追ってきました。湖の中程に来ると、天使に火を吹き掛けました。竜も天使も炎に包まれ、見えなくなってしまいました」

「『黙示録』第十五章二節に『わたしは火と混ぜられたガラスの海のような何かを見た』と書かれている」

「炎の中から天使が現れ、岸に立ちました。そして、左腕で炎の中にいる竜を指し示しました。そして、強い輝きが、わたしの目を眩《くら》ませ、しばらく何も見えなくなってしまったのです。ごうごうとこの世のものとも思えない大きな音が空と地に響き渡りました。それは洪水の時の水の音のようでもありました」

「『黙示録』第十四章二節に『わたしは多くの水のような、そして大きな雷のような音を天から聞いた』とある」

「やがて、ゆっくりと目が見えるようになった時、空から火を含んだ雨が激しく降り始めました」

「第二十章九節『神から火が天下って、彼らを滅ぼした』もはや疑う余地はない。預言は成就しつつある」

「わたしは湖を見ようとしました。しかし、そこには湖はなかったのです。あったのはただ一面に広がる泥でした。先ほどの女が戻ってきて、何か叫んでいましたが、わたしは泥の海の中に入って行きました。まるで何者かに導かれるように」

「あなたを導いたのは神の意志だ」

老人は黒い箱に目を落とした。「主よ、あなたにお渡ししなければならないものを持って参りました」

「それがわたしに相応《ふさわ》しいと思うのなら、出すがいい」

老人は半分ほど蓋《ふた》を開ける。中は暗くてよく見えない。老人はちいさな石のかけらのようなものを取り出した。「主よ、これはあなたのものです」

「これは何だ？」ジーザス西川はかけらを僅《わず》かな光にかざした。

「あなたの御祖父様から預かったものです。大事なものです。それは……」老人は頭を押さえた。「……うまく思い出せないのです。何もかもぼんやりとして、竜を見る前のことはなんだか、夢のようで……」

「しかし、わたしのことは覚えていたではないか」

「竜を見た時、あなたとあなたのおっしゃっていたことを思い出したのです。そして、その後、他のことが思い出せなくなってしまいました。あなたのこととあの凄《すさ》まじい天使と竜の戦いばかりが心の中を廻《めぐ》り、安らぎの時すらありません」

「これは竜の骨のかけらだ」ジーザス西川は静かな声で言った。「祖父が見つけたものだ。竜が確かに実在する証拠だった。だが、その存在が明るみになった今となっては大した価値はない」ジーザス西川は化石を老人へと返した。

「もう一つ、お渡ししなければならないものがあります」老人は箱の中からもう一つの物体を取り出した。大きさは十センチ程の黒い回転楕円体《だえんたい》だった。

ジーザスの目は一瞬戸惑ったようだった。「これをどこで？」

「泥の中に埋まっておりました。わたしの足にこれが触れたのです。何か特別のもののように思いました」

「神によってあなたに齎《もたら》されたものにはすべて意味があるはずだ。父はこれをわたしに渡すよう、あなたに託されたのだ」

「これはいったい何でしょうか？」

ジーザス西川はその物体を手に取った。その表面には模様も構造もなく、ただのっぺりとしていた。かと言って、つやや光沢があるわけでもない。掌《てのひら》の上に真の闇を持っているような錯覚に囚われる。「これはおそらく預言されたものだろう。しかし、今のところそれが聖書のどの部分で預言されたものなのかを判断する材料に乏しい」

「おお、主よ」老人は手を組んで、ジーザス西川に呼び掛けた。「どうか、その物体の意味を教えてください。わたしにとって、それがすべてなのです。過去はわたしから逃げ出していきました。わたしはわたしの家族のことすら、よく思い出せないのです。死んだ妻がいたことや、娘が東京に嫁にいったことは、覚えています。しかし、それは何か歴史上の知識のようなものなのです。実際に彼らと暮らしたという実感がまるでないのです。わたしは彼らの名前も思い出せないのです。わたしは苦しいのです。これではわたしの人生の思い出はあの凄惨《せいさん》な戦いだけだということになってしまいます」老人は涙を流した。「それにわたしはとても奇妙な感覚に付き纏《まと》われております」

「奇妙な感覚？　どんなものだ？」

「なんだか、わたしが死んだような気がするのです」

「それは悪い兆候ではない。『コリントの信徒への第一の手紙』の第十五章三十六節に『蒔《ま》いたものは死ななくては生きたものにならない』とある。また、四十四節に『肉と血の体が蒔かれ、霊の体が蘇らせられる』とある。わたしと共に生きるためには、あなたはまず古い肉と血の体で死ななければならない。あなたは死ぬことによって、復活を果たしたのだ」ジーザスは黒い物体を懐に納め、椅子から立ち上がった。「あなたの名前は何と言ったか？」

「黒田幸吉と申します」

ジーザス西川は床の上に流れる水に指を触れ、そしてそれを老人の額にあてた。「この水は清らかである。神によって清められたこの部屋の床に流れた水なのだから。あなたは洗礼を施された。今日からはマイケル黒田と名乗るがいい。これがあなたの洗礼名だ」

「おお、主よ」マイケル黒田は両手で顔を押さえ、嗚咽《おえつ》した。「わたしは嬉《うれ》しい。主自らの洗礼を受けるのは最高の幸せです。しかし」マイケル黒田は顔から手を離し、涙と鼻水を川のように流しながら、問うた。「一度死んだというのに、自分の体が肉と血でできているように思えるのはなぜでしょうか？」

12

唐松はまるで水中を泳いでいるかのように控え室に戻ってきた。

もう幾日眠っていないだろうか？　時間の感覚すらなくなりつつある。よれよれになった自分のワイシャツの臭いを嗅《か》いでみる。酷《ひど》い臭いだった。死臭なのか自分の体臭なのかは、よくわからない。尤《もっと》も、もはやここで臭いについて文句をいう者はいなかった。一刻も早く地獄から解放されたいという思いと、すべての犠牲者とその家族に報いたいという思いが、唐松の中で渦巻いていた。

唐松は倒れ込むようにパイプ椅子《いす》に座った。少しだけ、ほんの五分だけ仮眠しよう。そして、あの体育館に戻っていこう。仲間たちの元に。

薄れゆく意識の中、唐松は自分が使っている机の上に一通の茶封筒が置かれているのに気が付いた。席を外している時に誰かが置いていったのだろう。唐松は気力を振り絞って封筒を手に取った。このような混乱状態では重要な情報ですら、それを受け取るべき人物に直接渡されず、机の上に置かれるだけのことがある。ひょっとしたら、緊急を要する件かもしれないのに、中を見ずに眠るわけにはいかない。

A4サイズの封筒の中身は唐松が以前依頼した指紋照合の鑑定書だった。対象となった乗客の名前は諸星隼人だった。

唐松は苦笑いをした。

あの時、現場は大混乱だった。――これは今が混乱していないという意味ではない。現在を基準にしても混乱の度合いが極まっていたということだ。だから、鑑定依頼を取り消すのを忘れていたのだ。なにしろ、誰もが死人だと思っていた人物が突然生き返ったのだ。混乱をきたさない方がどうかしている。

唐松は無意識のうちに鑑定書の表紙を捲《めく》った。

そうそう。あの時、なぜか諸星隼人の時計と指輪を嵌《は》めた左腕が発見されて、彼の妻がそれを彼の左腕だと誤認したんだった。そして、俺は確認のため、指紋照合の手続きをとるように指示をしたんだっけ。ちょうど彼女が定期入れを持っていたんだった。

条件反射的に鑑定結果を斜め読みする。

妙な吐き気がした。体ががたがたと震え始めた。

そんなはずはない。理屈が通らない。では、生き返ったあの男は何者だったのか？

鑑定書には、左腕の指紋と定期入れから採取された諸星隼人の指紋は完全に一致していた、とはっきりと書かれていた。

唐松は震える指で鑑定書のあちらこちらを捲った。どこかに不備な部分を探し出そうと必死になった。しかし、その鑑定書は完璧《かんぺき》だった。

唐松は鑑定書を摑《つか》むとよろよろと立ち上がった。廊下に出ると、そこにいた同僚の肩に摑みかかった。

「おい。どうしたんだよ？　大丈夫か？」その同僚は全然大丈夫そうでない顔で言った。

「この鑑定書を読んでくれ」唐松は同僚の鼻先に、握り締めて、くしゃくしゃになった鑑定書を突きつけた。

「何かミスがあったのか？　だったら、文句は俺じゃなく……」

「とにかく読んでくれ。そして、感想を聞かせて欲しい」

唐松の気迫に押され、同僚は黙って読み始めた。

数分後、同僚は戸惑ったように言った。「よくわからんなぁ。少なくとも俺にはちゃんとした鑑定書のように思える。どこがまずいというんだ？」

「やはりそうか。この鑑定書に不備はないというんだな」唐松は同僚の両肩を摑み、そのままずるずると膝《ひざ》を落としていく。

「おい！　気をしっかり持て。いったいどうしたと言うんだ？」

「名前だ。指紋の持ち主の名前を見ろ」

「諸星隼人……。誰だ？」

「唯一の生存者だ」

同僚の顔色が変わる。「どういうことだ？　この鑑定書には、左腕だけの離断遺体の指紋と一致していたとある」

「俺たちは何か大きなミスをしたんだ」唐松は頭を掻《か》き毟《むし》る。

「落ち着いて考えるんだ。可能性を一つずつ潰《つぶ》していこう」同僚は唐松を床に座らせる。

「まず、左腕だけの離断遺体の指紋が諸星隼人のそれと偶然同じだったというのは、もちろんナンセンスだ。他人と同じ指紋を持つ人物は存在しない。同一人物の右手と左手ですら一致しないんだから当然だな。では、定期入れに付いていた指紋が諸星隼人のものでなかったという可能性はどうだ？」

「あの指紋が諸星隼人のものでなかったら、誰のものだと言うんだ？」

「事故現場で見つかった左手の持ち主のだ」

「どうやったら、たまたま飛行機に乗り合わせた人物の指紋が家においてある定期入れに付いたんだ？」

「たまたまではなかったとしたら？　彼らは元々知り合いだったとしたら？　きっと、左腕の持ち主は諸星隼人の定期入れを触ったことがあるんだ。それなら、左手が諸星隼人の時計と指輪をしていた理由もわかる」

「諸星隼人は知り合いが一緒に乗っていたとは言っていない」

「じゃあ、諸星隼人も知らなかったんだ。偶然、その人物は同じ飛行機に乗り合わせた」

「諸星隼人は腕時計も指輪もはずした覚えはないと言っている」

「じゃあ、嘘を言ってるんだ」

「なぜ嘘を言う必要があるんだ？」

「不倫だ！　不倫！　女房にばれるのが嫌で、女と一緒だったことを隠してやがるんだよ!!」同僚は自棄《やけ》になって叫んだ。「……ああ。すまない。つい叫んじまった。俺も疲れてるんだ。許してくれ。不倫相手に自分の結婚指輪を嵌めさせるやつなんかいないってことぐらいわかってるさ。くそっ！」

「疲れているのはお互い様だ」唐松は両手で顔を擦《こす》りながら言った。「他の可能性は？」

「ええと。ちょっと考えさせてくれ」同僚は数秒間空を睨《にら》んだ「定期入れを持ってきたのは女房だろ」

「ああ」

「女房が左腕だけの離断遺体の指紋を定期入れに付けたんだ。だから、一致するのは当然だ」

「なぜそんなことをする必要がある？」

「旦那《だんな》が死んだ証拠が早く欲しかったんだ。保険金をせしめるためかもしれない。そう言えば、別居してたって言ってたな。新しい男ができて、そいつと一緒になりたかったとしたら、どうだ？」

「そんな妙な細工をしなくたって、あの事故で生き延びているやつがいるとは誰も思っちゃいないさ」

「しかし、現に生きていた。女房には生きているという虫の知らせがあったのかも」

「生きていると思ったなら、余計そんなことをするもんか。ばれた時、どういい訳するんだ？　それに女房には細工をするチャンスはなかった。定期入れは左腕を見る前に提出しているんだ」

「確実に？」

「確実だ」

沈黙が流れる。

「整理してみよう。第一に、諸星隼人の定期入れに付いていた指紋と左腕だけの離断遺体の指紋は一致していた。第二に、あの飛行機に諸星隼人の知り合いが偶然乗り合わせていたという可能性はまずない。第三に、女房が定期入れに細工をしたとも考えられない。ここまでは同意するか？」

「ああ」

「では、四つ目の可能性だ。定期入れに付いていた指紋はもちろん諸星隼人のものだ。そして、左腕も諸星隼人のものだ」

「諸星隼人の左腕はちゃんとあった」

「ちゃんと確かめたのか？」

「何を言ってるんだ？　いくら徹夜が続いたからって、義手と本物の腕を間違えたりするものか」

「そうじゃない。俺は、生き返った男が諸星隼人であることを確かめたのかって訊《き》いてるんだ」

「そんなことは確かめるまでもない」

「本当に？」

唐松は言葉につまった。確かに、あの男が諸星隼人である根拠は本人と妻である諸星沙織の言葉しかない。

「この鑑定書は離断遺体が諸星隼人であったことを証明している。ということは両手を持つ男は諸星隼人ではありえないことになる」同僚は何度も手を大きく振りながら、主張した。

「しかし、彼らはなぜそんなことをしなければならなかったんだ？」

「知るもんか。動機は重要じゃない」

「おいおい。動機と手段と機会は犯人探しの重要な要素だろ」

「場合によりけりだ。目の前で誰かが殺人を犯したとする。おまえはその人物に動機があったかどうかを確認してから逮捕するか？　この鑑定書はあの男が諸星隼人でないという確実な証拠だ」

唐松は同僚を見上げた。「なるほど。その通りだ。左手だけの離断遺体が諸星隼人の左手であるなら、両手が揃《そろ》った男は諸星隼人ではないというのはおそらく正しいだろう」

「おそらくじゃない。絶対にだ」

「それにも拘《かか》わらず、どうも俺は不安なんだ。何かが気に掛かる」

「何が気に入らないんだ？　離断遺体が諸星隼人であることが証明できれば、あの男が諸星でないことは消去法で簡単に……」

「そこだ。俺が気になったのは」

「何が気になるって？」

「消去法だよ」

「消去法を知らないのか？　すべての可能性の中からあり得ないものを消去していけば

必ず真実が残るってことだ。たとえそれがどんなに信じ難いことでもだ。今回の場合、残る可能性はただ一つ、生き返った男は諸星隼人でないってことだ」

「俺は消去法を過信してはいけないと叩《たた》き込まれたことがあるんだ。なぜなら、人間は決してすべての可能性を知ることはできないからだ。直接的な証拠がない限り、あの男が諸星でないと言い切ることはできない」

「頑固なやつだ」同僚は笑った。「直接的な証拠はすぐ手に入る。あの生き返った男の指紋は採取してあるはずだ。違うか？」

「確かに採取している。あの男は死体だと思われていたから」

「では、話は簡単だ。あの男の指紋と定期入れに付いていた指紋を比較するんだ。定期入れにあった指紋のコピーはこの鑑定書にある。あの男の指紋は……」

「まだここに残っていると思う。ちょっと待ってくれ」唐松は資料置き場になっている部屋に入り、分厚いファイルを持って出てきた。「あったこれだ。ちゃんと両手とも採取してある」

「まず右手からだ。定期入れから見つかった右手の指紋はこれだ」

二人とも押し黙った。

「よく似ているように見えるぞ」唐松は掠《かす》れた声で言った。

「ああ」

「消去法はどうなった？」

「ちょっと待った。本当に同じかどうかは精密な鑑定が必要だ。とにかく左手の方を確認しよう」同僚は乱暴に鑑定書を捲った。「ほら見ろ！　全然違うじゃないか!!　あの野郎なんの目的で、諸星隼人になりすましたのかは知らないが、これが動かぬ証拠だ。今から行って、締め上げてやろうか!!」同僚は勝ち誇ったように言った。

唐松は目の前の指紋のコピーを見つめていた。左手のみの離断遺体、生き返った男の左右の手の指紋、定期入れから見つかった両手の指紋。確かに、定期入れの指紋は離断遺体のそれと一致しているという鑑定結果が出ている。しかし、隼人の右手の指紋だって定期入れと一致しているように見える。同僚は精密な鑑定が必要だと言ったが、別人でこれほど似ていることはまず考えられない。どういうことだろう？　二人の人物がいて、一人は右手だけで、もう一人は左手だけで定期入れに触れていたというのか？　それはあまりにも不自然過ぎる……。

何かある。唐松の潜在意識が主張している。まだ見落していることがあると。

唐松は鑑定書とファイルから、五組の指紋のコピーを破りとり、床に並べた。離断遺体から採取された左手の指紋、諸星隼人の定期入れから採取された両手の指紋、そして諸星隼人を名乗る男の指紋。この中で一致しているのは離断遺体の左手の指紋と定期入れの左手の指紋、そしておそらく男の右手の指紋と定期入れの右手の指紋も一致している。男の左手の指紋は定期入れとも離断遺体とも一致していない。つまり、男の左手の指紋のみがペアの相手を持たず、孤立しているということだ。

本当に？

唐松は自分の心臓がどくんと音を立てたような気がした。彼の潜在意識はすでに気が付いていた。どうしようもないほどの恐怖感が襲ってくる。そして、顕在意識もじわじわと認識を始めた。

唐松はコピーの一枚を裏返す。別の一枚と重ね合わせ、天井の蛍光灯の光に透かす。真っ青な顔で同僚に渡す。さらに別の一枚を裏返し、また別の一枚と重ね、光に透かす。同僚の顔は引き攣《つ》り、ぱくぱくと口を閉じたり、開いたりしている。

彼らは気付いてしまったのだ。生き返った男の左右の手の指紋は互いに裏返しになり、完全に一致していた。まるで、左手の形がわからなかったので、右手の鏡像で間に合わせたかのように。

唐松の額からは氷のような汗が止め処《ど》もなく、流れ出した。

13

気が付いた時、最初に見えたのは泣きながら覗《のぞ》き込む千秋の顔だった。

「ここはどこだい？　まさか、また死んでたのか？」

隼人の声を聞いた途端、千秋の顔はくしゃくしゃになり、声を上げて泣き出した。

「泣いてちゃ、わからないよ」隼人は千秋の頭をごしごしと撫《な》ぜながら周囲を見回す。

そこは大広間だった。おそらく、旅館の宴会場か何かだろう。傷ついた人が大勢寝ていた。少なくとも遺体収容所ではないらしかった。

「みんな、怪獣にやられたのか？」

千秋はしくしくと泣きながら頷《うなず》く。

では、やはりあれは夢ではなかったのだ。俺は何か得体の知れないものに変身し、怪物と命懸けで戦ったのだ。

隼人は左手を何度も裏返したり、戻したりしながら、眺めた。なんの変哲もない。自分の拳《こぶし》が光の弾になって、恐竜にぶつかって爆発したなんて、信じられない。いや。あれは自分の拳ではなかった。自分の姿を見ることはできなかったが、時々目に入る体の部分の表面はつるりとしていて、白というより寧《むし》ろ銀と言ってもいいぐらいだった。身長は倍以上にはなっていただろうか。二階の部屋を覗き込むこともできた。

以前、夢にみた怪物との戦いも本当にあったことだったのだ。だとすると、あの時俺は自分の身を守るために親子連れを殺してしまったことになる。

違う。俺ではない。体は俺の意志とは全く無関係に動いたのだ。それとも、俺の潜在意識がやったことなのだろうか？

隼人は変身中の行動を思い出し、身震いした。何より恐ろしかったのが、変身した自分は明確な意志と知性を持って行動していたように思えることだった。無意識のうちに暴れまわっていたというのなら、まだ理解できる。だが、変身後の自分は明らかにあのアメーバのような怪物や恐竜を殲滅《せんめつ》するという目的を遂行するために効率的にかつ冷徹に行動していた。そのためには、他人が犠牲になることも厭《いと》わない。

それに較べて、怪物たちの方には知性の兆候は見られなかった。ただ、食らい、大きくなろうとしているだけに思える。そう言えば、最初に戦ったアメーバ型のやつに較べて恐竜型のやつは格段に大きくなっていた。変身後の自分もかなり梃子《てこ》摺《ず》っていた。前回使わなかった光弾を使ったのも、今回の敵があまりに強大だったため、破壊的な結果になることを知りながらも使わざるをえなかったのではないだろうか？

怪物たちの正体も、自分が変身する理由も皆目見当が付かなかった。わかっていることは変身後の自分は怪物を倒すことを目的にしていること、そして特に人命を尊重する意志はないらしいということだった。

隼人は上半身を起こした。体の上にかけてあった毛布がずり落ちる。隼人は自分が裸であることに気が付いた。

「服は？」

「知らないわ」ようやく泣き止んだ千秋が言った。「裸で倒れていたの」

考えてみれば、何倍にも巨大化したんだから服は破れて当然だ。

「きっと、火が付くか何かして無意識のうちに脱ぎ捨てたんだな」本来恥ずかしがるべきところなのだろうが、恥ずかしがる気力すらなかった。「あれから、街まではうまく逃げられたの？」

千秋は頷く。「『地獄』に入ってすぐ人参堂のお爺《じい》さんに会ったわ。だから、男の人が恐竜に食べられたって説明したんだけど、全然信じてくれなかった」

「普通の反応だと思うよ。それに爺さんを説得してどうこうなるわけじゃないし、逃げることを優先すべきだったと思うな」

「でも、放っておいたら、お爺さんまで食べられちゃうわ」千秋はむきになって反論した。

「千秋ちゃんらしいよ」隼人は微笑んだ。「それで、その後は？」

「なんとか、温泉街に辿《たど》り着いたんだけど、わたし息が上がっちゃって。言いたいことがうまく言えなかったの。周りにはいろいろな人たちが集まってきたけど、わたしの言うことを本気にする人は誰もいなかった。そしたら、物凄《ものすご》い音がして、『地獄』から肌色の塊が飛び出してきたの。わたしのすぐ横を走り抜けていった。ほんの一メートルほどのところよ。突風が巻き起こって、飛ばされてしまった。落ちたところには何人か人がいて、クッションになったので、わたしには殆《ほとん》ど怪我はなかった。けど、街は大変な有様だったわ。塊が通ると、そこにあった建物がなくなって、まるで広い道が出来たみたいだった。ただ壊れるだけじゃなくて、吹き飛んでしまうの。しばらくすると、空から建物に使われていた材木やコンクリートが落ちてきて、それで怪我をする人も大勢いた。家具や人間も落ちてきた。わたし、その時になって、やっと肌色の塊が恐竜の胴体だって気が付いた。胴体を追いかけるように頸《くび》も『地獄』から現れたわ。蛇のようにくねりながら、大きな口を開けて街の人たちを建物の破片ごと飲み込んでいった。頸も胴体と同じように建物なんかそこにないみたいに突き進んでいくの。何もかもが物凄い速さで起きて、わたしも街の人たちもどうすることもできなかった。地響きで立っていることもできなくて、みんな地面に這《は》いつくばった。何とか立ちあがることが出来たとしても、突風に巻き上げられてしまう。大地震と大台風が一緒に来たような感じだったわ。もう絶対に助からないと思った時、恐竜は湖の方に戻って行ったの。恐竜が暴れた時間はほんの一、二分だったけど、温泉街は殆ど跡形もないほどに壊滅してしまって、全壊しなかった建物は十軒もなかったそうよ。そしたら、湖の方で火柱が上がって、大きな音と一緒に衝撃が街を襲ったの。残った建物のいくつかはその時、砕けてしまったわ。空が真っ赤に燃えあがって、雨と一緒に火が降って来た。わたし、雨の中を湖に戻ったの。お義兄《にい》さんを助けなきゃと思って……」

「一人で僕を運んだのかい？」

千秋は首を振った。「ううん。最初は運ぼうと思ったんだけど、無理だったわ。でも、揺すっていたら、お義兄さん突然むっくり起き上がって、街の方に歩き出したの。話し掛けても何も言わなかったんで、心配だったわ。で、街の中に入ったら、また倒れて。でも、自衛隊の人たちがここまで、運んでくれたの。それも五人掛かりで。みんな腰がふらついていたわ。お義兄さん、やっぱりダイエットした方がいいと思うわ」千秋はようやく微笑を見せた。

「ひょっとして、僕は裸で湖からここまで、歩いてきたのかい？」

「ええ。でも、みんなそんなことを気にする状況じゃなかったし」

もう一人の自分が隼人を街に連れてきてくれたらしい。少なくとも、千秋には敵意を持っていないようだ。意識がない間に辻褄《つじつま》の合う行動をしているのは多重人格の症状に似ているが、もちろん人間でないものに変身する多重人格の症状は知られていない。

「街で暴れたのは恐竜だけだったのかな？」隼人は肯定的な答えが返ってくる事を祈った。恐竜が現実だったとしても、自分の変身が現実でなかったという望みはまだあるのではないかと思ったのだ。

千秋は少し考えてから答えた。「わたしは見てないんだけど、白い怪物もいたって言ってる人もいるわ。大きな人間みたいな姿をしていて、やっぱり物凄い速さで走って、家の屋根に登ってぴょんぴょん飛び跳ねてたって。恐竜と戦ってたらしいけど、大きさが全然違うから、相手にならなかったそうよ。最後は恐竜に食べられるのを見たって言う人も、街から逃げていくのを見たって言う人もいるわ。どちらにしても、恐竜の前では目立たなかったみたい。もし恐竜が出なかったら、たいした話題になったでしょうけど」

一縷《いちる》の望みも絶たれた。

「さっき、自衛隊が来てるって言ったね。恐竜とは戦ったのかな？」

「自衛隊が駆け付けた時にはもう恐竜はいなかったの。後、温泉街には警察署があったんだけど、何もできないうちに警察署ごと吹き飛ばされてしまったわ。拳銃《けんじゅう》を発砲した警官は何人もいたそうだけど、何のダメージもなかったって。それから、消防署もなくなってたから、応援の消防車がくるまで火事を消すこともできなかったわ」

「今、何時？」

「四時半。もうすぐ夜が明けるわ」

「千秋ちゃん、何か着るものを貰《もら》ってきてくれないか？　始発電車で帰ろう」

「えっ？　でも、お医者さんに診てもらわないと……」

「ここの医者はしばらく大変だろう。動けるなら、自分で家に戻って、近所の病院に行った方がいい」

　隼人は早く、杉沢村から離れたかった。今は混乱が続いているが、やがて沈静化すれば目撃者を中心に聞き込み調査が始まるだろう。矛盾のない作り話を貫き通す自信はなかった。かと言って、本当のことを言うのも得策とは思えない。変身中、隼人の体を支配した存在はおそらく今も隼人の体に潜んでいるに違いない。そして、そいつは自分の存在を公開されることを快く思わないのかもしれない。チャンスはいくらでもあったのに、人前で変身しなかったことが、その推測を裏付けている。他人に秘密を知られた時に、やつがどんな反応をするかは全く予想できない。無闇に秘密を教えるのは避けた方がいいだろう。わけのわからないやつの意志に従うのは癪《しゃく》だが、いつなんどき体を乗っ取られるのかわからない状況ではそれも仕方がない。

千秋がどこかから手に入れてきたどろどろに汚れたジーパンとティーシャツを着込むと、隼人は立ち上がった。自分の体が自分のものでないような奇妙な感覚があった。ふわふわとして捉《とら》えどころがない。

「大丈夫、お義兄さん？」千秋が隼人の様子を見て、気遣ってくれた。

「大丈夫……だと思う。たぶん、音と光でちょっとショックを受けただけだろう」

千秋は隼人の腕を摑《つか》むと、強引に自分の肩に回した。

「よせよ」隼人は自分でも顔が赤くなっているのがわかり、なおさら恥ずかしくなる。生理的な反応はやつの制御下にはないのだろうか？

隼人と千秋はゆっくりと大広間から出ていった。右往左往する人々がごった返す中で、二人に注意を払う者はなかった。

14

取材から帰ってきてからの体調は最悪だった。一日中、頭痛・悪寒・吐き気に悩まされた。目や耳が数時間置きに利かなくなった。手足が自分のものでないような感覚が付き纏《まと》った。全身が常にだるく、時折肉を引き裂くような激痛が体のあちらこちらを襲った。排泄《はいせつ》の度に血尿・血便が出た。突然、皮膚が剝《は》がれたかと思うと、腐肉が飛び出すこともあった。

前に変身した時には睡眠中の出血が一晩あっただけだったが、今回は激しい症状が何日も続いた。寝具は血塗《ちまみ》れになったが、あまりにも酷《ひど》い有様なので外に干すことも捨てることもできなかった。毎日蒲団《ふとん》乾燥機で強引に乾かして使っているが、臭いが物凄くとても安眠できるような状態ではなかった。

三日目の朝には枕の横に耳朶《みみたぶ》が落ちていた。発見してすぐ自分の両耳を探った。ちゃんと付いている。となると、落ちていた耳朶は他人のものだということになるが、隼人にはどうもそう思えなかった。自分の耳朶の形など正確には覚えてはいないが、鏡で見比べると、右耳にそっくりだった。落ちていた耳朶はかなり壊死《えし》が進んでいたようで、指で押すと鼻が曲がりそうな腐汁が付け根から溢《あふ》れ出した。もしそれが隼人の耳朶だとしたら、一晩で耳が生えたことになるが、腕や足が生えたことから考えてあり得ないことではなさそうだった。

そして、その次の日の朝、隼人は鼻を発見した。敷布団にちょこんと置かれているその姿はユーモラスでさえあった。鼻の脇にはかなり広範囲に亘《わた》る皮膚の組織がくっついている。隼人の顔からとれたものだとすると、顔の半分を失ったことになる。鼻は耳より見慣れているせいもあって、見た瞬間に自分のものだということがわかった。鼻の穴からは鼻毛や鼻糞《はなくそ》までが覗《のぞ》いている。裏返すと、半ば溶けた軟骨がどろりと流れ出す。隼人は自分の顔に手を触れてみる。確かに鼻はついているのだが、艶々《つやつや》とした感触で赤ん坊の皮膚のようだった。

自分の体がどんどん入れ替わっていく。そう気付いた時、隼人は今まで感じたことがない嫌悪感を覚えた。鼻や耳が腐っているなら、頭の中身も相当やられているに違いない。同じような調子で脳も置きかえられてるとしたら、いったいいつまで自分を保っていられるだろう？　自分が自分でなくなる閾《いき》はいつ越えるのだろう？

医者に行く気には到底なれなかった。もはやかなりの部分が未知の物体で置き換わっているであろう自分の体を医者に診せてどうなるというのか？

隼人は自分の身に起きたこと——あるいは、起きつつあることについて、日長一日考え続けた。

この現象が航空機事故の直後から起きていたのは間違いなさそうだった。失ったはずの左腕や脇腹が元に戻っていたことの説明はそれでつく。脇腹は墜落後発見されるまでの間に再生し、左腕は発見後も再生を続けたのだ。いや。部分的な再生だけではない。多くの証言からして、自分は通常の意味では死亡していたのだ。それを信じるなら、生命自体が再生したことになる。全身の組織のかなりの部分が新しくなったと考えていいだろう。

では、いったい何が原因でこんなことになったのか？

この怪現象と墜落には何らかの関係があるとみていいだろう。マスコミによると、いまだに墜落の原因ははっきりしないらしい。ヴォイスレコーダにもフライトレコーダにも事故の原因になりそうな事実は何も記録されていなかった。両者とも突然記録を断たれているのだ。唯一の記録と言えるのは隼人自身の記憶しかなかった。これすら、警察には証拠として採用されなかった。隼人自身も幻覚だった可能性が高いと思っていたが、今ではすべて真実だったと考えるに至っていた。

調査によると、飛行機のエンジンはすべてほぼ同時に爆発したらしい。翼の一つは千切《ち》れ、自由落下に近い状態で墜落した。機体は木っ端微塵《こっぱみじん》になったが、殆どの破片に亀裂《きれつ》の痕跡《こんせき》が残っていた。事故調査委員会の分析によると、非常に強い応力が機体にかかったか、機体の一部が瞬時にして数千度以上の高温になり膨張による変形に耐えきれなかったかのいずれかということだった。

事故原因については、一応二つの可能性に絞り込まれている。

一つは落雷によるというもの。確かに落雷時には一万度ものプラズマが発生することが知られている。落雷の直撃を受けたなら、あのような現象が起きても不思議ではない。ただ問題なのは、あの時は快晴で周囲に雷雲はなかったということだ。

もう一つの可能性は、隕石《いんせき》との衝突だった。隕石には地上に達する前に消滅するような小さなものから、核爆弾並みのエネルギーを持つ巨大なものまで、様々な大きさがあり、飛行機に当たった時の被害の大きさは推測が難しいが、少なくとも雷のように発生条件の制限はない。ただし、今まで航空機が隕石にぶつかったという記録はない。

どちらの可能性も非常に低いように思われたが、事故調査委員会は二つのうちのどちらかということで、お茶を濁すつもりのようだった。

一般のマスコミの反応はまた違ったものだった。調査委員会が発表したもの以外に夥《おびただ》しい憶測が飛び交った。多くは謀略だとする説で、首謀者は右翼、左翼、宗教団体、政府特務機関、テロ国家、フリーメーソン、バチカン、在日米軍と枚挙に暇《いとま》なく、その理由も要人の暗殺から新兵器の実験までバラエティに富んでいた。

通常の空路を飛ぶ飛行機を新兵器の実験に使うのはリスクばかりが高く、何のメリットもないのは明らかだった。可能性があるとしたら、政治的な目的でのテロ活動だろうが、その場合でも足がつきやすいミサイルでの撃墜ではなく爆弾を使うはずだ。

隼人が体験した現象は爆弾とは程遠かった。隣同士に座っていたのに一方は黒焦げになり、もう一方には何にも起きない。そんな爆発は考えられない。そのようなことが出来るのは電磁波もしくは電気的な現象しかあり得ないように思えたが、もちろん上空で起きるそのような現象は知られていない。

マスコミの憶測の中で、謀略の次に多かったのは、UFOの仕業だとするものだった。奇《く》しくも、墜落の当日各地で不審な飛行物体が目撃されていたのだ。赤い火球と青い光球が空を高速で横切っていたらしい。しかも、赤い火球は刻々と進路を変更し、青い光球もまるで火球を追跡するように進路を変更していたそうだ。

気象庁は隕石、もしくは人工衛星の破片だと発表したが、隼人はこのUFOがどうも気になった。もしこのUFOに宇宙人が乗っていたとしたら……。

宇宙人が地球の社会に紛れ込むために人間に乗り移る物語は昔から数多くある。現実にそれが自分の身に起こったとは考えられないだろうか？　そう考えればすべての辻褄が合う。ただ、妙なのはいまだに自分が自分であるということだ。宇宙人にとって、隼人の意識を完全に乗っ取らないことに利点はあるのだろうか？　それから、「超人」――隼人は変身後の自分を「超人」と呼ぶようになっていた――と戦った怪獣たちの正体は何だったのだろう？

　UFOが二機あり、一方がもう一方を追っていた。これが本当なら、二機のUFOのそれぞれの乗員が互いに敵対していたとは考えられないだろうか？　戦闘から退却したのか、あるいは拘束された状態から逃亡したのか、とにかく一方がもう一方を追っていたのだ。そして、一方は隼人に乗り移り、もう一方は怪獣になった。

　ただ、この理論にも穴はあった。「超人」が怪獣たちを敵視しているのは確実だったが、怪獣たちの方はそうでもないように見えた。アメーバ状キメラも恐竜も「超人」に攻撃されるに及んで初めて反撃を開始していた。怪獣たちはむしろ本能の赴くままに行動していたとしか思えない。どちらが追っ手なのかわからないが、どっちにしてもわざわざ街に出現して暴れる理由がわからない。敵に自分の居場所を知らせることになる上、人類までも敵に回すことになる。

　最近では、航空機事故のニュースはマスコミからめっきり姿を消し、代わりに杉沢村の恐竜の話題で持ちきりだ。

　普通、恐竜の目撃談と言えば、全く証拠がないか、せいぜいピンボケの写真がある程度だったのだが、今回は壊滅した街一つがその証拠になっていた。県警、自衛隊、国土交通省、厚生労働省、文部科学省がそれぞれ独自に調査団を組織し、互いに競争するように現場に派遣したが、どの調査団も殆《ほとん》どお手上げ状態だった。

なんらかの自然災害だという結論に持っていくには、あまりにも目撃者が多すぎた。火山爆発による建物の倒壊、そして火山性ガスの発生による集団幻覚。そう主張する学者もいたが、被害の範囲が温泉街のみに限定されていることや、全員の幻覚内容が同じであることの説明がつかなかった。

現場に残されていた恐竜の肉片は調査団が到着する前に殆どが液化して、下水に流れ込んだり、土壌に吸収されてしまっていた。辛うじて、ゼリー状になって残っていた部分が冷凍保存され、分析されたが、主成分が水と蛋白質《たんぱくしつ》であるとわかっただけで、細胞組織すら判然としない。それが生物の一部であったという確証は得られなかった。科学者の見解によると、動物の一部なら遺伝子である核酸を一定量含むはずだが、その物体には非常に微量にしか核酸は存在しなかったとのことだった。恐竜が吐いた液体もすべて燃焼してしまい、分析しようもなかった。

ビデオや写真には恐竜の全体像が映ったものはなかったが、映った部分の詳細な分析によると少なくとも五十メートル以上の大きさの物体が時速百キロメートル以上で移動していたことはわかった。物体の質量は一万トンから三万トンの間と見積もられた。人類には陸上を百キロで走る一万トンの物体を作ることはできないし、今のところ作る理由もなかった。

湖で起こった爆発はさらに謎だった。湖の水は殆どなくなり、周辺に撒《ま》き散らされたらしい。湖の水の総量は約七百万トンだったと見積もられている。仮にこれだけの水を百メートル持ち上げるとすると、TNT火薬千四百トン分のエネルギーが必要になる。しかし、湖面を調査したところ、火山爆発の兆候は発見できなかった。湖底の変形から推測して、爆発は地中で起こったのではなく、水中もしくは空中で起こったらしい。

結局、満足な結果が得られなかった各省の調査団は合同調査団に再編成され、調査を継続することになったが、一部始終を見ていた隼人ですら、何が起こったのかは全く理解できないのだから、状況証拠だけから真実に到達するのは絶望的なように思われた。

マスコミから得られる情報はこれ以上増える様子はなく、隼人は手詰まり状態だった。

そんな時、千秋から電話があった。

「千秋ちゃん、そろそろ夏休みも終わりなのに、まだ沙織のとこにいたのかい？」

自分の状況を鑑《かんが》みて、沙織や千秋を巻き込むことを恐れた隼人は意図的に連絡せずにいた。千秋からの連絡も数日間なかったため、てっきり田舎に戻ったと思い込んでいたのだ。

「実は昨日お姉ちゃんが帰ってきたのよ」

「なんだ。やっぱり大騒ぎする必要はなかったんじゃないか」

「それが妙なのよ。『復活が本格的に始まった』とか、『主《しゅ》は本当の姿をお見せになった』とか、そんなことを言ってたわ」

「まずいな。遂に洗脳されたのかな？」

「そうかもしれないわ」

「沙織に代わってもらえるかな？」

「無理よ」

「なんで、無理なんだ？」

「だって、お姉ちゃん、また出て行ったんだもの」

「何だって?! それで連絡先は？」

「わからない。何も言わずに、普段着で出て行ったから、てっきり買い物か何かだと思ったの」

「何か書き置きのようなものはないのか？」

「書き置きはないけど、アルファ・オメガから貰《もら》ってきたお土産はあるわ」

「お土産ってなんだよ」

「わからない。新聞紙みたいなもので包んであって、ビニールの紐《ひも》で縛ってある。大きさは十センチぐらいかな」

「なんだか怪しいな。お姉ちゃんはお土産だって言ったのかい？」

「『とって食べよ。これはわたしの肉だ。みんなそれを飲め。なぜなら、これはわたしの新しい契約の血だから』」

「なんだ、それは?」

「お姉ちゃんが言ってた。『最後の晩餐《ばんさん》』でキリストが言った言葉らしいの。ジーザス西川が同じことを言いながら、みんなに配ったらしいわ」

「ますます怪しいな。ジーザス西川はそれを食えと言ってるんだな。それで何かの契約が結ばれるということか。いったい中身は何だろう?」

「開けてみようか?」

「それはよした方がいい」

「どうして?」

「理由はない。ただ嫌な感じがするんだ。黄泉戸喫を思い出して」

「何? そのヨモツヘグイって?」

「日本神話に出てくる黄泉《よみ》の国——つまり、死後の世界の食べ物のことだ。それを食べると、現世に戻れなくなる」

「この包みの中身を食べたら、もう戻ってこられなくなるってこと?」

「別にそうなる根拠があるわけじゃない。なんとなくそんな気がしたんだ」

「じゃあ、これどうしよう? 捨てようかしら?」

「沙織のものを勝手に捨てるのはまずいな。僕が開けてみようか」

「じゃあ、今夜うちに来る?」

「いや。今夜はもう遅いからよしておく。それから、うちじゃなくて、外で会おう。駅前に喫茶店があったろう。本屋の隣の」

「どうして？　うちに来ればいいのに」

「若い女性が一人でいるところに男が入るのはまずいだろ」

千秋はげらげらと笑い出した。「本気で言ってるの？　お義兄さんって、案外古風ね」

「とにかくだ」隼人は咳払《せきばら》いをした。「どこで誰が見ているかもわからない。沙織が聞き付けて、いらぬ心配をするかもしれない」

「わかったわ。じゃあ、明日十時に喫茶店でいいわね」

「うん。そうしよう」

電話を切った後、何か大事なことを言い忘れたような気がした。

まあ、いいさ。明日、話せばいい。

15

何だか頭が重い。

そうそう。

今日は出掛けなくちゃいけないんだ。

駅前の喫茶店。

あの人は言った。

今日はお気に入りの服を着ていこう。
あの服はどこにあったかしら？
きっと洋服ダンスの中だわ。
いろいろな服がある。
誰の服かしら？
ここの部屋に住んでいた女の人。
それって誰？
何を考えているのかしら？
お姉ちゃんに決まってるじゃない。
この服を借りよう。
この服を着れば、少し大人びて見えるかもしれない。
ほら、わたしも捨てたもんじゃないわ。
お姉ちゃんよりも似合っているかもしれないわ。
でも、お姉ちゃんて、どんな顔だったかしら？
どんな声で、年はいくつ？
わたしはお姉ちゃんのことをどう思っていたのかしら？
まあ、いいわ。
そんなことは帰ってからゆっくり思い出せばいい。

今日はあの人に会える日なんだから。
ほら、わたし、こんなに素敵になった。
頭が痛い。
鏡に変なものが映っているような気がする。
足元がふらつく。
でも、行かなくちゃ。
あの人を待たせるわけにはいかない。
あの人はわたしを待っていてくれる。
そう。駅前の喫茶店よ。
何をしに行くんだっけ？
でも、本当の理由がなんだったかなんてもうどうでもいい。
わたしはちゃんと伝えるの。
本当の自分の気持ちを。
それが今日会う理由。
今日で何もかも終わってしまうかもしれない。
でも、わたしはあの人に伝えるの。
後悔しないために。
わたしはわたしの道を進むの。

お姉ちゃんは関係ない。

ああ。

早く、あの人に会いたい。

16

隼人は時計を見た。

もう約束の時間を三十分も過ぎている。どうしたんだろう？　家に電話をかけた方がいいだろうか？　いやいや。特に急ぐわけでもないのに、三十分遅れたぐらいで電話をかけたりしたら、煩《うるさ》いおやじだと思われてしまうかもしれない。

今日は珍しく朝から気分がよかった。ようやく体内から壊死《えし》した部分がすべて排出されたのかもしれない。取り除かれた組織の入れ替わりに何が収まっているのかを考えると、気が重くなるが、少なくとも今のところ悪影響は出ていない。ひょっとすると、考えていた程、悪い状態ではないのかもしれない。体のどこかが損傷すると、すぐに新しいものに取り替えてくれるわけだ。この先、病気や怪我と無縁の人生を送ることができる可能性すらある。

隼人が二杯目のお代わりをしようとした時、窓の外に千秋の姿が見えた。

隼人は自分の目を疑った。夏のこの時期に彼女はロングドレスを着込んでいたのだ。

それもサイズは全くあっていないうえに、ちゃんと着こなせていないため、ずるずると地面の上を引き摺《ず》っている。右肩が露出して、ブラジャーの紐《ひも》が見えている。髪の毛もぼさぼさで、起きたきりとかしてない様子だった。無表情のままかくんかくんと奇妙なリズムでゆっくりと歩いてくる。

何かの冗談だろうか？

隼人は千秋に向って手を振った。千秋は隼人に気付かないのかちらりとも見ずに、そのまま喫茶店の入り口に入った。

「いらっしゃいませ」

店員の言葉に反応せず、千秋は真っ直ぐに隼人の席に向ってくる。見えてなかったわけではないらしい。来る途中、がしゃがしゃと他のテーブルにぶつかっていた。客たちは一様に不審そうな目で千秋をみた。

隼人の前まで来ると、千秋はどすんと向かいの席に落下するように座った。

「千秋ちゃん、どうしたんだい？」

「えっ？」千秋の左目は半ば閉じかけていた。「何が？」

「具合が悪いんじゃないか？」

「ううん」千秋はがくがくと首を振る。「全然。絶好調よ」

「なら、いいんだけど。……ところで、そのドレスは……」

「似合うでしょ。お姉さんのを貰《もら》ったの」

「貰ったって、沙織がくれるって言ったのかい？」

千秋は頭を押さえた。「たぶんそうだと思う。どうして？」

「だって、それは結婚式の時に着たやつだよ」

「そうなの？」

「そうなのって、どうしてそんなもの着てきたんだよ？」

「これは結婚の時に着るものなの？」

「喫茶店の待ち合わせには似つかわしくないね」

いったい、千秋ちゃん、どうしたんだろう？　心労で精神が参ってしまったのだろうか？　とにかく、今日中に沙織の実家に連れて帰ろう。

「そうなの？　これは結婚式の時に着るものなのね。じゃあ、お姉ちゃんは許してくれるのね」

「千秋ちゃん、沙織が何て言ったかは知らないけど、そのドレスはやめておいた方がいい。さあ、いったんマンションに戻ろう」

「いいの。これで」

無理やり連れて行くわけにもいかない。隼人は途方に暮れてしまったが、とにかくここに来た目的を果たそうと思った。

「じゃあ、着替えは後にしよう。で、持ってきてくれたかな」

「えっ?!　何を？」千秋は頭を押さえ、指で眉間《みけん》とこめかみを揉《も》みつづけている。

「お土産だよ。お姉ちゃんが持って帰ってきた」

「お姉ちゃんのお土産？」だらだらと汗を流している。かなり具合が悪いようだ。

「そうだよ。昨日電話で言ってただろ。新聞紙で包んであったお土産さ」

「新聞紙で包んであった……。そうだわ。昨日の晩、わたし、あれを……肉を……」千秋はぶるぶると震え出した。

「大丈夫かい？　今から家に送ろう」隼人は手を貸そうとした。

千秋はそれを払いのけた。「そうだったのよ。わたしは昨日……」千秋はテーブルに手をつき、半ば立ち上がった。「お義兄《にい》さん、わたしね」

千秋の首がごとりと音をたてて、テーブルの上に落ちた。

硬いボールのようにテーブルの上で細かいバウンドをする。

目はじっと隼人を見つめていた。

口は何か言葉を発しようとしているかのようにぱくぱくと動いている。

あ……のね……わ……たし……ね……お……にい……さん……。

テーブルの上に黄色い粘液が流れ出し、床の上に零《こぼ》れ広がっていく。

見上げると、首のない千秋の胴体がゆっくりと椅子に座るところだった。

切断面は引き千切ったかのように、ささくれていた。

首の傷口からもどくどくと粘液が溢《あふ》れ、ドレスは濡《ぬ》れて肌に貼り付き、千秋の体の線がはっきりとわかった。粘液はかなり粘りが強いらしく、首との間に糸を引いていた。

隼人はいったい何の冗談だろうかと、懸命に考えていた。どうすれば、こんな悪趣味なことが実現できるのかを。

悲鳴が上がった。隼人の後ろにいた客だ。店中の客と店員がいっせいにこちらを見る。さらに立て続けに悲鳴があがる。

これは夢なのだろうか？　窓の外には暢気《のんき》な夏の日が広がっている。生首には相応《ふさわ》しくない。テーブルの上に視線を戻す。それはまだそこに転がっていた。目は見開いているが、何も見ていないようだった。口ももはや動いてはいない。どうやら、生命の火は消えたらしい。

がたがたと席を立つ音が聞こえる。

隼人は深呼吸をした。目の前の千秋の胴体と首を除いて、店内にも窓の外にも辻褄《つじつま》の合わないところはない。では、やはりこれは現実なのだ。

隼人は水の入ったコップを持つと、いっきに飲み干した。いやに生臭かった。底に黄色いものが残っている。よく見ると、テーブルの上だけでなく、隼人の服や座席にも粘液は飛び散っていた。コップにも入っていたのかもしれない。隼人は不快感を覚えたが、不思議なことに吐き気は全くなかった。

客や店員にどう説明すればいいんだろうか？　隼人はぼんやりと思った。そして、説明して欲しいのは自分の方だということに気が付いた。

おそらくこれは自分の身に起きた一連の事件と無関係ではないだろう。だとすると、千秋をこんな目に遭わせたのは他ならぬ隼人自身だということになる。

「うわぁぁぁぁ!!」隼人は突然、強烈な怒りと悲しみに襲われ、絶叫した。膝《ひざ》に爪が食い込み出血した。

隼人はそのまま床に蹲《うずくま》り、泣くしかなかった。

しかし、隼人はそうすることができなかった。

隼人は冷静な手付きで千秋の首を持ち上げると、観察を始めた。何者かがまた隼人の体を乗っ取ったのだ。隼人は必死で抵抗しようとしたが、どうすることもできなかった。

隼人は何度も首を裏返し、目の中や口の中を調べ、切断部にまで指を突っ込んだ。そして、臭いを嗅《か》ぎ、粘液を嘗《な》めた。

一通り、首を調べると今度は胴体の状態を調べる。床に寝かせ、ドレスを引き裂き、裸にする。傷口を検《あらた》めてから、全身の触診を始める。

隼人は暴れまわり、喚《わめ》き散らそうとするが、体の行動には全く変化は見られない。

パトカーのサイレンの音が聞こえた。誰かが警察を呼んだのだろう。

隼人の体は一瞬躊躇《ちゅうちょ》したかのように動きを止め、次の瞬間には立ち上がり、出口へと向った。人々はさっと道をあける。親切心からではなく、恐怖心からであることは表情からわかった。隼人の体は外に飛び出すと、振り返りもせずに走り始めた。「超人」に変身した時ほどではないが、普段の隼人では考えられないほどの速さだった。おそらくオリンピック選手クラスだろう。乗り移っている存在は隼人自身よりもうまく隼人の体を制御できるようだ。

　息も切らず、そのまま三十分も走り続けた後、出し抜けに立ち止まった。人が疎《まば》らな公園の中だった。いきなり、隼人に体が返される。極度の疲労感と激痛に襲われ、うめきながらその場に倒れ込む。筋肉が熱を持ってびくびくと痙攣《けいれん》している。

　最初は息をすることもできなかったが、数分後にはよろよろと立ち上がることができた。まだ頭がくらくらする。

　くそっ!! 千秋がなぜこんなめに！

「説明しろ!! おまえたちは何をする気なんだ?! 千秋に何をしたんだ?! どうして、俺を苦しめるんだ!!」隼人は声を限りに絶叫した。

　返事はない。

　隼人はベンチに座り込み、頭を掻《か》き毟《むし》った。

　考えるんだ。何かできることがあるはずだ。状況を分析して、対策を立てるんだ。何かおかしなことはないか？　もちろん、おかしなことだらけだ。質問を変えよう。何か辻褄の合わないことは？

　千秋の首が落ちた後の一連の行動は計画的なものではなく、行き当たりばったりのようだった。だとすると、俺の中の存在にとっても、さっきのことは予想外だったことになる。では、あれは俺の中の存在と敵対するものの仕業なのだろうか？　俺を攻撃しようとして、間違って千秋を殺してしまったのか？　しかし、それにしては妙だ。俺はあの後、しばらくあそこにいたのに、続けて攻撃された兆候はない。それに俺の中の存在もすぐに逃げようとはせず、千秋を観察していた。逃げ出したのはパトカーのサイレンを聞いたからだ。つまり、これ以上の攻撃はないと確信していたのだ。考えてみると、千秋の様子は最初から妙だった。服装も動きもぎこちなかったし、話していても何か上の空だった。それに千秋から流れ出した黄色い粘液は何なんだろう？　血液があのような状態になることは考えられない。俺に会う前から千秋に変化が起きていたのだ。昨晩の電話の様子には特におかしなところはなかった。変化が始まったのはそれ以降だ。そして、ロングドレスを着てきたことから、変化は家を出る前に始まっていたことになる。

原因はマンションの部屋にある。

隼人は立ち上がった。ここで悲しんでいても仕方がない。とにかくマンションに行こう。千秋の遺体には身元を示すものはなかったように思う。警察もすぐには駆けつけないだろう。先に調べる時間はある。

一歩踏み出した途端、足をとられそうになる。両足とも靴の底が抜けている。人間の限界を超える走りをしていたのだ。隼人は靴を脱ぎ捨て、とぼとぼと足を引き摺《ず》りながら、マンションへと向った。

マンションの様子はどことなく、おかしかった。周囲の地面やアスファルトはじめじめと湿っているし、嗅いだこともない悪臭が微《かす》かに漂っている。しかし、違和感の原因はそんなことではなく、他にあるような気がした。

隼人はもう一度、マンションの気配を探った。

まるで周囲から掻き集めたかのように黒い雲がマンションの上に垂れ籠めている。濡れたものを擦《こす》り合わせるような音が聞こえる。

沙織の部屋がある棟と隣の棟を較べて、隼人はようやく違和感の原因に気が付いた。人気《ひとけ》がないのだ。

子供や赤ん坊の声、料理の香り、ベランダの洗濯物……。たとえ、マンションの外に誰も出ていなかったとしても、なんらかの生活の兆しは外にまで漏れ出てくるものだ。しかし、このマンションにはそれが全くない。

何かが起こっている。隼人はそう直感した。

隼人は何か武器になりそうなものはないかと服やズボンのポケットを探ったが、ライター一つすら見つからなかった。仕方なく、ベルトをはずし、手に持つ。鞭《むち》の代わりぐらいにはなるだろう。

ロビーに入ると、いつもついているはずのシャンデリアは消えており、薄暗い。カーテンが下りている管理人室に声を掛けてみる。「すみません。八階の諸星ですが」

三十秒ほど待って、返事がないので諦《あきら》めて背を向けた時、声が聞こえた。「何か……」。

振り向くと、カーテンの隅が少し捲《めく》られ、管理人の顔が半分覗《のぞ》いている。

「すみません」隼人は人がいることに安堵《あんど》した。「八階の諸星の家族の者ですが、訪ねてきたらロビーが暗くて……」

「停電です」管理人は呟《つぶや》くように言った。

「えっ？」

「今日はずっと停電です」

「停電って、いつまでですか？」

「知りません。そんなことより、今取り込んでいるので、お話は後にしてもらえませんか？」

「えっ？　ああ……」

「早く行ってください……」管理人はカーテンを閉めた。小さく呻《うめ》き声のようなものが聞こえた。

隼人はしばらく迷った後、エレベータへと向った。

エレベータのドアにもボタンにも粘液がべったりとついていた。暗いのでよくわからないが、千秋から流れたものよりさらに粘度は高そうだ。

ボタンを押しても反応がない。

そう言えば、停電だとか言っていたな。

隼人は力任せにドアを開けてみた。

中からどろどろになった肉塊のようなものが水のような液体と共に廊下に溢れ出した。

とてつもない悪臭だ。

隼人はどうすることもできず、そのまま階段へと向った。

階段もべとべとに濡《ぬ》れていたが、歩けないほどではない。ちょろちょろと小さな水流が上の階から流れてくる。

隼人は裸足《はだし》のまま、ゆっくりと階段を上り始めた。

殆《ほとん》ど這《は》うような状態になって八階に着くと、真っ直ぐに沙織の部屋へと進む。ドアは半開きのままだった。

隼人は恐る恐る扉を開ける。中は真っ暗だった。カーテンを閉じただけではこれほど暗くなるとは思えない。何かで窓を埋めてしまったのだろうか？

一歩踏み出す。足の裏から何とも言えない不快感が伝わってくる。濡れたゴムのような感覚だ。真っ暗な闇の中を手探りで進む。とにかく窓を開けなくてはどうしようもない。

暗闇の中に何者かの気配を感じた。それも一人や二人ではない。一人一人の息遣いまで感じる。全員が隼人の一挙一動に注目しているような気がした。留守の間に誰かが入り込んだのだろうか？

窓に辿《たど》り着いた。やはりゼリー状のもので覆われている。

隼人はそれを力任せに引き剝《は》がすと同時に、部屋に潜む者の正体を確認するために振り向いた。

そこには千秋がいた。十人、いや二十人近くはいたかもしれない。

「ひっ！」隼人は悲鳴を上げ、その場に座り込んだ。

殆どの千秋は壁に埋まっていた。上半身だけが出ているもの。下半身だけのもの。左半身だけのもの。右半身だけのもの。頭だけのもの。顔だけが壁に浮き出ているもの。腕や足だけが飛び出しているもの。眼球だけが壁に成っているもの。天井から垂れ下がっているもの。床と一体化しているもの。様々な不完全な形のまま床の上に投げ出されているもの……。

そこには様々なバージョンの千秋がいた。服を着ているものは一人もいず、明らかに意識がない状態のものもいたが、何人かは隼人をじっと見ていた。

隼人はその場で失禁した。床を掻き毟る。それは床ではなかった。柔らかい人間の肌だった。おそらく、女性のものだろう。

「……すけて」掠《かす》れた声が聞こえる。

隼人はぎょっとした。千秋の一人が喋《しゃべ》っているのだ。隼人の失禁でできた水溜《みずたま》りの中に千秋の顔の左半分が浮かんでいる。ただし、口と左目の位置が逆だ。

「助けて、お義兄《にい》さん」

無残なことに意識があるらしい。

「いったい」隼人は喉《のど》から声を絞り出した。「何があったんだ？」

「……わからない……。目が覚めたらこうなってたの」

「さっき駅前に来たのは？」

「……わからない。わたしによく似た人が何人かここにいて、外に出ていったのが、そうかもしれない」

「誰が本物の千秋ちゃん？」

「……わたし……」

「……わたし……」

「……わたし……」

同時に三人の千秋が答える。

「苦しいかい？」

「……ええ……」

隼人はごくりと喉を鳴らす。「死んだ方がましなくらい？」

千秋たちは黙り込んだ。

いくつかの呼吸音だけが聞こえる。

「元に戻ると思う？」床の上の千秋が言った。

「わからない」隼人は泣きじゃくるように言った。「ごめん。本当にわからないんだよう!!」

「いいわ」同じ千秋が目を瞑《つぶ》った。「殺して」

隼人は千秋の首に手をかけた。力を込める。千秋の顔が苦痛に歪《ゆが》む。

「うわあ!!」隼人は首から手を放し、のた打ち回った。「できない。できない」

「助けて」「お義兄さん」

何もかもが遠くなっていった。どうでもいいような気がした。

千秋と部屋が出し抜けに小さくなっていった。

17

隼人は意識を閉ざしてしまった。

厳密に言うと、周囲の状況は五感を通じて認識はしている。ただ、能動的な活動は一切なくなってしまった。周囲のものを見聞きはできるのだが、それに対し、何も感じないし、何も考えない。

強い感情の過負荷から精神を守るための防御反応であることは予想がついた。しかし、この方法が最適なものとは思えなかった。意識の活動をすべて停止させてしまっては、緊急時に身の守りようがない。せめて、逃走用に最低限のシステムは動かすべきだろう。

ガは現状を緊急事態であると判断した。目の前で起きている現象はほぼ間違いなく「影」の仕業だ。この状況下で身動きできないのは致命的だ。さらに、人間の警察がいつここに現れるかわからない。警察から逃げるのは簡単だが、現時点ではまだ自分の存在を人類に知られたくない。

ガは隼人の肉体を制御下に置き、同時に戦闘形態に変異する。頭が天井につかえたので、吹き飛ばす。上の階の部屋と一続きになり、大量の家具が落下してくる。下敷きになった千秋のレプリカントたちが悲鳴を上げる。上の階の部屋もすでに「影」の組織で覆われていた。いったいどこまで広がっているのだろうか？

マンションが「影」の影響下にあることは予想がついていた。喫茶店で崩壊した千秋の体液を隼人の舌で分析した結果、核酸が微量しかないことがわかったのだ。これは杉沢村の恐竜と同じ特徴だ。杉沢村の恐竜も液化したと報告されていたが、喫茶店に来たレプリカントに起きたこともたぶん同じだろう。体の各部で液化の進行に差があり、たまたま頸部《けいぶ》の液化が早かったため、頭部を保持することができなくなり、落下したのだ。核を持たない細胞の寿命は短い。

しかし、ここにいるレプリカントたちは喫茶店で崩壊したものとほぼ同じ時期に作られたはずなのに、まだ崩壊していない。恐竜も何日間も目撃されつづけている。寿命を延ばす要因が何かあるのか？

ガは十本の指先から細長いナイフを出した。腕から出すナイフは強靱《きょうじん》だが、細かい作業に不向きだ。解剖にはこの方がいい。

足元の千秋のレプリカントを抉《えぐ》り取る。おそらく恐怖と激痛によるものと思われる悲鳴が上がる。人間なら致命傷のはずだが、寿命が短い分、生命力は強いのかもしれない。悶《もだ》え苦しむ千秋の姿を見て、一瞬隼人の意識に動きが戻りかけたが、すぐに消えてしまった。いっそのこと、隼人の意識を分解して知識をすべて吸収してしまおうかとも思ったが、回復の可能性があるうちは様子を見ていた方がいいだろうと考え直す。

抉り取った千秋のレプリカントは頭部と胸部と腹部の左半分からなっていた。しかし、土台となっていた「影」の組織との間に明確な境界は見当たらなかった。土台の内部には筋肉や血管や神経や内臓や骨などが無秩序に発生していたが、千秋のレプリカントの中のそれらと完全に一体化していたのだ。レプリカントの腸はそのままマンションの奥深くまで繋《つな》がっている。神経や血管もだ。「影」と接続している場合に液化しないのは、「影」が生命維持システムになっているからのようだ。

神経が繋がっているからには「影」の本体にも千秋の目を通じてガの様子が筒抜けになっているはずだ。調査を急がなくては。

ガはナイフの先から神経繊維を伸ばし、千秋の擬脳に接続する。千秋の意識は苦痛と恐怖と混乱のみから構成されていて、意味のある情報は得られそうにもなかった。ガはパルスを送り、千秋の精神を分解する。千秋の精神はとても脆《もろ》く一瞬で砕け散る。ガは慌てて消えていく記憶を救い上げる。人間の記憶とは考えられないほど、少なかった。ほんの一日分程度しかない。事実、その内容はたかだか昨日からのものだった。それ以前の記憶らしきものもあったが、それは昨日想起したものに限られていた。つまり、直接の記憶ではなく、ある事柄を思い出した間接的な記憶なのだ。

遺伝子の保管庫である細胞核をおざなりにしか複製しなかったように、記憶の複製も上っ面だけのようだ。意識をシミュレートするには短期記憶だけで充分ということか。

しかし、なぜレプリカントに意識を持たせる必要があるのか？

床が脈打つ。

攻撃が始まったのかもしれない。ここにいるのは不利だ。早くこの部屋から脱出しよう。

ガは千秋のレプリカントが無数に発生している壁を切り裂いた。

「ダッ!!」

絶叫とともに大量の粘液が溢《あふ》れ出す。

ぐちゃぐちゃになった組織の中を潜り抜け、外に出る。すでに廊下にも「影」は広がりつつあった。

本体はどこだ？　今回は全く気配を感じない。

ガは隣の部屋のドアを引き千切った。中からどろどろと人間の体の融合体が流れ出してくる。レプリカントの種類は四つ。大人の男女と子供の男女だ。隣の住人は四人家族だったらしい。すべてのレプリカントは苦痛に顔を歪《ゆが》め、口々に何かを訴えている。

ガはそのうち二、三人を踏み潰《つぶ》した。全員が絶叫する。神経が接合されているため、苦痛も共有しているのだ。

ガは次々とドアを粉砕していく。殆どの部屋の住民はすでに取り込まれ、レプリカントが発生していたが、中には融合体が今まさに生身の人間を取り込もうとしている部屋もあった。犠牲者は融合体から伸びる触手に捲《ま》き付かれていた。触手は全身のあらゆる所を突き破り体内に侵入している。特に頭部には触手が集中しており、顔面は原形を留《とど》めていない。脳から記憶を取り出すための措置だろう。犠牲者の肉体は徐々に引き裂かれ、融合体の組織へと再構成されていく。

「ヘアッ!!」

ガは壁を突きぬけ、次々と融合体を引き裂いていく。即死はしないが、致命傷を与えれば、やがては絶命するはずだ。

レプリカントの種類は概《おおむ》ね部屋ごとに分かれていた。おそらく、その部屋の元々の住民の姿が現れているのだろう。ただ例外として、マンション全体に満遍なく分布している姿もあった。

知っている顔だ。その男の姿を持つレプリカントたちは騒ぐでもなく、ただガを見て、薄ら笑いを浮かべるばかりだった。

天井を突き破り、床を踏み抜き、ガは他の階まで破壊の輪を広げる。やがて、「影」に汚染されていない領域に達する。そこにいるのは通常の人間たちだったが、天井や壁をぶち抜いて現れるガの姿に驚愕《きょうがく》し、逃げ惑い、時にはガの破壊した建材の下敷きになった。

五階から最上階である十階までは完全に「影」に汚染されていた。それ以下の階では降りるにしたがって、融合体は疎らになっていった。

今ならまだ間に合う。ガはマンションのほぼ中央にある吹き抜けを飛び降りる。

「シュワッ!!」

先程からマンションのあちこちで発生する爆音や振動に不安を募らせて住民たちは外に飛び出し、吹き抜けの底に立つガの姿に驚愕している。

高層階のドアや壁が破裂し、次々と融合体の一部がガを目掛けて落下してくる。どろどろと伸びるそれは直径数メートルの触手のようだ。触手の表面ではレプリカントたちが恐怖の声を上げている。

ガは素早く身を翻し、すべてを避《よ》ける。床にぶつかったレプリカントたちは次々と砕け散る。強度は人間と全く変わらないらしい。

融合体はさらにどろどろと一階へ向って流れてくる。そして、途中にいる人間たちを絡め取り、同化していく。

ガは背を屈《かが》め、出口から飛び出そうとする。

管理人室の窓が吹き飛び、中から融合体が現れ、ガの進路を塞《ふさ》ぐ。さっきの管理人はすでにレプリカントになっていたらしい。おざなりな応対は、自分の状態が理解できず混乱していたためだったのだ。

「助けてくれ!!」管理人のレプリカントたちは口々に叫ぶ。「俺は人間なんだ。怪獣なんかじゃねえ」

「ダッ!!」

ガは管理人のレプリカントたちを賽《さい》の目に切り刻んだ。内圧で弾《はじ》け飛ぶ。残骸《ざんがい》を蹴《け》り飛ばし、ガは外に飛び出す。

そのまま、五十メートル走ると、ぴたりと止まり、マンションを振り向く。

マンションは静かな佇《たたず》まいを見せていた。外から見る限り、中であれほど凄惨《せいさん》な事態になっているとは想像も付かないだろう。

マンションの出入り口の辺りに融合体の姿が見えた。すでに戦闘形態でいるための限界を超えている。もうこれ以上は走ることもできない。今、「影」と戦えば、取り込まれてしまうだろう。

ガは左手の握り拳《こぶし》をマンションに向けた。拳は光弾となり、矢のように飛んで、マンションに命中した。

マンションのすべての窓が吹き飛ぶ。白熱のプラズマが噴き出し、マンションを覆う。コンクリートも鉄骨もすべて建材は砕け散り、プラズマとともに四散する。プラズマが隣の棟に達する頃にはマンションの形は殆どなくなっていた。隣の棟も衝撃波を受け、砕け、三階の辺りからぽきりと折れ、倒壊する。だが、地面に達する前に乱舞するコンクリートと鉄骨の嵐に巻き込まれ、粉砕されてしまう。プラズマは衝撃波のバリアに囲まれ、ドーム状に成長していく。ドームの内部では凄《すさ》まじい熱と圧力のため、何ものも原形を保つことすらできない。

　プラズマドームの成長に先んじて、地面を波紋状に衝撃波が伝わり、地上の全てのものを空中に弾き飛ばしていく。ガとて例外ではなかった。体が制御不能になり、逃げることすらできぬまま、ガは天高く弾き飛ばされた。

　上空で戦闘形態を解除しながら、落下する。そして、地面に触れる前にプラズマと衝撃波に接触し、音速で吹き飛ばされた。

18

「取って食べなさい。これはわたしの肉です」ジーザス西川は宣言した。「皆さん、これを飲みなさい。なぜなら、これはわたしの新しい契約の血だからです。そして、その血は免罪のため多くの人のために流されたのです」

　この言葉を最初に聞いたのはいつだったか？　そうあれは幼稚園の頃だった。先生が菓子パンとフルーツ牛乳をそう言って、子供たちに分け与えたのだ。キリスト教系の幼稚園だった。

　考えてみれば、皮肉な話だ。ああ言っていた先生たちは果たして信仰を持っていたのだろうか？　彼女たちは主《しゅ》その人に主の肉を与える仕草をしていたことになる。全くおかしな話だ。

「何をお笑いですか？」マイケル黒田が問う。

「笑っていた？　このわたしが？」

「はい。主よ、その通りです」

本当に笑ったのだろうか？　無意識のうちに？

「滑稽《こっけい》な者たちのことを思い出したのだ」

「幼稚園の保母たちのことですか？」

「幼稚園にいるのは保母ではない。……しかし、なぜおまえは彼女たちのことを知っている？」

「昨日、お話になられました。わたしが洗礼を受ける直前に礼拝堂で聞いたお話です。主に主の肉を授けようとした愚かな保母たちの話です」

では、その話をしたのだろう。しかし、どうも記憶がはっきりしない。幼稚園でそのようなことがあったのは覚えているが、幼稚園の名前も場所も思い出せない。わたしは幼稚園に通った後、どうしたのだろうか？　学校は？　就職はしたのか？　父や母はどのような人物だったのか？

主よ、お願いがあります。若い女が言った。

「あなたの願いは何でしょうか？　たとえ、それがなんであろうと、求めれば必ず叶《かな》えられます」ジーザス西川は厳かに答える。

わたしの夫は死から蘇《よみがえ》りました。

「それはすばらしいことだ」ジーザス西川は両手を広げ、上を向いた。「父よ、感謝いたします」

　わたしは夫が死んだと思ったのです。

「事実死んでいたのではないのですか？」

　はい。死んでいました。しかし、わたしは蘇りのことを知らなかったのです。

「知らないことは罪ではありません。しかし、夫の蘇りを目の当たりにしたことで、あなたはすでに知ったわけです」

　わたしは蘇りが真実であることを知らされました。

「ならば、すべてはよく行われたわけですね」

　違うのです。わたしは夫を裏切ったのです。女は悲しげな様子で言う。

「裏切ったとは？」

　わたしは夫の解剖に同意してしまったのです。

「なるほど。あなたの悩みの正体はわかりました。もう心配は要りません。あなたの罪を許しましょう」

　ありがとうございます、主よ。

「あなたはもう洗礼を済ましていますか？」

　いいえ。まだです。

「では、今よりあなたに洗礼を……」

　お待ちください。今、洗礼を受けるわけには参りません。

「何故、洗礼を拒むのですか？」

わたしは夫に借りがあるのです。

「夫婦は一体であり、貸し借りなどあり得ません」

わたしたちの間にはあるのです。

「あなたは夫を愛していますか？」

わかりません、主よ。

「洗礼を拒み、あなたは何を望んでいるのですか？」

わたしは夫と共に歩みたいのです。

「それは罪滅ぼしのためですか？」

そうかもしれません。

「あなたは夫を救いたいのですか？　それとも自分を救いたいのですか？」

主よ。わたしをお許しください。

「これはわたしの肉です」

はい、主よ。

「これを二人で食べなさい。そして、再び夫婦でここに来なさい」

ありがとうございます。

「そして、その時こそ、二人一緒に洗礼を……」ジーザス西川は周りを見回した。「女はどうした？」

「どの女でございますか？」マイケル黒田が答える。

「今、ここにいた女だ」

「女などおりませんでした。……いえ、もちろんここには大勢の女がいます。ジェーン、ナンシー、メアリー……主を愛する女たちです」壁と天井と床が艶《なまめ》かしく蠢《うごめ》く。「しかし、今主と話をしていたものはおりません」

「馬鹿な。ではわたしは誰と話をしていたというのか？」

「誰とも。あるいは、主ご自身と」

「あの女がわたし自身だと？」

「その女はおそらく主の中におわすのでしょう」

「女は生き返った夫のことで悩んでいた。解剖を承諾したと言って」

「その女のことは存じております」

「今知らぬと言ったではないか」

「知っております。その女は一昨日参った女でございます」

「そんなはずはない。わたしは今その女と……」

「では、過去の女とお話になったのでしょう」

「過去の女？」

「主はすべての時間に遍在されております」

「しかし、以前あの女にあった覚えは……」

マイケル黒田はさめざめと泣き出した。

「どうしたのだ？　なぜ、年老いたおまえが赤子のように泣くのか？」

「わたしは悲しゅうございます。すぐそばにお仕えするわたしをお見捨てになり、過去に住む女をお相手なさるとは」

「いったい何のことを言っているのだ？　なぜわたしがおまえを見捨てねばならんのか？」

「わたしがなくしたからでございます」

「何をなくしたのだ？」

「徴《しるし》でございます。主にお渡ししようと、家で箱に入れたはずなのに……」

「何を言っているのだ。箱の中の黒い徴は確かに受け取ったぞ」

マイケル黒田は顔を上げる。「それは本当のことでございますか？」

「本当だ。おまえは昨日ここに訪れ、徴をわたしに渡してくれた。そして、これが始まったのだ」

「わたしはてっきり主がこれをご自分の意志でお起こしになったのかと……」

「それはその通りだ。全てはわが父の意志のままに」

「わたしは家にいて、徴を箱に納め、気が付くとここにいて、奇跡を目の当たりにいたしました。主は何度も蘇りに……」

「わたしが？　それは違う。何度も蘇ったのはマイケルの方だ」

「主よ、お訊《き》きしてよろしゅうございますか？」

「何なりと尋ねるがよい」

「マイケルとは誰のことでございますか？」

第三部

あなたがたは両親や親戚《しんせき》や友達にさえ裏切られるだろう。中には殺されるものもいるだろう。あなたがたはわたし――イエス・キリスト――の名によって、すべての人間から憎まれるだろう。しかし、あなたがたの髪の一本たりとも消滅することはない。忍耐によってあなたがたは生命を勝ち取るのだ。

『新約聖書』ルカによる福音書第二十一章十六節～十九節

1

あるばん、ケンジくんが　ねていると、耳もとで　ささやく　こえが　しました。
「ケンジくん、ケンジくん、どうか　おきてください」
ケンジくんが目を　こすりながら、ベッドの　わきを　見ると、そこには　光に　つつまれた　生きものが　います。
四つの　かおが　あり、四つの　つばさを　つけて　いました。
あしは　まっすぐで、さきっちょは　子牛の　ようで、ぴかぴか　していました。
四つの　つばさの　下に　手が　ありました。
かおの　かたちは　右がわは　人の　かおと　ライオンの　かおで、左がわは　牛の　かおと　わしの　かおでした。
「だれですか？　ぼくに　なにか　ごようでしょうか？」
ケンジくんは　ていねいに　たずねました。
しらない　人に　はなす　ときは　ていねいに　しなさい、と　いつも　お母さんに　言われて　いたからです。

「わたしは　ケルブです」

人の　かおが　言いました。

ライオンの　かおは　ガオーと　ほえました。

牛の　かおは　ブモーと　なきました。

わしの　かおは　ギャーと　さけびました。

ライオンと　牛と　わしの　かおも　人の　かおと　同じ　ことを　言ってるのかもしれないな、と　ケンジくんは　おもいました。

「ケルブって、どういう　いみですか？」

「しつれいしました。そうですね。てんしと　言えば　わかりますか？」

なるほど、そう　言われて　みれば、人の　ようであり、つばさも　ついています。てんしに　ちがい　ありません。

「はい。わかります。ちょっと　まってください。お父さんと　お母さんを　おこしてきますから」

そう　言ってから、ケンジくんは　「お父さんと　お母さん」では　なく、「父と母」と　言った　ほうが　よかったかな、と　おもいました。

「お父さんと　お母さんを　おこす　ことは　ありません。わたしは　ケンジくんに　はなしが　あって　きたのです」

「きっと、なにかの　まちがいだと　おもいます。ぼくは　まだ　こども　なので、だ

いじな　はなしは　できません。すぐに　父と　母を　おこして　きます」

　こんどは　ちゃんと　「父と　母」と　言う　ことが　できました。

「まちがいでは　ありませんよ。わたしは　たしかに　ケンジくんに　会う　ために　きたのです。それに、お父さんと　お母さんを　おこそうと　しても　むだです。ふたりの　いのちは　しばらくの　あいだ　けしているので　ぜったいに　おこす　ことはできませんから」

「いのちを　けすって　どういう　ことですか？」

　ケンジくんは　むねが　どきどき　してきました。

「お父さんと　お母さんは　死んで　しまったのですか？」

　ケンジくんは　ふたりの　ことが　あまりに　しんぱいだったので　「父と　母」と　言うのを　また　わすれて　しまいました。

「死んで　いると　言っても　いいのですが、あとで　生きかえるので　しんぱいは　いりません」

「と　いうことは　ねむって　いるだけなのですか？」

「けっして　ただ　ねむって　いるだけでは　ありません。でも、そう　おもえば　あんしん　できるのなら、そう　おもって　いてください」

　ケンジくんは　お父さんと　お母さんは　死んで　いるのでは　なく、ねむって　いるだけだと　おもう　ことに　しました。

「それで　いったい　てんしさまが　ぼくに　なんの　ようが　あるのでしょう？」

「それは　わたしの　くちから　いう　ことは　できません」

「じゃあ、だれに　きけば　いいのですか？」

「かみさまです」

「かみさまは　どこに　いるのですか？」

「かみさまは　てんごくに　おられます」

　ケンジくんは　すこし　こわく　なってきました。

「てんごくに　いく　ためには　死ななくては　ならないのでしょう？」

「いいえ。ぜったいに　死ななくては　ならないと　いう　ものでも　ないのです。みじかい　じかんなら　生きたまま　てんごくに　はいる　ことも　できるのです」

「かみさまに　あう　ためには　てんごくに　いかなくては　ならないのですね？」

「はい」

　てんしは　うなずきました。

　ケンジくんは　しばらく　かんがえこんでから　こたえました。

「かみさまに　あうのは　きょうで　なくても　かまいませんか？　ぼくには　まだ　てんごくに　行く　じゅんびが　できていません」

「だめです。かみさまは　あなたを　今すぐ　およびです」

　てんしは　つばさを　広げ、ケンジくんを　つつみこみました。

目の　まえが　まっくらに　なりました。
きが　つくと　ケンジくんは　ふしぎな　ばしょに　いました。
てんしも　すぐ　そばに　いました。
てんしの　よこには　ふしぎな　しゃりんが　ありました。
しゃりんには　目が　いっぱい　ついていました。
てんしが　うごくと　しゃりんも　おなじ　むきに　うごき、てんしが　とまると
しゃりんも　とまります。
「どうして　その　しゃりんは　てんしさまと　おなじ　うごきを　するのですか？」
「わたしの　れいが　しゃりんの　中に　あるからです」
てんしの　あたまの　上に　きらきらと　した　空が　広がって　いました。
てんしが　つばさを　うごかすと　せんそうの　ような　おおきな　音が　しました。
空の上に　宝石の　ような　いすが　ありました。
その　いすの　上に　人に　よく　にた　すがたの　ものが　ありました。
こしの　すぐ　うえは　プラチナの　ように　光って　いました。
こしの　すぐ　したは　火の　ようでした。
にじの　ような　ものが　その　まわりを　かこんでいました。
ケンジくんは　それが　かみさまだと　わかったので　ひざまずきました。
かみさまは　言いました。

「人の　子よ、あなたの　あしで　たちなさい。わたしは　あなたと　はなしを　しよう」

「いったい　ぼくに　なんの　ごようですか？」

「とても　だいじな　ことだ。わたしが　なにか　しっているか？」

「かみさまです」

「では、かみとは？」

　ケンジくんは　かんがえた　あと、小さな　こえで　こたえました。

「せかいの　おうさま？」

「わたしは　その　ような　ものでは　ない。わたしは　『あって　ある　もの』だ」

「『あって　ある　もの』どう　いう　いみですか？」

「『あって　ある　もの』それを　越える　ものでも　なく、下まわる　ものでも　ない」

　ケンジくんは　かみさまの　いう　ことが　よく　わかりませんでしたが、なんとなく　これいじょう　しつこく　きいては　いけない　ような　きが　しました。

「わかりました。かみさまは　『あって　ある　もの』です」

　かみさまは　うなずきました。

「わたしは　ずいぶん　ながい　あいだ　『あって　ある　もの』だった。もう　つかれはてて　しまった。ほんの　みじかい　あいだだけでも　だれかに　かわって　もら

う　ひつようが　ある」

「てんしさまに　かわって　もらったら　どうですか?」

かみさまは　首を　ふります。

「ケルビムは　だめだ。かれらには　しんの　たましいが　ない。わたしの　かわりが　つとまるのは　人の　子だけだ」

「では、てんしさまに　たのんで、だれか　かわりに　なる　人を　さがして　もらったら　どうでしょう?」

「わたしも　そう　かんがえた。人の　子よ、おまえが　その　かわりの　ものだ」

「えっ!　だって、ぼくは　まだ　子どもです」

「わたしもだ」

ケンジくんは　じぶんの　体が　もち上げられて　いくのを　かんじました。

「人の　子は　これから　しばらく、わたしが　かいふくするまで、よるの　あいだだけ　『あって　ある　もの』に　なる。ぜんちぜんのうを　すきに　つかえ」

きがつくと　ケンジくんは　『あって　ある　もの』に　なって　いました。

ためしに、たいふうを　おこして　みました。

にほんの　ひゃくばいの　大きさの　たいふうです。

たくさんの　たてものが　ふきとび、いくつもの　まちが　水に　しずみました。

ケンジくんは　あわてて　たいふうを　けします。

つぎに　ケンジくんは　じしんを　おこして　みました。
ちょうだいじしんです。
とうきょうも　ニューヨークも　モスクワも　ぜんぶ　こまかい　ちりに　なって
しまいました。
人々は　大空に　なげ出されました。
ケンジくんは　とても　こうかいしました。
そして、もう　二どと　たいふうや　じしんは　おこさないと　けっしんしました。
つぎの　日の　ばんから　ケンジくんは　せかい中の　雨ぐもを　けす　ことに　し
ました。
ひるの　あいだは　ひるの　かみさまが　雨を　ふらせる　じゅんびを　するのです
が、よるの　あいだに　ケンジくんは　それを　ぜんぶ　けして　しまいます。
あめが　ふると　じめじめして　みんなが　いやだと　おもったからです。
まいにち　雨の　ふらない　はれた　日が　つづきました。
ケンジくんは　とても　うれしく　おもいました。
こんなに　きぶんが　いいのは　ぼくの　おかげなのだから　きっと　せかい中から
かんしゃされて　いるぞ　と　おもいました。
ところが、まいばん　死にかけた　子どもを　つれた　おじいさんや　はい色で　つ
めたい　ひからびた　あかんぼうが　ケンジくんの　ところに　やって　きて、おねが

いする　ように　なりました。

「かみさま、どうか　雨を　ふらせて　ください。わたしの　まごは　もう　この　ひとりだけです」

「かみさま、どうか　雨を　ふらせて　ください。ひからびるのは　わたし　ひとりでたくさんです」

ふたりの　ほかにも　おおぜいの　人たちが　れつを　なして　やってきます。

みんな　びょうきだったり、死にかかっていたり、死んでいたりしていました。

ケンジくんは　みんなを　むしする　ことに　して　いました。

なんの　ことを　言って　いるのか　わからなかったし、みんなの　すがたが　すこし　こわかったからです。

そんな　ある日、ケンジくんの　お父さんと　お母さんが　夕ごはんの　とき、しんぱいそうに　はなしを　していました。

「きょうも　一じかんしか　すいどうから　水が　でなかったわ。いったい、これからせかいは　どうなって　しまうのかしら？」

「なんとも　言えないが、アフリカや　みなみアジアは　ほぼ　かいめつじょうたいらしい。このままだと、ヨーロッパでも　せんそうが　はじまるだろう」

「なんの　おはなし？」

ケンジくんは　きいてみました。

「ケンジは　しんぱいしなくて　いいんだよ」

「ぼく　のどが　かわいちゃった」

「ごめんね。きょうの　ぶんの　お水は　もう　ないんだ。あしたに　なったら、のませて　あげるから」

「どうして　お水が　ないの？」

「雨が　ふらなく　なったからだよ。せかい中の　人が　こまっている」

ケンジくんは　そのよるから、雨ぐもを　けすのを　やめました。

つぎの　日から　大雨が　つづき、こう水に　なりましたが、ケンジくんは　なにもしませんでした。

なにを　しても　うまく　いかないので　うんざりしていたのです。

しばらくすると、雨も　やみ、いつもどおり　すきな　だけ　水が　のめるようになりました。

雨を　ふらせて　ほしいと　言う　ひとたちは　こなく　なりましたが、牛や　ぶたや　にわとりたちが　やってくる　ように　なりました。

「わたしたちを　ころすものに　ばつを　あたえて　ください。わたしたちは　したくないのです」

「かちくを　ころす　しごとの　人たちに　ばつを　あたえれば　いいのですか？」

まえに　しっぱいして　いたので、ケンジくんは　いちおう　牛たちの　いいぶんを

きいて　みる　ことに　したのです。

「いいえ。それだけでは　いけないのです。かれらが　わたしたちを　ころすのは　わたしたちの　にくを　たべる　ひとたちが　いるからです。かれらは　にくを　たべる人の　かわりに　わたしたちを　ころして　いる　だけで　ほんとうに　わるいのはわたしたちの　にくを　たべる　人たち　なのですから」

「じゃあ、どうすれば　いいのですか？」

「わたしたちを　たべるのを　きんしして　ください」

「そんな　こと　できるんですか？」

「できます。にほんでは　むかし　牛や　ぶたを　ほとんど　たべませんでした。でも、がいこくに　牛や　ぶたを　たべる　ことを　おそわってから　たべるように　なったのです。だから、もとに　もどせば　いいのです。ついでに　にわとりも　たべないようにして　ください」

「でも、たべて　いない　ものを　たべる　ようには　できるかも　しれないけど、たべている　ものを　たべないように　できるんですか？」

「できます。にほんじんは　むかし　くじらを　たべていました。でも、がいこくからたべるなと　言われて　今では　ほとんど　たべなく　なりました。くじらも　牛もいのちの　とうとさは　おなじ　はずです。どうか　わたしたちを　おすくいください、かみさま」

そう　言われて　みれば、とおい　うみに　いて、なにを　かんがえているのか　よくわからない　くじらよりも、人なつっこい　牛や　ぶたや　にわとりの　ほうがにんげんに　ちかい　ような　きが　します。

「わかりました。あしたから、牛と　ぶたと　にわとりを　たべるのを　きんしします」

牛と　ぶたと　にわとりたちは　大よろこびし、なんども　おれいを　言って、かえって　いきました。

つぎの　日から　おかずの　おにくが　なくなりました。

大すきな　カレーライスにも　やさいばかりで　おにくは　ありません。ハンバーグも　つくって　もらえなく　なりました。

くる日も　くる日も　お魚と　やさいばかりの　日が　つづきました。

「ごめんね、ケンジ。おにくが　たべたいでしょう」

ごはんの　たびに　お母さんは　すまなさそうに　言います。

ケンジくんは　おにくが　たべられない　りゆうが　わかって　いたので、わがままは　いいませんでした。

でも、おにくが　とても　大すきだったので、とても　かなしい　きが　しました。

そして、ある日の　ばんから　さかなや　やさいたちが　おねがいに　やって　くるように　なりました。

　ケンジくんは　ひるの　かみさまに　おいのりしました。

「かみさま、かみさま、ぼくは　どうすれば　いいのでしょう？　いきものたちの　ねがいを　ぜんぶ　きいていたら　なにも　たべられなく　なって　しまいます」

　すると、そらから　大きな　ふろしきが　おりて　きました。

　中には　ほにゅうるいや　はちゅうるいや　ちょうるいなどが　いっぱい　入って　いました。

「ケンジよ、ころして　たべなさい」

「かみさま、そんなことは　できません」

　ケンジくんの　まえに　みたことの　ある　わかい　おとこの　人の　かおが　あらわれました。

「わたしが　たべて　いいと　いう　ものを　たべては　いけないなどと　いっては　いけない」

　ケンジくんは　かみさまに　ふれる　ために　その　かおに　手を　のばし　足を　ふみだしました。

「危ない！」

　隼人は後ろから誰かに羽交い締めにされ、引き戻された。バランスを失ってその誰かと一緒に地面に倒れ込む。もがきながら起き上がると、正面には崩れ落ちた建物の壁の残骸《ざんがい》があり、その壁に知っている男の顔が貼り付いていた。男は恨めしそうな顔で隼人を見つめ、何かを呟《つぶや》いていた。「……神が清めたものを清くないなどと……」

「あんた、何をするつもりだったんだ？」後ろから声がする。さっき、「危ない！」と叫んだ声だ。振り向くと、中年男性が息を切らせていた。

「あんたがこいつに向ってふらふら歩いていこうとするもんでな。慌てて走ってきたんだ。いったい何があったか知らんが、人間もどきになるってのは自殺の方法としては最悪だ」男は壁に唾《つば》を吐きかける。「なにしろ、人間もどきは最低の屑《くず》だからな。見掛け次第、焼却処分にしなけりゃならん。なに、泣き叫んで苦しんだって、構うこたぁない。こいつら、人間様じゃねえんだから。俺たちの偉さを思い知れってんだ!!」

「わたしは確か童話を書いていたはずなのに……」

「童話？　そういやぁ、何かぶつぶつ言ってたな。ケンジ君がどうしたこうしたとか」

隼人は頭を押さえた。「いったい、何がどうなったのか？」

男は胡散臭《うさんくさ》そうな目で、隼人を睨《にら》んだ。「記憶がないのか？　あんた、人間もどきじゃねえだろうな？」

「人間もどき？」

徐々に記憶が戻ってきた。目の前で千秋の肉体が崩壊したこと。そして、マンションで怪物化した人々に出会ったこと。「超人」は夥《おびただ》しい数の千秋を殺戮《さつりく》していた。そして、最後には千秋ごとマンションを爆破したのだ。

「くそ！」隼人は壁に拳《こぶし》をぶつけた。「壁には触らん方がいい。どこまで汚染されているか、わからんからな」

隼人は歯を食い縛り、なんとか自制した。「人間もどきっていうのは、こんなふうに人間でなくなった人たちのことですか？」

「ああ。秋口から街中に広がり出したんだ。もっとも、あのマンションの大爆発があった頃から、子供たちの間では妙な噂があったらしいが、本当のところはよくわからない。昨日まで、まともに生活していた人が次の日に会うと、どうもおかしい。会話をしてもちぐはぐだし、目は虚《うつ》ろだし、顔つき、体つきもどことなく違う。そうしているうちに突然溶け出したり、家の中から人間やなんやらの塊が噴き出したりする。最初は現れる度に警察やら消防やらが出てきたが、そのうち専属の部署ができて、そこが一手に処理するようになった。たいしたことはやらない。人間もどきの出た家の家族を隔離したり、家を焼却処分したりだ。明らかに人間でないという兆候がない場合は無闇に焼いたりはしない。その代わり、怪しいやつは一ヶ月間、特殊病院で隔離観察される。俺に言わせりゃ手緩《てぬる》かったと思うな。正式には発表されちゃいないが、脱走したやつや、病院内で変異を起こして他の患者を取り込んだやつもいるって話だ。

まあ、小さな塊はたいしたことはない。すぐに腐ってどろどろに溶けちまう。やっかいなのは、でかい塊だ。しぶとく生き続ける上に人間や動物を取り込んで、どんどん増殖しやがる」

あの時の爆発でこいつの破片が飛散したことが蔓延《まんえん》の原因になっているのだろうか？　それとも、別のルートがあるのか？　もし、爆発が原因なら、隼人にも責任がある。

隼人は壁の男の顔に向き合った。「ジーザス西川」

「そうだ。そいつはジーザス西川とか言う歌手だった」男は顔を顰《しか》める。「そいつの人間もどきが一番多い。たぶん最初の頃に食われちまったんだろうな。いつもぶつぶつ言っとる。取り込まれてからこうなったのか、最初からおかしかったのか、わからんがな」

男は襤褸《ぼろ》を身に纏《まと》っていた。今の状況でこの姿がおかしいのかどうかすら、隼人には判断がつかなかった。自分の姿を見下ろすと、さらに酷《ひど》い状態だった。身に纏っているものは服といっていいものかと思うほど酷かった。べとべとに汚れた何枚かの布を重ねて捲《ま》き付けているだけのようにも見える。もっとも、男の方には服装以外にも奇妙な点があったが。

「アルファ・オメガに何かあったのですか？」

「俺もよく知らない。とにかく、こんな状況になっちまったもんで、テレビ局もラジオ局も新聞社も動いてないんでな。けっ！　インターネットだって、全くの役立たずだ。まあ、これを起こしたのはジーザス西川だって噂は聞いたことがある。これこそが最後の審判だとな。はっ！　馬鹿馬鹿しい」

「アルファ・オメガの根拠地はどこにあるか、ご存知ですか？」

　とにかく、沙織を捜さなくてはならない。こんな状況の中、独りにしておくわけにはいかないし、千秋のことも伝えなくてはならない。おそらく、沙織の居場所として最も可能性が高いのはアルファ・オメガだろう。もしこの現象の発信源がアルファ・オメガだとしたら、沙織が無事である可能性はかなり低くなる。だが、行って確かめる以外にどうしようもない。

「うろ覚えだが、確か久都流布川沿いの亜細山近くに教会だか修道院だかがあると聞いたことがある。近くまで行けば、知ってるやつもいるだろう。ただ、そこまでの交通機関はないけどな」

「ありがとうございます」隼人は歩き出した。

「おい。待てよ。まさか、歩いて亜細山まで行く気なんじゃないだろうな」

「はい。交通機関はないんでしょ」

「ああ。だが、歩いていくのは無理だ。人間もどきに会ったらどうする？」

「人間もどきは狂暴なんですか？」

「みんながみんな狂暴ってわけじゃない。でも中にゃ、自分が人間もどきだってことに気付いて自暴自棄になってるやつらもいるし、元々兇悪《きょうあく》なやつらだっている。あいつら、寿命が来るまでは殆《ほとん》ど不死身だから始末が悪い。それから、でかいやつは相手構わず触手で取り込んじまうから、狂暴も糞《くそ》もない。近付かなきゃいいんだが、建物や木や岩と一体化してるやつはなかなか見分けが付かない。かと言って、建物にも森にも全く近付かずに、進むことはできない。一番厄介なのは半端な大きさのやつだ。あいつらが暴れ出したら、自衛隊だって手が付けられない」

「自動車でいくのはどうでしょう？」

「無理だ。街から出る道はみな分断されている。倒壊した建物や自動車のスクラップの山や人間もどきのでかいやつで塞《ふさ》がれてるんだ」

「じゃあ、この街の住民はどこにいったのですか？」

「いろいろだ。人間もどきに取り込まれたやつ。殺されたやつ。人間同士で殺し合ったやつ。俺たちみたいに隠れ住んでいるやつ。自衛隊に連れられて避難したやつ」

「避難した人たちは無事なんでしょうか？」

「それもわからない。ここ以外の場所がどうなっているか、皆目わからないんだ。しかし、どの道も街の近くで分断されているからには、そこから先も同じように寸断されているんだろう。どうせ遠くまでは逃げられんだろうし、逃げられたとしてもどこかに安全な場所があるという保証はない。俺たちみたいにこれが治まるまで、逃げ隠れしているのが、一番賢いのさ」

「では、そのうち治まると思っているんですね？」

「そりゃ、治まるさ。こんなことが続くわけはない。小さなやつがすぐに溶けちまうのと同じように、きっと大きなやつも寿命が来れば、溶けるに決まってる。もうしばらくの辛抱だ」

「警察や自衛隊は攻撃しなかったんですか？」

「前には撃ってるのを見たことあるけど、殆ど効果はなかったな。そういやあ、最近は見ないなぁ。諦《あきら》めたのか、それとも警察も自衛隊もいなくなったのか」

もし、この現象が起こっているのが、限られた地域だけだとしたら、放置しておくとは考えにくい。まだ住民が残っていることぐらいはわかっているだろうし、どんどん増殖するものを放っておくのはまずい。なのに、いまだに外部からの援軍がないとしたら……。最悪の事態——つまり、日本中に人間もどきが蔓延している——も覚悟せねばならないだろう。

隼人は唇を嚙《か》み締める。「あなたはここに残られるんですね」

「ああ。命が惜しいからな」

「わたしはアルファ・オメガの修道院に向います。やらなければならないことがあるんです」

「どうしても行くってのなら、止めねえよ。しかし、せっかく俺が助けてやった命を粗末にされるのは気分が悪いがな」

「そう言えば、命を助けて貰《もら》ったお礼をまだ言ってませんでしたね」

「そうだっけ？　さっき言ってたような気もするが……」

「いいえ。まだです。命を助けて貰ってありがとうございます。助けていただいた命をまたもや危険に曝《さら》すことになりますが、どうかお許しください」

「じゃあな。達者でな」

「さようなら」

隼人は見覚えがある建物を目指して歩き始めた。そして、十メートル程進んだ後、立ち止まり、振り向いた。

「なんだ？」男は不安げに尋ねる。「あの……」

「いえ。何でもありません」隼人はそのまま歩みを進めようとする。

「待てよ。そんな言い方をされると気になるじゃないか」

隼人は無言で男を見つめる。

「ああ。わかった。これのことだろ」男は自分の下半身を指差す。「これは何でもない。何か悪性の皮膚病に罹《かか》って、腫瘍《しゅよう》ができてるんだ。よくあるだろう」

男の下半身は吸盤を持つ無数の触手から成っていた。まるで一本一本が意志を持っているかのようにてんでんばらばらに蠢《うごめ》いてぐちゃぐちゃと不愉快な音を立て続けている。大量に粘液を分泌しているため、細かく白い泡に覆われ、触手間に糸を引いている。

「ははあ。あんたこれを見て、俺のことを人間もどきだって、勘違いしたろう。違うんだな。これはただの病気だ。騒ぎが終わって、まともな病院に行けば治っちまうんだ」

男は震えていた。「なっ。よく見れば、俺が人間もどきでないってことぐらいはわかるだろ。よくある病気だって。だいたい、俺が人間もどきだったら、あんたを助けようとなんてするはずがない。それに、俺の記憶は頗《すこぶ》るはっきりしてるんだ。昨日の夜のおかずはサバの味噌煮《みそに》だ。それから、小学校の名前だって覚えてる。初恋の子の名前だって」

「自分の親の名前は？」

「それが何だって言うんだよ。親の名前なんて、何年も言ったこともない。そんなのは証拠にならねえんだ。そうだろ！」男は嗚咽《おえつ》しているようだった。「畜生‼　よく見れば、俺が人間だってことは一目瞭然《りょうぜん》じゃねえか！　それとも、あんたにはあの屑の人間もどきに見えるってのかい？　くそっ‼　人間もどきのやつら皆殺しにしてやる‼　なあ、答えてくれよ」

「ええ。わたしにはあなたは人間にしか見えませんよ」隼人は強張《こわば》る頰を無理に動かし微笑んだ。

「なっ。そうだろ。そう言うと思ったぜ」男はぶつぶつと呟《つぶや》きながら、その場を去っていった。

後には強い臭いを発する粘液の白い道が残された。

2

街の中は殆ど無人状態だったが、建物に関しては——そこここに倒壊した建物や火事の跡はあったが——概《おおむ》ね無傷と言えた。たまに見掛ける傷跡も敵が付けたものではなく、たいていは人間側の仕業だった。

僅《わず》かな生き残りの人間は、まだ汚染されていない建物にひっそりと隠れ住んでいた。食料はデパートの食料品売り場などから調達している。しばらく前には、大量に持ち出して自分だけの貯蔵庫に移そうとしたやつがいて、かなり大掛かりな抗争が起きたこともあったそうだ。今ではビルの屋上などを利用して、作物の栽培なども始まってるらしい。あまりにも人口密度が低いため、共同体の形成にはいたっていない。盗賊団も自警組織もなしだ。

汚染されている建物は全体の六～七割程度だった。当初、敵は生物を糧にして増殖すると考えられていたので、建物に人も動物も近付かなければ、やがて自滅するか、少なくとも増殖は止まると予想されていた。しかし、餌食《えじき》がなくても、敵の増殖は続いた。植物を取り込んでいるため、空気と水と土があれば必要な物質を合成できるのだろう。

汚染された建物からは、生き残りの住民が人間もどきと呼ぶ存在がしばしば現れた。彼らは敵に取り込まれた人間の出来の悪い複製だ。記憶も一応は複製されているのだが、原則的にここ数日のものに留《とど》まっていた。ただし、例外的にその期間に想起した過去の事柄に関しては覚えていた。日常生活に必要な知識は備えているので、自分が複製であることに気が付かない場合が殆どだ。細胞の複製具合もかなりおざなりで、細胞核には殆ど核酸が含まれていない。したがって、細胞分裂や酵素の合成がうまくいかず、たいてい数日から数時間で崩壊してしまう。姿はオリジナルと殆ど同じ場合もあるし、かなり変貌《へんぼう》している場合もある。変異は様々で器官の欠損や過剰の他、他人や動物との融合も珍しくなかった。隼人は頭部が巨大な金魚になっている男性や全身からフェレットの頭が噴き出している女性などを目撃している。彼らは自分を人間だと思っているため、極度に変異している場合など、パニックに襲われることがある。武器を持っていたり、特殊な変異をしていたりすると、かなり危険な場合もある。しかし、なぜか本物の人間なら急所であるべき部位を攻撃しても死亡しなかった。それどころか体をいくつかに分断してもまだ活動することすらある。同じ人物の複製は一体とは限らない。同時に、あるいは時間を置いて何度も複製されるが、互いに意識や記憶は共有していない。例えば、ある晩、サラリーマンが寝ている間に取り込まれて、次の日の朝に複製が作られたとする。複製は自分をサラリーマンだと疑わないまま崩壊するかもしれないし、自分が人間もどきであることを知って絶望の中で崩壊するかもしれない。しかし、数日後に生み出される二番目の複製は一番目の複製が体験したことの記憶を一切持たないのだ。彼は一番目が生まれた時と同じくサラリーマンが取り込まれた夜以前の数日間の記憶のみを持っている。彼らは無限に蘇《よみがえ》り、そして死んでいくが、彼ら自身はそのことに気付いていない。この付近の人間もどきの人口密度は人間のそれより一桁《ひとけた》もしくは二桁高いと推測された。高いビルから見ると、あちらに一人、こちらに一人と、呆然《ぼうぜん》と佇《たたず》んだり、徘徊《はいかい》したりしている数個の人影がみられるが、それらはたいてい人間もどきである。人間もどきは敵の内部で生産されるが、そのすべてが排出されるわけではない。ずっと、敵の塊の中に留《とど》められるものもある。かなり不完全な形状である場合が多く、意識はあるが、身動きはできない。独立した人間もどきに較べて寿命は極めて長く、自然死したものは確認されていない。敵に取り込まれる危険を冒して、遂行された数少ない生体解剖の結果、従属型の人間もどきは骨格、筋肉、神経、各種臓器などを敵本体と共有しており、そのため、寿命が制限されていないのではないかと推測されている。彼らの多くは死を願っているともいうが、今では取り込まれる危険を冒してまで彼らを救済しようというものは皆無に近い。

電気、ガス、水道、通信、放送はすべて停止している。日本全体のことはおろか、街のすぐ外のことすら、全く不明だ。あの男が言ったとおり、道路は鉄道を含め、すべて寸断されていた。進むには徒歩で道を切り開いていくしかなかったが、敵が蔓延《まんえん》する中を進むのは極めて危険なことだった。

意識を取り戻してから、出会う人間や人間もどきに話し掛け、現状を知るにつれ、隼人は自分が人間もどきではないかという疑念に取り憑《つ》かれた。爆発以降の記憶が判然としないこともそれを裏付けているように思われた。しかし、それから一週間経っても、隼人の体は崩壊しなかった。考えてみると、隼人はすでに「超人」に肉体を乗っ取られ、ある意味人間もどきになっていたとも言える。そのおかげで何ヶ月も飲まず食わずで生きてこられたのかもしれない。いまさら、人間以外のものであることに恐怖を感じるのも滑稽《こっけい》なことに思われた。

超人には一撃でマンションを爆破し、粉砕した実績がある。敵の力がいくら強大だといっても、超人には歯が立たないように思われる。不思議なのはこれほど敵が身近に蔓延しているというのに超人が攻撃を始めないことと、いまだに敵の目的が見えてこないことだった。

超人の目的が敵の殲滅《せんめつ》なら、敵が堂々と姿を見せている今、攻撃を躊躇《ちゅうちょ》する理由は見当たらない。アメーバ状キメラや恐竜――おそらく、あれらも複製体だったのだろう――とあれほど激しく死闘し、敵を倒すだけのためにマンションごと爆破したことが嘘のようだ。あるいはなんらかの原因で超人は変身能力を失ったのかもしれない。

敵の目的が単に人類への攻撃でないことは明らかだった。かれらは積極的に攻撃をするわけではない。ただ、近付いてきたものを取り込んで複製するだけだ。人間にとっては非常に危険で不愉快なことではあるが、侵略者には似つかわしくない行動だ。かと言って、決して友好的であるはずもない。人類をいたぶって楽しんでいるとしか思えない。

結局、隼人は答えを探すのを諦《あきら》めた。現時点では、あまりにも情報が不足している。状況分析はデータが集まってからでも遅くはない。それより、今は沙織の安否を確認することを優先すべきだ。

隼人は市街地から離れ、少しずつ郊外へと進んでいた。それらの地域は隼人のマンションからさほど離れてはいなかったが、実際に足を踏み入れるのは初めてだった。街から街へと移動する時に通っていたはずの場所だが、電車や自動車の窓から見ていただけなので、妙に現実感が乏しかった。風景には確かに見覚えがあるのだが、その場所に自分がたっているのが信じられなかった。あたかも、テレビドラマの中の風景に入り込んだかのような感覚だった。

街と較べると、人間も人間もどきの数も少なかった。もちろん、全くいないというわけではない。日に一度は移動中の彼らに出会った。

建物の損壊は殆《ほとん》どなかったが、汚染率は街よりも高いようだった。全く汚染されていないような家はまず見付からなかった。隼人は仕方がないので、汚染されている割合の低い家を探しては、そこを塒《ねぐら》にしつつ、先へと進んだ。寝ている間に、触手が迫っていたこともあったが、糸と鈴で作った簡単な警報機が結構役に立った。時には、建物に埋め込まれている人間もどきが大声で起こしてくれて助かったこともあった。慌てて外に飛び出した。隼人が礼を言うと、老女の人間もどきは悲しそうに微笑んでくれた。

亜細山が近付くに連れ、民家はさらに疎《まば》らになっていった。敵の寄生対象は建築物から樹木や岩などの自然物へと変化していった。人間に会うこともなくなり、人間もどきよりも動物もどきの方が目立つようになった頃、隼人は一軒の小屋を見つけた。

小屋の入り口には「アルファ・オメガ礼拝堂」と書かれた立て看板が置かれている。ここはもう亜細山の麓《ふもと》に近い。礼拝堂があってもおかしくはないだろう。

小屋のすぐ横には、古ぼけたバンが停まっていた。車体のあちこちがへこんでいるが、バンパーやタイヤにまだ乾いていない新しい泥が付いているところを見ると、現役なのだろう。

小屋は明らかに廃材とわかるもので、組み上げられていた。屋根の上には斜めに傾いた十字架が載っかって、夕日を浴びて血の色に輝いている。壁に手を触れると小屋全体がぎしぎしと軋《きし》んだ。掌《てのひら》にはべっとりとした液体が残った。

隼人は緊張した。粘液が壁から染み出すのは汚染の兆候だ。もっとも、液体が染み出すのは、塗料の問題かもしれない。早合点は禁物だ。

「誰ですか？」小屋の中から男の声が聞こえる。

「旅の者です。お訊《き》きしたいことがあって、お訪ねしました」

「少し、お待ちください」

しばらくして、小屋のドアが開かれ、中年の男が現れた。

部屋の中の様子は暗くてよくわからなかった。まだ、照明は点《つ》けていないらしい。窓はないか、あるいはカーテンで塞《ふさ》がれていた。暗いので、判然としないが、壁や床や天井には黒い塗料が塗ってあるようだ。

男は真っ黒の髪を肩まで伸ばし、髭《ひげ》を生やしている。身長はやや低い。服装は黒で統一されている。ズボンのベルトやシャツのボタンまで墨のように黒い。部屋の黒さに溶け込み、輪郭ははっきりとしない。土気色の顔だけがぼんやりと黒の中に浮かんでいた。

「何をお尋ねでしょう？」男は殆ど唇を動かさず、消え入りそうな声で言った。

「アルファ・オメガ教の修道院はこのまま進めばいいのでしょうか？　実は人探しをし

ておりまして……」

「アルファ・オメガ教ではなく、アルファ・オメガです。教は付きません」

「これは失礼しました」隼人は丁寧な口調で言った。「でも、正式な名称をご存知だということは、あなたはアルファ・オメガの関係者なのですね」

「修道院には入れません」

「えっ？　でも、アルファ・オメガは入信を求めるものは誰も拒まないということではなかったでしょうか？」

男はじろりと隼人を睨《にら》んだ。「では、あなたは入信希望者だとおっしゃるんですか？」

「もし、そうだと言ったら、修道院に入れていただけますか？」

「駄目です」男は首を振った。「もう手遅れなのです」

「手遅れとは？」

「すでに、アーマゲドンは始まっています」

「アーマゲドン？」

「主《しゅ》に従う者とサタンに従う者との戦いです」

「だから？」

「すでに、人類の選別は終わっています。我々以外の者はすべて主イエス・キリストによって、地獄の炎に投げ込まれるのです」

「残念ですけど、僕の家は代々門徒でね。イエスの軍団にも、サタンの軍団にも縁はありません」

「仏教徒、ヒンドゥー教徒、似非《えせ》キリスト教徒、イスラム教徒、ユダヤ教徒、マルクス主義者――これらは主イエス・キリストを唯一の神と見なす契約をなしていないという点では、みなサタンに属するものです」

「それって、悪いことは何もしてなくっても、キリスト教を信じてなきゃ、地獄に行くってことですか？」

「その通りです。そうでないとしたら、神との契約に何の意味があるでしょう？」

「阿弥陀如来《あみだにょらい》はすべての衆生を救済してくれると聞きましたけど」

「サタンの作った邪教の教えです」

「じゃあ、わたしはもう地獄で焼かれる方に組分けされてるってことですか？」

「そうです」

「何の罪もないのに？」

「人はすべてアダムを源とする原罪を背負っています。それだけで、地獄に落ちても仕方がないのです。唯一、神の赦《ゆる》しを得る方法は、生贄《いけにえ》を捧《ささ》げることしかありません。主イエス・キリストは自らを生贄とされ、十字架に磔《はりつけ》にされました。これが主イエス・キリストを信仰するものだけが救われる理由です」

「そう考える根拠は？」

「聖書を研究すればわかります」

「『般若心経《はんにゃしんぎょう》』とか、コーランとかを研究しては駄目なんですか?」

「邪教の経典を読む必要はありません」

「邪教かどうかはどうやって、判断するんですか?」

「聖書に基づいているかどうかでわかります」

なるほど。これでは説得は不可能だ。聖書は絶対的に正しいという大前提があり、そのことは聖書自身により、保証されている。そのような論理が成り立つ論理体系は容易なことでは崩せない。もちろん、聖書を他のもの――例えば、『資本論』とか、日本国憲法とか、『法華経《ほけきょう》』とか――に置き換えても強固な体系になるのは同じことなのだが。

こうなったら、強行突破しかないな。隼人は決心した。

隼人は亜細山に向けて走り出そうとした。

と、男の手が隼人の腕を摑《つか》んだ。物凄《ものすご》い力だ。隼人は空中に持ち上げられた。腕の付け根に全体重がかかり、曲がるべきでない方向に曲がった。鈍い音とともに激痛が走る。肩がはずれたらしい。

男はそのまま、隼人を投げ飛ばす。隼人は宙を飛び、木の幹に叩《たた》きつけられた。背中から腰にかけて、電気が走ったようになり、息もつけない。

「すでに復活が始まっているのだ。もう手遅れなのがわからんのか!」男の声は奇妙な唸《うな》りを持っていた。まるで、同じ声を持つ二人の人物が喋《しゃべ》っているかのようだ。「俺は何年も前にアルファ・オメガに入信したんだ。今頃、のこのこ来たやつらが救済されるなんて、許されるわけがないだろう。俺には先見の明があったんだ。おまえらみたいなうすのろは永遠に地獄の炎に焼かれ続ければいい」

男は戸口から外へ出た。

最初、隼人は男に四本の足があるのかと思った。本来の足の後ろにもう一組の足があるように見えたのだ。

しかし、それは足ではなく、腕だった。大きく体を仰《の》け反《ぞ》らし、背中を二つ折りにして、地面に手をついているのだ。男の頭は腹の中央に付いていることになる。

人間もどきだ。しかも、さっきの会話内容からすると、こいつは自分を人間だと考えているようだ。

「さっき、復活が始まってるって言ってたな」隼人は痛みを必死に堪《こら》える。「あんたも復活したのかい？」

「俺は主のイニシエーションを受けた。俺は生きながら新しい肉体と名前を手に入れた」男は二つ折りになっていた体をむっくりと起こした。「俺の新しい名前はリチャード青木だ。すばらしいだろ」

胴体の上にはもう一つ頭がついていた。腹から生えている頭は普通の形をしていたが、肩の上にある頭には無数の角が生えていた。顔からも何本も突き出ている。口の中から出ているのは牙《きば》だろうか？　口を閉じることができないようで、だらだらと涎《よだれ》を垂らしている。角は皮膚を突き破るように生えていて、皮膚が引き攣《つ》り、顔全体が不規則に歪《ゆが》んでいた。目も過剰で、角に圧迫され、潰《つぶ》れているものを含めると、全部で五つあった。男の身長は二メートル半以上ある。腹の頭に対応する腕が両脇腹から一組生えている。手足を合わせると全部で六本だ。立ち上がった黒い姿はまるで歩く巨大なゴキブリのようだ。

リチャード青木は黒い服を四本の腕で引き裂き始めた。服の下には鎧《よろい》のようにぶ厚い筋肉が脈うっていた。体のあちこちからも角が突き出している。

「見ろ！　これが天使の肉体だ!!」

隼人の肩の筋肉が独りでに動き始めた。はずれた肩の骨を元の位置に戻そうとしているらしい。自分の肉体ながら、吐き気がするほどぞっとする。同時に背中でもばきばきと音がする。背骨も補修しているようだ。しかし、こんな応急措置ですぐに動けるようになるものだろうか？

リチャード青木は全身の骨格を軋《きし》ませながら、倒れている隼人に近付いてきた。

隼人は身を捩《よじ》って逃げようとしたが、リチャード青木の毛むくじゃらの腕は素早く隼人の喉《のど》を捕らえる。

「貧弱な首だなぁ。親指と人差し指だけで、潰せそうだ」そのまま隼人の顎《あご》の下に手を掛け、持ち上げる。

隼人は息がつまり、足をばたつかせる。

「貧弱ぅー。貧弱ぅー」リチャード青木は哄笑《こうしょう》した。

なぜ変身しないんだ？　確かにこいつは人間とは比較にならないほど強いが、超人なら一撃で倒せるはずだ。いっこうに変身が始まらないのは、超人が今を変身が必要な時だとは思っていないからだろうか？　それとも、本当に変身能力を失ってしまったのか？　だとしたら、隼人は普通の人間に戻れたということになる。四本腕の巨人に絞め殺されそうになっていなかったら、お祝いしたいぐらいだ。

隼人は弱々しく、リチャード青木の手首を握った。もちろんなんの効果もない。目がちかちかし、耳の中で沸騰するような音がする。手足の力が抜け、どうでもよくなってきた。目の前の悪鬼の姿を見ても恐怖すら感じない。

ところが、隼人の肉体は隼人の意志とは無関係に行動を起こしていた。握っていた指を離し、右手をリチャード青木の腕を撫《な》でるように肩に向って這《は》わせていく。左手は隼人の下腹部を狙《ねら》うリチャード青木の脇腹から生える手に触れる。隼人の死にゆく様を見て興奮しているリチャード青木は隼人の手の動きには気が付いていない。

隼人の両手のすべての爪の裏側から、何十本もの細い糸のようなものが生えてきた。生糸のようなそれらはリチャード青木の肌の上を這い、上下それぞれの顔へと向っていく。そして、ゆっくりと耳や鼻や目の穴の中に潜り込んでいく。

リチャード青木は何か違和感を覚えたのかしきりに瞬《まばた》きをし、むず痒《がゆ》そうに顔をしかめる。

と、リチャード青木の両方の顔に驚きの表情が現れた。目玉をきょろきょろと動かしている。数秒後に恐怖の表情に変わったと思うと、苦悶《くもん》の表情を浮かべ、苦しみ出した。

「うごぉー!!」

手の力が弱まり、隼人はどさりと地面に落下する。尻餅《しりもち》をついた格好になった隼人は首を振り、深呼吸した。

いったい何が起きたんだ？

隼人は自分の爪から伸びている糸に気がついた。爪は数ミリほど、指の肉から浮き上がり、その隙間から糸が出ている。焼けるような痛みが爪から伝わってくる。隼人の体に棲《す》みついているものは変身以外の攻撃方法も持っているらしい。

リチャード青木は絶叫しながら、自分の顔を掻《か》き毟《むし》っていた。そして、ようやく糸の存在に気が付いた。両手で糸を握り締める。

こんな細い糸は簡単に引き千切られてしまうだろう。逃げなければ。

だが、足にも腰にも全く力が入らない。

リチャード青木の手の動きが止まった。白目を剝《む》き、口からは泡を吹いている。そのまま、どんと膝《ひざ》を突く。「うがががが」

糸は神経が集中している部位に入り込んでいる。おそらく、神経を伝って、中枢にまで達したのだろう。しかし、なぜこんな回りくどい手を使ったのか？　超人なら、こいつを一瞬で真っ二つにできたはずなのに。

リチャード青木は目を見開き、口をだらんと開けたまま、動かなくなった。

死んだのだろうか？　隼人は改めて自分の爪から伸びる糸を眺めた。これ、どうすりゃいいんだろう？　ほっとけば自然に引っ込むのか？　それとも、自分で切ってもいいのだろうか？　勝手に切って、悪影響が出ないだろうか？

糸は動く気配もない。思いきって、引き千切ろうとした。

リチャード青木が立ち上がった。

「ひっ！」隼人は仰け反って、仰向《あおむ》けに倒れた。

リチャード青木は何をするでもなく、ただぼうっと立っているだけだ。目は虚《うつ》ろに遠くを見ている。当面の危険はないらしい。

隼人は、しばらく考え込んだ末、この糸は神経繊維そのものだろうと結論した。リチャード青木の脳に直結して、コントロールしているのだ。二つの顔が同時に同じ言葉を話していたことからして、脳は一個所しかないと推測できたが、場所がわからない。それで確実に脳に繋《つな》がっているであろう、各感覚器官に神経繊維を潜り込ませたのだ。隼人の中に潜む存在は隼人の体を自由に操るのと同じく、リチャード青木の体も制御しているのだ。これで、操られる体の数は二つになったことになる。

しかし、これはかなり面倒な方法のように見えた。何人もの体を乗っ取ったら、全員を有線接続せねばならないのだろうか？　尤《もっと》も、それは隼人が心配することではない。

隼人の体のあちこちの骨折やら脱臼《だっきゅう》やらは、全身の筋肉がぎしぎしと動き、あっというまに治ってしまった。こんなに短期間に骨がくっつくとは思えないが、筋肉の一部が硬直してギプスの代わりになっているのかもしれない。

リチャード青木は、突然礼拝堂に入ったと思うと、槍《やり》と車のキーを持って出てきた。槍は長さ三メートルもあり、普通の人間に扱えるものではなかったが、リチャード青木が使えばかなりの破壊力が期待できそうだ。

考えてみると、隼人が超人に変身して戦うより、リチャード青木の力を使う方が効率的かもしれない。超人のスピードとパワーは圧倒的だが、隼人の肉体へのダメージはかなりのものだし、どうやら変身時間に限界があるようだ。湖やマンションで光弾を使ったのも、限られた時間内に敵を仕留めるためだろうが、あまりにも破壊力が強過ぎて、使い勝手が悪い。拳《こぶし》自体を爆発させるのではなく、ロケットパンチのように飛ばせば、限定的な打撃攻撃ができるのにと思うのだが、超人にはそのような発想はないのだろうか?

リチャード青木は体を反らし二つ折りにすると、バンに乗り込んだ。隼人も慌てて飛び乗る。リチャードは鍵《かぎ》を隼人に渡した。運転をしてくれということらしい。

さて、どうしたものか?

隼人はこのような状況になって、途方に暮れてしまった。謎の存在が隼人にある程度の行動の自由を与えてくれているのは、隼人の目的が自分のそれと一致しているからだとすると、二人の肉体を乗っ取った存在はアルファ・オメガの修道院に行きたがっているということになる。隼人は運を天に任すことにした。

バッテリーが上がり気味でエンジンのかかりは悪かったが、数度のトライの末、なんとか動いてくれた。

両側の木が車体を擦《こす》るほど狭い凸凹《でこぼこ》道を十分程走ると、森の木々の中に巨大な肉色のピラミッドが現れた。濡《ぬ》れているのか、夕日を浴びてきらきらと輝いている。ピラミッドの前には小さな広場があり、ごちゃごちゃとテントが立て込んでいた。さらにその外側には教団の施設らしき建物が点在している。

隼人と二つ折りになったままのリチャード青木がバンから降りると、テントから大勢の人々が出て来た。全員様々な色の奇妙なローブを身に纏《まと》って、腰には剣をぶら下げている。隼人の目には人間か人間もどきかは判別できなかった。全員、隼人とリチャード青木を繋いでいる糸には気付いていないようだった。夕日の中ではさほど目立たないらしい。

「リチャード、そいつは何者だ？」一人の男がリチャード青木に呼び掛ける。

まずい。何か喋《しゃべ》らないと疑われてしまう。

「重要な人物だ。ジーザス西川様に会わせるために連れてきた」

リチャード青木が突然喋ったので、隼人は危うく腰を抜かすところだった。もちろん、喋っても全く不思議はないのだが、驚いたのはその言葉の内容が、こう言えばいいのにと、隼人が思った通りだったことだ。どうやら、リチャード青木を喋らせるのは、隼人の役目と決まったらしい。

「主《しゅ》に？」男は面食らったようだ。「その男はブラザーなのか？　すでに復活が始まっている。現在、アルファ・オメガに属していないものはすべてサタンの手先と考えなければならない」

「もちろん、ブラザーだ」

隼人の頭の中の言葉が横にいるリチャード青木の口から出てくる。奇妙な体験には慣れっこになっていたが、これはまた飛び抜けて不気味な体験だ。

「名前は？」

「高倉一郎という」一瞬、本名を言おうかと思ったが、考え直して偽名を言った。会社員だった頃の同僚の名前だ。

「高倉一郎？」男は眉《まゆ》を顰《ひそ》めた。

何かへまをしたんだろうか？　まさか、高倉がここにいるとか？

「なぜ、洗礼名を使わない？」

なるほど。そういうわけか。

「すまん。アルファ・オメガに入る前からの知り合いだったもので、つい本名を言ってしまったんだ。洗礼名はスティーヴだ」

うまいぞ。だんだんリチャード青木に喋らせるのに馴《な》れてきた。

「本名？　なぜそんな言い方をする？　洗礼を受けた以上、スティーヴ高倉が本名のはずだ」

「ちょっと待て」別の男が口を挟んだ。「どうも妙だ。リチャードはさっき、『ジーザス西川様』と言った。おかしいじゃないか。なぜ『主』と言わない」

その場の全員がリチャード青木を見た。

まずい。あまりにミスが続き過ぎた。いったん疑われたら、誤魔化《ごまか》しきれないだろう。

「おい。おまえ、本当にリチャードか？」

「何を言ってる？　俺がわからないのか？」

「じゃあ、『主の祈り』を唱えてみろよ」

リチャード青木は沈黙した。つまり、隼人が言葉に詰まったのだ。

人々は腰の剣に手をかけた。

リチャード青木は二つ折りになっている体を起こす。同時にバンの中に手を突っ込み槍を取り出す。もはや隼人の支配下にはない。隼人の中の存在が動かしている。

一人の男が隼人に切りかかった。

隼人は剣で切りかかられるような状況には全く馴れていなかったため、どうしていいかわからず、立ちんぼうだった。

剣は真っ直ぐ隼人の喉《のど》を狙ってくる。腕で喉を庇《かば》う時間すらなかった。剣の先端が喉に突き刺さると思った時、剣は空中高く飛んでいった。いや。剣だけではない。それを摑んでいた腕も一緒だ。

肘《ひじ》から先を飛ばされた男はしばらく見えない腕があるかのように何度も隼人に切りか

かった。やがて、狐に摘《つま》まれたような顔になり、自分の右肘を眺める。どくどくと血が流れ落ちている。

「うわー!!」男はパニックに襲われ、左手で肘を押さえるが、血の止まる気配はない。

「医者だ！　医者を呼んでくれ!!」

男の腕を切り飛ばしたのはリチャード青木の槍だった。頭上で振り回すと、びゅんびゅんと激しい音がする。

男は蹲《うずくま》り、苦痛に身悶《みもだ》えしているが、リチャード青木は見向きもしない。すでに戦闘不能だと判断したのだろう。アルファ・オメガの仲間たちはリチャード青木が恐ろしいのか、近寄ってこない。男はショック状態に陥っていた。

リチャード青木が一歩踏み出す。

「うぉりゃあ！」別の男がリチャード青木に切りかかる。

槍が男の腹から背中へと貫通した。抜くと同時にその隣にいた信者の頭を叩《たた》き潰《つぶ》す。

「ひっ！」

リチャード青木が逃げようとした信者たちの足をなぎ払い切断した。彼らはそのまますとんと地面に落下し、必死になって腕を振る。時々振り返ってはいっこうにリチャード青木を引き離せないことを不思議がっていたが、やがて絶叫が始まる。

こうして、リチャード青木が一度槍を振り回す度に数人ずつ、死亡もしくは戦闘不能になっていった。

ああ。せめて、彼らが人間もどきでありますように。

隼人は祈った。

おや？ ちょっと待てよ。どうして、俺はあの男たちが人間もどきであることを祈ったりしたんだろう？ もちろん人間がこんな残虐な目に遭うことに我慢できないからだ。しかし、人間もどきであっても、苦痛を感じるのは同じではないだろうか？ 人間も人間もどきも命の尊さは同じではないのか？ 確かに人間もどきの命は再生可能であるように見えるが、一人一人の人間もどきたちは自分の命をかけがえのないものと感じているはずだ。少なくともリチャード青木を操って、人間の姿をしているものを惨殺している存在よりは、人間もどきたちの方が遥《はる》かに人間に近い。

百人近くいた信者たちの数はあっという間に半分ほどになった。信者たちは浮き足立ち、逃亡する者も出始めた。

「恥を知れ！」ピラミッドから女の声がした。

ピラミッドの階段状になった外壁の十メートル程の高さのところに西洋風の鎧《よろい》に身を固めた女の姿があった。上半身だけが見えているのは、穴から身を乗り出しているからだろう。その姿は芸術の妖精《ようせい》ムーサを思わせた。

「すでにアーマゲドンが始まっている。天国の軍団に逃亡は許されない。今、逃げるものはサタンの側についたと見なす」

「メアリー様！」信者たちが叫ぶ。「しかし、リチャードはあまりに強過ぎます」

「弱音を吐くな！　たとえ死んだとしてもすぐに復活する。一時的な死よりも、永遠の地獄を畏《おそ》れよ！」

　信者たちはしばらく躊躇《ちゅうちょ》した後、口々に絶叫しながら、リチャード青木と隼人に向って突進してくる。リチャード青木は次々と手や頭を切り落とし、胴体を真っ二つにする。三十秒後には動けるものはいなくなった。辺りには物言わぬ死体と苦しみ悶える重傷者が幾重にも折り重なって倒れていた。

「おまえは何者だ？　リチャードに何をした？」ピラミッドの上の女が詰問する。「リチャードは確かに力は強かったが、これほど俊敏ではなかった。今のリチャードの動きは目にもとまらなかった」

「教えて欲しいのはわたしの方なんですよ」隼人は正直に言った。

「冗談のつもりか？　それとも、わたしのことを尋ねたいと言うのか？」ムーサの顔は憤怒の表情に変わった。「わたしは神の軍団の第一師団長メアリー新川だ！」

「こちらには争う意志はありません。戦っても無駄だということはそこからご覧になって、おわかりでしょう」

「これがわれわれの実力だとは思わない方がいい」

　不気味な地響きが起こった。まるで、下水が逆流する音を何百万倍にも増幅したようだ。メアリー新川の周囲の壁がぼろぼろと崩れ落ち、大量の粘液が噴き出す。粘液は洪水のように押し寄せ、隼人の膝《ひざ》から下が覆われてしまった。

嫌な予感がした。バンに戻った方がいいかもしれない。

リチャード青木が隼人をさっと小脇に抱え、バンに走った。タイヤが半分粘液に沈んでいた。リチャードは体を二つ折りにし、隼人と共に中に乗り込む。

隼人はガラス越しにピラミッドの様子を見た。

信じられない光景だった。

崩れた壁の内側には巨大な骨格や筋肉や内臓が収まっていた。それはあたかも鯨か恐竜を無理やりピラミッドの型に押し込んだかのようだった。しかも、おぞましいことにそれらの組織はぐちゃぐちゃと動いていた。動く度に肉片が剝離《はくり》し、爆音を立てながら、落下していく。リチャード青木が倒した信者たちは次々と落ちてくる肉片に押しつぶされ、彼ら自身も肉片となり、混ざっていく。落下した肉片は蛆虫《うじむし》のように蠢《うごめ》いている。

肉片が落下していくにつれ、ピラミッドの亀裂《きれつ》の中に何かの姿が見えてきた。巨大な女性の胴体のようなそれは体にぴったりあった鎧を着込んでいた。鎧はサイズこそ違うが、メアリー新川のものと同じ形をしていた。それも当然だった。巨大な胴体の本来なら頭部があるべき場所にはメアリー新川の上半身があった。つまり、肩の上にもう一つ上半身があるのだ。鎧は粘液に濡《ぬ》れ、つやつやと光っていた。

隼人は恐怖を感じた。

今まで戦った怪物たちは恐竜にしてもアメーバ状キメラにしても、メアリー新川より巨大だった。なのに、メアリー新川にこれほどまでの巨大感を覚えるのはなぜだろうか？

隼人はメアリー新川の狂喜の表情を見て、恐怖感がどこから来るのかわかった。隼人が恐ろしかったのは人間の知性だったのだ。アメーバ状キメラにしても、恐竜にしても、ただの野生動物以上の行動はとらなかった。また、マンションに現れた融合体も全体として統一された人格は持っていなかった。しかし、このメアリー新川は一つの人格の下に行動している。知性ある怪獣なのだ。人類の最大の武器が知性だとしたら、知性ある怪獣はどれほど手強いのだろうか？

ピラミッドからはさらに肉片が崩れ落ち、ついにメアリー新川の下半身が露出した。それは人間のものではなかった。何かの獣のものだ。赤黒い筋肉と骨が剝《む》き出しになっている。

まだ完全体になっていないのか？　ひょっとすると、上半身の鎧の下もこのような状態になっているのかもしれない。

メアリーは前進した。ピラミッドと繫がっている血管のようなものが千切れ、粘液が噴出する。ずるずると下半身の後部が現れる。メアリー新川はケンタウロスだったのだ。四足獣の首の部分が巨大な上半身になっている。神話のケンタウロスは馬の体を持っていたが、メアリー新川のそれは獅子《しし》とも蜥蜴《とかげ》ともつかない奇妙な筋骨剝き出しの獣だった。

四足獣の体の上に巨大な人間の上半身。さらにその肩の上に普通の大きさの上半身。

メアリー新川は悪夢のような三重の体を夕日に曝《さら》した。獣の体からは後から後から大量の焦茶色の粘液が溢《あふ》れ出している。体高は十メートルはあるだろう。

どうすべきだろう？　このまま、バンで逃げるべきだろうか？　しかし、今バンはピラミッドの方を向いている。これでは方向転換をしている間に確実に攻撃を受ける。かと言って、バックで逃げていてはスピードが出ないし、あの狭い道を行くのは不可能に近い。となれば、一か八か体当たりするしかないだろう。

隼人はギアを切り換え、アクセルを踏み込んだ。助走距離は少ないが、速度はそれなりに出るはずだ。

衝撃が走った。バンがメアリー新川に激突したのだ。

エンジンが止まる。キーを回す。かからない。両サイドの窓ガラスが砕け散る。窓枠に太腿《ふともも》のような巨大な指が掛かっている。メアリー新川がバンを持ち上げようとしているのだ。ようやくエンジンがかかる。車体が浮いている。タイヤが空回りする。ギアをバックに切り換え、アクセルを踏み込む。空回りが続く。リチャード青木が指に槍《やり》を突き刺す。何の効果もなく、さらに車体が持ち上がる。リチャード青木は再度攻撃し、右手の四つの指の第一関節を切断する。バンは片側ががくんと落ち、地面に触れ、急速に車体が回転する。その衝撃で左手もはずれる。バンは突然後方へ加速する。コントロールを失ったまま、木の幹に激突する。隼人は後部座席に投げ飛ばされる。首の後ろで鈍い音がして、体が動かなくなる。

窓を蹴破《けやぶ》り、リチャード青木が外に飛び出す。体を起こし、槍を斜め上に構え、メアリー新川の顔を睨《にら》んでいる。

メアリー新川はリチャード青木を見下ろしている。「リチャード、随分強くなったようだけど、だからと言ってわたしに勝てると思ってるとしたら、愚か過ぎるわ」メアリー新川は腰の鞘《さや》から剣を抜いた。全長七メートル、刃渡り五メートルはあるだろうか。

「シスター、無駄な争いはやめよう。われわれが戦っては双方無事ではすまない」

メアリーは高笑いした。「何を馬鹿なことを。わたしは無傷のまま、あなたを打ち殺せるわ。どっちにしても、サタンの僕《しもべ》と取り引きなどできはしないけどね」

メアリー新川は剣を一振りした。空気を切り裂く凄《すさ》まじい音が鳴り響く。

隼人は自分がリチャード青木の視点からメアリー新川を見上げていることに気が付いた。隼人の中に巣食う存在がモニターしているリチャード青木の五感の信号が隼人に垂れ流しになっているのだ。正確に情報を制御する余裕がなくなってきたのか？　あるいは、単に気にしていないだけか？

メアリー新川は真上から剣を振り下ろす。リチャード青木は避《よ》けようとしない。隼人は反射的に目を閉じようとしたが、閉じることはできなかった。剣の動きを凝視しているのは隼人の目ではなく、リチャード青木の目なのだ。数センチの距離に迫った時、リチャード青木は瞬時に左へ一メートル移動した。剣はそのまま、地面を切り裂き、地中深く潜った。

リチャード青木がぎりぎりまで逃げなかったわけがわかった。逃げるのが早過ぎたら、メアリー新川は剣の軌道を修正していたに違いない。そうなったら、却《かえ》って逃げ切れなくなっていたところだ。

メアリー新川は地面に深々と突き刺さった剣を抜こうと苦労していた。このチャンスを逃すわけにはいかない。リチャード青木はメアリー新川の掌に槍を突き刺す。手の甲は籠手《こて》で覆われていたが、指と掌は無防備だ。傷口からは赤黒い粘液が噴き出す。

メアリー新川は血走って真っ赤になった目でリチャード青木を睨みつける。「このど糞虫《くそ》けらがぁぁぁ!!」

リチャード青木は後方に五メートルもジャンプした。足の裏に衝撃を感じる。思わず大声を上げたくなるような痛みだ。骨折あるいは筋肉断裂を起こしたのかもしれない。しかし、すでに音声回路は切られているらしく、声を出したのは隼人だけで、リチャード青木は無言のままだった。

リチャード青木にどんな戦法をとらせれば、メアリー新川を倒せるのか、隼人には皆目見当もつかなかった。二メートル半の身長しかないリチャード青木が普通に槍を使えば、下半身しか攻撃できない。致命傷を与えるには是非とも頭部を含む上半身を狙いたい。そのためには槍を投げなければならないが、はずした時のことを考えるとリスクが高い。リチャード青木は唯一の武器を失ってしまうことになる。

突然、リチャード青木はメアリー新川に向けて突進した。しかし、このまま突っ込んでも、膝を狙うのがせいぜいだ。勝算はあるのか？

ほぼ同時にメアリー新川は地面から剣を抜き放った。大量の土砂が宙に舞う。

一瞬の隙をついて、リチャード青木は行動を起こした。槍を棒高跳びのように使って跳びあがり、メアリー新川の前足の付け根辺りに自らの体をぶつける。そして、落下を始める前に、摩擦と慣性の助けを借りて、メアリー新川の腹部――もしくは獣の胸に槍を突き刺す。それを手掛かりにさらに這《は》い上がり、次は腋を狙う。どうやら、次々と鎧の隙間を攻撃する気らしい。大きな上半身の腋、肘、肩、小さな上半身の腋、肘、喉、そして顔――普通の人間なら、肘以外はすべて致命傷になる可能性がある。ただし、メアリー新川にその常識が通用するとは限らない。試すしかないのだ。

槍の先が腋の皮膚を切り裂いた瞬間、リチャード青木は鷲掴《わしづか》みにされた。肋骨《ろっこつ》がばきばきと音を立てて砕けていくのがわかった。

「よくもわたしの肌に傷をつけたな！」メアリー新川はリチャード青木を地面に叩きつける。

リチャードから伝わる痛みの激しさに、隼人は気を失いそうになった。だが、リチャード青木はまるでゴム鞠《まり》のように跳ね起きる。体の中を鋭利な刃物でかき混ぜられているようだ。おそらく、折れた骨が内臓に突き刺さっているのだろう。

メアリー新川は荒馬のように地響きを立てながら、走り寄ってきた。前足でリチャード青木の腹を蹴り上げる。リチャード青木は宙を舞い、頭から地面に落下する。腹部の顔はぐちゃぐちゃに潰《つぶ》れ、上部の頭はおかしな方に捻《ねじ》れている。もはや全身が痺《しび》れ、痛みすら感じない。それでもリチャード青木は槍を杖《つえ》にして立ち上がる。さっと剣が振り下ろされ、槍を持つ手が切り落とされる。リチャードは残った拳をメアリーに向け、抵抗をしようとする。

強い光に照らされたような気がした。しかし、それは光ではなかった。それは途方もない痛みだったのだ。脳には痛覚はないとされているが、隼人は確かに脳の痛みを感じていた。それは激痛であるとともに絶望であった。すべてのものに何の価値も見出せないことを理解してしまった。苦痛が体内を駆け巡る。この苦痛から逃れられるなら、何でもできると思った。この身を跡形もなく、すり潰してくれと心から願った。精神が崩壊して行くのが実感できた。

次の瞬間隼人は出し抜けに、リチャード青木の肉体から解放され、自分の体に戻っていた。たった今までリチャード青木を操っていた糸がするすると爪と指の肉の間に戻ってくる。

剣が脳天に落下し、リチャード青木は半ば潰れながら、切断されていた。メアリー新川の剣の切れ味はあまりよくないらしい。剣自体が持つ重さを叩きつけることによって、破壊力を生み出すのだ。

リチャード青木の股間《こかん》にはピンクのプリンのような脳髄が震えて収まっていた。おそらく初めからそこにあったのではなく、頭か胸か腹にあったものが、押し下げられたのだろう。肺や肝臓や心臓などの臓器も同じ位置に押し固められている。

隼人は自分がリチャード青木の死を体験していたことに気が付いた。死を体験するのは二度目だが、何度体験しても馴《な》れることはなさそうだった。

メアリー新川は血塗《ちまみ》れの剣を振り上げ、リズミカルに四本の足を動かしながら、近付いてくる。「リチャードは死んでしまったわ。あなたはどうする？　このまま車に乗ったまま、押し潰されたい？　それとも、一思いに首を刎《は》ねられたい？」

隼人は勢いよく車の外に飛び出した。自分の意志ではない。例によって、体が勝手に動き出したのだ。

隼人は焦った。リチャード青木が死んでしまったからには、隼人に取り憑《つ》いている存在は「超人」に変身して戦うつもりだろう。もし一撃で勝負を決めるつもりなら、光弾を使うはずだ。だが、今のこの位置から光弾を発射すると、ピラミッド諸共《もろとも》粉砕してしまうことになる。あのピラミッドの中には沙織がいるかもしれないというのに。

隼人は必死に体を動かして逃げようとするが、眉毛《まゆげ》一つ動かすことすらできなかった。

隼人の肉体は足首だけを動かして跳躍し、バンの屋根に飛び乗った。そして、徐《おもむろ》に左手を握り締め、拳《こぶし》をメアリー新川に突き出した。

隼人は驚いた。超人に変身せずに光弾を使うつもりのようだ。格闘を行う時以外は、超人に変身する必要すらないらしい。

隼人の右目が閉じ、左目で照準を合わせる。

全身が炎に包まれる。左手の肘が爆発し、腕が火炎を噴き出しながら飛んでいく。隼人もバンも信者の死骸《しがい》も生きて苦しむ信者もすべて紅蓮《ぐれん》の炎に包まれる。隼人の腕は超音速で、メアリー新川の下半身である獣の胸に突っ込む。赤い霧と共に発生した衝撃波で隼人はバンの屋根から叩き落される。静寂の中、森の木々が倒れ発火していく。音がしないのではない。あまりの音圧の高さに隼人の耳は音として認識することすらできなかったのだ。

メアリー新川の上半身とそれに繋《つな》がっている獣の背中が宙に浮かんでいる。その下には空間があり、さらにその下には四本の足とそれに続く腹の部分が立っていた。胸や脇腹の部分はすっぽりと抜けていた。隼人の腕が吹き飛ばしたのだ。

「ロケットパンチ……」

メアリー新川の上半身が空中から落下し、爆音とともに地面に転がった。

隼人は信じられなかった。まさか、自分がロケットパンチを繰り出すことになろうとは！

ついさっき、光弾ではなく、ロケットパンチを出せばいいと思ったことを思い出した。これが偶然でないとすると、隼人の意志が通じたことになる。一筋の光明が見えたような気がした。どんな怪物だろうとコミュニケーションが可能なら、理解し合えるかもしれない。

隼人は立ち上がろうとしたが、体がいうことをきかずバランスを崩し、再び地面に倒れ込んだ。服は殆《ほとん》ど燃え尽きている。左半身の皮膚は炭化していた。筋肉や骨や内臓まで焼け焦げているかもしれない。

隼人は右手右足だけでピラミッドへと這い進んだ。二つに分断されたメアリー新川の死体からは強烈な臭気が立ち上っている。隼人はよろよろと立ち上がる。早くも再生が始まったようだ。

隼人はメアリー新川の死体を一瞥《いちべつ》した後、ピラミッドに目を移した。生物的な特徴はあったが、どうやら土台は本物の建物らしい。メアリー新川が飛び出した裂け目から、階層構造や捻じ曲がった鉄骨が見える。濁った液体が滝のように流れており、不快感で震えがきそうだったが、隼人は歯を食い縛って、ピラミッドに近付き、中を覗《のぞ》いた。

日は殆ど沈んでいたが、燃える木々のおかげで中の様子はぼんやりと判別できた。壁や床は肉壁で覆われている。マンションで見たのと同じものだろう。肉壁の中に人間もどきが埋まっているのも同じだった。

「沙織！」返事は期待していなかったが、一応呼んでみる。

返事の代わりに脇腹に衝撃を感じた。見下ろすと、剣が食い込んでいる。脊椎《せきつい》にぶつかって止まったようだ。振り返った隼人の目に羅刹《らせつ》のような女の顔が飛び込んできた。

メアリー新川は生きていた。最後の力を振り絞って、剣を横に払ったのだ。振り下ろすことができれば、おそらく隼人は真っ二つになっていただろう。

メアリー新川は血の気の失《う》せた怨霊《おんりょう》のような目でじっと隼人を見詰めている。隼人は身動きすることができなかった。痛みのせいではない。メアリー新川の眼力に圧倒されたのだ。

しかし、隼人の感情とは無関係に握り締めた隼人の右手が勝手に持ちあがり、メアリー新川の顔を狙う。

「待ってくれ！　こっちの手は生身なんだ‼」

隼人の叫びも空しく、右腕は発射された。

血飛沫《ちしぶき》の霧が晴れ上がった時、メアリー新川の上半身は原形を留《とど》めない肉塊と化していた。

隼人はよろよろとメアリーの顔があった場所に近付く。

肉塊の中に砕けた腕が落ちていた。いや。もはやそれは腕とは言えなかった。掌から肘の近くまで縦に裂けてVの字型になった骨に申し訳程度の肉片が纏《まと》わり付いているだけだ。

ロケットパンチのことなど考えなければよかったと、隼人は痛烈に後悔した。

麻痺《まひ》している右手に動きを感じた。切断面から夥《おびただ》しい数の蛇のようなものが現れて、蠢《うごめ》いている。隼人は気が遠くなりかかったが、観察を続けた。ここで意識を失ったりしたら、それこそどんな目に遭うかわからない。蛇だか蚯蚓《みみず》だかに見えたものはどうやら、隼人の二の腕の筋繊維が伸びたものらしかった。肘から一メートルも飛び出し、好き勝手に動いている。そのうち、筋繊維の何本かが、隼人の右腕の残骸《ざんがい》に絡み付いた。と、思っている間に残りの筋繊維も次々と絡み付き、赤い糸巻きのような状態になる。腕はそのまま、メアリー新川の肉片の中から引き上げられ、ぶらぶら揺れながら肘に近付いてくると同時に、筋繊維が融合し腕の形を復元していく。半分融解した腕の表面に血管が走り出した。その瞬間、強烈な痛みに襲われ、隼人は絶叫しながら、嘔吐《おうと》した。神経が再生したようだ。隼人は悪態を吐《つ》く。再生してくれるのはいいが、麻酔ぐらいかけてくれないとそのうちショック死してしまう。

隼人は右手をゆっくり動かしてみようとした。がくがくと痙攣《けいれん》する。皮膚が張り、見掛けは元に戻ったが、まだ自由には動かせないようだ。

メアリー新川の下半身の残骸を探ると、左腕はすぐに見付かった。こちらの方はまるで粘土細工を押しつぶしたようになっていた。断面を覗いたが、骨や筋肉といった構造はなかった。ただ、のっぺりとゴムのような物質が詰まっている。左腕の切断面に宛《あて》がってみると、瞬時に接続し、ぐにゃりと変形して元の形に戻る。痛みは殆どなかった。

贋物《にせもの》の方が扱いやすいとは皮肉なもんだ。

隼人は周囲を警戒しながら、ピラミッドの裂け目に入る。

壁の人間もどきたちはマンションで見たものたちよりもさらに変形の度合いが進んでいた。何人分もの肉体の部品がごちゃまぜになって、無秩序に発生していたため、どこからどこまでが一人の人間なのかもはっきりしないし、性別や年齢が判別できる者も殆どいなかった。時々、搾り出すような悲鳴がすることもあったが、もちろん意味はわからない。

「沙織！」

やはり返事はない。

隼人は周囲の壁の中で蠢く人間もどきたちを眺め、もし、この中に沙織がいたとして、はたして自分に見分けがつくだろうか、と自問した。

無意識に手をついた場所に目と頰があった。若い女のようだ。悲しそうに隼人を見ている。隼人は頰を撫《な》ぜる。沙織のようでもあり、千秋のようでもあり、メアリー新川のようでもあった。

隼人は血塗れの手を顔に押し当てて、嗚咽《おえつ》を漏らした。

「あんたどこかであった人だね」真上から声がする。

見上げると天井から男の首が逆さまにぶら下がっていた。顎《あご》に髑髏《どくろ》が生えていて、その重みで頸《くび》が引き伸ばされ、苦しそうだ。

「この髑髏、誰の頭か知らんが随分重くってまいっちまうぜ」

男はかなりの年齢のようだった。そして、確かにどこかで会ったような気がする。

風で木を燃やす炎が煽《あお》られ、男の顔を照らし出す。隼人の記憶が蘇《よみがえ》った。

「あなたは人参堂の……」

「やっぱり知り合いか。しかし、誰だったかな？　杉沢村の者じゃないようだが……」

「杉沢村の住民ではありません。覚えてませんか？　湖に恐竜が現れた日、わたしと義妹が……」

「おお。思い出したぞ。女子高生の愛人を連れてきた人だ」マイケル黒田は嬉《うれ》しそうに言った。「で、どうだ？　あの娘は元気か？」

「死にました」

「冗談はやめてくれ」

「冗談なんかいいませんよ」

「あんな若い娘が簡単に死んでたまるか！」

「死にました。そして、蘇りました。大勢になって」

「『我が名は「軍団《レギオン》」である。我々は大勢であるから』」

「何ですか？」

「『マルコによる福音書』第五章九節だ」マイケル黒田は苦しそうにうめいた。「すまん。頸が千切れそうに痛むんだ。……あの娘もこんなふうになったのか？」

「ええ」

「これが蘇りだとよ。こんなことなら蘇りたくなどない」

壁や天井にある口のいくつかが責めるような声を出した。

「けっ！　こいつら、こんなになってもまだ信じてやがる」

「何をですか？」

「ジーザス西川が神の国を実現するってことをだ」マイケル黒田は顔を顰《しか》める。

「辛《つら》いですか？」

「ああ。……ええと、あんた名前はなんてったかな？」

「諸星と言います」

「わしは黒田だ。名前は幸吉と言ったんだが、いつの間にか、マイケル黒田になっちまったらしい」

「洗礼を受けたんですか？」

「湖であれを見た時、そんな気になった。でも、洗礼を受けた覚えはないんだが……。諸星さんよ、一つ頼んでいいかな？」

「何でしょうか？」

「わしをこの逆さ吊《づ》りから助け出してくれんか？」

天井までの高さは三メートル近くあり、隼人の手は届きそうになかった。目を凝らして観察してみたが、あまりに構造が複雑過ぎて、何をどうしていいのか見当も付かなかった。どちらにしても、建物と融合してしまっているマイケル黒田を生きたまま切り離すのは容易なことではなさそうだった。

「申し訳ない。わたしにはできそうもない」

マイケル黒田は即座に言った。「じゃあ、殺してくれ」

「そんなことはできない」

「できるはずだ。わしは見ていた。あんたはメアリーを殺した」

「あれはわたしじゃありませんよ」

「いや。確かにあんただった。あの怪物を殺せるものがこの世にいるとは信じられんが、確かに殺した。こんなことができるのはあんたで二人目だ」

「わたし以外にもこんなことができる人がいるんですか?」

これは新しい情報だ。「超人」について何かわかるかもしれない。

「ああ。湖で天使が恐竜を殺すのを見たんだ。あれは凄《すご》かったぞ。あんたにも見せたいぐらいだ」

隼人はがっかりした。「見られなくって残念ですよ」

「とにかく、メアリーを殺したようにわしを殺してくれればいいんだ。もうこれ以上はとても耐えられない」

「すみません」隼人は俯《うつむ》いた。「わたしにはできないんです」

「何か刃物を持ってないか? 喉《のど》を掻《か》っ切ってくれればいいんだ」

「たとえ、今あなたを殺したとしても無意味なんです。あなたは何度でも蘇る」

「そうらしいな。しかし、他のわしのことは知ったことじゃない。このわしが苦しみから解放されればそれでいいんだ」

隼人は首を振った。「いずれにしても僕には殺せない。千秋を殺してやることもできなかった」

「では、あいつを殺してくれ。ジーザス西川を」

建物中に怒りの叫びが響き渡る。

「うるさい！　馬鹿者どもが!!」マイケルは怒鳴り散らした。「こんな状態で永遠に生きてどうなるというんだ!!……ああ。驚かせちまったな。全く、こいつら、たちが悪くって……」

「なぜ、ジーザス西川を殺せと？」

「もしあいつの言うことが本当なら、このけった糞《くそ》の悪い現象はあいつが起こしていることになる。あいつが死ねば、これも終わるんじゃないかとな。もちろん、何の確証もないことだ。でも、それしか望みはない」

「約束はできません。だけど、精一杯あなたの希望に添うようにはしてみます。その代わりと言ってはなんですが、一つ教えて貰《もら》いたい事があります」

「なんだ？　また、恐竜のことか？」

「わたしの妻のことです。諸星沙織という女性がここに来ませんでしたか？」

マイケル黒田は眉間《みけん》に皺《しわ》を寄せた。「諸星沙織……確かそんな名の女が来たような気がする。あれはどのぐらい前だったか……」

隼人はがっくりと肩を落した。

やはり来ていたのだ。手遅れだった。

「いや。どうもはっきりしない。写真か何か持ってないか？」

「残念ながら」

「特徴は？」

「二十代で、色白で、身長は一メートル五十七センチ、中肉中背で、髪は肩ぐらい」

「平凡な風貌《ふうぼう》だな」

「仕方ないでしょう」

「とにかく、そんな女がジーザスの部屋に入ったことは確かだと思う」

「ジーザスの部屋はどこですか？」

「地下だ。そこの階段を……」マイケル黒田は舌打ちをした。「糞っ！　肉の壁のせいで、この建物の中はまるで迷路みたいになっちまった。つい三日前まで、そこに階段が見えてたんだが」

隼人は外に飛び出すと、黒焦げになったリチャードの死骸《しがい》の横から槍《やり》を拾い上げた。とてつもなく重い。引き摺《ず》って歩くのがやっとだ。

もう一度、ピラミッドに入ると、マイケル黒田が見ていた辺りの肉壁に突き刺した。粘液が噴き出し、肉壁が縦に裂ける。向こうに階段のようなものが見える。

「随分暗いが大丈夫か？」マイケル黒田が声をかける。

隼人は両手で肉の裂け目を広げ、頭を突っ込む。「理由はわからないけど、壁が薄ぼんやりと光っています。なんとかなりそうです」

「行く前にもう一度頼むが、その槍でわしを突き殺してくれんか？」

「すみません」隼人は呟《つぶや》くと、肉の中に身を滑らせる。

階段は常に液体が流れ落ちていて、ぬるぬるしていた。危なくてとても立っていられない。隼人は背中を階段につけ、ずるずると慎重に降りた。やがて階下に着く。そこも上の階とほぼ同じ状態だったが、人間もどきの変形の具合はややましなようだった。少なくとも人間らしい顔を持っている者が多かった。その多くは隼人に敵意を持っているようで、鋭い目で睨《にら》んでいた。きっと、マイケル黒田との会話を聞いていたのだろう。肉壁が張り出していたため、廊下は二十センチ程の幅しかなかったが、隼人はもがきながらもなんとか、前進した。三十分も経った頃、ようやくドアらしきものに出会った。鍵《かぎ》はかかっていなかった。部屋の奥には祭壇のようなものがあり、巨大な十字架が掛かっていた。

隼人は足を踏み入れる。水音がする。床の上に五センチ程の深さまで液体が溜《たま》っている。床にも多くの人間もどきたちがいて、水の底で苦悶《くもん》の表情をしている。彼らは溺《おぼ》れているのだ。肺の中まで水が入り込んでいるのにも拘《かか》わらず、血液中に酸素が送られるため、死ぬことも気を失うこともできずにいるのだ。

隼人はじゃばじゃばと歩き、十字架の前まで来る。

十字架に掛かっているのはジーザス西川だった。

「こんにちは」隼人はジーザス西川に呼び掛ける。

「あなたを洗礼してあげよう。その水をとって、額に塗りなさい」ジーザス西川は朦朧《もうろう》とした声で言った。

「洗礼してもらう必要はない。沙織の居場所を教えてもらおう」

「沙織？　沙織とは何者か？」

「諸星沙織だ。ここを訪れたことがあるはずだ」

「すまない。思い出せないんだ。手足が十字架に打ち付けられていて、痛くて痛くて考えを纏《まと》めることができないんだ」

「これはあんたが起こしたことなのか？」

「これ？」

「アーマゲドンだ」

「アーマゲドンはまだ始まっていない。神とサタンの両軍が揃わなくては」

「死者の蘇りはあんたのせいか？」

「そうだ」

「では今すぐやめてくれ」

「駄目だ。これは預言されていたのだから、わたしにはどうしようもない」

「たった今、あんたは自分のせいだと言ったぞ」

「復活はわたしのために起こった。しかし、わたしの意志で止めることはできない」

　これでは埒《らち》が明かない。隼人は何か手掛かりはないかと、部屋の中を見回す。部屋の隅に水没しかかった別のジーザス西川の顔を見付けた。ほぼ完璧《かんぺき》に原形を保っていたが、胴も手足もなかった。

隼人はジーザス西川の両眼に指を押し当てる。「俺は本気でやるつもりだ。諸星沙織はどこにいる？」

「本当に知らないんだ」ジーザス西川は怯《おび》えた声で言った。

「おまえが聖体を手渡した女だ」隼人は指に力を込める。

「待ってくれ。思い出した」ジーザス西川は金切り声で言う。「彼女は洗礼を受けなかった。そして、聖体を持って、夫の許《もと》へと向ったんだ。そして、二度と帰ってこなかった」

隼人は手を離す。ジーザス西川は嘘を言っても何の得もない。おそらく本当のことだろう。だとすると、すべては振り出しに戻ることになる。すぐに引き返さなくてはならない。

隼人は部屋から出ようとした。しかし、出ることはできなかった。歩く前にその場で倒れてしまったのだ。そのまま、仰向《あおむ》けになる。目と口と鼻は水面から出ており、呼吸は楽に行うことができたが、耳の穴には容赦なく粘液が流れ込んでくる。気のせいか、耳の内部で何かが動いているようだ。

またもや、体の自由を奪われた。しかし、なぜこの時点で、隼人の肉体を制御する必要があったのだろうか？

十字架に磔《はりつ》けられたジーザスは不気味に笑った。いや。笑っているのではない。皮膚と筋肉が引き攣《つ》っているのだ。まるで、見えない怪物に顔を引き裂かれようとしているかのようだった。

鈍い音がしてジーザス西川の顔が二つに千切れる。裂け目は喉から胸、腹から下腹部へと伸びていく。傷口から巨大な触手が無数に現れる。しばらく部屋の様子を再確認するかのように、振り回す。たまたま隼人の体に当たったものはそのまま強力な力で捲《ま》きついてくる。隼人の体は全く動かない。次々と触手に捲きつかれる。触手の先端には鋭い歯が付いており、隼人の背骨の何個所かに穴を空けようとしていた。

敵は隼人を融合しようとしているのだ。このままでは、隼人の姿と記憶を持った人間もどきが無数に生み出されてしまう。もちろん、隼人自身はこの場で死んでしまうのだろうが、隼人と同じ記憶を持つ人間もどきが作られ、苦しむのは耐えられない。単に殺される方がずっとましだ。

背中に鋭い痛みが走る。世界が闇に沈んでいく。

3

「影」の前に身を曝《さら》すのは一か八かの賭《か》けだった。

「影」は地球上の生命だけでなく、「一族」をも吸収し、複製を作ることができるのは確実だ。現に渦動破壊者が犠牲になっている。

しかし、とガは考えた。「一族」は地球上の生命とはまるで違う構造・組成を持っている。「影」は吸収する生命の形態によって、自分自身を調整しているに違いない。摂氏三十六度の有機物と数万度のプラズマを同時に扱えるシステムはあり得ないだろう。もし「影」が予《あらかじ》め「一族」を吸収することを想定しているなら、ガは取り込まれてしまうかもしれない。しかし、今、「影」はガを人間だと認識しているはずだ。あるいは、組織を分析することによって、ガの正体が知られてしまうかもしれないが、それでも対応するまでにはいくらかのタイムラグがあるはずだ。それが充分な長さなら、隙を突いて、「影」を葬ることができるかもしれない。

メアリー新川への攻撃にプラズマ光弾を使わなかったのには理由があった。確かに、プラズマ光弾には絶大な破壊力があるが、あまりにも爆発が凄《すさ》まじいため混乱に紛れて「影」の本体に逃げられてしまう危険がある。ガは、杉沢村での恐竜との戦いでの失敗を重く受け止めていた。あの時、焦らず「影」の本体を探し出して破壊していれば、これほどまで事態は拗《こじ》れなかったはずだ。二度と失敗は許されない。変身せずに戦ったのも、限られた変身時間を「影」との戦いのみに集中して使うためだった。

ガは敢《あ》えて体を動かさず、「影」の探査針の侵入を許した。盆の窪《くぼ》から尾骶《びてい》骨まで、触手の先から飛び出した数十本の針が突き刺さる。骨を砕いていることからして、犠牲者を生き延びさせる気は全くないようだ。

ガは悟られないよう最新の注意を払って探査針の挙動を探る。細胞の採取は行われていない。DNAの複製は死んでからでもできるが、記憶の複製は生きている間にする必要があるからだろう。好都合だ。細胞の組織を検査されなければ、ガの正体が知られる可能性は低くなる。

針の先は隼人の脊髄《せきずい》に挿入される。探査針からは何の信号も送られてこない。ガは辛抱強く待ちつづけた。記憶を引出すには受動的な測定だけでは駄目なはずだ。必ず、向こうから能動的な信号が送られてくる。そして、信号の発信源は「影」の本体に違いない。

その間にも次々と触手が隼人を取り囲み、探査針を挿入してくる。

隼人の意識のレベルはどんどん下がっていく。

鋭いパルスが連続して探査針から送り込まれた。

隼人の脳は活性化し、大量の信号をバーストのように発生させた。夥《おびただ》しい数の神経回路網が一斉に興奮した。隼人は白目を剝《む》き、ぴくぴくと体を痙攣《けいれん》させる。探査針は脳へと猛速度で組織を刺し貫きながら、突き進んでくる。

どうやら、「影」は犠牲者の脳を暴走させ、噴出する記憶を一気に読み取るようだ。確かにこれは随分手っ取り早い。ただ、古い記憶になるほど取りこぼしは多くなるし、脳に重大なダメージを与えることになるが、「影」はおそらく気にしていないのだろう。

探査針が脳に到達する前に、ガは脳の興奮を沈静化させた。探査針の動きはぴたりと止まり、再び先端部を脊髄に戻す。

ガは何日も前から生産を始め、腹腔《ふっこう》内に蓄えておいた無数のマイクロミサイルにエネルギーと推進剤を注入した。

おそらく、「影」は、情報の抽出に失敗したことで、もう一度隼人の脳に一連のパルスを送ろうとするはずだ。さっきは最初のパルスから最後のパルスまで十秒近く掛かった。それだけの時間があれば電界センサーを持つマイクロミサイルはパルスの発信源に到達できる。

果たして、二度目のパルスが送り込まれた。擬似細胞で作られたマイクロミサイルの大群が発射される。マイクロミサイルは隼人の体内から探査針を通じて、融合体の神経繊維に侵入した。そして、組織の中を超音速で信号源に向けて猛進する。

異変を察知したのか、隼人の体に深々と刺さった針は鮮血を迸《ほとばし》らせながら即座に抜き取られた。だが、すでに手遅れだった。

信号源に到達した瞬間、すべてのマイクロミサイルは一斉にプラズマ化し、全エネルギーを放出した。

ピラミッド内に爆音が響き渡る。音の大きさからして爆心地は外のようだ。壁や天井が激しく振動し始める。

ガは立ち上がると共に戦闘形態へと変身を済ませた。建物に埋め込まれたレプリカントたちは絶叫しながら、めちゃくちゃに暴れまわっていた。手足がある者たちはそれを振り回し、そうでない者たちは激しく身悶《みもだ》えした。単に錯乱しているのか、苦痛に耐え切れずにいるのか、どちらとも判断がつかない。融合体内部のシステムが崩壊し、物質、エネルギー、そして情報の秩序だった伝達が行われなくなったのだろう。人間でいうと、突然息ができなくなったり、幻覚を見たりしている状態に近いのかもしれない。

ジーザス西川は強引に手を十字架から引き剝《は》がそうとしたため、掌《てのひら》が裂けてしまっていた。部屋から出ようとしたらしいが、足はまだ十字架に固定されていたため、前につんのめり、全身を強く床に叩《たた》き付けた。見る見る水面に血が広がっていく。うつ伏せに倒れたジーザスは苦しいのか手をめちゃくちゃに振り回していた。

ガは床を激しく踏み付け、穴を空けた。濁った液体が床下へ流れ出していく。溺《おぼ》れていたレプリカントたちは空気に曝されるといっせいに水を噴き上げ、激しく咳《せ》き込む。腕がある者たちは助けを求めて、ガの足に絡み付く。足だけではない。壁や天井のレプリカントたちも頭や手や胴に纏《まと》わり付く。

ガはそのまま飛び上がり、天井を突き破る。レプリカントたちの腕はもぎ取られ、まだガを握ったままだ。ガは硬直した腕を引き千切り、払い落す。

ピラミッドは激しく変形していた。どうやら爆風で倒壊してしまったようだ。ガの立っている位置には僅《わず》かな空間があったが、頭上には建材とレプリカントが幾重にも積み重なっている。押し潰されたレプリカントから流れ出した体液が止め処《ど》なく降り注ぐ。

「ジュワ！」

ガは外への道を作るために、それらを持ち上げる。建材が軋《きし》み砕ける音と絶叫が響き渡る。

「痛い痛い痛い痛い痛い痛い痛い痛い痛い痛い痛い痛い……」

「助けてくれ……助けて……」

「水を……一口でいいから……」

建材に囚《とら》われたレプリカントたちは口々に訴え、ガに手を伸ばす。ガは彼らを引き裂きながら前進し、ついにピラミッドの外に出た。

ピラミッド周辺の建物の一つが爆発し、炎上している。

ガは一秒後には炎に飛び込んでいた。「影」の破壊を確認しなくてはならない。もし、死んでいなかったら、今度こそ確実に留《とど》めを刺さなければならない。

全神経を集中し、感覚を研ぎ澄ましたが、「影」の気配は全く感じられなかった。ガは混乱した。ここに「影」の本体がいなかったとしたら、パルスを発生させたのは何だったのか？

燃えつづける建物の中にその答えはあった。それは直径二メートル近いドーム上の柔らかい組織だった。破裂した形状を曝したまま、炎の中で焼け焦げていく。

ガの戦闘形態に舌があったら、舌打ちしていたところだろう。その物体は「影」のサブステーションだった。つまり、本来「影」本体がする仕事を肩代わりするのだ。獲物を捕らえ、記憶と遺伝情報を抜き取り、おおざっぱな複製を作り出す。

データが不完全で、融合体から排出できなかったり、二つ以上の個体からの情報が入り混じって、奇怪な融合体になることはいっこうに構わない。地表や地中に肉の根を張り、できるだけ遠くまで到達し、そこにある建物や樹木や岩を足場にして、さらにコロニーを拡大する。それがサブステーションの役割なのだ。通信に動物の神経伝達を利用している以上、このようなシステムを構築しているであろうことは当然予想しておくべきだった。神経伝達で何キロもの距離を結ぶのは時間的にも通信品質的にも無理がある。もし、本体だけですべての情報処理をこなそうとするなら、せいぜい数百メートルの融合体を一つ作るだけに終わってしまう。しかし、必要最低限のプログラムを施されたサブステーションを利用すれば、融合体は際限なく巨大化し増殖が可能だ。おそらくはマンションに潜んでいたのも、サブステーションだったのだろう。すでに、都会には無数のサブステーションからなるシステムが構築されているはずだ。

「影」を追い詰めるには、もはや地道に融合体を一つずつ破壊していくしかない。いや。本体が融合体に潜んでいるという保証はない。「影」の本体を捜し出す道は閉ざされてしまったのかもしれない。

しかし、ガは諦《あきら》めきれなかった。ふらつく足でよろよろと周囲を探索する。メアリー新川の遺体にも「影」の気配はなかった。

メアリー新川のような形態のレプリカントが現れたことも気になる。鎧《よろい》や剣は最初から備わっていたのだろうか？　それとも、信者たちが誂《あつら》えたのか？　戦闘向きの形態になったのは偶然なのか？　淘汰《とうた》の末の進化なのか？　あるいは、そのように設計されたのか？　偶然でないとすると、これからの敵はさらに手強《てごわ》くなるだろう。

ガは地面に膝《ひざ》と手を突いた。もう立ち上がる力は残っていなかった。すでに変身限界を超えてしまっていた。

4

変身が解けた隼人は地面にごぼごぼと吐血した。粘土のような黒い塊をいくつも吐き出す。ひとしきり吐いた後、隼人はその場に倒れ伏した。回を重ねる毎に変身のダメージは大きくなっていくようだ。目を開けることはもちろん息をすることすら、非常な努力を要した。このまま死んでしまうのではないかと思った。それもまた幸せかもしれないと思い、どうせ死なせてはくれないのだろうと思い返した。

一時間ほどして、すっかり日が暮れた頃、隼人はようやくよろよろと立ち上がることができた。

森の木々はまだ燻《くすぶ》っている。ピラミッドは原形を留《とど》めていない。倒壊した建物と動物の組織がごちゃまぜになっている。ピラミッド周辺の建物の一つは完全に崩壊していた。ピラミッドの中で聞いた大音響はこの建物の爆発音だったのだろう。中には巨大な脳の残骸《ざんがい》があった。これが敵の正体なのだろうか？

巨大な脳だけのエイリアンが蠢《うごめ》く様を想像して、隼人はぞっとした。

爆発の直後に超人に変身したのは偶然ではないだろう。隼人に巣食う存在はわざと吸収されるふりをして、エイリアンの本体をつきとめ、光弾に似た何らかの手段で爆破したのだ。変身する度に超人は確実に敵を一体ずつ殲滅《せんめつ》しているが、敵はいったい何体いるのだろうか？　いつまで、これが続くのか？

倒壊を免れた建物はすべて無人だった。内部は空洞で壁や天井には太い血管が走っていて、その周囲に薄桃色の肉片が成長しかかっていた。

ピラミッドの前のテント群は跡形もなくなっている。リチャード青木が殺した信者たちの遺骸《いがい》は大部分炭化していた。メアリー新川の遺体はその中で飛び抜けて巨大だった。強烈な悪臭を放っている、流れ出した内臓の中には顔がついているものや手足が生えかけているものがたくさんあった。メアリー新川自体が一つの融合体だったと言えるのかもしれない。上半身は右のロケットパンチで見る影もなく粉砕されていたが、獣の下半身はそれほどでもなかった。左のロケットパンチはあまりにも高エネルギーで、殆《ほとん》ど刃物のようにメアリー新川を切り裂いたため、肉体への損傷は最小限にとどまったのかもしれない。

ピラミッドに取り憑《つ》いていた多くの人間もどきたちはまだ生きていた。全員、隼人を見詰め、口のある者は口々に懇願や呪詛《じゅそ》の言葉を投げ掛けていた。

隼人は無言で彼らに近付き、深々と頭を下げた。そして、背を向け、立ち去ろうとした。

「ちょっと待ってくれないか」

呼び止められた隼人は振り向いた。

落下した梁《はり》の下にマイケル黒田の半ば押し潰《つぶ》された顔が覗《のぞ》いている。

「黒田さん、生きておられたのですか？」

「この怪我では本当なら死んでいるはずだ。たぶん、わしの体にくっついとる化け物の生命力がそれを許してくれないんだろ」

「向こうの建物で巨大な脳が爆発していました。あれがピラミッドに取り憑いていた敵の本体だとしたら、近いうちにあなたがたを含めて、ピラミッドは息絶えることでしょう」

「それは願ったり叶《かな》ったりだ」マイケル黒田は安堵《あんど》の声を出した。「時にジーザス西川を殺してくれたか？」

「わかりません。でも、地下にいた彼はひどい怪我をして、大量に出血していましたから、生きていたとしても長くはないでしょう」

「アーマゲドンは終わったのかな？」

「たぶんまだです。そもそも地下にいたジーザス西川自体が人間もどきだったのかもしれません。あいつの複製はあちこちにいますから」

「では、まだまだ多くのジーザス西川がいるかもしれんということか？　そして、多くのわしも」

「残念ですが、おっしゃる通りでしょう」

短い沈黙の後、マイケル黒田は口を開いた。「まあ、このわしはまもなく死ぬようだから、よしとしよう。それに、嬉《うれ》しい事がわかったからね」

「嬉しい事？」

「わしの見た天使はあんただったってことさ」

「天使？」

「さっき、あんたは天使の姿になってたじゃないか。あの姿で杉沢湖の竜を殺したんだろ」

「あれはわたしではありません」

「じゃあ、もう一人いるのか？」

「そういうことじゃなくて、あれはわたしの体を使っているだけなんです。変身中はわたしの意識とは関係なく動くんです。……変身しなくても体が勝手に動くこともありますが」

「あの竜はわしらと同じものだったんだろうか？」

「ええ。おそらく」

「なら、わしは間違っておったことになる。わしはあれをジーザス西川に渡してしまったらしいから」

「何を？」

「獣──黒い楕円体《だえんたい》だ。湖に落ちていた。あれに触れてから、わしもジーザス西川も変わってしまった。今から思えば、あれが獣の本体だったんだろう。ジーザス西川はこの現象に責任はなく、犠牲者の一人なのかもしれん。いや。むしろ、責任はわしにあるんだろう」

「こんなことになると誰に予想できたと言うんですか？　それに、あなたが拾わなくても別の誰かが拾っていたに違いない。あなたに責任はありませんよ」

「ありがとう。……気のせいか、少し意識が朦朧《もうろう》としてきたようだ。ひょっとすると、このまま死ねるのかな？」マイケル黒田はしばらくぜいぜいと苦しそうに息をした。

「そうそう。あんたに謝っておかなければならないことがあった」

「ジーザス西川に何かを渡したことなら、もう……」

「そのことではない。あんたの嫁さんのことだ」

「沙織の？　さっきは、ジーザス西川の部屋に入っていったと言いましたね」

「それは本当だ。ただ、言わなかったことがある。彼女は再び部屋から出て行ったんだ。ほんの数分後のことだった。この意味がわかるか？」

「もし、融合体に吸収されたとしたら、そんなに早く複製にはならないと？」

「複製が作られるのには最低五時間は掛かる。あんたの嫁さんは洗礼を受けなかったんだ。そして、もう一度だけここに戻ってきたが、その時にはすでに信仰を失っており、ジーザスの部屋にすら入っていない。それからは二度とここには現れていない」

「では、沙織はまだ無事だという可能性があるんですね」

「ああ。ただし、融合体がどこにでもいるというのなら、心構えだけはしといた方がいい。……本当のことを教えたら、あんたはジーザス西川と戦わずに、行っちまうんじゃないかと思ってな。わしはどうしてもジーザス西川を殺して、この呪《のろ》われた状態から解放してほしかった」マイケル黒田の言葉は涙で途切れる。「だから、わざと言わなかったんだ。許してくれ」

「あなたが本当のことを言ってたとしても、超人——天使はきっと同じことをしたでしょう。自分を責めるのはやめてください」

「じゃあ、わしを許してくれるのか？」

「許すも許さないもありません。黒田さんは悪くないんですから」

「ありがとう。ありがとう」マイケル黒田はまた咽《むせ》び泣く。「あんた、これからどうする気だね？」

「沙織を捜しにいきます。まずは街に戻って、見付からなければ彼女の実家を訪ねようと思います」

「早く見付かることを祈っとるよ」

「ありがとうございます」隼人はもう一度頭を下げる。

「最後にもう一度……わしを殺してはくれないか？」

隼人はしばらく考え込んだ。「あなたの苦しみはわかります。しかし、わたしにはできません。自分の意志で殺人を犯したら、もう二度と人間に戻れないような気がするんです」

「わしらは人間ではない」

「しかし、人間の心を持っています。違いますか？」

「ままならんね」マイケル黒田は目を瞑《つぶ》った。「さあ、早く山を下りるんだ。さようなら」

隼人はもう振りかえらない決心をして歩き始めた。

背後からはまだ生きている人間もどきたちの隼人とマイケル黒田への罵詈《ばり》雑言《ぞうごん》が聞こえる。

「ひとでなし!!」

「もう一度変身して、すべてを焼き払ってくれ！」

「マイケル、おまえが張本人だったのか！　呪ってやる！　おまえを呪って、地獄に落してやる!!」

「おまえたちこそサタンだ！」

「苦しめ！　苦しめ！　わたしの何倍も苦しみ続ければいいわ!!」

マイケル黒田は何も答えなかった。

5

帰りも行きと同じ道を通っているはずなのに、ほんの何日かの間に道中の様子はかなり変わっていた。敵の数はさらに増え、建物から溢《あふ》れだし、際限なく広がりつつあった。

郊外でも人通りはかなり多くなっていた。しかし、その中に人間はめったに見掛けず、大部分は人間もどきだった。人間たちはすでに事情を飲み込んでいたが、人間もどきたちは相変わらず、最初に吸収された時に複製された記憶しか持っていないため、訳がわからず混乱しているものが少なくなかった。

隼人は昼夜を分かたず道を急いだが、さすがに徹夜が続くと足元がふらつき始めた。少しの間、谷川の岸に腰掛けて休憩をとることにした。

川底を覗《のぞ》くと、水の川の下にうねうねと肉の川が走っていた。表面のあちこちに魚の顔や体の一部が覗いている。こちらを見上げる魚たちのぱくぱくと広がる鰓《えら》を見ているともと気が滅入《めい》ってくる。

そんな時、話し掛けて来る者があった。

「そこの方、ちょっと話をしてもいいですかの?」

かなり年配の人間もどきだった。不思議なことに人間もどきは複製元の人間と同じ年齢になる。単なるクローンとは大きな違いだ。

「ええ。ただ、あまり長話はできませんが、よろしいですか? 先を急いでいるもので」

「もちろん、足止めをする気はないんじゃよ。ちょっと話し相手をして欲しいだけでな」老人は隼人の横で腹ばいになった。「すまんのお。行儀が悪いが、苦しがるので、座るわけにはいかんのじゃ。……ところで、あんたは、その、普通の方ですかいの？」わたしは普通ではありません、と言い掛けたが、老人は人間もどきかどうかを尋ねているのだと気が付いた。「はい。普通です。あなたが思われている『普通』とは違うかもしれませんが」

老人は怪訝《けげん》そうな顔をした。

「つまり、誰かの複製ではないということです」隼人は優しく答えた。「失礼ですが、あなたはその……」

「人間もどきじゃ。そう言うんじゃろ」

隼人は頷《うなず》く。

老人は頭《かぶり》を振った。「全く訳がわからん。あの晩、わしはばあさんと鍋《なべ》をつついとったんじゃ。そしたら、突然天井が破れて、人みたいな形をしたものが大勢降ってきた。今から思うと、人間もどきが知らぬうちに、天井裏で育っとったんじゃろな。ひっくり返った鍋の中の汁をかぶって、大騒ぎしよったので、生きとる人だとわかったんじゃ。わしらときたら、こんな年寄りなもんで、人間もどきにぶつかっただけで、骨がどうにかなっちまって、もう動くことはできんかった。しばらくすると、なんだかぐじゃぐじゃするものに絡みつかれて、気がつくと裸で家の屋根に立っとったんじゃ。家はすっかり潰《つぶ》れとった。服ぐらいは着にゃなるまいと思って、瓦礫《がれき》をどけながら家の中に入ったんじゃが、何もかもべとべとのどろどろになっとった。それでも、何もないよりはましだと思って、べとべとの服を押し潰された箪笥《たんす》から取り出したんじゃ。で、着ようとする段になって、自分の体がおかしいことになっちまってることに気付いたんだ。驚いて、外に飛び出すと、外を歩き回っているやつの体がみんなおかしくなってたもんで、思い切って訊《き》いてみた。すると、もう何ヶ月も前からこんなことが起こってるということだった。わしらはもう殺されちまって、この体は贋物《にせもの》だと。そんなことを言いよる。そんな馬鹿なことはあるまいと思った。なにしろ、わしはずっとわしで他の人間になどなったことはないんじゃから。でも、現にわしらの体には奇妙なことが起きとるし、今では信じないわけにもいかんのかと思っとる」

「辛《つら》いことですが、受け入れなければならないんですよ」

「やっぱりそうなんじゃろな。……だが、あんたはどうして、自分が人間もどきでないとわかるんじゃ？」

「特に根拠はありません。自分でそう思っているだけですよ」

「それでいいのかね？」

「わかりません」

老人は溜《た》め息をついた。「それでいいんじゃろな。少なくともあんたはまともだ。わしらなんか、人間で通るはずないものな。なにせ、この姿じゃ……」

老人は放屁《ほうひ》した。同時にくぐもった呻《うめ》き声が老人の臀部《でんぶ》から聞こえてくる。老人はしくしくと泣き始める。「すまんのお。我慢したんじゃが、どうしても出てしまうんじゃ。《《み》》だけは何があっても出すまいとおもっとるんじゃが、いつまで持つものかのお」

老人ははちきれそうになった腹をさする。「辛いのお。でも、婆さんはもっと辛いことになるから出すわけにはいかんのじゃ」

老人の臀部は老女の顔になっていた。老人の肛門《こうもん》がちょうど老女の口の位置にある。それは口とも肛門ともつかない形状になっていて、くしゃくしゃと括約筋に縮められている唇に薄っすらと紅がさしてある。

「紅をさしてやると喜ぶんじゃ」老人はいとおしそうに自分の肛門を覗き込む。「不憫《ふびん》じゃのお」

老女は苦悶《くもん》の表情を浮かべていた。

「わしの屁《へ》が臭かったか。堪《たま》らんなあ。なんで、こんなことになっちまったのか……。あんたわからんんか?」

隼人は首を振る。

「じゃあ、わしらどのくらい生きるんか、知らんかのお?」

「大きな肉の塊に融合している時は少なくとも数ヶ月は生きるみたいです。ただ、あなたのように独立して歩き回っている人は……その……さほど長くは生きられないようです」隼人は真実を答えるべきか悩みながら言った。結局、この老人は命が限られていることを知った方が幸せだと思ったので、正直に答えた。

老人は目を輝かせる。「それでそれはどのくらいかの？」

隼人は口籠《くちご》る。

「本当のことをいってくれ。わしは何を聞いても驚かん」

「一日もたないこともあります。もっても、せいぜい数日でしょう」

「それは嬉しいことを聞いた」老人は腹をさする。「本当のことを言うと、もう我慢しきれんと漏らすところだったんじゃ。でも、あと少しだと知って、もう一頑張りする気になった。ありがとう。これで婆さんも最後に酷《ひど》い目に遭わんですむ」老人は立ち上がると、隼人に何度も頭を下げた。

隼人は唇を嚙《か》み締めた。何もしてやれない自分が老人に感謝されるのが辛かったのだ。

「やめてください。僕は何もしてあげられないんですから」

「そんなことはない。寿命が短いと知らせてもらってずいぶん助かった」

「あなたがたの複製はどんどん生まれています。一人が死んで解放されても、また一人が苦しみ始める。永遠に終わることのない地獄です」

「神さんみたいな力がないからといって自分を責めることたあない。それにこんなことが長く続くはずはない。それこそ神も仏もねえってことになる。なに、もうすぐ治まるさ」

隼人は無力感に襲われた。本来この現象を治めることができる者がいるとしたら、「超人」以外にはいないだろう。しかし、「超人」に変身できる自分はその力をいっさいコントロールできないのだ。

「じゃあ、こうしたらどうだろう？」老人は言った。「もしそれであんたの気が楽になるとしたらの話じゃが」

「何でしょう？　僕にできることでしたら……」

「あんたが杖代《つえが》わりにしとったその槍《やり》を置いていってくれんか？」

隼人は手にしている槍を見て考えた。リチャード青木の槍は武器にするには重過ぎたが、杖代わりにはなったし、邪魔な枝を打ち払うこともできた。しかし、これから先、街に近付くにつれ、必要性は減っていくことだろう。ここで、老人に渡しても困ることはない。しかし……。

「この槍を何に使うつもりですか？」

「保険みたいなもんじゃ。万が一、長生きしそうになっても、これがあればなんとかなる。喉《のど》に当てて、倒れるだけでいい」

「苦しみが長引くだけの結果になるかもしれません。人間もどきの生命力はとても強いんです」

「なら、切腹に使う。腸を切り開いて、中身を取り出すんじゃ」

「どうして、わざわざそんな自分を苦しめるようなことをするんですか？」

「婆さんを苦しませないためじゃ。あんた自分の口から糞《くそ》が出ることを考えてみたことはあるかね？」老人は手を差し出した。「さあ、わしにその槍を渡してくれんか？」

隼人には何も言えなかった。

6

街は酷《ひど》い有様だった。建物はほとんど残っていなかった。ただ焼け焦げた一面の瓦礫が広がっていた。遠くまで見渡せば、夜陰に高層ビルがいくつかぼうっと浮き上がっているが、もはや以前の大都会の面影はない。

いったい何があったのか？

すでに時間の感覚はなくなりつつあったが、隼人が街を離れていたのは一週間かそこらのはずだ。たとえ、一万人の放火魔がいたとしても、こんなことにはなるまい。ガラスは溶け、コンクリートはひび割れ、そして炭化した死体が山のように積み上がっている。

「凄《すご》いことになっちゃったね、けん坊」老婆はぽつりと言った。

いつの間にか、隼人の隣に老婆とその孫らしき二人連れが立っていた。

「飛行機から爆弾が落ちたんだ。僕、見てたよ。ぱっと火が出て、周り中火の海になるんだ。僕のおうちもおかあさんも燃えちゃったんだ」けん坊は老婆の顔を見上げ、手をしっかりと握り締めていた。

「大変だったね、けん坊。一人で怖かったろう」老婆はけん坊の頭を優しく撫《な》ぜる。

「でも、もう怖くなんかないんだよ。お祖母《ばあ》ちゃんが一緒にいてあげるからね」

「あの、すみません」隼人は恐る恐る尋ねた。「いったい、ここで何があったんですか？　しばらく街から離れていたもんで、何が何だかわからないんです」

「この人は何を言ってるんだろうね」老婆は不思議そうに言った。「こんな酷いことになるのは戦争に決まってるじゃないか」

老婆の言葉には一理あった。確かに、ここは戦場のようだった。隼人だって、予備知識なしにこの風景を見れば戦争を思い浮かべたことだろう。しかし、あらゆる状況を鑑《かんが》みて、現在日本が戦争に捲《ま》き込まれているとは考えにくかった。こんな状態では、日本から外国を攻める余裕はあるはずがない。かと言って、わざわざこんな日本を攻める国があるとも思えなかった。万が一、そんなことを画策する国があったとしても、他の国が黙って許すことはないだろう。

では、この焼け野原をどうやって説明すればいい？

やはり戦争なのだろう。ただし、日本と外国の間の戦争ではなく、人類と侵略者の間のそれだ。考えてみれば、人類がいつまでもやられっぱなしのはずがない。その気になれば、敵に対抗できる充分な力を持っている。

どこからともなく、低い爆音が響いてきた。

「怖いよ、お祖母ちゃん」けん坊は老婆にしがみ付く。

「可哀相に」老婆はけん坊を抱き締める。「お母さんを焼くなんて酷い人たちだねえ」

敵を攻撃するということは敵に埋め込まれた人間もどきも同時に攻撃することになる。いや。それどころか、周囲には本物の人間だっていたはずだ。人間と人間もどきを簡単に区別することなどできはしない。この街を攻撃した者たちは人間と人間もどきの区別が容易でないことを知ってなおかつ攻撃したのだろうか？

「お祖母ちゃん、またお母さんに会えるかな？」けん坊は無邪気に尋ねる。

「そいつはわからないねえ。でも、会えるかもしれないよ」老婆はしゃがんでけん坊の目の高さで視線を合わせる。「だって、お祖母ちゃんにだって、会えたじゃないか」

「お祖母ちゃん、お祖母ちゃん」けん坊は疲れきった中年男の顔をくしゃくしゃにして、老婆の胸に顔を埋め泣きじゃくった。

老婆はけん坊の腋《わき》の下に手を入れ、抱き上げようとした。

老婆の右足から鈍い音がする。そのまま、バランスを崩し、地面に倒れる。

「お祖母ちゃん、お祖母ちゃん、お祖母ちゃん」けん坊は叫んだ。

老婆の足は体重を支えきれなかったようだ。三メートル近い身長から考えて老婆の体重は二百キロはあっただろう。その上、中年肥りで八十キロ近い男を持ち上げては、いくら太いとはいえ、老化した骨では支えきれなかったのだ。

「心配しなくてもいいよ、けん坊」老婆は立ちあがる。

右足は脛《すね》の途中から折れ曲がっているにも拘《かか》わらず、老婆はにこやかにけん坊の手をとり、歩き続ける。

隼人は、微笑ましさと嫌悪感という二つの相反する感情の板ばさみになってしまった。

あの老婆はただの人間もどきではない。おそらく、あの老婆はけん坊が子供の頃に死んでしまっていたはずだ。けん坊はお祖母ちゃんを見上げなければならなかった。けん坊の記憶の中のお祖母ちゃんは常に見上げる存在だったのだろう。お祖母ちゃんは彼女のDNAから復元されたのではなく、恐怖に駆られて思い出の中の祖母に頼らざるを得なかったけん坊の記憶の中から再構成されたのだ。だから、けん坊にとって見上げる存在であり続けている。

つまり、敵は現に今生きている人間だけではなく、人々の心の中に生きている死者をも複製できるのだ。今まで、杉沢村に現れた恐竜は化石の中のDNAから復元されたとばかり思い込んでいたが、ひょっとすると人々の心の中の恐竜を具現化したものだったのかもしれない。

けん坊とお祖母ちゃんは仲良く寄り添いながら、夜の闇の中に消えていった。

あの二人の肉体は数日後には崩壊してしまうだろうが、敵が存在する限り、未来永劫《えいごう》けん坊とお祖母ちゃんは作られ続ける。

隼人は眩暈《めまい》を感じて、目の前の瓦礫により掛かった。

それは瓦礫ではなかった。隼人の手はぬるぬるする液体でべっとりと濡《ぬ》れた。それは巨大な死骸だった。全長は二十メートル近くあったろうか。半ば人間半ば獣の姿をしていた。そして、奇妙なことに全身黒い金属で覆われており、その表面には無数の穴が空いていた。粘液はその穴から染み出している。

隼人は遺骸の顔を見てそれが女だということに気が付いた。知っている女だ。

「米軍がやったんだ」背後から男の声がした。「街をナパーム弾で焼き払ったのもやつらだ。酷いことをするもんだ。まあ、所詮似非《しょせんえせ》キリスト教徒だから仕方ないがな」

振り向くと、コンクリートの残骸に凭《もた》れかかる大男の姿が見えた。

「生身に劣化ウラン弾を打ち込まれたメアリーは三日三晩苦しみつづけて息絶えた。想像できるか？　体の中でウランが火を噴いたんだ。やつらは報いを受けて全員地獄行きだろう。そこで永遠の火で焼かれるのだ。そして、メアリーは再び生を受ける。主《しゅ》に頂いた新しい命は終わることがない」

隼人は思わず歓声を上げそうになった。「黒田さん、あなたもここに来ていたんですか！」

マイケル黒田は不審げに隼人を睨《にら》む。「おまえは何者だ？　なぜ、わしの名を知っている？」

「忘れたんですか？　ほら、僕ですよ」隼人は月明かりでよく見えるように、顔を突き出す。

「おお。思い出したぞ。女子高生の愛人を連れてきた男だ」マイケル黒田は嬉しそうに言った。「で、どうだ？　あの娘は元気か？」

「何を言ってるんですか？　この間、言ったじゃ……」隼人は口を閉ざした。違う。彼がここにいるはずがない。

「杉沢村以来、おまえには会ったことがない」マイケル黒田はのそのそと隼人に近付いてくる。身長は二メートルはあるだろうか。あの人参堂にいた小柄の老人とは程遠い。

「少し前に会ったんだ」隼人は呟《つぶや》くように言った。「あなたではないあなたに」

「何かの悪ふざけか？」マイケル黒田は隼人を見下ろす。「それとも喧嘩《けんか》を売ってるつもりか？」

「ちょっと質問があるんですが」隼人はからからに乾いた唇を嘗《な》める。「ジーザス西川への信仰心はお持ちですか？」

「もちろんだ」マイケル黒田は自信たっぷりに答える。「わしらは主を信仰し、主はわしらに絶大の信頼を置かれている。だから、わしら六人の使徒をここに遣わされたのだ。六という数字の意味には気が付いているか？」

「いや」隼人はびっしょりと冷や汗をかいていた。「よかったら教えていただけますか？」

「いいだろう」マイケル黒田は自慢げに言った。「六は十二の半分だ。そして、十二は前に主が地上に来られた時の使徒の数でもある。本来使徒の数は六人だったのだが、主は敢《あ》えて二倍の十二にされた。『マルコによる福音書』の第六章七節に書かれている。『十二人に命じ、二人ずつ送りだし始めた』と。つまり、これは二人で一人ということであり、本来六人であるということだ。復活を遂げ、新しい肉を得たわしらはもはや二人組で行く必要はない。一人でなお二人よりも完璧《かんぺき》だからだ。主が六を選ばれたのは、六は最初の完全数であるからだ。六それ自身を除いた六の約数——一、二、三を加えると再び六となる。これこそが完全であり、完全は神の性質でもある。おまえに理解できるか？」

隼人は恐る恐る首を振った。

マイケル黒田は鼻で笑った。「おまえら如きに主の教えの真髄が簡単にわかるわけがない。わかる必要もない。なぜなら、おまえたちは神に選ばれなかったのだから」

隼人は混乱した。目の前にいる自信たっぷりの男は本当にあの気弱になっていたマイケル黒田なのだろうか？　もちろん、亜細山の教会の壁に埋め込まれていたマイケル黒田がこの大男になったわけでないことは知っている。二人は同じ人間の別々の複製なのだ。しかし、オリジナルが同じなのに、どうしてこれほどまでに考え方が隔たったのか？

「わしらはこの街で試練にあった。米軍がメアリーを残虐に殺したのだ。救いと言えば、死ぬ前にメアリーが何百人もの似非キリスト教徒を道連れにしたことぐらいだろうか？　わしらはすっかり絶望してしまった。だが、その時わしは気が付いた。わしらは五人になったのだ。五の約数は一と五だ。この二つの数字を加えれば再び六になる。この事実は啓示に違いなかった。そう。五人が再び六人になるということだ。メアリーの代わりの女が見付かるに違いないと」マイケル黒田はうっとりと話し続ける。「わしらは手分けして、探し続けた。そして、今しがた、四人の仲間から連絡があったのだ」マイケル黒田は肩にかけた無線機を指差した。「教会から姿を消した女が見付かったと。彼女は聖体を授けられたにも拘《かか》わらず、それを食さなかった。彼女の心にサタンが入ったため、疑いを抱いたのだ。彼女は聖体を自らの家に置いたまま、再び教会に戻り、あろうことか主に問いただそうとしたのだ。自分には新しい肉体が永遠のものとは思えない。もし永遠のものであるなら、どうしてこれほどまでに壊れやすいのか？　永遠のものであると主張するなら、証拠をみせてくれと。主は女をお部屋に通すことすら、お許しにならなかった。そして、神を疑った女には罰が下った。女の家が女の妹もろとも爆発したのだ。女は教会から姿を消した。だが、神は女をお見捨てにはなっていなかった。すべては六人目の使徒になるための試練だったのだ。今宵《こよい》、わしらが施す洗礼と共に女の中から、サタンは追い払われることだろう」

「沙織はどこにいる？」隼人は怒りに我が身が震えるのをどうしようもなかった。

「おまえはあの女を知っているのか？」

「妻だ」

マイケル黒田はげらげらと笑った。「主は面白いことをなされる。おまえはアルファ・オメガに所属したことはないのだろう？」

「幸運なことに」

「ならば、おまえはあの女の夫ではない。新しい世界に古い関係は持ち込まれないのだ」

「沙織に手を触れることは許さない」

マイケル黒田は自分の服を破り捨てた。力士のような肉体が剝《む》き出しになる。「わしは健全な肉体を望んだ。すると、このような肉が与えられた。これだけじゃない」

マイケル黒田の首が仰《の》け反《ぞ》る。喉《のど》の辺りに亀裂《きれつ》が入り、もげるが、皮一枚で繋《つな》がっている。そして、首の付け根から獅子《しし》の顔が現れた。獅子の顔が前に迫《せ》り出し、さらに二つの顔が現れる。牛の顔と鷲《わし》の顔だ。両腕は胴の回りをくるりと九十度回転し、空いたところから、第三、第四の腕が現れる。一連の変化はあたかも、アニメの変形ロボットのように滑らかに素早く行われた。

「どうだ。わしは主から天使の姿を許されたのだ！」

「沙織はどこだ?!」隼人はマイケル黒田に挑みかかる。

隼人は両肩と頭をがっしりとした三本の手で摑《つか》まれた。それは万力のように締め付け、どんなに頑張っても一ミリたりとも動かすことができなかった。

四本目の手が拳《こぶし》となり、隼人の腹に叩《たた》き込まれる。最初の一撃で口から血を噴き出す。二発目で腹がさけ、脂肪と筋肉が露出した。

隼人は投げ捨てられ、倒壊したビルのコンクリートの基盤に叩き付けられた。

「沙織に何かあったら、必ず後悔することになるぞ」隼人は震える指でマイケル黒田を指差す。

「根性のあるやつだ。特別にわしの三つ目の姿――真実の姿を見せてやろう」

四つの首が纏《まと》まり、胴体の中に消えた。同時に、胴体を裂くように縦に亀裂が入る。次の瞬間、マイケル黒田の体は右半身と左半身に分かれた。二つの半身を夥《おびただ》しい繊維が結んでいる。繊維を取り巻くように白い肉が埋まっていく。再び、肉体が一つに戻ると、今度は前半身と後半身の間に亀裂が入り、前後二つの半身に分かれ、同じく肉で埋められていく。そして、足もまた延長される。最後に白く大きな頭部が現れた。

マイケル黒田の三つ目の姿――それは隼人が変身するあの「超人」の戯画だった。本物に較べると、一回り小さい。

「何のまねだ？」隼人は唸《うな》る。

「これはわしが杉沢湖で見た天使の姿だ」マイケル黒田は腰に手を当て、胸を張る。

「この姿を持つ天使は竜をお倒しになったのだ」

「なぜ、それが天使だとわかるんだ？」

「天使に決まっている。竜を倒したんだぞ」

「何の根拠もない」

マイケル黒田は大股《おおまた》で隼人に近付くと、胸倉を摑んで無理に立たせた。「根拠はある。『黙示録《もくしろく》』だ」

「『黙示録』が正しいという根拠は？」

ひしゃげた。胸と腰が嫌な音を立てて、ひしゃげた。

「根拠など必要ない！」

隼人はまたコンクリートに叩き付けられる。胸と腰が嫌な音を立てて、ひしゃげた。

「……………」隼人は言い返そうとしたが、ひゅうひゅうと息が漏れるだけで声にならない。

「聖書はそれ自体が大いなる証拠なのだ！　それより遡《さかのぼ》ることには意味などない。わしらが神の国で永遠の命を与えられることは聖書によって、保証されているんだ。聖書が間違っているはずなどない」マイケル黒田はにたりと笑った。「ああ。わかった。おまえ、嫉妬《しっと》しているんだな。わしらが羨《うらや》ましいんだ。だが、もう手遅れだ。残念だな。もう少し早く気が付けば、アーマゲドンが始まる前にアルファ・オメガに入ることができたんだがなあ。わしは間に合った。おまえらはもう駄目だ。おまえらが地獄に落ちるのは仕方がないんだ。自業自得ってやつさ。主と契約しなかったんだから。おまえらはうすのろなんだよ！　のろのろして、主と契約できなかったんだから。永劫《えいごう》の火で焼かれ続けるがいい。のろまなやつらにはそれがお似合いさ！　だが、わしらは違う。要領がいいんだ。アーマゲドンが始まる前にさっさと主と契約した。わしらは頭がいい。抜け目のない人間が得をするのは当然のことだ。アーマゲドンが終わった後、わしらは永久に神の国で安泰に生活する。そして、おまえらうすのろが地獄で苦しむのを笑って観賞するんだ。なにしろ、わしらにはそれだけの価値があるんだ」

「……………」

「何か言ったか？　何と言った？　もう一度言ってみろ」マイケル黒田は隼人に顔を近付ける。

「糞《くそ》ったれ」隼人は力なく言った。

マイケル黒田のつるつるとした眉間《みけん》に深く皺《しわ》が刻まれた。「くそぼけがああ!!」

隼人の顎《あご》にマイケル黒田の拳が叩き込まれる。

隼人は宙高く打ち上げられ、ビルの残骸《ざんがい》の中に落下した。

そして、剝き出しになった鉄筋が隼人の喉《のど》を貫いた。

7

水滴の音が聞こえていた。

隼人は疲れ切っていた。

眠くて目を開ける気にもならない。

だが、水滴が煩《うるさ》くて、眠ることはできなかった。

眠るためにはどこかにある蛇口を閉めなければ。

だが、目を開けることすら億劫《おっくう》だ。

喉が渇いて仕方がない。

水が欲しい。

体が焼けつく。
隼人はなんとか目を開けた。
目の焦点が合わない。
月明かりでぼんやりと灰色のものが目の前にあることがわかる。
月明かり？
今は夜なのか？
隼人は振り返って空を見ようとした。
だが、首が回らない。
隼人は首に手を触れる。
首の後ろから何かが飛び出している。
首が回らないのはこのせいか？
手を前に回す。
喉からも何かが飛び出している。
細長いものが首を貫いているのだ。
目の焦点がゆっくりと合ってくる。
首を貫く鉄筋はコンクリートの残骸から突き出していた。
隼人の首はそれに刺し抜かれている。
鉄筋を伝わって血が流れ、ぽたぽたと地面に落ちている。

水滴の音の正体は隼人自身の血の音だったのだ。
なぜこんなことになっているのだろう？
考えが纏《まと》まらない。
喉が渇いて仕方がない。
一刻も早く水を飲まなくてはならない。
隼人はコンクリートに手を添え、体を起こしながらずるずると鉄筋を引き抜き始めた。
鉄筋には血だけでなく、肉片や骨片も絡み付いていたが、隼人は構わず引き抜く。
あまりに喉が渇いていたため、頭が回らなかったのだ。
鉄筋が抜けると同時に支えを失った隼人の体はどうっと地面に倒れ込む。
隼人の流した血は殆《ほとん》ど地面に吸い込まれてしまったようだ。
わずかな湿り気を求めて、隼人は血に濡《ぬ》れた地面を嘗《な》める。
渇きを癒《いや》すには全くたりなかった。
もっと沢山の水がいる。
隼人には水以外のことは何も考えられなかった。
コンクリートの破片が散乱する地面の上を這《は》う。
ここはどこだろう？
自分はここで何をしてるんだろう？
一瞬、疑問が隼人の脳裏を掠《かす》めたが、すぐに消えてしまった。

焼けつくような渇きに襲われ、それどころではなかった。

目の前を一匹の小動物がよたよたとふらつきながら歩いていく。

あれは病気か怪我をした仔犬《こいぬ》か？

それとも奇形の溝鼠《どぶ》か？

どちらでもかまわない。

動物には血が流れている。

血を飲めば、渇きを癒《いや》せるかもしれない。

隼人は小動物に飛び掛かる。

小動物は必死に逃げようとしたが、足の長さが不揃いなため、速く走ることができない。

隼人は胴を摑《つか》んだ。

小動物はまるで人間の嬰児《えいじ》のような声を上げる。

隼人は頭に齧《かじ》りつく。

ばりばりと頭骨が砕けていく。

歯を食い縛り、頭皮を嚙《か》みきる。

血と共に大脳皮質が露出する。

隼人は音を立てて啜《すす》り上げた。

血と脳を飲み干しても、隼人の渇きは殆ど癒されなかった。

まだ、立ち上がることもできず、這いつくばったまま次の獲物を探す。

這いずるうちに、傾いた洗面台らしきものが視野に入った。

隼人は蛇のように壁を伝って、体を起こした。

洗面台の排水口には何か腐敗物が詰まっていた。

排出されなかった液体が溜《たま》っている。

液体は不透明で赤黒く、得体のしれない黄色い油が浮いていた。

溶けかかった肉塊のようなものが浮き沈みしている。

隼人は舌なめずりすると、迷わず液体に口を付けた。

呼吸をするのももどかしい。

隼人は汚水を飲み続ける。

呼吸困難になり、咽《む》せながらも、なお飲み続ける。

やがて、水がなくなる。

隼人は洗面台の緑色のぬめりを舌で綺麗《きれい》にこそぎ落す。

腹の中で今飲んだ液体がぐるぐると音を立てている。

胃壁から直接吸収されていくようだ。

それと同時に意識が徐々に鮮明になってきた。

隼人は本来なら、死亡してもおかしくないほどの出血をしていた。隼人の体内に巣食う存在はなんらかの方法で血液の不足を補ったのだろう。ただ、水分だけはどうしようもなかったため、極度の脱水状態に陥ったのだ。水分の不足で脳も萎縮《いしゅく》してしまい、思考能力が低下してしまっていたのだ。

隼人は今しがた自分が飲み食いしたもののことを思い出し、強烈な不快感と吐き気に襲われた。喉の奥に指を突っ込み吐き出そうとしたが、何も出てこない。出てこなくて当然だ。脱水症状が改善されたということはすべて吸収されて血液にとり込まれ、全身を循環しているということなのだから。

隼人は首筋に触れた。鋭い痛みが走る。傷口に指を突っ込むと、ずぶずぶと根本まで入っていく。やはり傷の治りは確実に遅くなっている。以前なら切断した手首もすぐに生えるほどだったのに。

隼人は頭痛を堪《こら》えて、何が起こったのか思い出そうとした。

そうだ。沙織を追って、街に戻ってきたのだ。

そして、マイケル黒田に会った。

あいつも沙織を探していて、仲間が見付けたと言っていた。洗礼を施すつもりだとも。洗礼が具体的に何を指すのかはわからない。隼人が知っている普通の洗礼ではない可能性もある。そんなものを受ける前に助け出すに越したことはないだろう。

いったい自分はどれだけの間、意識を失っていたのか？　時計すらない状況では推測するのは難しかった。マイケル黒田に襲われた時には空は曇っていたため、月や星の位置で推測することもできない。

とにかく、早く沙織を見つけ出さなければならない。しかし、どうやって？

隼人は唇を噛み締めた。

街中走り回って探していては、何日掛けても埒《らち》が明かない。

本当に？

確かに、人間の足ならそうだろう。だが、「超人」ならどうだ？　やつなら短時間で沙織を探し出せるのではないか？　そうだ。超人になればいいのだ！

「変身!!」隼人は大声で叫んだ。

さあ、今がその時だ。変身するんだ！

だが、何も変化は起きなかった。

「変身!!」隼人は両手を広げたり、振り回したり、跳び上がったりした。

やはり、何も起きない。

当然だ。今まで隼人が自分の意志で変身できたことなど一度もないのだから。

では、どうすればいいのか？

隼人は今までに変身した時のことを思い出して、変身の条件を突き止めようとした。

最初の変身は夢の中のことのようではっきりしない。根拠はないが、敵の存在に呼応したように思える。

二度目の変身は湖で恐竜に飲み込まれた時だ。これも敵に遭遇したことによる。

三度目はマンションの部屋だ。同じく敵に遭遇している。

そして、アルファ・オメガのピラミッドで。三度目とほぼ同じ状況だ。だとすると、敵に遭遇すれば変身できるのか？　そうとは言い切れない。千秋をはじめとして人間もどきに近付いただけでは変身は起こらなかった。

隼人の生命が危機に陥った時に変身するのだろうか？

その可能性は高いように思われた。経緯がはっきりしない最初の変身を除いて、変身は常に危機的状況で起こっている。変身しなければ確実に命がないような場合だ。リチャード青木やメアリー新川との戦いで変身しなかったことが気になるが、おそらくそれらは真の危機ではなかったのだろう。現に変身せずに、生き延びているではないか。

変身するには自分の身を危機に曝《さら》せばいいのだ。

隼人は周囲を見渡した。百メートル程離れた場所に崩れかけた十階建てのビルが斜めに立っていた。隼人はビルに向って走り出す。そして、ビルの入り口に飛び込むと、薄明かりの中、階段を探した。

仮に隼人の目論《もくろ》みが成功して変身できたとしても、超人が隼人の思い通り行動してくれるとは限らない。今まで超人は敵を倒す以外の行動はいっさいとっていない。また、人命に対し無頓着《むとんちゃく》な態度も気になる。だが、今、隼人にできることはこれしかないのだ。相手が知性を持っているのなら、必ずわかりあえるはずだ。

十階まで駆け上るつもりだったが、三階を越えた辺りで、もう息が上がり始めた。五階に辿《たど》り着く頃には、膝《ひざ》ががくがくと震え始め、目が回り始めた。

十階はとても無理だ。だが、五階でも充分かもしれない。

隼人はぜいぜいと息をはずませながら、五階のフロアに足を踏み入れる。壁の崩壊個所が多いため、全体を見渡せる。窓はすぐに見つかった。

以前の街は夜ごとに七色の光の洪水に包まれていたものだったが、今ではその面影はない。僅《わず》かに、地平線の彼方《かなた》にちらちらする閃光《せんこう》が見えるぐらいのものだ。あれは戦闘の光なのだろうか？　そう言えば、マイケル黒田は米軍がナパーム弾を使ったと言った。本当だろうか？　事態はそこまで進んでいるのだろうか？

窓にはむろんガラスは残っておらず、びゅうびゅうと風が吹き込んでくる。下を見下ろすと、闇《やみ》の中にぽつぽつとコンクリートの破片が落ちているのが見える。

二十メートルはないかもしれない。しかし、十五メートルだとしても落下速度は時速六十キロになる。充分だろう。ただ、時間的に余裕があるかどうかが気になる。

考えても仕方がない。変身に必要な時間がどれだけか、知りようがないのだ。

隼人は目を瞑《つぶ》り、死んだ都会の闇を深々と吸い込む。今まで関わりのあった人々の姿が脳裏にちらつく。

千秋……。

そう。沙織まで千秋のように失うわけにはいかないのだ。

隼人は目を見開き、闇を見据える。

待っていろ、マイケル黒田。そして、ジーザス西川。俺はおまえたちに負けはしない。

「デュワ！」隼人は闇の中に身を躍らせた。

心地よい風が頬を撫《な》ぜる。鋭い音が耳を切り裂く。重力からの解放感に包まれる。

二秒後、隼人は地面に激突した。

全身の何もかもが壊れ、未曾有《みぞう》の苦痛に包まれた。

そして、隼人は死んだ。

8

ガは絶望の淵《ふち》に立っていた。

元々、隼人の体はすでに限界に達していたのだ。そんなところにマイケル黒田から激しいダメージを受けたため、体内の全システムを再構築する必要があった。ガは探知活動も隼人の意識のモニターも行わず、再構築に専念していた。もちろん、隼人がビルに上ったのは知っていたが、まさか自殺するとは思いもしなかった。目を瞑《つぶ》って深呼吸した時におかしいと考えるべきだった。あの時、体の支配権を奪っていたら、こんなことにはならなかっただろう。身投げした瞬間、変身行動は始めていたが、当然ながら二秒間で変身するのはどだい無理な話だった。地面に叩《たた》き付けられた隼人の体の全機能は瞬時にして停止してしまった。

ガはパニックに襲われた。

最初に隼人と融合した時を除いて、隼人が完全に死亡したことはなかった。大規模な損傷を受けた時でも、体の他の部分は正常に機能していた。だからこそ、生命維持と損傷部位の修復を同時にこなすことができたのだ。ところが、今回は全身の骨格が粉砕したうえ、筋肉と神経が断裂し、主要な内臓が破裂してしまっている。すでに度重なるダメージを受けている隼人の肉体を構成する細胞は次々と崩壊していく。擬似細胞を作りだして、補おうとしても、死亡した肉体という劣悪な環境下でガ自身の機能も極度に低下しているため、思うようにいかない。

ガはなんとかパニックを抑えた。

ここまできて、隼人の肉体を捨て、別の肉体と共生するのはかなりリスクが高い。おそらく成功率は十パーセントもないだろう。もし失敗したら、ガも共生相手も生き延びることはできない。なんとか、隼人の肉体を修復し、騙《だま》し騙しでも使い続けなければならないのだ。

ガは思い切って、肝臓や膵臓《すいぞう》、腎臓《じんぞう》などの機能の一部の回復を断念することにした。呼吸器系や神経系、循環器系の回復に集中するための措置だ。隼人の肉体の寿命は著しく短くなってしまうが、背に腹は代えられない。

白目を剝《む》いて殆《ほとん》ど百八十度回転していた隼人の頭は徐々に戻っていく。まず首の骨の位置を戻さないと、圧迫されて気管も血管も神経も使い物にならない。ぐちゃぐちゃに変形した四肢もゆっくりと整形されていく。

げぼっと血の塊を吐き出した後、隼人は呼吸を始める。

白目が元に戻る。一瞬の間があって、隼人はきょろきょろと周囲を見回す。そして、立ち上がり、自分の体を探る。

「また、元に戻したのか？　そんな手間をかけるなら、変身しろ！」隼人は自分の胸を拳《こぶし》で殴った。

（体はもっと丁寧に扱ってくれ。それはわれわれ二人の共用物なのだから）

「今のは何だ?!」隼人は驚愕《きょうがく》の声を上げた。実際に声が聞こえたわけでも、文字が見えたわけでもない。言葉そのものが意識の中に浮かび上がって来る感覚だ。頭の中で文章を思い浮かべるのに似ているが、自分の言葉ではなく他人の言葉であるところが決定的に違う。

（君への通信だ）

「誰だ？」隼人は周囲を見回す。

（難しい質問だ。君がどういう種類の答えを欲しているかによって、答え方を変えなければならないが、君自身自分が何を訊《き》きたいのか把握していないからだ）

「おまえはどこにいる？」

（ここだ。君と同じところだ）

「つまり、その……」隼人は震えた。「俺の中にいるのか？」

（厳密に言うと、君の中にいるわけではない。しかし、君の理解できる範囲で答えるな

らイエスだ)

「おまえは『超人』なんだな」

(またもや、難しい質問だ。わたしの取り得る形態の一つを君は「超人」と呼んでいる。そういう意味でいうなら、イエスだろう)

「よし。わかった!」隼人は手を叩いた。「いますぐ変身してくれ」

(駄目だ)

「頼む。切羽詰まった事情があるんだ」

(君の奥さんを探そうと言うのだろう)

「わかっているのなら、どうして頼みを聞いてくれない」

(なぜわたしが君の依頼を受けなければならないかという問題は措《お》いておくとしても、変身して彼女を探すのには無理がある)

「どういうことだ?」

(確かに戦闘形態になれば普段の十倍以上の速度で移動できる。また、視覚や聴覚も敏感になる。しかし、それが大して役にたつとは思えない。所詮《しょせん》は線上を動くに過ぎないのだ。街中隈《くま》なく、調べるにはかなりの時間が掛かるだろう)

「だが、人間の姿のままよりは短くなるわけだ。人間のままなら一日仕事でも、変身すれば一時間……」

(一時間の変身はとても無理だ。われわれの体はあまりに酷使され過ぎた。特に君が行

った身投げは致命的な影響を残してしまっている。変身に耐えられる時間は長くて二、三分だろう）

二、三分——つまり生身のまま二、三十分探すのと同じことだ。

「それでも構わない。少しでも時間の節約になる。ぎりぎりまで変身してくれないか」

（彼女を見つけた後はどうするつもりだ？　変身が解けた後は殆ど立ち上がることすらできない状態になるはずだ。マイケル黒田と戦うことなど到底できはしない）

隼人はからからに乾いた唇を無意識に嘗《な》めた。身投げなどしなければよかった。名案だと思ったのだが……。

「空から探すのはどうだろうか？　地上を走りまわるよりもずっと効率的だろう」

（充分な高さから捜索することができ、なおかつ君の妻が屋外にいる場合は短時間で発見することは可能かもしれない。ただし、空を飛ぶ手段があった場合に限る。残念ながら、この近くに飛行設備はないようだ）

「おまえ、飛べないのか？」

（現在、飛ぶ能力はない）

「翼を作ることはできないか？　手足を自由に変形させたり、復元したりはできるようだが」

（翼を作ること自体はさほど難しくはない。ただ、飛行のためにはそれなりの制御を行わなければならないが、飛行用のソフトは用意していない。開発にはかなりの日数を要

「とにかく試してみてくれないか。やってみて駄目だったら諦める」

（試す価値はない。現状を鑑みれば、たとえ一秒たりとも変身時間を無駄にすることは容認できない)

「なら、もう頼まない!!」隼人は癇癪《かんしゃく》を起こした。道端に落ちているごみを次々と蹴飛《けと》ばす。自分でも意味のない動作だとは思ったが、やらずにはいられなかった。

ひとしきり暴れた後、隼人は走り出した。超人があてにならないなら、自分の足で探すしかないだろう。

「いったい、おまえの正体はなんだ?」隼人は走りながら尋ねる。足はふらつくし、動《どう》悸《き》も激しかったが、なぜか呼吸だけは楽にできた。

(君の推測はほぼ的を射ている)

「じゃあ、やっぱり宇宙人なのか?」

(君が持っている概念の中ではそれが最もわたしの実体に近い)

「持って回った言い方をするな! おまえは宇宙人なのか?」

(そうだと、言わざるを得ないようだ)

「俺の中から出ていってくれ」

(今は無理だ)

「いや。すぐに出ていってくれ」

(わたしが分離したら、君は生きていけないだろう。わたしは君の体の重要な組織のいくつかの代用品になっている)

「重要な組織ってなんだ？ 心臓とか肝臓のことか？」

(心臓は完全にわたし起源のものだ。肝臓も半分はわたしが作った)

隼人は気絶するのではないかと思った。しかし、意識はしっかりしたままだった。自分の内臓が知らぬ間に宇宙人に置き換わっているなどとは考えたくもなかった。もちろん、相手が嘘を吐《つ》いている可能性は残っているが、嘘を吐く理由もないので、おそらく真実だろう。現実を受け入れなければならないのだろう。いつかそのうち。

「じゃあ、つまりおまえが出ていったら、心臓もなくなるってことか？ 畜生！ 俺には自分の心臓がないんだ。脳死が人の死だと定義されてなかったら、死人扱いされるところだ」

(君には脳もない)

「なんだって？」

(脳下垂体と小脳の一部は残っている。だが、大脳はわたしが作った。脳細胞は酸素不足に弱くてすぐに壊《え》死《し》してしまう)

「ちょっと待ってくれ。つまり、俺には脳がないってことなのか？」

(脳はある。ただし、元の脳そのものではないが)

「じゃあ、今考えているのはいったい誰なんだ？」

(問いを発している本人だろう)

「諸星隼人はどこにいるんだ?」

(ここだ。わたしと同じところ)

「俺は宇宙人なのか?」

(定義によっては)

「俺には自分の脳のように思えるんだが」

(もちろんだ。わたしは寸分違《たが》わぬように作ったのだ)

「俺はあの人間もどきたちと同じなのか?」

(同じではない。彼らはあくまで複製だが、君はオリジナルのパターンを持っている)

「違いがあるのか?」

(彼らの複製元になった人間は解体され、分析されて、データのみ抽出されたのだ。複製元と複製物は別個のものであり、連続していない。それに対し、君は解体されることも分析されることもなかった。わたしは、ただ失われゆく細胞とシナプスの補充をしただけだ。その結果、新しい細胞とシナプスが徐々に増え、古いそれらの数を超えてしまったが、過去の君と現在の君は完全に連続しており断絶はない)

「人間もどきを作っているのはおまえではないのか?」

(違う。わたしは君の細胞の機能を模倣する擬似細胞を作っているが、人間もどき——レプリカントは遺伝子レベルで複製されている。わたしが持っていない技術だ。もっと

も、不完全な複製のため、崩壊しやすいのだが）

「人間もどきを作っているのはおまえとは別の宇宙人なのか？」

（わたしと「影」との差異は、薔薇《ばら》と花崗岩《かこうがん》のそれよりも大きい。だが、君の持つ概念で分類するなら、両者とも「宇宙人」と呼ぶしかないだろう）

「おまえは人間もどきたちと戦ってるんだな」

（彼らと戦うこと自体が目的なのではない。彼らを生み出したものを破壊することが目的だ。その目的の障害になるなら、レプリカントと戦うこともある）

「この星でおまえたちの戦いに捲《ま》き込まれるのは迷惑だ。宇宙でやってくれないか」

（いくつか、誤解があるようだ。地球での戦闘はわたしの望むところではなかった。それから、われわれだって捲き込まれてしまったことは君たちと同じだ）

「自分には責任がないと言ってるのか？」

（そうだ。もちろん、わたしがもっと早く「影」を倒していたなら君たちの被害はここまで広がらなかっただろうが、だからと言って責められる謂《いわ》れはない）

「おまえはアメーバのようなキメラ怪物と戦う時、親子を盾にして殺した。それだけじゃない。戦う度に人間とレプリカントの見境なく、多くの命を犠牲にしている。どうして責任がないなどと言えるんだ？」

（知性を持つ者の命を奪うことは本意ではない。彼らの命を奪ったことには正当な理由がある。つまり、緊急避難だ）

「どんな理由だ？」

（わたし自身の任務と生命を守ること）

「この野郎!!」隼人は自分の胸と頭を力の限り殴りつけた。「自分がよければ他人がどうなってもいいのか?!」

（他種族の生命より自分の利益を優先するのはそれほど、異常なことではない。人間も食用のために他種族の生命を奪うではないか？　それとも君はわれわれの種族が生命の危機に陥った時に自分の命の危険を顧みずに助けてくれるというのか？）

隼人は言葉に詰まった。確かに人命がすべてに優先すると考えるのは人類の身勝手かもしれない。しかし、だからと言って、宇宙人たちが人命を軽んずるのは我慢ならなかった。

「おまえがここらにいることとは関係なく、敵――『影』というのか――は人類に攻撃をしているというのか？」

（そうだ。もちろん、これが攻撃であるという確証はないが）

「大勢の人間が殺されて取り込まれたんだ。攻撃でないなどということがあるか？」

（わたしは向こうの意図について話していた。もちろん、相手の攻撃意図の有無に拘《かか》わらず、現実に被害が発生しているのだから、抛《ほう》っておくことはできない）

「なら、早くなんとかしてくれ。おまえの責任だろ」

（わたしに責任はない）

「これはおまえたちの戦争だ。喧嘩《けんか》両成敗というだろう。早く講和条約だかなんだかを結んで、終結させてくれ」

（そんなことができるのなら、苦労はしない）ガは言語を使ったまどろっこしい会話に苛立《いらだ》ちはじめていた。隼人に伝達物質を注入することさえできれば、一瞬で理解させられるのに。（われわれはいまだ「影」とのコミュニケーションに成功していない）

「俺はついさっきマイケル黒田と会話したぞ」

（レプリカントは「影」ではなく、「影」が創り出した人間の低レベルの複製に過ぎない。レプリカントとコミュニケーションしても「影」とコミュニケーションしたことにはならない）

「単に、出会って日が浅いので、コミュニケーションがうまくいかないだけかもしれないじゃないか。おまえたちが『影』と出会ってどのくらいになる？」

（君たちの時間にして一億年ほどだ）

「一億年！」隼人は声を張り上げた。「そんなにかかってコミュニケーションがとれないというなら、根本的に相互理解は不可能なんじゃないか？」

（われわれはそういう結論に達しようとしている）

「『影』の目的はなんなんだ？」

（わからない。一億年前は天体から作られた巨大な機械を太陽系に送り込もうとしていた）

隼人にはガの言葉は理解できなかったが、深く追及するのはやめた。時間の無駄だと思ったからだ。「おまえたちはそれをどうしたんだ？」

（破壊した）

「相手に断りなしに？」

（断ろうにも意思の疎通ができなかった。緊急避難だ）

「向こうはそれを宣戦布告ととったのかもしれない」

（その割りには一億年間、音沙汰《おとさた》がなかった。もっとも、彼らの時間感覚では普通のことなのかもしれないが）

「今回も天体機械を送り込んできたのか？」

（いや。今回は「影」が一体だけでやってきた。そして、わたしの同族を殺し、吸収して複製を作り出した）

「つまり、人類への攻撃と同じことをしたわけか？」

（概《おおむ》ね同じと考えてもいいだろう。われわれは感染を防ぐために複製を殺すしかなかった）

「ひょっとして、『影』はおまえたちと俺たちを区別していないのか？」

（その可能性はある。そうだとしたら、極めて不可解なことではあるが）

「『影』の目的は不明だと言ったな」

（そう言った）

「意思の疎通も不可能だと」

（それも事実だ）

「なら、相手を倒すまで戦う以外ないじゃないか」

（それがわたしの目的だと先程から主張している）

「なぜ今すぐやらない？」

（『影』の本体の場所がわからないからだ。宇宙空間にいる時にはやつの場所は正確にわかったのだが、地球に来てからセンサーの感度が急激に低下してしまった）

「おまえのセンサーがあてにならないことはさっき聞いた」隼人はぶっきらぼうに言った。「人間の女一人見付けられないんだからな」

ガは黙った。

「結局、おまえは何の役にも立たないんだ。おまえがやったことは、ただ破壊を繰り返し、人々を殺し、被害を大きくしただけだ」

ガは返事をしない。

隼人は構わず、罵《のの》り続けた。ガは全く反応しなかった。やがて、隼人の罵りも途切れがちになり、ついに黙り込んでしまった。そのまま十分近くの時間が過ぎる。

「言い過ぎたかもしれない」沈黙に耐えられなくなり、さきに隼人が口を開いた。「おまえを責めても仕方がないのに」

ガは返事をしない。

「許してくれる気はないのか?」

(わたしは君に対して、なんら悪感情を抱いていない)隼人が諦《あきら》めた頃、突然ガは話し始めた。

「じゃあ、どうして俺の問い掛けに返事をしなかった?」

(考え事をしていたのだ)

「考え事?」

(可能性を検討していたのだ)ガはまた少し沈黙した。(君は妻の生死を随分気に掛けているね)

「当たり前じゃないか」

(わたしの妻はわたしの目前で死んでしまった。……わたしはその時どうすることもできなかった)

隼人は何と言っていいのかわからなかった。宇宙人に家族がいるなんて想像さえしていなかったのだ。

(空を飛ぶ方法が一つだけある)

隼人は立ち止まった。「どうすればいい?」

(君は何もしなくてもいい。ただ、かなりの危険を伴う)

「どうするんだ?」

(さっき君はわたしに自分の体から出ていけと言った)

「だが、それは不可能なんだろう？」

（非常に大きなリスクがあるが、不可能ではない）

「おまえが出ていったら、俺の体で残るものは？」

（皮膚は四割程度残る。それに、骨と筋肉が半分程度。あと、血管や内臓が少し）

「そんな状態では生きられない」

（もちろんだ。だが、その状態が長く続かなければ、再生は可能だ）

「でも、脳もなくなってしまう。脳がなくては再生できるはずがない」

（現在の脳細胞の位置とシナプスの形状、そしてそれらの正確な興奮状態は記録しておける。君と再結合した時に、寸分違わず再生することができる）

「データとして保存しておくわけか。それでもまだ俺は複製ではないと言えるのか？」

（単なるデータに還元するわけではない。量子状態とともに保存するのだ。量子状態は原理的に複製できない）

「わかった。どっちにしても、俺はおまえを疑える立場じゃない」隼人は自虐的な調子で言った。「時間的な余裕はどのくらいだ？」

（十秒を超えるのは危険だ。どんなに幸運でも、一分は無理だろう）

「もし、再生できなかったら、おまえはどうなる？」

（自力で生命を維持するのは数分が限度だ。別の共生相手を探す必要があるが、共生システムを構築する前に時間切れになる公算が大きい）

「もし間に合わなかったら?」

(共生相手は死亡する。わたしも一緒に死亡するか、もしくは任務を放棄して宇宙空間に戻るかだ。その場合、わたしは二度と自分の社会に受け入れられることはないだろう)

「おまえにとって、何もいいことはないようだが」

(だが、君にとって、妻を探すことは非常に重要だ)

「ああ」

(では、決断をするのは君だ。わたしは君の判断に従おう)

隼人は目を塞《ふさ》ぎ、深呼吸した。「いいだろう。やってみよう」

9

元はコートだったと辛うじてわかる襤褸《ぼろ》を着た男は、罎《びん》の底に数ミリほど溜《たま》ったウイスキーを名残惜しそうに眺めていた。

はてどうしたものか?

今日の昼、中身が四分の一も残っているウイスキーの罎を見付けたのは、稀《まれ》に見る幸運だった。おそらくこれから何年か分の運を使い果たしてしまったに違いない。だとすると、これから先、アルコールにありつける機会はないかもしれない。

後の楽しみに残しておくか？

しかし、この程度残して置いたところで、酔えるわけでもあるまい。それより、今のこの酔いを少しでも長引かせるために、飲んでしまった方がましではないだろうか？

男は鼻水でぐずぐずになった口髭《くちひげ》を真っ黒な袖《そで》で拭《ぬぐ》った。焦げ茶色の筋が顔に引かれる。

そう言えば、もう長いこと風呂《ふろ》に入っていないし、散髪もしていない。いったい今日は何日なんだろう？　かなり寒いから、もう冬なんだろうな。ああ。腹減ったな。

男は再び壜を眺めた。

少しは腹の足しになるだろう。飲んじまおう。残して置いたって、明日まで生き延びられる保証があるわけでもなし。

この街で生身のまま、今まで生きてこられたこと自体が奇跡に近かった。街の中には兇悪《きょうあく》な人間もどきがうようよしているし、融合体は物陰に潜んで常に獲物を探している。米軍は街にいる人間をすべて人間もどきと見なして、劣化ウラン弾やクラスター爆弾で容赦なく攻撃をし掛けてくる。

自分ではそれほど生に執着しているつもりはなかった。だが、気が付くと必ず生き残っていた。銃弾を掻《か》い潜《くぐ》り、怪物どもと戦い、泥水を啜《すす》って。なぜこれほど苦しんでまで生き延びなければならないのか、自分でも理解できなかった。ただ、苦しめば苦しむほど、男が本来持っていた生存本能が強く現れるような気がしていた。

襤褸の下に手を突っ込み、ぼりぼりと脇腹を掻く。ぽろぽろと垢《あか》の塊が零《こぼ》れ落ちる。お誂《あつら》え向きに、この辺りには人間もどきも融合体もいないようだ。腰を下ろして、最後の一口を楽しみながら飲めるだろう。

男はコンクリートの破片の上に腰を下ろし、周囲を警戒しながら壜の蓋《ふた》を開け、口に近付ける。

その時、数十メートル先の暗闇に誰かがいることに気が付いた。

その人物も襤褸を着ていた。まるで、血塗《ちまみ》れの包帯のようにも見える。

男は声を掛けるべきか躊躇《ちゅうちょ》した。もし狂暴な人間もどきだったら、厄介なことになる。だが、一方孤独が耐え難いことも確かだった。たとえ、人間もどきでもいいから、人の声を聞いてみたかった。

手を振って、声を掛けようとした。だが、驚いたことに声は出なかった。何ヶ月も喋《しゃべ》らずにいたため、声の出し方自体を忘れてしまったらしい。ぜえぜえと掠《かす》れた咳《せき》のようなものが少しだけ出た。

相手はこちらに気が付いていないらしい。

立ちっぱなしで、大きな声で話をしている。どうやら、架空の存在と会話をしているようだ。正気を失っているのだろうか？　いやいや。こんな状況でなお正気を保つためにこそ、もう一人の自分と話をしなければならないのかもしれない。

男は意を決して、立ち上がりその人物の方へと歩き出した。

近付くにつれ、月明かりに横顔が浮かび上がる。知った顔だった。

男の手から壜が落ちる。コンクリートにぶつかり、砕け散る。ウイスキーの飛沫《しぶき》が足にかかる。あれほど大事にしていたのに、一瞥《いちべつ》すらしなかった。

「あんたは……あんたは……」男は震える手を差し伸べ、ふらふらと歩いていく。「いったい、今までどうやって……」

眩《まばゆ》い光がその人物を包む。青い光だ。純粋で清らかな青。だが、男には耐えきれなかった。目を瞑《つぶ》り、両手で顔を覆う。

まだ青い。青が目の中に入ってくる。

男は地面にうつ伏せに倒れ込んだ。それでも青は容赦なく、入り込む。目だけでなく、頭の中も青でいっぱいになった。男は絶叫する。やめてくれ。これじゃあ、俺は青に殺されてしまう。

出し抜けに青が消えた。顔を上げると、先程の人物がいた辺りから点へ向って一直線に光の柱が立った。中央が白で端は青かった。柱が存在したのは一瞬だった。

青が去った後、世界は黄色くなった。おそらく強い青を見たため、黄色の残像が見えているのだろう。

空を見上げると、柱の真上から赤い染みのようなものが、空を侵食するかのように広がっていく。

男は突然悪寒を感じた。人間が触れてはいけない何かに遭遇してしまったような気がした。空気がおかしい。ぴりぴりと肌が軽く鋭い痛みを感じる。耳がつんとして、目がちかちかする。地面が微妙に振動を始めた。地震ではない。もっと微妙で、複雑なものだ。何かが地下で蠢《うごめ》いている。そう言えば、地中に人間もどきの巣があるという噂があった。

きっと、ここは呪《のろ》われた場所なのだ。こんな場所からは早く離れるに越したことはない。

男はそそくさと立ち去ろうとしたが、何かが心に引っ掛かり、足を留めた。

そう言えば、あの人はどうなったんだろう？

振り返る男の目に何か小さなものが見えた。さっきの人物が立っていた辺りの地面だ。

男の生存本能は一刻も早く逃げろと脅迫する。しかし、好奇心には勝てなかった。周囲を警戒し、いつでも逃げられるように身構えながら、摺《す》り足で物体に近付いていく。

物体の正体がわかった瞬間、男は小さな悲鳴を上げた。

それは離断遺体だった。かなり日にちが経過しているのが見て取れた。頭部と胸部、それに右の上腕部が変色した皮膚だけで繫《つな》がっている。

男は近寄ってさらに詳しく観察した。

大きく裂けた傷口から縮こまって捻《ねじ》れた背骨が覗《のぞ》いている。胴体の中には内臓は殆《ほとん》ど残っていない。腕は骨が剝《む》き出しになり、申し訳程度の筋肉が絡みついている。顔は酷《ひど》く損傷しているので、見分けはつかなかった。鼻も耳も残っていない。眼球のない目が見開かれ、男を睨《にら》みつけていた。頭頂部には穴が空いており、そこから空っぽの頭蓋《とうがい》内部が露出していた。

男は激しく嘔吐《おうと》した。死体には馴《な》れているはずだったが、人間の尊厳を全く無視したこの屍《しかばね》の酷い有様に耐えることができなかったのだ。

とにかくこのまま屍を放置するわけにはいかない。かと言って、持ち上げればそのまま崩れてしまいそうだ。この場所に埋めるしかないだろう。男は何か穴を掘る道具がないかと周囲を見まわした。

コンクリートの破片の間から何か細長いものが飛び出して、うねっていた。嫌な感じに包まれる。

男は屍を埋葬するのは諦《あきら》めて走り出した。ぐずぐずしていては自分が屍になってしまう。それがどんな種類の危険かはわからなかったが、危険が迫っているのは間違いなかった。男が今まで生き延びてこられたのも、この鋭い第六感があったからこそだ。

だが、今回はうまくなかった。

目の前の地面が突然盛り上がり、土の中から肉の壁が現れた。壁には無数の目や耳や口や指や髪や生殖器が出鱈目《でたらめ》についていた。それぞれ一つずつが独立して瞬《まばた》いたり、もぞもぞ動いたりしている。

男は壁に激突するのを避けようと、急に進路を変更したため、足をとられて尻餅《しりもち》をついてしまった。

屍などに気をとられずに、すぐ逃げればよかったんだ。後悔したが、後の祭だった。

今はとにかく逃げることを考えなくては。

男は別の方向に走り出す。だが、進路を塞《ふさ》ぐように、またもや壁が出現する。いや。そこだけではない。あちらこちらに次々と肉壁や肉柱が出現している。

なるほど、さっきから続いていた地面の微妙な振動はこいつらが現れる前兆だったわけだ。しかし、どうしてこれほど急に活発な活動を始めたのか？

肉壁に横一文字の数メートルに亘《わた》る亀裂《きれつ》が入ったかと思うと、大きく口を広げた。中には針のような夥《おびただ》しい数の牙《きば》がぎっしり生えて、高速回転している。強い酸の臭いを放つ白濁した唾液《だえき》が滝のように流れる。

すべての肉壁や肉柱の動きは同期していた。どうやら地下で繋がっているらしい。だとすると、何百メートルもの大きさだ。地面の中から完全に姿を現わす前に、逃げなくてはならない。

男は逃げ道を探した。だが、次々と地中から現れる巨大な肉塊に阻まれ、殆ど動くことすらできなかった。それぞれの肉塊は爆発的な速度で大きくなっていく。

増殖してやがる。こんなに速いのは初めてだ。そうか、さっきの青い光がこいつらをおかしくしちまったんだ。

男の体が持ち上がる。周囲の地面が盛りあがり、小山のようになったのだ。前後左右から肉塊が迫ってくる。押し返してはみたが、凄《すさ》まじい圧力で手も足も出ない。太い肉柱が一本轟音《ごうおん》を立てて横倒しになった。先端には口と目がついている。まるでおろちのようだ。ぐねぐねと体を動かし周囲を探る。

男は体を硬直させた。

おろちは動きを止めた。口から零《こぼ》れる唾液の水音だけが響き渡る。

駄目だ。食われる。

だが、おろちが目を留めていたのは男ではなかった。口から現れた数百本の朱色の触手が捉《とら》えたのは地面の上に放り出されていた屍だった。触手に口へと運ばれる途中、屍の皮膚や背骨が剝離《はくり》し、落下する。おろちは屍を丸飲みにした。

男は肉を掻《か》き分け、なんとか少しずつ前進しようとしたが、腿《もも》を挟まれ、身動きが取れなくなった。足と腰の骨がいやな音を出して軋《きし》んだ。頭と肩にぼたぼたと唾液が降り注ぐ。

もはやこれまでか。

空が輝いた。赤い染みが再び収束し、青い光へと戻っていく。

強烈な青が頭上から落下してきた。

おろちが叫ぶ。

男は弾《はじ》き飛ばされ、叩き付けられる。全身に熱い液体が降りかかる。おろちの体液が沸騰しているのだ。

おろちの体を構成していた大量の肉片が機関銃の弾のように撒《ま》き散らされる。深紅の霧が月に照らされた夜の街に広がる。挽肉《ひきにく》状になったおろちの肉が何百メートルにも亘って地面とコンクリート片を覆い尽くしていた。

男は全身にべっとりと纏《まと》わりついたピンクのペーストをなんとか振り払おうとするが、焼け石に水だった。歩く度に肉の沼地に足を取られて、倒れ込む。全身が激しい爆音と衝撃に苛《さいな》まれて、痺《しび》れるようだ。

ゆっくりと血肉の霧が晴れていく。

霧の中央には白い巨人が立っていた。

10

成功したのか？

（ああ。成層圏にまで上らなければならなかったが、君の妻の居場所以外にも収穫があった。東北の……）

今は妻のことが優先だ。隼人は話を遮った。

（いいだろう。彼女自身の姿は発見できなかったが、マイケル黒田がデパートの残骸《ざんがい》に入って行くのが見えた。もう少しタイミングが遅れていたら、見逃すところだった。ここから、三キロほどのところだ）

「ジュワッ！」

ガはすでに走り出していた。三キロの距離なら、三十秒で走り抜ける。

だが、今回は少し様子がおかしかった。

真っ直ぐに走ることができないのだ。数秒ごとに道からはずれ、建物に激突してしまう。建物は崩れ、ガは瓦礫《がれき》の中から立ち上がり、走り始める。こんなことを数度繰り返した後、ついに変身が解けてしまった。高速で走っている最中に力が入らなくなり、手足がどんどん縮んでいく。ついに隼人の姿に戻り、自分の速度を制御できなくなった。宙を飛び、地面に叩《たた》き付けられる。何度も跳ね、回転してからようやく停止した。

「くっ」隼人が喋《しゃべ》ろうとした瞬間、大量の血が鼻と口から噴き出した。

(無理に声を出さなくてもいい。わたしは君の心が読める)

何だって！　じゃあ、今までずっと俺の心を盗み見してたって言うのか⁉

(そういうことになる)

何の権利があって、そんなことをしてるんだ？

(権利という概念はわれわれの関係にはそぐわない。なぜなら、権利には実体があるわけではなく、それぞれの社会のルールによって、ある事柄をしてもいいと許される資格だからだ。われわれは共通の社会規範の下にいるわけではない)

訳のわからないことを言うな！　権利は権利だ。俺にはプライバシーの権利がある。

(では、わたしにも人権が認められるだろうか？)

はっきりした形がなくて、死体に取り憑《つ》いたり、自力で宇宙空間に飛び出せるようなやつに人権が認められるかだって？　馬鹿も休み休み言え！　人権は人間に与えられるものだ。

（なら、君にもわれわれが持つ権利を与えることはできない）

「くそ！」隼人は声に出して、罵《ののし》った。出血はまだ続いていたが、歩けなくはないようだ。よろよろと立ち上がる。手足に力が入らない。眩暈《めまい》がしてふらつく。月が何重にも見え、方向感覚が摑《つか》めない。「そのデパートはどっちの方角だ？」

（こっちだ）ガは隼人の足の動きを制御した。（音声が使えるようになって、よかった。思考は纏《まと》まりがないので、意図を摑むのに苦労する。人間が話したくないことまで考えてしまう。本音と建前を分離して、受け答えするのが大変だ。その点、音声ならそのような面倒がない。本当はわれわれのコミュニケーション手段を覚えてもらうのが、一番なのだが。今の数百万倍の速度で情報交換ができるように……）

「もう一度変身してくれ」隼人は頭を押さえた。「これでは埒《らち》が明かない」

（無理だ。もう変身はお終《しま》いだ。君の体は限界まで使い尽くされた。これからは戦闘形態なしでいくしかない）

「なんだと？　どうして肝心の時に役に立たないんだ?!」

（君の妻の救出はわたしの本来の任務とは無関係だ。わたしは好意で君に助力していることを忘れるな。さあ、デパートまで後一キロ歩くんだ）

これほど長い一キロはなかった。ただでさえ、体はぼろぼろなのに、経路上には山ほどの障害があった。

隼人はあらゆるものによりかかり、時には這《は》いずりながら、最後の一キロを進んだ。

「デパートって……いうのは……あれか？」隼人は息も絶え絶えになって、五十メートル前方の建物を指差した。

（その通りだ）

「どうして……デパートだと……わかったんだ？　ただの鉄筋コンクリートの残骸にしか見えないが」

（屋上にミニ遊園地がある。空からしか見えない）

「なるほど。……で、どうする？」

（君の目的は妻を救出することだ）

「もちろんそうだ。俺は目的ではなく、手段を尋ねている。……てっきり変身して戦えると思っていたんだ」

（見込み違いだ。通常形態で戦うしかない）

「人間の姿の時でも、普通ではありえないほどの力を出せたことがあっただろう。ああいうことは今でも可能か？」隼人は一縷《いちる》の望みをかけた。

（試してみよう）

隼人の体は勝手に垂直跳びをした。二メートル近く跳びあがった。着地と同時に鈍い音がして、足と腰に激痛が走った。見下ろすと、股関節《こかんせつ》がはずれ、足の骨が根本から飛び出していた。手が勝手に動き、膝《ひざ》を抱えてぐっと伸ばす。骨がすっと納まる。

(うまくいきそうだ。かなりダメージが累積しているが、この程度なら致命的なことにはならないだろう)

「やめておこう。自分でなんとかする」隼人は再び足を引き摺《ず》り始める。

デパートはほぼ垂直に潰《つぶ》れたようで、一階から五階辺りまでは殆《ほとん》ど原形を保っていなかった。六階と七階が瓦礫の上に載っかっている。入り口らしきものの片鱗《へんりん》はあったが、そこから中に入る余地はなさそうだったし、入れたとして階段もエレベータも使えないのは明らかだった。

「確かにあの中に入ったのか?」

(そうだ)

「入り口はどこだ?」

(向こう側だ。壁が崩れて六階に直接入ることができる)

「もう一つ質問していいかな? デパートの前にいる動物が見えるか?」

(ああ。犀《さい》のように見える)

「よかった。俺の目がおかしくなったわけじゃないらしい」

(逃げることを推奨する。まともに戦っては勝ち目がない)

「どっちに逃げればいい?」

(犀が速度を出すための直線経路が確保できないところだ。例えばデパートの中だ。た

だ、デパートに入るためには犀を越えて行かなければならない上、敵の基地である可能性が高いので、推奨はできない）

犀は隼人を認めたのか、こっちに走ってくる。

「役に立たない意見は聞きたくない。勝てる可能性のある戦略を教えてくれ」

（回れ右をして、力の限り走れ。十メートル後ろに電柱がある。登ることができればやり過ごせるかもしれない）

どうやって電柱に登ればいいのかもわからなかったし、犀が見逃してくれるような気もしなかったが、隼人は走り出した。今はそれしか手立てはないのだ。

空気が泥のように纏《まと》わりつき、足も手も思うように動かない。振り向く余裕すらないため、犀との距離はわからない。まだ、二、三十メートル離れているのか？　それとも、一メートル後ろまで迫っているのだろうか？　全く何の気配もないようにも思えるし、地面を蹴《け》る振動が伝わってくるようにも思えた。

電柱まであと少しだ。隼人は手を伸ばして電柱に触れようとした。

突然体が宙を飛んだ。

宇宙人が何かしたのかと思ったが、そうではなかった。犀が追い付き、隼人の右の太《ふと》腿《もも》を突き刺し、そのまま走って、隼人を運んでいるのだ。

隼人は電柱に叩き付けられた。犀は隼人の腿から角を引き抜いた。隼人はそのまま崩れ落ち、片膝を突き、体を犀の方へと捻《ひね》った。

犀の体高は一メートルもなかった。随分小さい。犀の形に惑わされてもっと大きいと思っていた。最初の距離を見誤ったかもしれない。

犀は人間のように後ろ足で立ち上がった。口を大きく広げると、そのまま裂ける。下《した》顎《あご》は胸の前で固定され、上顎と頭は背中の側に倒れた。胴体の真上にぽっかりと口が開いた状態だ。そこから人間の首が現れる。「どうだ。驚いたか？　これが主からいただいた変身能力だ」

「こんなことだろうとは思ってたよ」隼人は苦痛に顔を歪《ゆが》めた。「ところで、どうして犀なんだ？」

「犀？」犀男――ロバート萩原《はぎわら》はしばし絶句した。「犀などと言うな！　俺は聖なる一角獣《ユニコーン》だ!!」

「一角獣?!」今度は隼人が絶句する番だった。「一角獣なら、角は額から出ているはずだ。あんたは紛れもなく犀だよ」

ロバート萩原が持つ一角獣のイメージが貧困だったため、犀に似てしまったのか？あるいは犀と融合してしまったロバート萩原が一角獣だと思い込もうとしたのか？　とにかく、それは一角獣などではあり得なかった。

「黙れ！」ロバート萩原は隼人の首に手を掛けた。体は犀のままだが、辛うじて手には五本の指がついている。まるで万力に締め上げられるようだ。

隼人はロバート萩原の手首を握って引き離そうとした。びくともしない。腹に拳《こぶし》を叩き込む。声一つ上げない。何のダメージもないらしい。

目が見えなくなってきた。脳が酸素不足に喘《あえ》いでいる。

ここまできて、犀に縊《くび》り殺されるような死に方はしたくなかった。しかし、逃げ出す方法を考えようにも、もはや頭も働かない。

助けてくれ。まだ死にたくない。

（この犀状の男を倒す方法はいくつもある）ガは答える。（だが、どの方法も君を回復不能な状態にしてしまうだろう。例えば、われわれの肉体の一部をプラズマにするだけで、犀状の男は焼死するだろうが、君自身の細胞も破壊されてしまう）

助けてくれ。隼人は意識が朦朧《もうろう》としてきた。

（現状では、このまま待機する以外に選択肢はない）

もういい。どうでもよくなった。

（おそらく、あと一秒ほどの我慢で君は解放される）

ロバート萩原の首が傾いだ。金属の棒状のものの先端がこめかみに押し当てられ、無理やり首を曲げられているのだ。

「なんだ、きさま?!」ロバート萩原は抗議の声を上げると共に、ぎろりと目を剝《む》く。

ロバート萩原の頭の棒が当てられた側と反対側が爆発した。脳の一部と骨の破片が飛び散った。

ロバート萩原は怒りの表情のままどうと後ろに倒れる。手足は無秩序に動き回っているが、すでに統制はとれていない。

「中枢を破壊すれば、殺せないまでも、動きは止められる。……しかし、いったい何なんだ、こいつは？」襤褸《ぼろ》を着た男が隼人に尋ねる。手にはたった今ロバート萩原を撃った拳銃《けんじゅう》が握り締められていた。

突然、冷たい空気が気管に飛び込んできたため、隼人は一分近く咳《せ》き込んで答えることもできなかった。

「見ての通り、犀男ですよ」やっとのことで答える。

「おもちゃのロボットみたいに変形したぞ」

「人間もどきの中には変身できる者がいるんですよ。どういった条件でそうなるのかはわかりませんが。……ところであなたは？」

「俺は、その……警官だ」男は口籠《くちご》もりながら言った。「あんたを追ってきたんだ。あんたから光の塊が飛び出したかと思うと、屍《しかばね》が転がっていた。おろちのような怪物がその屍を飲み込むと、光が戻ってきて大爆発が起こり、白い巨人が立っていた。俺は白い巨人が猛烈な速度で走り去った後を追ってきただけだ。あの屍と白い巨人の正体は何なんだ？」

「どちらもわたしです」

「それでは納得できない。命の恩人なんだから、俺には本当のことを言ってくれよ」

真実を明かしてもいいだろうか？

（構わない。実害はないだろう）

「実は宇宙人に乗り移られて、変身できるようになってしまったんですよ」隼人は半ばやけくそ気味に答える。

「その言葉をどう捉《とら》えていいものか？」襤褸を着た男は額を押さえた。「それは何かの比喩《ひゆ》なのか？」

「残念ながら、文字通りの意味です」

「確かに宇宙人でも持ち出さなきゃ、この状態を説明できんことは確かだが……」

「こっちからも質問してもいいですか？」

「ああ。もちろんだ」

「あなたは本当に警官なんですか？」

「そんな質問をするところを見ると、俺のことは覚えてないようだな。まあ、無理はないけど……。俺は航空機事故の後、あんたを担当した唐松という警官だ」

「唐松さん……そう言えば、そんな名前を聞いたような覚えがあります」

「あれから俺はいろいろとあんたのことを調べた。あんたの時計と指輪を嵌《は》めていた腕はやはりあんたのものだった。つまり、その腕は贋物《にせもの》ということになる。それも、右手をそのまま裏返して作ったコピーだ。指紋まで同じだった」

「左手を復元するのに、参考になるのは右手しかなかったんでしょう」

「俺はそのことを知った時、心底恐ろしかった。人間の力を遥《はる》かに超えた存在がいると実感できてしまったんだ。人間がどうあがこうと歯が立たない存在がいると。その日から俺は何もできなくなってしまったんだ。思うに、俺が警官になった理由は恐怖から逃れたかったからなんだ。もちろん、自覚はしていなかった。俺はただ弱い人たちを守りたいと思っていたんだ。だが、俺が一番守りたかったのは自分自身だったんだろう。恐怖から逃れるために、他人を守ることができるくらい強くなろうとしたんだ。だが、俺は知ってしまった。人間の考えすら及ばないものがいる。それもすぐ近くに。俺は無為な日々を過ごした。そんな時、これが起こった。同僚たちは上からの命令で集結したが、俺は従わなかった。もはや、人々のために戦うことでは恐怖から逃れられないことがわかっていたからだ。俺はこの街に流れ、潜み、逃げ隠れした。怪物たちの前で慄《おのの》き、逃げ惑う自分を自覚することによって、恐怖から身を守ろうとしたんだ。俺は弱い。だから、怖がっても構わないのだ、と」唐松は肩を震わせた。「だが、それは何にもならなかった。やつらは容赦なかった。俺が震えて命乞《いのちご》いをしても、聞く耳を持たなかったんだ。俺は戦うしかなかった。来る日も来る日もだ」

「あなたの望んだことだったんでしょう？」

「ああ。だが、なぜこんなことを望んだのかわからないんだ」

「あなたはわたしを助けてくれました。なぜですか？」

唐松はきょとんと隼人の顔を見詰めた。「……そうだな。たぶん警官だからだろう」

「あなたはわたしを怪物から守ってくれるほど強いんですよ」

「この犀男が怪物だって？　冗談じゃない。こいつ如きが怪物と呼べるか？」

「少なくとも、僕にとっては怪物でした」隼人はまだ暴れている犀男の体をおぞましげに見詰めた。「なぜ、わたしを追ってきたんですか？」

「よくわからないが、たぶん自分を脅かすものの正体を見極めたかったんだろう」唐松は額の汗を拭《ぬぐ》った。「それであんたは何をしようとしてるんだ？」

「妻を取り戻しにいくんです。あのデパートの中に捕えられているかもしれないんです」

「あれ、デパートなのか？　そういや、この辺りにデパートがあったな。この犀男は奥さんを攫《さら》った仲間なのか？」

「おそらく。彼らはアルファ・オメガの信者です」

唐松は口笛を吹いた。「アルファ・オメガは宇宙人と何か関係があるのか？」

「ちょっと待ってください」隼人はしばらく沈黙して、誰かの話を聞いているような表情になった。「現在のところ、相互に影響を与えているようだが、それは偶然の結果だろう、と言っています」

「あんたに取り憑《つ》いている宇宙人が言ったのか？」

「ええ。アルファ・オメガと関係している宇宙人とは別ものですが」

「地球に二組の宇宙人が来ているわけだ」唐松は溜《た》め息を吐いた。「ほんの半年前なら、そんな話は笑い飛ばしてたろうが、簡単に信じちまう自分が不思議だよ」

「半年前なら、わたしだって信じなかったでしょう」

「犀男に襲われていた時は、なぜ変身しなかったんだ？」

「変身しなかったんじゃなくて、変身できなかったんです」

隼人はこれまでの経緯を手短に語った。

「じゃあ、杉沢村の事件も、マンションの爆発もあんたがやらかしたのか？」

「わたしじゃなくて、宇宙人がやったんです！」隼人は不服げに言った。

「宇宙人や霊や神に乗り移られて犯罪を犯したと主張するやつらが、裁判でその言い分を認められることはない」憮然《ぶぜん》とする隼人の顔を見て、唐松は噴き出した。「おい。真面目に受け取るなよ。だいたい、どうやれば、あんたを起訴できるって言うんだ？　とにかく、デパートに行ってみよう」

「あなたも来る気ですか？　やつらと戦うのは危険ですよ」

「だが、あんたは行くんだろ？　俺は警官だから、あんたを守らなけりゃならん」

「どんな目に遭っても知りませんよ」

「構うものか。この街で生きてりゃ、毎日が冒険さ」唐松は真っ黒な顔を綻《ほころ》ばせた。

「ところで、あんた足の怪我《けが》が酷《ひど》いようだが、歩けるか？」

隼人はゆっくりと膝《ひざ》の曲げ伸ばしをした。「大丈夫です。まだ少し動かしづらいですが、殆《ほとん》ど治りかかってます。以前は見る見るうちに治るほどの回復力だったんですが」

唐松は無言で足の傷を見ている。

「本当ですよ」

「ああ。信じるよ」

隼人は唐松の肩を借りて、ようやくのことでデパートの前までやってきた。

「入り口は裏にあるって言ってたな」

「ええ」隼人は腕組みをした。「ここで、二手に分かれて、入り口の前で落ち合いましょう」

「相手は化け物だ。二人一緒の方がいいんじゃないか？」

「相手が化け物だから、二手に分かれるんです。入り口に歩哨《ほしょう》が立っていても、左右から挟み撃ちにできます。固まって行ったら、二人同時に瞬殺されてしまうかもしれませんん」

「なるほど。一理あるな」

「僕も武器が欲しいのですが、もう一丁、拳銃を持ってませんか？」

「残念ながら、一丁しかない。……ちょっと待ってくれ」唐松は着ている襤褸《ぼろ》の中に手を突っ込み、あちらこちらを探した。「あった。あった。これはどうだ？」唐松は薄汚れた包帯に捲《ま》かれた棒状のものを差し出した。

「なんですか、これは？」隼人は包帯を引き剝《は》がした。中から刃物が現れた。

「柳刃包丁だ」唐松は答える。

「あなたは拳銃で、わたしは包丁ですか?!」隼人は呆《あき》れたように言った。

「あんた、拳銃は扱えるのか?」

おまえは銃を使えるか? 隼人はガに尋ねる。

(全く経験のないことを行うのは難しい。マスターするには数発撃ってみる必要があるが、弾の余裕はない今、その提案は現実的ではない)

隼人は首を振った。

「なら、包丁の方がましだ。いざと言う時に使えなければどうしようもない」

隼人はしぶしぶ柳刃包丁を受け取ると、左へと向った。唐松は右へと進む。ほどなく、角に達し、回り込む。数十メートル歩くと、また角がある。

曲がろうとした時、何者かに鉢合わせした。

「うわっ!」唐松は反射的に銃を構えた。

相手はその場に尻餅《しりもち》をつき、必死に手を振る。「待ってください。待ってください。わたしです。諸星です」

「なんだ。あんたか」唐松は拳銃《けんじゅう》を下ろす。

「裏には誰もいませんでした」

「いいぞ。すぐ中に入ろう」

「ちょっと待ってください。誰もいなかったのが逆に気になるんです。罠《わな》かもしれません」

「そりゃ、罠かもしれんさ。だが、そうだからと言って、手を拱《こまね》いていることはできんだろう」

「じゃあ、そこの窓から入るのはどうでしょうか？」

「窓？」

「あなたの後ろにある窓ですよ」

唐松が振り返ると、確かに人が通れそうな窓があった。壁の罅《ひび》に紛れて見落としていたのだ。

「どうします？　わたしが先に入りましょうか？」

唐松は腕を組み、目を瞑《つぶ》った。「ちょっと待ってくれ。どうも妙だ」

「妙と言うと？」

「たいしたことじゃない。きっと思い過ごしだと思う。だが、用心するに越したことはないからな」唐松は拳銃を取り出した。「ところで、肩の傷は大丈夫か？」

「えっ？　ああ、もうだいぶいいですよ。殆ど痛まないし……」それ以上、話すことはできなかった。唐松の拳銃が口の中に突っ込まれたのだ。前歯が折れ、喉《のど》に落ち込む。声にならない呻《うめ》き声を上げ、銃口を引出そうとする。

引き金が引かれ、周囲数メートルの範囲に大量の血と大脳皮質が飛び散った。

「唐松さん！　どうかしましたか?!　……うわ!!」隼人は仰《の》け反《ぞ》って、倒れそうになった。「銃声を聞いて、慌てて走ってきたんですが」

「今、あんたを殺したところだ」唐松は胸糞悪《むなくそわる》そうに言った。

隼人は倒れている男の顔を覗《のぞ》き込んだ。「確かに印象は似ていますね。だが、瓜二《うりふた》つというほどでもない。知り合いなら、間違えたりしないでしょう」

「ここは暗かったし、俺はあんたとそれほど親しいわけじゃない。油断しているところを後ろからやるには充分だ」

「わたしの贋物《にせもの》がいるなんてよく思いつきましたね」

「あんたからマイケル黒田が変身したという話を聞いていたし、犀男も変身した。だから、もしやと思ったんだ」

「でも、妙ですね。マイケル黒田は天使に憧《あこが》れていたし、犀男は一角獣に拘《こだわ》っていたふしがある。つまり、任意の存在に変身するわけではなく、生前の思いに影響されているような気がするんです。でも、その理屈から言うと、こいつは意図的にわたしの姿に似せようと思ったことになります」隼人は男の顔に触れた。「ぐにゃぐにゃしている。粘土のような可塑性があって、自分で整形できたんでしょうね。おそらく、デパートの窓のどれかから、双眼鏡のようなもので観察していたんでしょう。髪の毛は鬘《かつら》です。おそらくちょっとした変装セットの助けも借りているんでしょう。もともと他人になりたいという変身願望があったのかもしれません。……ところで、どうやって見抜いたんですか？」

「勘だよ」

「勘！　だったら、どうしていきなり頭を撃ち抜いたりしたんですか?!　足を撃つとか、もっと方法があったでしょ」

「人間もどき相手にその理屈は通らないんだ。相手を大人しくさせる程度に傷つけるなんて芸当はできっこない。腹を撃ち抜いたって、平気で向ってくるんだ」

「もし本物の僕だったら、どうするつもりだったんですか？」

「あんたは俺の目の前で二度生き返った。全然心配してなかった」

もし、頭を撃たれていたらどうなった？

(予《あらかじ》め攻撃されることがわかっていたなら、被害を最小限に食い止めることは可能だ。ただ、いきなり頭部を粉砕された場合、回復は難しかっただろう)

「いきなり頭を撃つのは絶対にやめてください」隼人は厳しい口調で言った。「生き返るのは無理だそうですから」

「そんなに、怒るこたぁないだろう。あんたを撃ったわけじゃ……」唐松の言葉は最後まで続かなかった。

倒れていた人間もどき――アラン小山内《おさない》が突然飛び起き、喉に食らいついてきたのだ。

隼人はあまりのことに身動きがとれなかった。

銃声が三発鳴り響く。

再びアラン小山内は地面に倒れる。喉と胸と腹に銃傷があった。

唐松は首を手で押さえた。指の間から血が滲《にじ》んでいる。「油断するべきじゃなかった。

脳が頭以外の場所にあるやつや、複数あるやつがいるのは、知ってたのに」

「大丈夫ですか、唐松さん⁈」

「ああ。幸い、動脈は噛《か》みきられなかったようだ。しかし、弾を無駄にしちまった」唐松はポケットを探り弾を取り出し、空になった拳銃にこめた。「あと三発しか残っていない」

「マイケル黒田は、仲間は全員で六人いると言っていました。死んだのはメアリー新川と犀男とこいつの三人ですから、残りは三人ということになります」

「これからは一発もしくじれないってわけか」唐松は苦笑した。「もっと射撃の腕を磨いとくんだった」

「入り口には誰もいないようです。尤《もっと》も、われわれのことはすでに敵には知られてると思いますが」隼人は入り口に向って、足を引き摺《ず》り始めた。

「はなから、簡単に侵入できると思っちゃいなかったよ。ところで……」唐松は拳銃に指をかけた。「肩の傷はもういいのか？」

「何、言ってるんですか？　犀男に刺されたのは太腿ですよ」隼人は振り向きもせずに言った。

唐松は溜《た》め息をついて、指の力を抜いた。

デビッド西谷は急降下すると同時に唐松の頭皮を毟《むし》り取った。本当は脳を掴《つか》み取るつもりだったので、舌打ちをした。

だが、焦る必要はない。何度だって攻撃を仕掛けるチャンスはある。あいつらはデパートに入ることばかりに気をとられて、頭上には全く警戒していなかったようだ。馬鹿なやつらだ。

アラン小山内が彼らと戦っている時も、デビッド西谷は空から静観していた。二人掛かりで戦うのはプライドが許さなかったのだ。もし、アラン小山内が自力で倒せる程度の相手なら、わざわざ自分が戦うまでもない。アラン小山内が負けてしまったとしたら、自業自得だ。そんな弱いやつを哀れむ必要すらない。弱いやつには主と共にアーマゲドンを戦い抜く資格はないのだ。

デビッド西谷は自分の圧倒的な強さを誇りに思っていた。メアリー新川でさえ、彼には一目置いていたのだ。ただ、マイケル黒田だけはデビッド西谷を軽く扱っていた。

マイケルは俺の本当の恐ろしさをわかっていない。デビッド西谷は歯軋《はぎし》りした。あいつは俺の体が小さいと思って馬鹿にしているが、それは俺の強さの本質とは関係ない。確かに面と向って戦えば、あいつの方が有利だろう。しかし、戦争は格闘技とは違う。相手の隙《すき》を狙《ねら》って、攻撃することだって許される。飛行能力は戦闘向きだ。なにしろ、音もなく、敵の真上に潜むことすらできるのだ。そして、相手の油断を突く。敵に気付かれたら、空高く逃げればいい。

さて、今度はもう一人の方をやるか。

デビッド西谷は満面の笑みを浮かべた。

「なんだ今のやつは?!」唐松はだらだらと流れる血で片目を塞《ふさ》がれている。

「大きな蝙蝠《こうもり》か翼竜のようでした。長さは一メートル以上ありました」

「一瞬だけ見えた顔は人のようだったが……」

「では、きっと人間もどきでしょう。これで四人目です」

唐松はデパートの入り口を見た。まだ十五メートルはあるが、走れば数秒だろう。

「走るぞ！」

だが、二人は走ることはできなかった。デビッド西谷は二人の目の前に急降下したかと思うと、そのまま地面すれすれを滑空して、隼人の足下に来た瞬間、今度は急上昇した。隼人の足首から顔面にかけて、縦一文字に裂け、大量の血が噴き出す。

「糞っ!!」唐松は口汚く罵《ののし》る。「このままじゃ一歩も動けない。次に攻撃を受けたら、終わりだ」

「撃てますか？」

「無理だ。動きが速過ぎる」

(飛行レプリカントは攻撃時に僅《わず》かに速度が落ちる。唐松にはその時を狙わせろ)

「僕が囮《おとり》になります」隼人は叫んだ。「確実に撃ってください。頭ではなく、翼の付け根を狙って」

隼人は走り始める。途端にデビッド西谷は急降下を始める。一度目で隼人の動きの感覚を掴んでいるため、今度は確実に急所を攻めてくるだろう。速度と正確さからして、心臓を抉《えぐ》り取ることすら可能だ。

だが、どんなに飛行速度が速くとも、方向転換の際に一瞬速度が鈍ることは避けられない。そして、その時が唯一のチャンスだった。

唐松は両手で拳銃を構え、地面から急上昇に移る瞬間を狙った。弾丸はデビッド西谷の右肩に命中し、粉砕した。デビッド西谷はバランスを失ったまま、隼人とは全く違う方向に高速で斜めに上昇した。そして、錐《きり》揉《も》みをしながら、二人から十メートル程離れた場所に落下した。

成る程。肩を狙わせたのはこういうわけか。唐松は納得した。頭を狙ってそこに脳がなかった場合、殆どダメージは与えられないが、翼を動けなくすれば、確実に墜落させることができる。殺すことができないにしても戦闘能力を削《そ》ぐことはできる。

デビッド西谷は片翼で何度も離陸を試みたが、ループを描いて地面に激突を繰り返していた。かなり弱っている様子だ。

「相当焦っているようだな」

隼人は頷《うなず》く。「飛行能力があいつの唯一の武器だったのでしょう。飛べなくなったら、小さい体に大きな翼はかえって戦闘の邪魔になってしまいますからね」

「俺がこのまま止《とど》めを刺そうか？」

「いいえ。あいつは僕に任せて、唐松さんは先に中に入ってください」

「どうしてだ？　二人で一匹ずつ相手をする方が有利だぞ」

「宇宙人によると、時間が経てば経つほど、向こうの準備が進んで、こちらに不利になってくるので、蝙蝠男に時間を使う余裕はないそうです。かと言って、抛《ほう》っておけば、後ろから狙われることになります。弾丸を無駄にできませんから、銃を持たないわたしが相手をするのが合理的だと言ってます。宇宙人の命令に従うのは癪《しゃく》ですが、実際言うことは筋が通ってます」隼人は苦々しげに言った。

「いったん退却して、態勢を立てなおすって手もあるぞ」

「やつらは無理に僕らと戦う必要はないんです。狙いはあくまで沙織なんですから。今諦《あきら》めたら、やつらは姿をくらまします。もう次のチャンスはないでしょう」

「わかった。蝙蝠男はあんたに任せた。片がついたら、すぐ後を追ってくれ。もっとも、その時には、俺が残りの二人も始末してるかもしれんがな」唐松はウィンクすると、拳《けん》銃《じゅう》を構えたまま、入り口の闇の中へ飛び込んでいった。

隼人は柳刃包丁をめちゃくちゃに振り回しながら、デビッド西谷が暴れまわる空間に飛び込んだ。刃の先が何度かデビッド西谷の肉体に当たり、その度に動きが鈍くなっていく。そして、ついに飛び上がることはなくなり、地面の上でじたばたと跳ねるだけになった。

隼人は左手でデビッド西谷の首根っこを押さえつけ、右手で包丁を突き付けた。「降伏しろ。そうすれば、命は助けてやる」

デビッド西谷は何も答えず、唾《つば》を吐き掛けた。

「よく考えるんだ。おまえはもう飛ぶことができなくなったんだ。さあ。マイケル黒田ともう一人の弱点を教えるんだ」

だが、やはり答えはなく、デビッド西谷は執拗《しつよう》に攻撃を続ける。

隼人はやむなく応戦した。体が小さいことで、隼人は甘く見ていたが、デビッド西谷の爪や牙《きば》はかなり強力な武器だった。二人は縺《もつ》れ合ったまま、地面を転がった。隼人は何十個所も包丁を突き刺し、デビッド西谷をようやく動けなくした頃には、彼自身も全身に深い傷を負ってしまっていた。

デビッド西谷の呼吸は感知できなかったが、鼓動は微《かす》かに感じられた。

(隼人、すぐに首を切断しろ。それに翼もだ。不安要素はできるだけ、減らした方がいい)

隼人は包丁を持つ手を下ろした。「やかましい！　俺はおまえの指図は受けない。人間には人間のやり方があるんだ」

隼人はデビッド西谷を担ぎ上げた。はたして人質としての価値があるかどうか心許《こころもと》なかったが、体重がさほど重くないこともあって一か八か試してみようと思ったのだ。これでこれ以上の争いが避けられるなら儲《もう》けものだ。

唐松は最初何も見えなかったが、しばらくすると目が慣れてきて、どこからともなく射し込む僅かな月光で、中の様子がおぼろげながら見え始めた。

外と同じく中も酷《ひど》い有様だった。崩れ落ちたコンクリートの破片がごろごろしている。どれが本来の通路でどれが壁に空いた穴なのかも判然としない。

さて、どちらに進んだものか？

唐松はしばし思案した。

と、十数メートル先に人影があるのに気が付いた。動かないところを見ると、マネキンか何かかもしれないが、こんな有様でマネキンだけが無事に立っているというのも妙な話だ。少なくとも誰かがあの場所に置いたことになる。

唐松は拳銃を構え、慎重に人影に近付いた。

それはやはりマネキンではなく、人間――もしくは人間もどきだった。十代半ばの少女だ。可愛らしいチェックのスカートと短いコートに身を包み、ポケットに手を突っ込んだまま、凍りつくような瞳《ひとみ》で唐松を見ている。

「お嬢ちゃん、夜中に一人で出歩いちゃいけないよ」唐松は独り言のように言った。

少女は返事をしない。

唐松は拳銃を下げようとはしなかった。少女は九分九厘アルファ・オメガの信者に違いない。そして、今まで出会った信者は全員戦闘向きの特殊能力を持っていた。この少女だけが例外とは考えられない。

唐松の本能は今すぐ少女を射殺しろと迫ってくる。しかし、唐松の理性はあくまでそれを拒絶した。

この娘は何もしていないし、何かをしようとする兆候も見せない。

唐松の喉《のど》と頭の傷からは血が流れ続ける。気のせいか呼吸がしづらくなってきた。長期戦は不利だ。この傷ではこちらの体力がもたない。早く決着をつけなくては。

唐松は拳銃を突き出したまま、ゆっくりと摺《す》り足で少女に近付き始めた。

ほんの僅かでも彼女が動きを見せたら、すぐに発砲しよう。どんな能力を持っていようと、弾丸よりは素早くないだろう。絶対に間に合うはずだ。

唐松は緊張のあまり唾を飲み込もうと喉を鳴らした。だが、口中はからからに乾いており、舌が口蓋《こうがい》に触れて摩擦音がしただけだった。

あと三メートル。少女は微笑んだ。

空気の味が変わった。

しまった！　近寄り過ぎだ!!

唐松は何かの結界に踏み込んでしまったことに気が付いた。指先に力を込めると同時に後方に跳躍する。突風が顔をかすり、少女のスカートの裾《すそ》がはためく。

銃声と共に手に衝撃が走る。手から拳銃が飛ばされ、唐松はそのまま床に投げ出される。腕は肩まで痺《しび》れて動かすこともできない。

「畜生！　何をしやがった！」

エリザベス町田はけたけたと笑った。そして、ゆっくりと唐松に向って歩いてくる。唐松は床に座り込んだまま、両手を使って後退る《あとずさ》。目は拳銃を求める。それは唐松ともエリザベス町田ともほぼ等距離の床の上にあった。取りにいくにはエリザベス町田の周囲の結界を通らなくてはならない。

痺れがひいていくとともに、激痛が唐松を襲った。右手を目の前に翳《かざ》す。人差し指と中指の第一関節から先がなくなっていた。切り口から血が溢《あふ》れている。結界に触れた時、銃と一緒に吹き飛ばされたのだ。これでは拳銃を取り返しても左手で扱わなくてはならない。

ごつん。何かが背中にあたった。たぶんコンクリートの破片だろう。高さは五十センチほどだ。唐松は背中に手を回し、コンクリートで体を支え、ゆっくりと立ち上がる。

エリザベス町田はポケットから真赤な革の手袋が嵌《は》められた手をだし、甲で口を拭《ぬぐ》った。

振り向いて一目散に逃げるか？　それとも、一か八か床を転がって拳銃を取りにいくか？

今、少女はゆっくりと歩いている。だが、もし唐松が逃げ出せば、彼女も走り出すだろう。少しでももたつけば、彼女は追いついてしまう。そして、後ろから攻撃を受けることになる。相手の懐に飛び込んだ方がまだ望みがあるように思えた。

行くぞ。

唐松は跳躍の間合いをとる。

「唐松さん、伏せて！」隼人の声が響き渡る。

唐松は訳もわからず、その場に崩れるように伏せた。

頭上を黒い影が飛び過ぎる。

人間のものとはとても思えない絶叫が聞こえた。

顔を上げると、宙に怪物が浮かんでいた。

胴体も翼も手足も何個所かで不自然に細く縊《くび》れ、異様な形に曲がっていたが、それは明らかに先程唐松が撃ち落としたデビッド西谷だった。よく見ると、細いピアノ線のようなものが絡みついている。それが厳しくデビッド西谷の肉体を締め上げているのだ。片翼の半分と片足が根本から切断され、床の上に落下しているのは、ピアノ線が鋭い刃物のように断ち切ったのだろう。

デビッド西谷を絡め取っているピアノ線様のものを目で辿《たど》ると、エリザベス町田の股《こ》間《かん》から出発していることがわかった。彼女は細く固くしなやかな尾を高速で振り回していたのだ。これが結界の正体だった。

デビッド西谷は弱々しい声を上げた。エリザベス町田は目を大きく見開いていた。予想外のことだったらしい。

唐松はよろめきながら、エリザベス町田の側を通り過ぎ、拳銃の上に倒れ込んだ。

エリザベス町田はようやく我に返った。しゅるしゅると空を切る凄《すさ》まじい音を立てて、デビッド西谷の体から尾を解き始める。

唐松は左手で銃を摑《つか》み、エリザベス町田に向ける。

頭でいいのか？

一瞬躊躇《ちゅうちょ》する。

デビッド西谷が落下した。尾が自由になった。

唐松は引き金を引く。

エリザベスの額が砕け散った。反動で後ろに飛んでいく。暴れまわる尾が壁にぶつかり、跳ねかえって、唐松の頰《ほお》をかすり、肉を抉《えぐ》り取った。

「唐松さん、大丈夫ですか？」隼人が駆け付ける。

「いったい何がどうなったんだ？」

「すみません。蝙蝠《こうもり》男を逃がしてしまったのは、わたしの責任です。人質にするつもりだったんですが、あなたの姿を見た途端、暴れ出したんです。なんとか取り押さえようとしたんですが、あなたへ向って突っ込んでいってしまったんです」

「あいつが突っ込んで来なかったら、俺は確実に死んでただろう。感謝したいぐらいだ」

デビッド西谷は体を痙攣《けいれん》させ、何か叫んだ。

「俺に撃ち落されたのが、よっぽど癪《しゃく》に障って、自分の手で俺を殺したかったんだろうな。だが、逆に俺の命を助けることになってしまった。皮肉なもんだ」

唐松はぜいぜいと息を荒らげながら、足を引き摺ってデビッド西谷の側まで来ると、跪《ひざまず》いた。そして、銃を振り上げると、台尻《だいじり》で頭を叩《たた》き潰《つぶ》した。

「そんなに乱暴に扱って壊れませんか？」隼人は目を背けた。

「壊れたって構うものか。どうせもう弾はないんだ」

「えっ？　じゃあ……」

「尻尾《しっぽ》娘との戦いで一発無駄にしちまった。最後の一人は丸腰で倒さなきゃならない。せめてもの慰めはこちらが二人掛かりだってことぐらいだ」唐松は顔を顰《しか》め、右手の指を押さえた。

「酷い傷だ。手当てをしなければ……」

「そんな暇はないだろ。暇があったとしても、どうせここには医者も薬もない」

唐松は自分が着ていた襤褸《ぼろ》布《ぬの》を引き裂くと頭と右手に捲《ま》きつけた。「包丁はまだ持ってるか？」

「はい」隼人は血と脂でべとべとになった包丁を手渡した。

唐松は僅《わず》かな光に翳して状態を確かめた。「刃毀《はこぼ》れが酷いな。それに曲がっちまってる。まあ、刺すことぐらいはできるだろう」

呻《うめ》きながら、今度はエリザベス町田に近付くと服を切り裂いた。「見ろよ。こいつの尻尾の付け根を。どんな願望を持ってたら、こんな姿になれるんだ？」

隼人は無言で首を振る。

唐松はエリザベス町田の全身に隈《くま》なく刃を突き立てた。そして、それが人間の姿に見えなくなった頃、ようやく包丁を隼人に返した。

「こうしなくちゃ安心できんからな。構うことはない。どうせこいつらは数日の命だ。なっ。そうだろ！」唐松は訴えかけるような血塗《ちまみ》れの顔で隼人を見た。

隼人は返事ができなかった。

「俺は異常だろうか？」唐松は目を落とす。

「いいえ。あなたは至極正常ですよ」


普通の建物に較べて、デパートには広い空間が多い。沙織は広い売り場跡に一人ぽつんと座って、項垂《うなだ》れていた。猿轡《さるぐつわ》を嚙《か》まされ、椅子にロープで縛られてはいたが、当面生命の危機はなさそうだった。

「あれは、確かにあんたの奥さんか？　俺も前に会ったことはあるんだが、こう暗くちゃ、どうもはっきりしない。双眼鏡があればいいんだが」

「わたしには妻のように見えます。変装男よりさらに巧妙な変装をしているのなら、話は別ですが、もうマイケル黒田以外に仲間はいないはずなので、おそらく本人だと思います」

「しかし、どうも気になる。話がうま過ぎるんだ。罠《わな》の臭いがぷんぷんする」

「妻に近付くには隠れ場所のない広い空間を通らなければなりませんからね。宇宙人も、おそらくマイケル黒田はどこかから覗《のぞ》いているのだろう、と言っています」

二人は倒れた壁の隙間から、広間を窺《うかが》っていた。沙織までの距離は二、三十メートル。途中、床に大きな亀裂《きれつ》が走っているが、乗り越えるのはさして難しくなさそうだ。

「どうする？　また、さっきみたいに一人が囮《おとり》になって、マイケル黒田とかいうやつを誘《おび》き出して、もう一人が奥さんを助けるか？」

「マイケル黒田はそんなに甘くありません。おそらく囮を一捻《ひね》りで殺した後、広間から出る前にもう一人も始末してしまうでしょう」

「じゃあ、いったいどうすればいいんだ？」

（待機して敵の動きを待つことを勧める）

黙れ！

「一先《ひとま》ずここで待機しましょう。ずっと隠れていれば、あいつも痺れを切らすはずです。そして、われわれを誘き寄せるために広間に姿を現すかもしれません。その時は逆にわれわれが彼を監視できます。肉体が強化されていても、精神が人間のままなら必ず隙を見せるはずです」

「その時を狙って一気に片を付ける気か？　一人がマイケル黒田に挑みかかり、もう一人が奥さんを連れ出す。……しかし、成功の確率は低いだろう。本当にそいつがそんなに強いとすると、最初の一撃で殺せなければおそらく二度目はない」

「それは覚悟の上です」

　二人はそのまま待ち続けた。唐松の手に捲かれた襤褸布は溢《あふ》れる鮮血で真赤になった。そして、三時間が過ぎた頃、どこからともなく足音と声が聞こえてきた。

「奥さん」マイケルは濁声《だみごえ》で言う。「残念なお知らせをしなくてはなりません。今し方、建物の外と内を見回ってきたのですが、四人の仲間が死んでいました」

　沙織はさっと顔を上げた。

「それも惨殺されていました。まともな人間のやったことではありません。死体は細切れにされていました。明らかに殺人に快楽を覚える異常者の仕業です」広間の中の入り口の一つから人影が現れた。「おわかりですか？　あなたのご主人の仕業ですよ」

　沙織の目はじっとマイケル黒田を見詰める。

「随分、逞《たくま》しい爺《じい》さんだな」唐松が呟《つぶや》く。

「しっ。静かに。やつはまだわれわれに気が付いていない可能性もあります」

　マイケル黒田は両手を広げ大げさなジェスチャーをした。「もちろん、彼らが殺されたことを残念だなどと言っているわけではありません。事実、彼らは不幸でも何でもないのです。すでに主《しゅ》から永遠の命を頂いているのですから。彼らの――そしてわたしの肉は何度でも蘇《よみがえ》ります。では、わたしが残念だと言ったのはなんのことでしょう？　奥さん、わかりますか？」

　沙織はじっとマイケル黒田を見詰めたままだ。

「おっと、これは失礼いたしました。猿轡を噛まされていては、返事のしようがありませんな。それでは、こうしましょう。わたしの質問にイエスなら頷《うなず》いて、ノーなら首を振ってください。わたしが何を残念がっているか、わかりますか？」

沙織は首を動かさない。

「成る程。そういうお考えですか。わたしに答える必要などないと」マイケル黒田はにこやかな顔で、沙織に近付いた。「だが、それは賢明な態度とは言えませんよ。もう一度だけお尋ねします。わたしは何を残念だと言っているのでしょう？」

沙織は無視し続けた。

突然、マイケル黒田の顔が醜く歪《ゆが》んだ。そして、沙織が座らされている椅子の足を蹴《け》り飛ばした。沙織は椅子ごと倒れ、呻き声を上げた。

「このあまぁ、黙ってりゃあ、いい気になりやがって！　いつまでも、優しく口を利いてもらえると思ってたら、大間違いだ‼」マイケル黒田は沙織の顔を踏み付ける。

隼人は飛び出そうとした。

唐松は必死で隼人を羽交い締めにし、口を押さえた。「我慢しろ。ここで飛び出したら、今までの苦労が水の泡だ」

マイケル黒田はしばし周囲の様子を窺った後、徐《おもむろ》に口を開いた。「奥さん、あなたのご主人は異常者で、その上冷血漢のようですな。妻がこんな目に遭っているのに、助けに来ないなんて。……まあ、構いません。あなたを甚振《いたぶ》る方法はいくつもあるんですからね。そのうち、ご主人も我慢できなくなるでしょう。わたしが残念だと言ったのはね、実はご主人のことなんですよ。ご主人は使徒を殺した罪を償わなければならないのです。本当なら楽に死ねるはずだったのに、苦しみ抜かなければならなくなりました。なんと気の毒なことでしょう。まず手始めは、妻が拷問されるところを見ることからです。本当に可哀相だと思いますよ。そうそう。ショーの前にそれに相応《ふさわ》しい姿となることにしましょう」

マイケル黒田の首が後ろに倒れ、亀裂《きれつ》から獅子《しし》と鷲《わし》と牛の顔が現れた。

沙織の目が見開かれ、うんうんと唸《うな》り声が聞こえた。

「こんなことぐらいで、驚いてはいけません。わたしはさらに強力な天使に変身することもできるのです」

マイケル黒田の手や足や胴や頭が、くるくると回り、亀裂が入り、移動し、格納され、露出し、裏返る。

「なんと、不気味な」唐松は不快感を露《あらわ》にした。

やがて、マイケル黒田の姿は小型の「超人」のそれになった。

「天使だって？　あれは変身した時のあんたの姿じゃないのか？」

「杉沢村で恐竜と戦った時に、人間だった頃のマイケル黒田に見られたのです。その時の記憶からあの姿が再現されているらしいのです」

「あんたを天使だと思い込んじまったってわけか」

マイケル黒田の手にナイフが現れた。隠し持っていたのか、指が変形したのか、定かではない。「このナイフは手入れされていないので、とても切れ味が悪く、肉を切る時は力任せにやらざるを得ません。切ると言うよりは無理やり引き裂くと言った方が近いかもしれません。さて、奥さん、最初はどちらにしますか？　耳ですか？　それとも鼻ですか？」

沙織は椅子に縛りつけられたまま、体を激しく動かし、なんとかマイケル黒田から逃げ出そうとしたが、なんの効果もなかった。

「では、目にしましょう」マイケル黒田は嬉々《きき》として言った。

「唐松さん手を放してください」隼人は静かに言った。

唐松は頷き、解放した。「俺も一緒に行く」

「唐松さんはここにいてください。マイケル黒田は二人掛かりでも手強《てごわ》い相手です。二人ともやられてしまっては元も子もありません。わたしは刺し違えてでもあいつの動きを止めますから、その間に妻を救出してください」

「俺が爺の相手をしている間に、あんたが助けに行くってのはどうだ？」

「その傷では、これ以上戦うことなどできませんよ。わたしの方がまだ微かに望みがあります」

「弾さえ残ってれば、そんな偉そうな口は利かせないんだが……。よしわかった。思う存分やってこい。奥さんは俺が命に代えても守ってやる」

隼人は壁の隙間に潜り込み、わざと遠回りをして、広間に入った。マイケル黒田に唐松の居場所を覚《さと》られないためだ。

「黒田！　沙織から離れろ!!」隼人は走りながら、叫んだ。

沙織は訴えかけるような視線を隼人に向けた。

「おやおや。やっと登場か？　すっかり待ちくたびれてしまったぞ」マイケル黒田がゆっくりと振り返る。「心配しなくても、奥さんには手を触れないよ。おまえを殺すまではお預けだ」

隼人は床の亀裂のすぐ側まで走り寄って、無言で包丁を構える。

「ぐにゃぐにゃに曲がった包丁一本でわたしに歯向かう気か？　そう言えば、殺された使徒たちには撃たれた跡があった。拳銃《けんじゅう》を持った仲間がいるのか？」

隼人は身構えながら、じりじりと距離を縮める。

「答える気はないようだな。まあ、いいだろう。おまえの仲間は後でゆっくりと探すことにしよう」

包丁で刺すためには至近距離まで近付かなければならない。しかし、近付けば近付くほど、マイケル黒田の攻撃を受ける危険が増す。どうすればいいんだ？

（包丁を投げればいい）

投げたって当たるものか。

（わたしなら、当てることができる）

本当か？　おまえはさっき射撃はできないと言ってたじゃないか。

（経験のない射撃はできない。しかし、君は今まで石やボールを投げたことはある。ペンや鉛筆を宙に投げて回転させてから摑んだ経験もある。君の脳の中には物体を投擲《とうてき》するためのプログラムが形成されている。わたしはそれを最適化し、実行するだけだ）

よくわからないが、マイケル黒田に命中させられるんだな。

（そうだ）

今すぐ、あいつを倒してくれ。

（まだだ）

どうして？　もったいぶらずに早くやってくれ。

（マイケル黒田の弱点がわからない。無闇に投げても致命傷を与えることはできない）

駄目で元々だ。どこでもいいから、投げてみろ。

だが、ガは焦って投げつけたりせずに、マイケル黒田の様子をじっくりと観察し始めた。

レプリカントは心臓を刺しぬかれても即死しない。それ以外の部分ならなおさらだ。何の効果も上げないことだってあり得る。唯一例外なのは脳を破壊することだ。もちろん、それですら肉体を即座に死なせることはできないが、脳の制御さえなければ、踊る肉塊に過ぎなくなる。問題はマイケル黒田の脳がどこにあるかということと、いかにしてそこを攻撃するかということだ。

多くのレプリカントは、人間と同じく頭部に脳を持っている。しかし、それ以外の場所に脳を持つことも稀《まれ》ではない。マイケル黒田は、複数の頭部を持っていることからして、頭部以外の場所に脳が存在する可能性が高いだろう。

ガはマイケル黒田の鳩尾《みぞおち》の辺りに赤い筋を発見した。ほとんど見えないほどの微《かす》かなものだったが、確かにそれはあった。

何かの汚れか？　それとも、傷か？　なぜ、そこに傷があるのか？　傷があるということは他の部分よりも弱いということだろうか？　マイケル黒田の弱点なのかもしれない。……しかし、隼人の気を逸《そ》らせるためのダミーである可能性もある。

マイケル黒田は大股《おおまた》で近付いてくる。あと数秒で、やつの間合いに入ってしまう。はやく、包丁を投げなければならない。しかし、どこへ？　頭部か？　それとも鳩尾の赤い筋か？

時間切れだ。

ガは隼人の体を操り、素早く包丁を投げた。

マイケル黒田の動きが止まる。目は見開かれたまま、腕は広げられたまま、硬直している。

やったのか？

マイケル黒田の額には包丁が深々と突き刺さっていた。そして、鳩尾にも。

ガは投げる直前、包丁を二つに割ったのだ。それぞれの破片を両手に持ち、別々の目標に向って投げた。人間の脳にはとても真似のできない高度な運動制御だった。

様子を見ていた唐松は広間に飛び出そうとした。

だが……

「動かないで！」隼人が叫ぶ。

唐松は動きを止める。沙織は元々縛られていて動けない。今の言葉は明らかに唐松に向けられたものだ。しかし、なぜ？

次の瞬間、理由がわかった。マイケル黒田の表情が変化していたのだ。隼人が変身する「超人」を模《なぞ》ったその顔はずっと無表情だったが、今や憤怒《ふんぬ》に満ち溢《あふ》れていた。目は吊《つ》り上がり、口は裂け、眉間《みけん》には突き立った包丁の刃が埋没するほどの深い縦皺《たてじわ》が刻まれている。

「ゆるさん」マイケル黒田は唸った。「よくも、主《しゅ》にいただいたこの大事な体を傷付けてくれたな!!」

マイケル黒田はまるで杉沢湖に現れた恐竜のように咆哮《ほうこう》した。骨格は変形し、爬虫類《はちゅう》じみた姿になった。節くれだち、長くなった手を一振りして、隼人を殴り飛ばす。

「おまえにアーマゲドンの本当の恐ろしさを教えてやる。俺たちは全く容赦しない。徹底的に苦しめてやる。よく覚えておけ。これは俺たち——キリスト教徒——とおまえたち——非キリスト教徒——の最大の、そして最後の戦いなのだ。いまこそ、俺は主に誓う！　俺たちは最後の一人までおまえたちを殺し尽くすとな!!」

マイケル黒田の鳩尾から包丁の刃が弾《はじ》け飛んだ。それは唐松が潜む辺りに落ち、軽快な音を立てて、転がった。

広間は再び静寂に包まれる。

沙織がくぐもった声で絶叫している。隼人の耳には「逃げて」と言っているように聞こえた。

マイケル黒田は真っ赤に輝く目で隼人を睨《にら》んでいた。その目がさらに険しくなる。

まずい！　逃げなくては！

逃げる余裕はなかった。

腹に熱さを感じた。急速に床が近付いてくる。なんとか、肘《ひじ》で受けとめる。ようやく音が聞こえてきた。夥《おびただ》しい数の銃声。それはマイケル黒田の鳩尾から発していた。皮膚が破れ、機関銃の先端が覗《のぞ》いていた。

なるほど。そういうことだったのだ。あの赤い筋は機関銃を移植した跡だったんだ。

隼人はそんなふうに冷静に分析する自分とその自分が置かれている悲劇的な状況のアンバランスさがおかしくなり、思わず笑いそうになった。だが、隼人の口から出たものは笑い声ではなく、大量の血液だった。

マイケル黒田は怒りながら、まだ撃ち続けていた。銃弾の殆《ほとん》どは隼人の腹と腰に降り注いだ。すでに原形は留めていない。皮こそ繋《つな》がっているが、隼人の上半身と下半身を繋ぐ血管も神経も筋肉も骨格も消化器までもが全て断ち切られてしまっていた。隼人は目の前に転がる自分の足を無感動に眺めていた。

もうあれは俺の足ではなく、俺ではないただの物体になってしまったんだ。押し潰《つぶ》されるような悲鳴が上がった。見ると、沙織は白目を剝《む》いて、猿轡《さるぐつわ》の間から泡を噴いていた。

「ほう。まだ生きているのか？」マイケル黒田は面白そうに言った。「苦しませて死なせてやろうと思って腹を撃ったんだが、これほど保《も》つとは思わなかった。折角だから、もっと楽しませて貰《もら》うとしよう」マイケル黒田は近付いてくる。

隼人は腕を使って蛞蝓《なめくじ》のように移動した。下半身は上半身に皮一枚で引き摺《ず》られているが、当然ながらぴくりともしない。

「まずは目玉からいこうか？」マイケル黒田は隼人を見下ろした。

隼人はマイケル黒田を見上げた。「すっかり忘れていたよ。あんたに頼まれたことを。あの時はどうしてもできなかったが、今なら喜んで果たせる」

「頼まれたこと？　なんだそれは？」

隼人は腕の力を振り絞って、床の亀裂《きれつ》に飛び込んだ。

「やれやれ」マイケル黒田は残念そうに言った。「これから面白くなるってのに、意気地のないやつだ。仕方がない。もう一人のやつと遊ぶか。それとも、女にしようか？まあ、飛び降りたからって、死んだとは限らない。どれ、摘《つま》み上げてみよう」

マイケル黒田は亀裂に身を乗り出し、下を覗き込んだ。

白い巨大な手が亀裂からぬっと突き出て、マイケル黒田の喉《のど》を摑《つか》む。そのまま、吊り上げられたマイケル黒田は声も出ない。

床の亀裂がさらに大きく引き裂かれ、白い巨人が床の下から現れた。

「て、天使……」マイケル黒田は両手で必死に巨人の手を剝《は》がそうとするが、全く何の効果もない。

「なぜ天使がわしを……」マイケル黒田の鳩尾から機関銃が露出し、激しく発砲する。

しかし、その殆どが巨人に命中しているにも拘《かか》わらず、巨人は身じろぎ一つしなかった。

「何……を……する……気……だ」

マイケル黒田は窒息寸前になりながら、呻《うめ》いた。

「ダッ！」

超人の腋《わき》から発射された銛《もり》はマイケル黒田を突き刺し、そのままマイケル黒田を先端につけたまま、斜め上に向って突き進んだ。コンクリートを破り、夜空高く上る。そして、高度が最大になった時、先端が開き、マイケル黒田の肉体は四散した。月光に照らされたそれはまるで黒い花火のように見えた。

「ヘアッ！」

超人は頭を押さえ、座り込んだ。全身が水風船のようにぶよぶよと波打った。と、全身の至る所が破裂し始める。

「ンンッ！」

広間は腐敗臭に包まれた。汚物の中に萎《しぼ》んでいく隼人の姿があった。

「大丈夫か?!」べちゃべちゃと汚物を蹴散《けち》らしながら、唐松が走り寄ってきた。

「はい」隼人は軽く腕を上げる。鈍い音がして、指が崩壊した。指の付け根から触手のようなものが生え、互いに絡みついて指を再現しようとしているかのようだ。

「驚く必要はありません」隼人は苦しそうに言った。「本当は変身ひへはひへははっは……」舌が潰れてうまく喋《しゃべ》れなくなった。口中の筋肉が削られ、新たな舌が形成される。

「宇宙人はなんとか、修復しようとしていますが、時間の問題でしょう」

「どうすればいい?」

「何もしなくてもいいですよ」

「俺に何がしてやれるかって訊《き》いてるんだ」

隼人は首を振った。「もう何をしても手遅れですよ」

「じゃあ、その、もう終わりなのか?」

隼人は頷《うなず》く。

顔の肉がぼろぼろと崩れ落ちる。皮膚の下から現れた糸のような触手がそれらを空中で受けとめ、顔に貼《は》り付ける。

隼人は体を崩さないように慎重に意識のない沙織に近付いた。頬に指を近付ける。指先から崩壊した黒い肉片が沙織の白い肌の上に撒《ま》き散らされた。

はっとして、隼人は手を引っ込め、悲しげに沙織から体を離す。

(隼人、君に提案があるんだ)変わらぬ屈託のない調子でガは話し掛けてきた。

俺の肉体が滅んだら、今度はあの男か、沙織を宿主にしようとでもいうのか？　絶対にだめだ！

（そんなことは言っていない。君は生き延びる道を選択することができる）

いったい、何をしようと言うんだ？

（わたしと一緒に来ないか？）

どういうことだ？　今までもずっと一緒にいたじゃないか。

（一緒にわたしの故郷に行こう）

それはプロポーズと受けとっていいのか？

（ユーモアがわたしに影響を及ぼすと考えるとは奇妙なことだ）

おまえの故郷で人間は生存できるのか？

（人間の肉体は到底維持できない）

だったら、はなから無理じゃないか。どうしてそれが生き延びることになるんだ？

（人間の肉体は持っていかない。君はわたしと融合することになる）

今だってかなり混ざりあっているようだが。

（肉体的にはそうだが、精神的には互いに独立している）

ちょっと待ってくれ。つまり、こういうことか？　この肉体を使いきってしまったので、さっさと捨てて元の姿に戻ろう。ついでに、その肉体の中にいた俺も連れて行ってやろう、と。

（正確ではないが、大まかには合っている）

この体を離れた後も精神は融合しないっていうのはどうだ？　今までも分離独立でやってきたんだから。

（人間の精神は人間の大脳でしか活動できない。脳の中の世界しか知らないのだ。君たちは脳の囚人だと言っても過言ではない）

俺たちは世界を見聞きしているのではなく、脳に運ばれる信号を見ているだけということか。人間の精神は脳がなくては存在できないのか。

（プラズマと磁界からなる肉体で君の精神が活動するためには、わたしと融合するしかない）

他人の精神が自分の精神に入り込むのは不快じゃないのか？

（われわれにとっては稀《まれ》なことではない。それに、コミュニケーションは多かれ少なかれ、互いの精神情報を交換することではないか）

俺は宇宙人になるのか？

（今の君の理解できる言葉で言えばそうだ）

すべてを捨てて行かなければならない。

（君に捨てるべき何かがあるのか？）

隼人は大声で笑った。顔の筋肉が動く度に、顔面が崩壊と再生を繰り返す。

唐松が怯《おび》えるような目で見ている。

「すみません。今彼と話していたんです」

「あの白いやつ、面白い冗談でも言ったのか？」

「彼はユーモアには影響されません」隼人の眼球がぽろりと零《こぼ》れたが、すぐさまヨーヨーのように巻き上げられた。「わたしは彼と共に行くことにしました」

「彼と共にって……宇宙にか？」

「よくわからないのですが、そうらしいです」

「奥さんはどうするんだよ？　残していく気か？」

「宇宙に行かないなら、わたしの命は数分で終わります。どちらにしろ、妻と過ごすことはもはやできないのです」

「ちょっと待ってろ。奥さんを起こしてくる」唐松は沙織の方に向って歩き出した。

「やめてください」隼人は唐松の肩に手をかける。黄色い腐汁が流れ出す。

「なぜ？」

「こんな姿を見せたくはありません」

「奥さんはあんたが死んだと思って気絶したんだ。生きてるって知らせて、安心させよう」

「あなたが彼女に伝えてください」

「宇宙人に取り憑《つ》かれていたので、間一髪変身して助かりました。そして、あなたが気を失っている間に星へと帰りましたってか？　そんな話信じさせる自信はないぞ」

「でしたら、わたしは死んだと言ってください。なんなら、星になったと言っても構いません」

「下らん冗談はやめろ！」唐松は苛立《いらだ》たしげに言った。「あんたが死んだなんて、そんな残酷なことが言えるか！　彼女はすでに一度苦しみを味わっているんだ。俺はその姿を目の当たりに見たんだ。どうして、その苦しみを二度も味わわなければならないんだよ。ええ?!」唐松の目から涙が零れた。「彼女が何をしたって言うんだ？」唐松は血塗《ちまみ》れの手で血塗れの顔を覆った。

「さようなら」隼人は手を差し出した。「別れの時です」

唐松は自分の手を見て躊躇してからおずおずと手を握ろうとした。

二人の手が触れた瞬間、ぽとりと隼人の手首が落ちた。床の上を蠢《うごめ》く手首を見て、隼人は途方に暮れてしまったが、唐松は骨の先端が覗く隼人の腕を強く握り締めた。握った瞬間、汁が飛び出し、唐松の服に掛かった。

「お元気で」唐松は言った。「奥さんのことはまかせてくれ」

「あなたこそ、お元気で。妻のことをお願いします。あなたにはいくら感謝しても、感謝し足りません」隼人はゆっくりと歩き出す。歩く道に沿って崩れた組織が残っていく。

広間から出る時、振り返って唐松が沙織を椅子から解放して床に横たえるのを見た。

（細胞核を調べて奥さんがレプリカントかどうか、チェックする時間はある。検査してみようか？）

隼人はしばらく考えてから声に出して答えた。「いや。その必要はないよ」

唐松は安堵《あんど》の溜《た》め息をついた。沙織は意識を失っていたが、呼吸も鼓動もしっかりしていた。あとしばらくすれば、目が覚めることだろう。

しかし、隼人のことをどう話したものか?

唐松はしばし考え込む。

何も慌てることはない。隼人のことは折りを見て話していけばいい。今はただ隼人は生きているとだけ、伝えておこう。機関銃で撃たれたように見えたのは錯覚だったと。

巨大な雷鳴が轟《とどろ》く。上を見上げると、超人が空けた穴から夜空が見えた。凄《すさ》まじい青が天に上っていく。今回はかなり距離があるようだった。

そう言えば、さっきはあの光を間近で見たのだった。だから、体の中にまで青が進入してきたのだろう。

唐松は軽い吐き気を覚えた。

その吐き気はその後、唐松を苛《さいな》むことになる嘔吐《おうと》、下痢、発熱、出血、脱毛、痙攣《けいれん》、意識障害の前兆に過ぎなかった。

11

出し抜けに地面が遠くなった。

プラズマ生物になるには、もっといろいろな段階を踏むのかと思っていた。超人に変身する時の方がよっぽど手間取っていた。

（プラズマ化は本来の形態に戻るわけだから、迅速に行える。人間形態から戦闘形態への変化は変形体から別の変形体への変化なので非常に厄介だった）

俺とおまえの精神は融合するって言ってなかったか？　どうして別の人格として会話をしてるんだ？

（煮えたぎった鍋《なべ》の中の熱湯に一かけらの氷を入れるようなものだ。しばらくの間、氷は存在しているように見えるが、実際は徐々に溶けていく。君の精神もすでに周辺領域から融合が始まっている）

隼人は自分の心を探ってみたが、そのような兆候は見つからなかった。

（融合は思考領域ではなく、まず感覚領域から始まる。自分自身ではなく、環境を観察すればわかるはずだ）

ガの言葉は真実だった。驚くべきことに、上下左右前後を同時に見渡すことができた。

いや。見えたわけではない。それは視覚とは別の感覚だったが、言葉で表現することができない。

(君たちの言語で表現できないのは当然だ。君たちはこの感覚とは無縁のまま数十億年に及ぶ進化を続けてきたのだから)

夜も明けてないのに、街の様子がはっきり見えるのはなぜなんだ?

(集光力の差だ。人間には数十キロの高さから地上に落ちている印刷物の文字など読めないはずだが、我々には可能だ)

隼人は自分にその通りのことができることに気付き、驚愕《きょうがく》した。まさに千里眼だ。

(人間は網膜に到達した光だけを使ってものを見るが、われわれは全身を使ってものを見るのだ。それも光だけでなく、あらゆる電磁波、磁場、粒子線、分子流などを総合的に検知・分析し、世界を捉《とら》える。その過程は無意識下で行われ、われわれ自身は意識することがない。だから、地球に来てから「影」の行方がわからなくなった理由がわからなかったのだ。だが、さっき君の妻を探すためにプラズマ化した時、ようやくその理由がわかった。成層圏で巨大化した時に「影」の居場所がおぼろげながらわかったのだ)

そう言えば、そんなことを言っていたな。

(われわれは光ではなく、重力波を使って「影」を見ていたんだ。わたしはそのことに気が付いていなかった)

重力波って、大質量天体からしか出ないと思っていた。

(質量を持つもの——つまり、すべてのもの——から重力波は出ている。ただ、微弱なだけだ。人間の技術で感知できるほどの重力波を出すためには天体規模の質量を持つか、相対論的な効果が出るほどの加速度運動をしていなければならない）

「影」ってのはそんなに重いのか？

（人間に持てる程度の重さだ。こちら側の世界では）

どういうことだ？

（「影」の本体は影の世界にあったんだ。我々はその事実を見落としていた。小さな探査機だと思っていたものは、実際には機動要塞《ようさい》だったのだ。そう考えると、やつがこんなにも高性能だったことが納得できる）

つまり、俺たちが見たり触れたりするのは「影」の極一部で実際には重力波を出すほどでかいってことなのか？

（その通りだ。我々はパーセク・マシンだけがハイブリッドだと思っていたが、すべてのスケールにおいて、彼らの機械はハイブリッドだったのだ）

しかし、敵が影の物質でできているとしたら、攻撃することもできないんじゃないか？

（物質の部分だけを破壊すれば事足りる。実の物質の部分がなくなれば、われわれが彼らに干渉できないように、向こうもこちらに干渉できない。完全に無害化できるというわけだ）

すぐに攻撃を開始するのか？

（いや。まず、敵の正確な位置を摑《つか》まなければならない。わたしは何度もやつを逃がしている。同じ手段は一度しか有効ではないので、慎重に攻撃する必要がある。わたしは軌道上から十センチメートル程度の物体を確実に仕留めなければならないのだ。そのため、地上から一万キロメートルの高度の軌道上で自らを月ぐらいの大きさにまで拡大して地球を周回しながら観察することにする。かなり時間がかかる作業だ。もし何か質問があるのなら、この間に答えることができる）

隼人は返事をしなかった。青と白と茶が渦巻く地球の姿に見とれるのに忙しかったのだ。まさか、生きている間に宇宙に出ることになるとは思いもしなかった。

（隼人、質問はないのか？）

えっ？　ああ。もちろん。聞きたいことは山ほどある。隼人は我に返った。おまえたちはいったい何者なんだ？　宇宙船も使わずに自力で宇宙に飛び出すところを見ると、到底普通の生物とは思えないが。

（もちろん、われわれは地球の生物とはかなりかけ離れた存在だ。身体も本来は有機物ではなく、プラズマと磁場から構成されている。ただ、共通点もある。例えばデータを他の個体に伝えることだ。人類を含む地球の生物は核酸からなる遺伝子を通じて遺伝情報を子孫に伝える。しかし、この方法では進化に膨大な年月が必要になる。われわれはそのような非効率なことはしない。生存に必要な情報はすべて同じデータフォーマットで、保存され、複製され、伝達される。我々にとってコミュニケーションは生殖と同義

だ）

人類だって脳に蓄えた情報は知識としてコミュニケーションを使って伝え合うぞ。それによって、文化を育《はぐく》み、価値観を共有するんだ。

（気が遠くなるような進化の結果、君たちはようやくわれわれとよく似たやり方を学びつつある。しかし、やっと入り口に達したばかりだ。君たちの文化はまだ自立的な進化を行うことができない。進化には適切な変異と淘汰《とうた》が必要だが、文化はあまりにも変容が激しく、淘汰される暇がない。だから、ある文化が生き延びるかどうかは、それ自身の価値ではなく、単なる偶然の結果でしかない。例えば、英語やキリスト教が世界に広まったのは、それらが日本語や神道より生き残り戦略に優れていたからではなく、単にそれらをスタンダードとして採用していた文明が戦争に勝ったからに過ぎない）

そうだろうか？　英語やキリスト教を採用したからこそ、戦争に強くなったという可能性だってあるんじゃないか？

（文化は勝った国から負けた国へと広がる。もし戦争に強い国が文化によって強くなったのだとしたら、戦勝国の文化を受け継ぐ敗戦国もまた強大にならなければならない。しかし、そのようなことは皆無とは言わないが非常に稀《まれ》なことだ。戦勝国の文化を受け入れた敗戦国の多くは植民地になってしまう。文化を過大に評価してはいけない。それは偶然の産物なのだ。我々のデータは厳格に管理され、無闇に変化することはない。君たちの文化とは全く違う）

しかし、何もかもデータで説明することはできないんじゃないか？　魂についてはどう考えてるんだ？

（魂に相当する概念はない。強いて言えば、データが一番近い概念かもしれない。だが、データは不滅でもないし、複製も可能だ）

魂はただのデータなんかじゃない。例えば……。そうだ。複製されたマイケル黒田たちはそれぞれ別の人格を持っていた。これはそれぞれに宿った魂の質の違いとは考えられないだろうか？

（「影」は記憶を正確に複製しなかったのかもしれない）

おまえは量子状態の複製はできないと言った。そして、消滅することもない。量子状態は観測によって破壊されたように見えても、プローブ粒子に宿ることによって、生き延びるんだ。魂は量子状態の中に潜んでいるんじゃないか？　そんなことを言った物理学者がいたはずだぞ。

（確かに量子状態は複製できないし、不滅かもしれない。しかし、それが本質であるという証拠もない）

隼人は簡単なことがどうしても伝えられないことに歯痒《はがゆ》さを感じていた。たった今、魂の実在を説明する明晰《めいせき》な理論を摑んだと思ったのに、次の瞬間にはするりと手から逃げてしまう。宇宙を漂う雲のような輩《やから》に人類の文化を軽く扱われるのも癪《しゃく》だった。きっと、こいつに理解させる方法があるはずだ。もう少し時間があれば……。

(残念だが、君に説得される前にやらなければならないことがある)

「影」を捉えたのか？

(ミリメートル単位で捕捉《ほそく》した)

今度こそやるんだな。

(それは君次第だ)

今、何と言った？

(「影」を攻撃するか、否かは君の判断に従う)

今更何を言ってるんだ？　おまえの任務は「影」を破壊することなんだろ。

(確かにそうだが、命令を受けた時点とは状況は変わっている。すでに人類と「影」は相互に影響を与え合ってしまった。われわれと「影」の間の問題ではなく、われわれと「影」と人類の問題になってしまったのだ。「影」をどう処置するかは人類の意見も反映すべきだろう)

だからと言って、どうして俺が決めなくちゃならないんだ。俺は人類の中のたった一人でしかないのに。

(だが、君は人類の中で唯一決断しうる立場にある。わたしは君を人類の代表として扱う。これが、君が決断しなくてはならない理由だ)

めちゃくちゃな理屈だな。……でも、答えはもう決まっているじゃないか。「影」はおまえたちと人類の共通の敵になったんだから、破壊には何の問題もないはずだ。

（そうだろうか？　これは人類が望んだ世界ではないのか？　君たちは「影」を待っていたのではないのか？）

どういうことだ？

（レプリカントは「影」の意志に操られているのではない。複製元の生物の欲望を反映するだけだ。最初のレプリカントは人間のものではなかった。それはただ、食欲に突き動かされ、成長することと、増殖することだけを目的にしてきた。しかし、人間のレプリカントが現れてから状況が変わった。レプリカントたちは聖書に書かれた世界を実現しようとし始めた）

それはキリスト教を模した信仰宗教の教祖や信者たちを取り込んでしまったからだ。人類すべてがアーマゲドンを望んでいるわけじゃない。

（確かに初期の段階で信者を取り込んだことが方向付けになったことは否めない。しかし、その後信者でない人間も大量に取り込んでいる。なぜ、アーマゲドンが進行していくのか？）

偶然だ！　それ以上の意味なんてない!!

（なぜ、黙示録は二千年もの間、読み継がれてきたのか？　世界を終わらせて最初からやりなおしたいという君たちの願望の反映なのではないか？）

しかし、世界が滅んだからと言って、その後にユートピアが建設できるとは限らないぞ。

（もちろん、ユートピアは決して実現しない。一人一人の理想が違う以上、必ず不満分子は残る）

このままだと、近い将来人類はいなくなるだろう。そして、レプリカント同士が未来永劫《えいごう》アーマゲドンを続ける。悪夢の世界だ。

（永久にアーマゲドンが続くわけだ。だからこそ、意に染まぬユートピアを見て、幻滅することもない。新世界を夢見て、旧世界を破壊し続けることができる。まさに至福千年王国だ。「影」から人類へ贈られた甘い夢だ）

おまえは「影」が神だとでもいうつもりなのか？

（我々にとって、「影」は我々や人類と同じく、進化の末に生まれた知性体に過ぎない。だが、君たち人類にとってはそうではないのかもしれない。「影」は何十億年もの間、存在し続けている。人類がそう望むなら、「影」を神だと考えることは止められない。そして、本当に君たちが待ち望んでいた神なのかもしれない）

まさか、やつが神だなんて、そんなこと信じられるものか!!

（信じる必要はない。「影」は神かもしれないし、偽預言者に過ぎないのかもしれない。神は存在しないのかもしれないし、実在するのかもしれない。わたしは君の判断を待つだけだ）

隼人は、混乱した。何かを摑めないかと、地球に意識を向ける。ガと感覚を共有する今の隼人には地上の様子が手に取るようにわかった。

世界のあちらこちらでは激しい戦闘が行われていた。素手でミノタウルスと戦う少女、クラスター爆弾の空襲の中で乳飲み子を抱えて逃げ惑う母親、獅子《しし》の頭を持ち火と煙と硫黄を吐く百メートル近い馬に懸命に劣化ウラン弾を打ち込む兵士たち、燃料気化爆弾の攻撃を受け何キロにも亘《わた》って焼き尽くされた都市の廃墟《はいきょ》、七つの角と七つの目を持つ屠《ほふ》られた子羊に率いられた白・赤・黒・青の四頭の馬、毒ガスに包まれた村、馬の体と人間の顔と獅子の牙《きば》と蠍《さそり》の尾と女の髪を持ち金の冠を被《かぶ》った奇怪な蝗《いなご》の群れに食い尽くされる草原。戦いは、人間とレプリカントの間だけでなく、人間同士、レプリカント同士でも繰り広げられていた。一対一の殴り合いから、大量殺戮《さつりく》兵器を使ったものまでさまざまなレベルで。

もし「影」を倒さなかったら、どうなるんだ？

（わたしは故郷に戻り、事実を報告する。任務を完遂しなかったことは、状況の変化を考慮して、大目に見られるだろう。「影」の処置は長老会で決められる。結局破壊することになるかもしれないが、地球と共に監視される可能性の方が高い。監視員が地球周辺に派遣され、不穏な動きがないか警戒することになるだろう）

その場合、レプリカントになったものたちは永久に死と再生を続けるのか？

（それはわからない。「影」の目的は全く不明なのだ。数ヶ月でやめるつもりなのかもしれないし、一億年続けるつもりかもしれない）

人類が「影」を倒す可能性はないんだろうか？

（今の人類では無理だ。自力で「影」を倒すことはあり得ない）

隼人は混乱した心のまま、地球を眺めた。直径一万三千キロメートルに及ぶ巨大な球体。表面の大半は水に覆われ、その中に茶色い陸地が斑《まだら》に広がっている。人間はこの世界の数十億年に亘る進化の末誕生し、華々しい文化を築き上げてきた。その文化がすべて偶然の産物だなどと信じられるだろうか？　まさか。とんでもない。しかし、それが必然であり、「影」こそがわれわれの求めていたものだとしたら……。

……いや。


「影」を倒そう。

（了解した）

千数百キロメートルの範囲に亘って拡散していたガは再び凝縮を始めた。その姿は強力な磁場に包まれた高温・高密度の青白いプラズマ火球へと変化する。低軌道に移り、地上を昼間のように照らし出す。日本列島の上空へと向う軌道に遷移する。東京を越え、山脈に掛かる頃、ガは成層圏ぎりぎりまで高度を落した。

（やつは亜細山のすぐ近くにいた。あまりに巨大過ぎて逆に見えなかったのだ）

山肌には、瞑想《めいそう》する髭《ひげ》を生やした若者のレリーフが刻まれていた。大きさは十キロ近い。

それは生きていた。呼吸に伴って、周囲の木々が揺れている。

彼は足下まですっぽりと衣に覆われ、金色の帯を締め、頭髪は白く、足には金属光沢があり、右手に七つの星を持ち、顔は太陽のように輝き、目には炎があり、口からは両刃の剣が生えていた。

ジーザス西川……。

彼を取り囲むように、使徒たちが山々の斜面に形成されていた。それぞれは融合体の太いパイプで繋《つな》がれ、脈動している。さらにその外側にも何層にも亘って、山肌に人の姿があった。その中心にいるジーザス西川は最も巨大だった。

まるで、曼荼羅《まんだら》のようだ。

ガはさらに針のように自らを変形した。磁場が唸《うな》りを上げる。大気が渦巻き、遠心力によって真空領域が形成される。

ガは一筋のビームになった。

時間が引き延ばされ、ガの発する熱で木々が干からび、発火する様子までが、克明に観察できた。

ガはジーザス西川の顔に近付いて行く。彫りの深いその顔には苦悩が刻み込まれていた。

あと百メートル。

ジーザス西川は目を見開いた。真っ直ぐに隼人を睨《にら》みつけている。

秒速百キロで飛ぶその姿が目に止まることはありえなかったが、ジーザスの視線は確かに隼人を捉えていた。

「えろいえろいれまさばくたに」ジーザス西川は唱えた。

ジーザス西川の静かな表情が近付いてくる。照り返しで真っ白になる。高圧で鼻がひしゃげ、細かな肉片となって飛び散っていく。

曼荼羅の使徒たちがざわめく。

「さあな」隼人はジーザス西川に答えた。

ガはジーザス西川の額に到達した。

第四部

「現に存在し、過去に存在し、そして未来に来るもの、全能者」

神は言った。

「わたしは阿《アルファ》であり、吽《オメガ》である」

『新約聖書』ヨハネによる黙示録第一章八節

1

真っ赤に灼熱《しゃくねつ》した溶岩は至るところで泡立ちガスを噴出させていた。ところどころに残る岩になんとか縋《すが》りついている生き物たちも、溶岩の上を通った風に吹かれるだけで、黒焦げになる。酸素がほとんど残っていないため、溶岩の上に落ちても燃えることもなく、炭化し溶けていく。

中心部から少し離れると、溶岩の間に溶け残っている岩の割合が増えてくる。レプリカントや動物たちがその上で押し合いへし合いしている。時々、足を滑らせて溶岩に落ちるものたちの絶叫が響き渡る。

さらに外側では溶岩こそないが、地面はからからに乾き、身動きのできないレプリカントたちはじわじわと焼き焦がされていく。もはや言葉にもならない呻《うめ》き声が風音のように空しく四方に広がっていった。

溶岩の中から一筋の青白い光が飛び上がる。それを合図にしたかのように、何千何万もの光が溶岩の中や、岩場や、森の中や、レプリカントの巣から飛びあがっていく。光はビーム状になり、上空で絡み付き合いながら、さらに上昇していく。大気圏を飛び出し、静止軌道の辺りまで来て、それはようやく安定し、周期的な脈動を始めた。

いったい、どうなったんだ？　隼人が尋ねる。

（「影」はジーザス西川の額の奥に巣食っていた。わたしは高密度の高温プラズマとなって、「影」を包み込み、いっきに昇温した。数千万度の熱衝撃に耐えられる物質は存在しない。「影」は砕け散り、プラズマ化した。もはや痕跡《こんせき》すら残っていない）

地上を見ると、亜細山周辺に大クレータが形成されていた。中心部が赤く輝いている。

ジーザス西川はどうなったんだ？

（現時点でジーザス西川のレプリカントは全地球で数百万人以上活動中だ。だが、君が気にかけているのは、「影」に寄生されていた彼のことだね。彼に限って言えば、接触と同時に弾《はじ》け飛んだ。熱による沸騰ではなく、衝突が引き起こした圧力増大によってだ。彼の肉体は何千キロに亘《わた》って、飛び散ったと考えられる）

「影」は消滅したのか？

（われわれと互いに干渉できなくなったという意味では消滅したといってもいいだろう。裏返せば、我々の方が「影」の前から消滅したとも言える）

つまり、本体はまだ存在しているということか？

（そうだ。現在は地球の内部を自由落下している。マントルとも核とも相互作用せず、まるで真空の中を行くように擦り抜けている）

最後は地球の中心に留《とど》まるんだろうか？

(中心で停止する必然性はない。このまま、地球内部を複雑な軌跡を描いて飛びつづけるだろう。時には地上に飛び出すこともあるだろうが、誰にも気付かれることはない。そして、気にする必要もない。彼は人類と共にいる)

レプリカントたちはどうなった?

(今のところ変化はみられない)

では、アーマゲドンは続いているのか?

(ああ。だが、「影」さえいなくなれば、人類は彼らを倒すのに充分な力を持っている。もちろん、自らレプリカントになる道も、レプリカントと人類が共存する道もある。どの道を選ぶかは人類の問題だ。我々に干渉する権利はない)

その通り。俺は人類に自分の運命を決める自由を与えたかったんだ。あの時「影」を選んでいたら、もしそれが間違った選択だったとしても、人類にはもはや二度と自らの運命を選ぶ機会は訪れなかっただろう。逆に、もし「影」が本当に人類の待ち望んでいた神だったとしたら、今救いを拒否しても、人類を見捨てることはないはずだ。人類は何も失わない。

(賢明な選択だった。君に判断を委《ゆだ》ねたことは間違いではなかったようだ)

おまえも同じ結論に達していたはずだ。どうして、わざわざ俺に判断させた?

(人類のことは人類が決めるべきだからだ)

人類は大変な試練を背負わされた。人類だけじゃない。この戦いは地球環境に壊滅的な影響を残すかもしれない。

（地球はそれほど柔ではない。人類は自らに地球を破滅させるほどの力があると信じているようだが、それは奢《おご》りに過ぎない。もちろん、自らの生存が存続できなくなる程度に環境を変化させてしまうことぐらいはあるかもしれない。しかし、その程度の環境改変をやった生物は過去にも存在する。植物、魚類、両生類、爬虫《はちゅう》類、恐竜、昆虫、地衣類。人類は長いリストの最後に付け加わるだけだ）

もし人類が「一族」にとって危険だということがわかったら、君たちはどうする？

（地球は火の海に覆われ、数百年に亘《わた》って表面は数千度に保たれる。だが、人類が危険だと判断される可能性は極めて低い。人類は、一般的な水準に照らして充分に温厚な種族だ。それに、万が一危険だと見なされることがあろうとも、人類は「一族」の中に生き残る）

これから俺たちはどうなるんだ？

（どうにも。ただ、故郷に帰るだけだ）

俺の故郷は地球だ。

（新しい故郷が君を待っている）

出発までに時間はあるか？

（好きなだけある。急ぐ必要はない）

もう一度日本の上に移動してくれないか。

隼人は自分が暮らしてきた国、そして街を眺めた。そこでは多くの人々やレプリカントたちが生き延びるために懸命に戦っている。

その中には沙織や唐松もいるのだろうが、敢《あ》えて探すことはしなかった。漫然と地上の営みを眺める。

ふと、若い女のレプリカントに千秋の面影を見たような気がした。

(隼人、君に詫《わ》びなければならないことがある。君を死亡させた飛行機事故の原因はわたしにあったのだ。隠すつもりはなかったのだが……)

そのことなら、もう構わない。失った命の代わりに新しい命を貰《もら》ったのだから。もし、あの飛行機事故に遭わなかったとしたら、とっくの昔に俺は「影」に取り込まれていたことだろう。

(ありがとう)

ところで、一つ頼みがあるんだ。君の名前を教えてくれないか? 名前を知らないと、話し掛けにくくて仕方がない。

(わたしの名前は)ガ……(玩具修理者《ガングシュウリシャ》。なんてことだ。名前がわかるぞ! 「影」を殲滅《せんめつ》したことによって、自己認証システムへのアクセス権利が自動回復したんだ!!)

ありがとう、玩具修理者。もう思い残すことはない。故郷に帰ろう。

地球の磁気圏から出ると、玩具修理者は分厚い磁場の鎧《よろい》を脱ぎ捨てた。肉体は急激に膨張し、密度が低下した。星間物質に溶け込んだその姿を地球人に探知されることはもはやないだろう。

すぐに地球は小さな青い玉になった。

玩具修理者、君たちの世界はどこにあるんだ？　プロキシマ？　シリウス？　それとも、銀河系の外かい？

（我々の世界はここだ。太陽を中心とする半径二百億キロメートルの空間。もちろん地球もその中に含まれる）

じゃあ、故郷と言うのは？

（わたしが生まれたところだ。君たちだって、故郷の場所を訊《き》かれたら、「太陽系」などとは答えないだろう。それと同じことだ。わたしの故郷はカイパーベルトのすぐ外側にある）

玩具修理者は太陽風を受け、穏やかに加速を始めた。隼人を楽しませるため、いろいろな惑星の側を通って、故郷に戻るコースを設定する。

隼人は、火星や木星に人間には探知できない生命が満ちていることを初めて知った。静寂そのものに見えた宇宙空間は磁場やプラズマの嵐が行き交う激しい世界だった。そして、そこは「一族」が活動する領域でもあった。

旅の途中、玩具修理者は多くの「一族」と擦れ違い、データを交換した。彼は再び「一族」に受け入れられたのだ。

隼人は城壁測量士の断片と共に、玩具修理者の復権を喜び、その功績を称《たた》えた。
木星の側を通った時には電気龍たちの舞を心ゆくまで楽しんだ。
海王星では虚時間文明の不思議を垣間見《かいまみ》た。
そして、冥王《めいおう》星の軌道を越える頃、隼人はいなくなった。

解説

小《こ》谷《たに》真《ま》理《り》（SF・ファンタジー評論家）

本書は、二〇〇一年角川書店から刊行された『Α Ω《アルファ・オメガ》』の文庫版であり、一九九五年に第二回日本ホラー小説大賞短編賞を「玩具修理者」で受賞した著者の第二長編にあたる。

*

エイリアン・コンタクトものは数あれど、キビシイ現実を直視した作品は、案外少ないのではないか、という印象をかねがね抱いていたものだ。というのも、エイリアンをリアルにすることほど難しい作業はないからである。完全に架空の存在であるエイリアンを人間と接近遭遇させる——これほどに、一歩まちがえれば、稚拙なバカバカしさしか伝わってこない設定もありえまい。

そして本書は、リアルなエイリアンと地球人との邂逅《かいこう》という、その異種族間の接近遭遇の衝撃が地球上に波及するすさまじさを、血と粘液と断片化された肉体の数々とともに克明に表現し、ふしぎなコミュニケーションのありようを活写した、スプラッタホラーの傑作である。

とにかく、マジで「来る!」作品なので、どうか覚悟してこの壮大な地獄絵図を堪能《たんのう》していただきたい。わたし自身、届いたばかりの本書をひもとき、最初の章をばらばらめくっただけで、久々のリアル描写にたまげてしまったものである。断っておくが、わたしはけしてスプラッタ表現が苦手というわけではない。PSの『サイレントヒル』パート1のUFOエンディングまでしつこく見るくらいは平気という程度のものではあるが……。そんなわたしでも、ご飯を食べながら本書を読むのはちょっと遠慮したいかも……と控えめにいいたくなるほど、本書は、強力だった。まあそういうわけである。

読むほうの事情は、たいていこのようなものだが、エロとグロは、実は書くほうにとっては力量がいちばんためされるジャンルである。扇情的というにはあまりにも人倫にもとるこのジャンルは、こわいというより、気持ちが悪いとキワモノ扱いでセンセーショナルに語られるわりには、描写自体、最初の衝撃力がおさまると、すぐに飽きられてしまう。ビジネスとしては、まことに難しいハードルなのである。熱意と根性と才能がないと、衝撃力が案外ラストまで持たないことが多いのも事実だ。本書の場合、確かに凶悪な肉体描写が全地球的規模で発生し、中世の宗教的地獄巡りなみに展開するのであるが、ただしその向こう側から、クールな論理と清々《すがすが》しい純愛の気配が垣間見《かいまみ》える瞬間がある。それまでの肉色の光景とはうってかわった、そのさわやかさ、そのはかなさ、そして虚無感には、なにかハッと胸を衝《つ》かれる。肉の断片化と混沌《こんとん》化の向こう側に、それらを成り立たせる論理が現れるときの衝撃は、忘れがたい。

　それでは、すこしその一部をひろってみよう。

　物語は、飛行機事故の場面からはじまる。別居中の夫が乗っていたという知らせを受けて、妻が事故現場へ向かう。そして判別のつかない遺体の一部から夫らしき痕跡《こんせき》を見つけるのだが、あろうことか、その状態から夫が生き返ってしまうのだ。と、ちょっと数頁のことを紹介しただけで、おののかれたあなたは——期待しすぎている。つづく第一部は、とつぜん地球からはなれた宇宙空間に位置する未知の異生物の世界が克明に描かれていくのだから。

　プラズマ型の宇宙人。この世界がすばらしい。ラリー・ニーヴンやロバート・L・フォワード、スティーヴン・バクスターといったハードSF作家たちをご存じだろうか。遠い世界の異星生命体を記した達人たちだ。その彼らの作品を凌駕《りょうが》するほど、すばらしい生命体が描かれている。「宇宙生命紀行」とでも名付けたい、未知の生物たちの生態系がダイナミックに綴《つづ》られている。地球人とはかけはなれた知的生命体の世界なのに、その違和感漂う世界像が、なんとエレガントに描かれていることだろう！　この圧巻ともいえるエイリアンのドラマが、やがて地球に——特に冒頭の死者復活に——どのような影響を与えるのか。それは第二部以降のお楽しみである。壮大な宇宙の追跡劇や、エイリアン同士の不思議な生態系と、後半の地球での混沌とした世界観が、これでもか、という壮大なスケールで映し出されていくのにふれると、生と死をめぐる巨大な叙事詩の世界をのぞきこんでいるような気分になるかもしれない。

ところで、評者が本書をくわしく検討することになったのは、本書が日本SF大賞にノミネートされたからというばかりではなかった。わたし自身が主宰者のひとりであるセンス・オブ・ジェンダー賞にノミネートされたからなのだ。

SF界には内外を含めるとたいへん多くの賞があるのだが、センス・オブ・ジェンダー賞は、性差に関する卓越した視点を表現したSFに与えられるもので、日本では二〇〇一年に設立された。その原型は、アメリカの女性SF作家のパット・マーフィとカレン・ジョイ・ファウラーのふたりが呼びかけ、アメリカ女性SFファンダムでは二十年の歴史があるウィスコンシン州の地方SF大会が母胎となって、一九九〇年に設立されたジェイムズ・ティプトリー・ジュニア賞である。センス・オブ・ジェンダー賞は、その日本版というわけだ。日米双方における女性SFファンの交流から、生まれたものなのである。

かくして本書は、第一回センス・オブ・ジェンダー賞の最終候補作品となり、二〇〇二年七月、島根県は出雲《いずも》の玉造《たまつくり》温泉で開かれた第四一回日本SF大会ゆーこん席上で開かれた選考会において、徹底的に審議された。

センス・オブ・ジェンダー。つまり性差についての賞ということは、男性性と女性性、ようするにオトコとオンナのアレですか。と納得されたアナタは、それがなぜこのスプラッタホラーのSF黙示録と関係があるの？　と疑問に思われたことだろう。センス・オブ・ジェンダー賞の委員たちが、右の選考会にて本作品をどう読んだか、については、ウェブのほうでご確認いただきたい（https://gender-sf.org/sog/2001/）。わたし自身の意見もそこに書かれているが、ここではそれに補足して、まとめてコメントしておくことにする。

実は、小林泰三の世界って性差観がおもしろいよね、というハナシは、ホラー風味のサイボーグSF「玩具修理者」のころからささやかれていた。

小林がすぐれたハードSFの書き手である、と指摘したのは、SFレビュアーの冬樹《ふゆき》蛉《れい》氏であり、まったく同感だが、それはきわめて科学的な論理思考の持ち主であることを意味する。しかも彼は、情念も含めた世界全体を含めて、それらを論理的にクールに語ることのできる才能に恵まれている。

この才能あればこそ、第一部で、プラズマ生物の不思議な生態を、他生物を誠実に観察するがごとく描くのも可能であったのだ。プラズマ生物たちに、地球の、それも欧米的な性差観をそのままあてはめて考えることはできない。

プラズマ生物たちの間には、つねに「交接」という特殊なコミュニケーションの仕組みが設定されており、これが通常の会話であるとともに遺伝情報すらも交換するような、いわば生物学的な意味においても社会学的にも、情報交換装置として機能しているようなのだ。ここでは地球的な意味での、生物学的な情報交換（遺伝子を交換する）と、社会的な情報交換とが乖離《かいり》している。生物学的な意味合いと社会的な性的役割の機能とが絡み合っている、地球の性差とおぼしき関係性とは異なるようだ。結婚制度があるようにも思えない。ただし、そのなかで、主人公の「ガ」が、かつて城壁測量士と呼ばれた別のプラズマ生物とのあいだに、なにかしら心の通じ合うような関係性があり、それは、オス言葉とメス言葉での会話として、捉《とら》えられている。

だからといって、この生物に男性性／女性性という性差を、そのままあてはめるのは、早計だ。このプラズマ生物のいわくいいがたい関係性が問題になるのは、「ガ」が地球人である隼人《はやと》と、冒険をともにしたときなのだ。

城壁測量士を喪失し、そのまま地球に到来した「ガ」は、主人公の隼人と接近遭遇し、冒険をかさねたはてに、隼人の、元妻に対する気持ちにふれてしまう。そのとき、なにが起こるのか。うしなわれたかつての仲間と、最終的に、隼人の手からすり抜けてしまうような妻の幻想。ふたつのまったく異なるエイリアン同士の、互いの社会における性差観がすりあわされるように近づく瞬間に、わたしは、深い感動を覚えた。

我々人類の性差とはまったく異なる性のシステムに支配された彼らと、それに乗り移られた地球の生命体。どちらのシステムが優位になるのか——のっとったほうか、のっとられたほうか。小林作品では、そんなふうに、科学的論理性の緻密《ちみつ》さが、性差のきまりごとをいきなり突き破るがごとき疑義をなげかけていて、とても衝撃的であった。もちろん、こうした特徴は、著者がはじめから意図したところではなく、無意識的に表現されてしまったものなのかもしれないのだが。

感情表現にロジックの語りを使用する人は、案外心優しい人なのではないかと思ったりするのだけれど、その線で行けば、このスプラッタホラーは、冗談抜きの終わりなき肉弾戦の下に、男のせつない純愛小説の顔を持っていることを忘れるわけにはいかない。そして、それがエイリアンによって対象化されているところにも、著者の類稀《たぐいまれ》なる怜悧《れいり》さと誠実さを見る思いがしたものである。

＊この解説は、二〇〇四年三月に小社より刊行した文庫に収録されたものです。

本書は、二〇〇四年三月に小社より刊行した文庫を改版したものです。

AΩ《アルファ・オメガ》　超空想科学怪奇譚《ちょうくうそうかがくかいきたん》

小林泰三《こばやしやすみ》

角川ホラー文庫　23781

平成16年3月10日　初版発行
令和5年8月25日　改版初版発行

発行者――山下直久
発　行――株式会社KADOKAWA
〒102-8177　東京都千代田区富士見2-13-3
電話 0570-002-301(ナビダイヤル)
印刷所――株式会社暁印刷
製本所――本間製本株式会社
装幀者――田島照久

●お問い合わせ
https://www.kadokawa.co.jp/ (「お問い合わせ」へお進みください)
※内容によっては、お答えできない場合があります。
※サポートは日本国内のみとさせていただきます。
※Japanese text only

ISBN978-4-04-113756-7　C0193

◇◇◇

角川文庫発刊に際して

角川源義

第二次世界大戦の敗北は、軍事力の敗北であった以上に、私たちの若い文化力の敗退であった。私たちの文化が戦争に対して如何に無力であり、単なるあだ花に過ぎなかったかを、私たちは身を以て体験し痛感した。西洋近代文化の摂取にとって、明治以後八十年の歳月は決して短かすぎたとは言えない。にもかかわらず、近代文化の伝統を確立し、自由な批判と柔軟な良識に富む文化層として自らを形成することに私たちは失敗して来た。そしてこれは、各層への文化の普及滲透を任務とする出版人の責任でもあった。

一九四五年以来、私たちは再び振出しに戻り、第一歩から踏み出すことを余儀なくされた。これは大きな不幸ではあるが、反面、これまでの混沌・未熟・歪曲の中にあった我が国の文化に秩序と確たる基礎を齎らすためには絶好の機会でもある。角川書店は、このような祖国の文化的危機にあたり、微力をも顧みず再建の礎石たるべき抱負と決意とをもって出発したが、ここに創立以来の念願を果すべく角川文庫を発刊する。これまで刊行されたあらゆる全集叢書文庫類の長所と短所とを検討し、古今東西の不朽の典籍を、良心的編集のもとに、廉価に、そして書架にふさわしい美本として、多くのひとびとに提供しようとする。しかし私たちは徒らに百科全書的な知識のジレッタントを作ることを目的とせず、あくまで祖国の文化に秩序と再建への道を示し、この文庫を角川書店の栄ある事業として、今後永久に継続発展せしめ、学芸と教養との殿堂として大成せんことを期したい。多くの読書子の愛情ある忠言と支持とによって、この希望と抱負とを完遂せしめられんことを願う。

一九四九年五月三日